妙绝文化

世界晨光里，
我想永远都能见到你。

与荆棘

Sansaga——著

江苏凤凰文艺出版社
JIANGSU PHOENIX LITERATURE AND ART PUBLISHING

图书在版编目（CIP）数据

与荆棘 / Sansaga著. -- 南京：江苏凤凰文艺出版社，2025.6
ISBN 978-7-5594-7624-1

Ⅰ. ①与… Ⅱ. ①S… Ⅲ. ①言情小说－中国－当代
Ⅳ. ①I247.5

中国国家版本馆CIP数据核字(2023)第044854号

与荆棘

Sansaga 著

责任编辑　白　涵
特约编辑　王倩茹
装帧设计　玖时柒
赠品设计　玖时柒
责任印制　杨　丹
出版发行　江苏凤凰文艺出版社
　　　　　南京市中央路165号，邮编：210009
网　　址　http://www.jswenyi.com
印　　刷　长沙鸿发印务实业有限公司
开　　本　880mm × 1230mm　1/32
印　　张　12.5
字　　数　314千字
版　　次　2025年6月第1版
印　　次　2025年6月第1次印刷
书　　号　ISBN 978-7-5594-7624-1
定　　价　45.80元

目 录

C O N T E N T S

目录

C O N T E N T S

第一章

荆棘长在野外，就该自由自在

春分刚过，窗外下起了小雨。

密闭的窗户隔绝掉雨声，许平忧对着镜子轻轻拨弄了一下耳坠。

休息室内，头顶和镜前的灯光非常明亮。桌面的透明水杯里泡着三两颗枸杞，杯口冒着热气。

接通李姿玉的电话时，许平忧还没来得及叫一声“妈”，就先听到对面嘻嘻哈哈发出的稚嫩的“姐姐、姐姐”的叫喊声。童声过后才是李姿玉从容不迫的声音。

她问道：“喂，平忧在吗？”

“在呢。”

许平忧因为电话里传来的童声，脸上带着笑意，语调轻松地应了一声。

彼此问候过近况和身体情况后，双方陷入了沉默中。

豆豆捧着两杯奶茶推门进来，似乎想要说话。许平忧举起水杯，朝她示意自己有喝的了，然后她用拇指在手机侧边略微敲击，主动轻声交代：“对了，钱上午的时候打过去了。妈，你记得确认一下。”

李姿玉微微呼出了一口气。她想说点什么，最终还是没说。沉默一秒后，她声音平稳地回应她：“好。”

豆豆当许平忧的助理好几年了。等许平忧挂断电话，豆豆立刻走到镜子前，尽职尽责地整理起她的妆容发型。

许平忧的造型，近年来总算有了些好口碑。

她的样貌在红毯上原本就不占优势。

用如今观众的话来说，许平忧的长相过分端正，标准的三庭五眼。可就是因为太标准，所以显得她的样貌不够有特色，大众对她的印象便是“寡淡”。

之前在某次杂志晚宴上，许平忧顶着一头长度刚到脖子，又烫成了小卷的短发，身穿一字肩的长裙，黑发红唇的造型，竟然难得地在社交媒体上落了好，网友们说她这副打扮有那么点二十世纪八九十年代港风的味道。这个评价让她公司那位身经百战、铁石心肠的造型师喜极而泣。

“冉冉最近身体怎么样？”豆豆问。

冉冉是许平忧的妹妹，从小体弱多病。

“还是老样子。”许平忧闭上眼睛，任由助理检查自己刘海的蓬松程度，衣服是否平整，她轻声说道，“等忙完最近的宣传工作，我就回去看看她。”

两杯奶茶被豆豆插上吸管。许平忧的司机东子推门进来的时候，很自然地接过一杯，同时交代：“买的饮品和甜品都分给节目组的老师们了。”

豆豆点点头，很满意地道：“不错不错。”

豆豆这夸奖，不是因为东子的办事效率，而是夸赞许平忧的造型。她欣赏着许平忧今天的造型，如同欣赏一幅叫人满意的油画。

这次的综艺节目，许平忧是作为观察嘉宾出场，她需要坐在棚内看视频发表评论，所以造型一定要精致。

今天，她接了个长发，扎上马尾，又剪了细碎的刘海，身穿一套深绿色的西装礼服裙，束腰收拢，脚踩一双黑色高跟鞋，整个造型依然港风味儿十足，唯独耳饰以亮色点缀，将过于复古的部分中和掉了。

“这会不会显得有点突兀？”许平忧犹豫道。

造型师闻言，一边挥舞着化妆刷，一边笑眯眯地出声：“是这样的，你适合港风，可你终归不是那个时候的人，说一两句粤语都困难，一开口就会破坏氛围。”

“咱们还是得务实一点，活在当下。”

专业的人总有专业的说法，连嘴上的道理也是一套接一套的。

许平忧被逗得忍不住笑起来。她起身推开休息室的门，虽然穿着高跟鞋，但她步履平稳。

这综艺节目是档恋爱综艺，叫《与爱第二次接触》，打出的噱头是将一群经历过离婚的熟男熟女组织在一起，让他们收获新的爱情，展开新的人生。

观察嘉宾只需要在摄影棚内待着，看节目组放映的片段，与其他人一起给出各种各样不同的反应。

许平忧正为自己将要上线播出的一部剧而四处奔走赶通告。接到这样一份工作，她自己都忍不住感叹——这份工作算得上是轻松的事，毕竟谁不喜欢繁忙之余看一些八卦爱恨节目呢？

豆豆跟着她，两个人慢慢悠悠地走到电梯间，一路跟人打招呼。许平忧站在电梯最里面，稍一偏头就可以看到金属平面映照出的影子，模模糊糊地同自己对视。

“嗒。”有鞋子落地的声音传来。

有人进来。豆豆反应很快，她立刻往里退了一下，整个人挡在脚踩恨天高的许平忧身前，体贴地为她挡出足以站稳的空间。

豆豆虽然才二十出头，但常年在圈中应酬的她，很有一套自己的为人处世标准。

如果需要赶行程，对于不熟的艺人，她会主动替许平忧打招呼。许平忧再紧随其后，面上含着笑意向对方点点头。这样做既高效，又妥帖。

这会儿，豆豆便是这样做的。

偌大的娱乐圈，随便扔一块石头都能砸到所谓的“某某老师”，保持谦逊态度永远不会出错。

“费老师好。”豆豆按圈内习惯称呼对方。

许平忧同样如常，她配合地回过头，弯起眼眸和嘴角，朝对方点点头，很有礼貌。

这个被喊费老师的男人个头很高，目测身高超过一米八五。他一站进来，就将电梯内的亮光遮去了一半。他的食指与拇指之间捏着一只还没来得及塞进耳朵的耳机，听见招呼声，他眼皮微抬看向她们，神情有点散漫，略微点了下头示意。

豆豆完成了任务就闭上嘴，颇识时务，然后她朝许平忧点了点头，示意可以了。

于是，许平忧继续看着电梯间的金属镜面，整个人依旧放空。

金属镜面仿佛一面泛着波纹的镜子，荡荡悠悠地反射着空间内的一切。

几步之外，黑色西装被精瘦的肌肉线条撑得挺括整齐，映照在镜子上。

男人肩膀一侧靠着电梯厢门，左手插在裤兜里，右手懒散地滑着手机，整个人显露出一些痞气。他的狼尾发被束出一簇，左耳有根细银线做装饰，正好与银灰色的头发呼应。由于他手插在裤兜里，手腕上的刺青若隐若现。

许平忧垂下眼睑，看向细细的鞋尖。

节目组的工作人员安排周到，他们才走出电梯，就有人指引他们去往摄影棚。

摄影棚稍微走两步便到了。

“许老师，您的位置在这儿。”工作人员轻声细语地说着，带她过去。

许平忧的位置离主座很近，她抬起头，正好能与主持人互动。

当下，女主持握住许平忧的手，她眼睛发亮，上上下下、来来回回地往许平忧身上扫了又扫，做出惊艳状：“哇，你怎么回事，怎么回回见你，你回回都这么美！”

许平忧笑起来，故意叹息着说：“我的造型师四点就抓我起来开工，他要是能听到你这番话，一定会开心得念叨一天。”

节目即将开始录制，棚内人来来往往，做着最后的核对工作。

许平忧面前放着一块方纸板，纸板夹着的第一页纸上，是一道与节目男女嘉宾相关的连线题，大概意思是让棚内嘉宾们做个配对预测。后面的另一张白纸，大概是供他们在长时间的录制过程中随便写写画画，当草稿纸用。

豆豆站在摄像头外，捧着泡了枸杞的水杯，踮脚朝许平忧挥挥手。

许平忧笑眯眯地朝她点点头，之后就低眉敛目，用圆珠笔画起一只小狗，一副无所事事的样子。

她画的是幼年期的杜宾犬，黑橘色，垂耳，豆豆眉……

等节目开始录制，许平忧的画也差不多完成了，她把画压在答题页下。

“观众朋友们晚上好，欢迎在星期五的夜晚收看我们的《与爱第二次接触》。在节目录制之前呢，请容许我为大家介绍一下这一期的到场嘉宾……”

许平忧一向佩服主持人们的口才。报完一长串的赞助商名字，一长串的歌手、演员名字，他们还能卡准时间，有条不紊地推进节目流程。

许平忧对着镜头，习惯性地笑着挥手，比刚刚要矜持内敛许多。

“哈喽，大家好，我是演员许平忧。”

网络上曾有营销号借着所谓的《明星名字大盘点》，说她名字虽然起得不错，但总感觉失了些积极的生活态度。毕竟，“平忧”固然是好事，但建立在默认本人会遇见忧愁的前提下做出的祈愿多不好，不吉利！

穿着黑色西装的男人坐在她的对面，状态懒散，她抬头便可看见。直到主持人说完话，他才有了点正儿八经录制节目的状态。

他对着镜头，既不过分随意，也不紧张严肃，整个人轻松又自在，与刚才在电梯里遇见时差不多。

轮到他自我介绍时，他微微扬眉，颔首，只说了三个字：“费行云。”

面部轮廓分明，眉骨和鼻梁很高，混血儿天生的优势。

唯独他的眼睛是内双。

这样的样貌，上镜几乎全无死角——或者用一些人的评价，他简直是天生的多情相，看谁一眼都仿佛含情脉脉。

隔着屏幕，他似笑非笑，看得人心发痒。

许平忧的手指摩挲着第一页纸，摸到一点刚刚用圆珠笔画小狗时的划痕。

摄影棚内的所有嘉宾绕着一张圆桌坐下。主持人在中间位落座，负责掌控全局，把握节奏，还要时刻观察场下工作人员打出的录制提示。

节目正式进入录播阶段。许平忧托着下巴，屏息凝神，看着节目嘉宾的八卦纠葛。

熟男熟女之间总归没那么多弯弯弯绕，大多直来直往。一位性格内向的女嘉宾因为犹豫，错过了与心仪男嘉宾约会的机会。她在自我表达环节表现得依旧很得体，只有在接受幕后采访时，眼眶稍微红了红。

女嘉宾朝编导做了个“暂停”的手势，强忍住外泄的情绪。

“我自己性格就是这样。而且都这么多年了，我也已经学会了接受。不过有的时候我也会想，哎呀，你要是努力一点，别那么慢慢悠悠的，很多事情可能就不会发生，很多机会也都能抓住。”

她顺着话题，谈及自己的性格，不可避免地说起以往因为内向错过的时机与邂逅，惹来棚内许多人的叹息。

屏幕外，主持人柔声说出看客们的心思：“被动性格确实容易失去机会。”

她转向许平忧，很自然地问：“如果平忧在生活中遇见这种状况，会怎么做？”

许平忧不慌不忙，略加思索，坦诚地说：“其实我的性格也挺被动的。

如果错过了，多半会因为觉得尴尬，随它去了。”

许平忧眼睛不眨，外表看起来是一贯的温和从容，她轻松道：“不过，我还挺擅长从往事中走出来的。”

主持人应和地点点头：“哦……明白，就是挺看重缘分，善于自我开解。”

随即主持人侧过身，很自然地看向一侧的男人：“小费老师呢？”

两个人面对面，只隔着一个桌面的距离。

费行云抬眼看向主持人，笔在指尖晃晃悠悠，他笑着道：“我应该不太可能出现这种情况。”

主持人眼睛一亮，仿佛突然捕捉到什么猛料，夸张地惊叹：“哇哦，那你对喜欢的女孩儿一定很主动咯！”

此刻，摄影棚里所有人的目光全部集中到他身上。费行云依旧从容，仿佛天生适应这样的环境。

他没有回答得特别具体，笔在桌面上滚动几下，他还是一副懒懒散散的样子。

“算是。”

他做出很轻巧、很笼统的回应。

许平忧在第一页纸上写了什么，又放下了笔。

除她以外，在场的观察嘉宾中，还有一位演员。

既然是同行，节目录制的间隙，两个人便免不了聊上一两句。对方的资源比她要好得多，从小拍戏，在大爆的宫廷剧中露过脸，出演过女主角的儿子，最近又在一部大咖云集的电影中担纲男二号。在聊到许平忧即将上线播出的网剧时，他也没有显出什么轻蔑的态度。

“挺好啊。”

多年在演艺圈饰演配角的经历，使这男生掌握了为人处世的精髓。他主动把许平忧捧作前辈，还说：“网剧在题材上相对自由，方老师的演技也不错，我也跟他合作过。”

方老师，方沐，她那部剧的男主角，目前算得上这段时期她的搭档。

许平忧点了点头，冲端着纸杯送水过来的工作人员道谢，然后她同样跟这个男生打起了太极：“方老师也是科班出身，算我的师兄。有他带着，拍戏确实没那么难。”

节目录制结束，后勤人员开始收拾现场。

许平忧将答题页下的画纸抽出，撕成两半。于是，杜宾幼犬变成两个纸团，被她扔进一侧的垃圾袋里。

豆豆得了允许，进入关闭的镜头前。听许平忧提起刚才的聊天插曲，豆豆差点背过气去。借着帮她整理头发的时机，豆豆咬着牙在她耳边小声地说：“拍戏是没那么难啊，拍完后他那个经纪人才叫难！”

方沐此人，很有些背景。

虽然他年纪过了三十还在网剧里打转，但因为手持一两部大热过的古装剧，总能上一些营销看脸博主的“娱乐圈遗珠盘点”，属于路人缘还不错的类型。

许平忧和他合作过一部中规中矩的古装爱情戏，角色设定是老套的郡主和将军。本来拍完戏双方都不会再有交集的，谁知道这部剧运气不错，播出时正好碰上寒假。原创的剧本，逻辑也过得去，这部剧播出后竟然也激起了点小水花。

方沐经纪人的意思是，为了维持这点水花，两个人最好能配合平台，多多共同营业，借助角色吸一些两个人“绯闻”的热度。

许平忧还当是像以前一样，正常的互惠互利。但从出道就开始带她的经纪人曹姐，立刻嗅出其中的不对劲。

“‘炒CP（表示人物配对关系）’要热度很正常，只是她用了绯闻的说法。”曹月斩钉截铁地道，“虽然市场不愿意承认，但事实就是，如果不好好拿捏‘炒CP’的尺度，这对女演员的影响更大。”

这段时间，方沐的经纪人有意做了营销，他们这边就只能见招拆招。

事态发展下来，豆豆对对方经纪人没有好评价也很正常。

“没见过这么贪心想红的。只能说年纪大了，就要上赶着踩别人一脚……”

豆豆说话很少如此刻薄。她嘴里念念有词，将一双白色平底运动鞋拿出来。许平忧接过去，一边听她的抱怨，一边忍不住摇头笑笑。换下踩了半天的恨天高后，她长出一口气：“知道你很操心，只是这些话可不能……”

豆豆将声音压得更低了，冲她眨眨眼：“哎呀，我知道，这不是人快走完了嘛。”

娱乐圈的人，有点名气的，通告都是一个接一个。

一张圆桌，此刻走得连主持人都不剩，她们反而像是异类。两个人絮絮叨叨，慢条斯理地收拾着东西。

豆豆扶着许平忧，与她一同走出摄影棚。进入电梯后，豆豆继续小声地说："不过我还真没想到，Max 也会来。"

Max 是费行云的英文名。

许平忧摸出手机，不急着在电梯内说话。直到出了电梯到了无人的走廊上，她才平静地接话："没什么想不到的，毕竟都是圈内人。"

是圈内人，就要守规矩。

她想起他手腕上若隐若现的刺青，泛灰的发色……真神奇。他一贯是独来独往的自在性格，竟然也有配合上镜的一天。

豆豆为了干好助理这份工作，不曾主动要过谁的签名。只是今天，她破天荒地找了个机会，去问费行云要了签名。

"果然他的签名还是他做主唱时期的签法，没变。"豆豆低着头，小心地翻着自己的笔记本，叹息着说。

许平忧一边摘着马尾上的银饰，一边瞥了一眼：Max，费。两串字符被花里胡哨地串起来，干净利落，字迹带一点笔锋，飘逸潇洒，有那么点字如其人的意思。

她没什么感触。

若干年前，她第一次设计出这个签名时，想法就是如此。

豆豆去找东子确认用车。许平忧正好借着这个空当，去了一趟洗手间。

许平忧从洗手间出来，站在洗手台前与镜中人对视片刻，然后擦掉了唇膏。她唇瓣是干的，嘴里也发干。

洗手间的隔壁就是吸烟区，空寂无人。

有人打来电话，许平忧擦干手，按下通话键。男人的声音在耳边响起，是方沐。他装模作样，为之前的乌龙道歉。

"这次主要还是想跟你说声'不好意思'，是我们这边处理得不及时，才给你添了麻烦……"

许平忧在走廊上听着对方的道歉，她光顾着单手整理头发，不料迎头撞上路过的工作人员。小伙子年纪不大，看起来神色慌张，明显认出了她。许平忧不由得笑笑，移开手机宽慰对方一句："是我没好好看路。"

方沐的声音，其实还算好听。

当然，科班出身、从业这么久的他，不会说场面话就怪了。

外面的雨还没停，她站在吸烟区附近，身上裹着豆豆拿来的外套，左耳朵进，右耳朵出，还是刚才的语气，平平淡淡的："没什么的，师兄。"

她客套地喊一句“师兄”，已是表面功夫做到位了。

方沐在电话那头顿了一下，说：“那就好。”

他好像没有挂断电话的意思，良久之后才继续说：“小许，我有时候觉得，你给人的感觉与你的年龄不太相符。”

什么意思？是说她没有活力，总是按部就班，还是赞赏她成熟做事稳妥，所以才不容易生气？

不过，许平忧并不在意他的评价。

她摸了摸耳垂，才发现今日戴上的银色耳坠掉了一只。

许平忧一步一步顺着来时的路找回去。快找到洗手间门口时，她敏锐地闻到一股淡淡的味道。

吸烟区多了一道黑色的人影。

许平忧抬眼，目光一扫而过，然后收回目光继续往洗手间走。她找了一圈，依旧没找到耳坠。她干脆摸出手机，准备给豆豆打微信电话，叫她一起来找。

幸好这耳坠不是什么贵重的品牌，是她之前在国外拍摄时淘来的。许平忧懂得轻重缓急，把什么都理得很清楚，甚至有心思开玩笑。

有脚步声渐渐逼近，她抬头，对上一双眼睛。

许平忧最擅长装腔作势。她仰着头，从容道：“有什么事吗？”

费行云低着头看她，像一株黑色植物，嗞嗞地冒着凉气，带着攻击性。

要说冷漠也不是，毕竟他占了天生笑眼的便宜，脸上似笑非笑，全看与他对话的人怎么理解。

“没什么。”

几秒后，他将手中的垃圾丢进垃圾桶，又朝前走一步：“你……”

两个人之间的距离近了，她才注意到他的黑色衬衫解开了两颗扣子，露出脖颈和锁骨，还有一条细长的黑色颈链，款式有点像简洁大方版的 Choker（颈链）。

许平忧掐了一把手心，先发制人，声音平稳地问道：“你怎么会参加这个节目？音乐制作人也需要上综艺吗？”

快十五年了，她在对着他的时候，还是轻易就会显露出情绪，说话习惯性地带刺儿。

费行云微微扬眉，并不回答，只是从西装口袋中摸出一串银色的东西，抬起手。

许平忧没反应过来，下意识要躲开，结果却被人倾身捏住耳垂。

一瞬间，酥麻刺痒的感觉从耳垂传到后背，她身体无法控制地一颤，手指发抖。

耳坠重归原位。

许平忧摸了一下耳垂，掌心摸到熟悉的凉意，她皱起眉头正要说话，他的手指却从她的眼前闪过。他替她将一缕碎发挽至耳后，动作迅速，力度却很轻。

他的眼睛看着她，懒得跟她说好话，走前扔下四个字："路上小心。"

第二章

旧日时光

费行云一直懒得跟任何人说好话。

许平忧第一次见到他，要追溯到懵懂的少年时期。

那时候，他们俩都还与所谓的娱乐圈八竿子打不着。

那时候，智能手机刚刚开始流行，他们都还是萝卜头，身高差尚未达到如今的地步，绝对能归属在“小孩子”的范畴。如果生活顺遂，大家关心的应该是学校小卖部与外面超市之间的一块钱价差，谁经过爹妈允许拥有了自己的智能手机，谁跟谁关系好，哪门课的老师最讨厌，体育课为什么不能每天一节等问题。

那会儿，许平忧还住在尚未拆迁的成东巷。那里以老小区为主，筒子楼林立。一到饭点，各家各户同时开干，甚至能闻见各家饭菜的味道。今天炒的菜还是炖的汤，全都是公开的。

许平忧的父亲开了一家小装修公司，常年在外奔波。她母亲李姿玉是舞蹈老师，在许平忧有自主意识之前，李姿玉就提前为她安排好了舞蹈生这条路。母亲在邻居口中，除了模样漂亮，还有一点点为人清高。

傍晚，许平忧放学回家，就趴在老树下的石桌上写作业。

等她做完最后一道大题，太阳也差不多落了山。她收起中性笔，踩着斑驳的树影进入楼道，一路跑到七楼，跑得台阶砰砰作响。最后她喘着气，慢慢地在顶楼停下来。

她敲开门，就见李姿玉冷着一张脸，看起来已经等待许久。她虽然嘴上没说什么，但将一双拖鞋“啪”的一声扔到许平忧的面前。她背挺得笔直，神色冷静。

许平忧最怕这冷静。

每次练功不积极，不上心，学习效果不佳，她就会“享受”如此待遇。

许平忧低着头，一小步一小步地挪至餐桌前。

李姿玉指了一张椅子让她坐下，自己慢慢地挽头发。片刻后，她以一种冷漠的语气说道：“听班主任说，你上课不认真听讲，被抓到偷偷摸摸画画，是不是？”

李姿玉生气时也总是很平静，平静地说话，平静地做事，就连表情也是一如既往地得体，整个人看起来波澜不惊，只有语言夹枪带棒。

她喝了一口水，手边是一把戒尺，长短大小刚刚好，适合教学和教训使用。

天色暗了，屋里的灯只开客厅的一侧。

李姿玉淡淡地出声：“说话。”

许平忧低声开口，说不上有什么情绪。

“我错了。”

“错在哪儿？”

“错在上课不好好听讲，走神，不用功……”

这些场面上的认错话，说出口非常简单。话说到最后，许平忧已近麻木。她抬起头，对上一双漠然但秀丽的眼睛。

“错了。”

空气沉寂了片刻。半晌，李姿玉继续语气淡淡地说道：“是错在你不该把多余的心思，花在舞蹈以外的事情上。”

她让许平忧将随身的素描本拿出来。许平忧抱着书僵坐着，低头拉开拉链，抽出一本又一本的书。直到最后，她才拿出一本书皮包着的素描本，素描本封面上是戴着皇冠的小王子，这书皮是她在校门口的文具店买的。她从晨读纠结到放学后，最后才精心选出合心意的图案。

李姿玉翻开看了几页，依旧坐得笔直，身子薄如纸片。

纸片似的美人，连撕东西这件事，都能做得优雅。

“手伸开。”

戒尺落下来，一下、两下……许平忧一言不发，摊开手掌，她下嘴唇都快要咬出血，就是没有掉眼泪。

“以后还画不画了？”

许平忧一开始还试图倔强地保持沉默。

直到李姿玉不再留情，语气发冷，戒尺落下的力度加重，许平忧看着地板上的两道人影，身子渐渐开始发抖。两滴眼泪落在人影上，模糊的视线中，她哆嗦着出声：“不……不画了。”

“大点声，再说一次！”

李姿玉提高音量，如同平日里教导她练基本功一般吼道。

“不画了！”

她只觉得耳边嗡嗡响着，视线模糊。

夜色彻底降临前，她在心里喃喃地发了誓。

许平忧躺在床上缩成一团，望着空出的床铺角落发呆。

深蓝色的床单被罩，既像天空，又像海洋。她展开双臂，假装自己沉进海洋，忽然想起楼下小姑娘家的那只狗。

一只不知道打哪儿来的小狗，纯白色，垂耳，会咧嘴看着每个人傻笑。

她在成东巷一直游离在同龄人群体之外。白天要上课，晚上要练功，周末还要继续加练，另外还有学科补习。要想出门，李姿玉也不会给她额外的零花钱，更不许她参与幼稚无聊的孩童游戏。因为她觉得那不够艺术，也不够得体。

孩子们的感受总是很直接的。久而久之，她就成了传说中小气、孤僻的孩子。如果不是还有一两个跟她家住得近的小姑娘与她搭话，她几乎成了没人理的孩子。

这个年龄段，孩子的炫耀也很直白。小姑娘与她谈论暑假的自驾行：“这只狗是我爸妈带我出去旅游时捡的，说是名贵品种，肯定是哪家人带出去玩儿时弄丢的……不过也没什么，以后我会好好养它。”

小姑娘拿着手机给她看照片，山川河流，平原星海。这些照片一看就知不是出自孩童之手。

许平忧看了一眼，一声不响。

“你话真的好少啊，”小姑娘抱怨道，“要是再这样，我们还算朋友吗？他们都不让我跟你玩儿。”

许平忧也不知道她们算不算朋友。

思绪慢慢回笼，她瞧着床铺，意识到这点空着的空间，只够容下一只小狗。

如果有就好了。它不一定要像别人家的那样娇小可爱、雪白讨喜……哪怕灰不溜秋、调皮捣蛋也好。至少，它能够听人说一两句无聊的话。

第二天一大早，许平忧在熹微的晨光中出了门。李姿玉去舞蹈工作室的时间更早，她将早饭放在餐桌上。许平忧喝了一小碗南瓜粥，然后抓着包子出门了。她听着洒水车的音乐声，走路的身姿绷直，像一根竹子。

“你一天到晚到底在想什么？”坐在许平忧后面的男生姓苏，他总喜欢抓她的辫子，笑她话少，“闷葫芦今天转性，不画画了？”

许平忧越是不说话，他就越说得来劲：“不是吧，还真为昨天的小事记恨上我了啊？我平时也老被老师抓到上课干别的，也没像你这样啊，整天闷闷不乐的。更何况，我也不是故意告诉老师的，只是巧合……”

许平忧不理他，她托着自己的下巴，食指在桌面上画圈圈。

即便老师领着一个从未见过的男生进来，她也毫无兴致，只盯着一长串诗句发呆。她只抓住了老师长篇大论后的总结。

“费同学刚刚从国外回来，可能还不太适应这边的环境。大家平时要多多帮忙，同学之间记得互相关爱互相帮助。”

“老外？”

坐在她后面的男生被转移了注意力，大大咧咧地瞪着台上的人，他说话愣是不带脑子，说完才后悔了。

“好像不是外国人吧……”他又讪讪地道。

其实不怪他——被带进来的男生，长着一头浅棕色的头发，一双灰棕色的眼睛，穿着一身不符合本身年龄的黑色服装，轮廓锋利，脸上没什么表情，无论谁都能瞧得出他与众不同。

除去这些，还有一点很明显——他长得很好看。他不仅长得好看，气质还很特别。

这个年纪的男生大都面容稚嫩，行为也停留在幼稚的打闹、攀比、招惹小姑娘生气的阶段。突然有了一个跟他们截然不同的存在，就如同平静的湖面被丢进一颗石子，能引起多大的水花全看石子本身。

这一点，光是看台下小声议论的女生们就能看得出来。大概是转学第一天，校服还没来得及领，他穿的是自己的T恤和长裤，头发稍长，微乱，皮肤很白，个子在同龄人中算高的，鼻梁高挺，只有一双眼睛还是看得出来是亚洲人。

他神色游离，仿佛心思在教室之外。

许平忧抬头注视了他片刻，并未将这插曲当回事。

课间，班主任又将许平忧叫到办公室，谈起昨天跟她家长谈了一下她最近上课的情况。

班主任显然很用心，她语调平和，态度温柔。她关心许平忧的情绪、状态，提及许平忧这学期上课走神不是一次两次了，但也没说太多。

许平忧懂得她的关切，因此也没提及昨天被母亲惩罚的情况，只安安静静地站着，最后她说："谢谢老师。"

外面的阳光正烈，晒得地面都冒起了烟。

她是语文课代表，课代表的职责之一是收发作业，吃力不讨好。

她抱着一沓周记本准备出办公室的门。望着窗外的骄阳，她愣怔了几秒，恰巧办公室的门自外面被推开。外面的人与她对视了一眼，略抬下巴，然后往旁边挪了一步，为她空出足够的空间。

许平忧朝他点点头，直到走远了，才下意识地回头看了看他。

费行云。

许平忧想起了他的姓名。

学业上，她是标准的偏科生，数学一般，对文字有非一般的热爱，读得出名字的好坏。

"他真的是混血儿，我去问了，他的外国名字叫Max！"

显然，有人比她的消息要灵通得多。

女生们八卦起来总有无穷无尽的精力和时间，何况八卦对象是一个本身就具有神秘感和吸引力的人。

她后面的男生有了新的关注点，听见这番闲聊，他立刻嗤之以鼻地做出评价："停一停停一停……不是我说，你们知道这个又能干吗？在中国还是要说中国话，要用中文名。"

女生们很会反驳，朝他翻了个白眼，说："那也跟你没关系！"

"没关系就没关系，谁要跟小白脸有关系了！"

许平忧合上书本，回身从书包里摸出下堂课要用的课本，余光瞥见对角线上的人。

小白脸的确很白。

费行云趴在桌子上，埋头睡得坦然。他的整张脸陷进臂弯，左手伸出课桌，垂在桌外，延伸出微弯的弧度。

“真能装，也就你们女生吃这一套。”

做出“小白脸”评价的当事人又给费行云贴了一个标签。

费行云自然听不到这番评价。

上课铃响，少年睡眼惺忪地抬头，笔晃晃悠悠地在手指间转了一圈。他打了个哈欠，懒散又自在。

放学后，许平忧并没有直接回家。

她重新在学校门口买了一本素描本。这一回她没多挑选，拿起素描本直接放进书包里。她一路七拐八拐，绕至成东巷口，却并不往家的方向走，而是在分叉口直接向右，进了巷子里的另一条小道。听着小贩推车卖水的吆喝声，她找到一个摆放花草的店面。

这是一家小卖部，占地面积不大，卷帘门是银灰色的。现在是营业时间，里面灯光照得透亮。小卖部里排着三列货架，各种商品齐全。店铺的后门连通着一处小院落，小院里种着一棵榕树，满院花草。

许平忧默不作声地从衣兜里摸出十元钱，随便抓了一袋软糖、一瓶可乐，走到柜台前。

小卖部内，高悬的电视机里正放着相声节目，一对搭档插科打诨，逗得观众哈哈大笑。

柜台上一杯热茶冒着浓浓的水汽，阻绝了她的视线。柜台后的躺椅上睡着一个人。

“阿婆。”她隔着水汽喊，里面的人没有动静。于是她咳嗽一声，敲了敲玻璃柜台，又喊了一声，“邓阿婆……”

“啊。”邓阿婆自睡梦中惊醒，抚摸着头发慢悠悠地起身。见来人是许平忧，她立刻笑了起来，轻声细语道，“是小忧呀。”

许平忧有些不好意思，她同样笑了笑，然后将软糖和可乐推过去，并且递过去十元纸钞。许平忧结完账没有立刻离开，她接过找回来的零钱，缓慢地往裤兜里塞去。

“对了。”邓阿婆端起热茶，乐呵呵地道，“上次教你的那些，你还记得吗？”

许平忧顿时眼睛发亮，耳根微红。她竭力克制，嗫嚅着："记得的……就是最近学习比较忙，没怎么画了。"她的背立刻绷直，强装淡定道，"所以没法让您检查布置的素描作业了。"

柜台后的人听她这番像是借口的话，依旧淡淡地笑着："没关系，你现在更重要的是学习。"邓阿婆放下茶杯，伸手揉了揉她的头，温和地说道，"以后你还想学，周末继续来找我就是了。"

许平忧呼吸急促了一秒，她克制住，提着一口气，憋得满脸通红："好！"

李姿玉是绝不准许平忧碰碳酸饮料的，尤其是含糖的碳酸饮料，更别说糖了。

回家的路上，密封的软糖包装袋被她捏得皱皱巴巴的。可乐一口没喝，她送给楼下小姑娘了。

小姑娘一无所知，抱着她的小白狗，笑眯眯地夸许平忧这个朋友够义气。如果有机会，她们下次还要一起玩儿。

"回头见啦！"

许平忧难得地笑了，喘着气小声回话："回头见。"

她跑进漆黑的楼道口，身后的夕阳发着光和热。

这个周末，许平忧照常去少年宫上英语课。课后，她熟门熟路地直接溜到小卖部。

周日的下午，李姿玉要上工作室的舞蹈班大课，顾不上其他事。许平忧虽然没有智能手机，但还好有一台学生机。要是李姿玉联系她，她早已找好了借口：跟朋友一起做作业、看狗……毕竟昨天她和朋友都约好了。

邓阿婆一见许平忧就知道她的来意。她乐呵呵地起身，将小卖部的后门打开。许平忧跟着进去，仿佛进入另一个世界，安静舒适。

院子里青石板铺路，种了很多花草。一排葡萄藤架，满目青绿，生机勃勃。院子里的大树下有一张石桌，石桌旁摆了两把木椅和一个米黄色的画架。

许平忧还是同以前一样，买了软糖和冰镇可乐。她顺手把这些东西放在桌面上，然后坐上木椅，如饥似渴地听邓阿婆的教导。

邓阿婆声音轻缓，娓娓道来，将这处小天地变得更加神奇。

门外就是嘈杂的都市生活，有数不尽的课后补习和练功等着她。但现在她在这里，身体与情绪都很舒畅。

“砰——”小院的门突然被推开，发出巨大的响声。

许平忧被惊得身子哆嗦了一下。回过头，她看见自己放在石桌上的可乐被人打开，发出“刺啦”的响声。

那人身形单薄，头发有些湿，他一只手抓着滑板，一只手握着可乐仰头灌着，好像压根不在意这院子里多了个人。

“小麦回来啦。”

邓阿婆放下手中的铅笔，一点也不觉得惊讶，笑眯眯地招呼起人。

“嗯。”

小麦一口气灌下大半瓶可乐，眼皮都不抬。他应完一声，才懒懒地说：“您忙，我洗完澡去前面看店。”

小麦就是费行云。

他吊儿郎当地将滑板往房檐下的墙壁上一靠，看起来并没有认出自己的同班同学，径直走向房门。洗完澡出来时，他的头发更湿了。他换了一件深蓝色的T恤衫，肩膀上围了一块白色的毛巾，脚上踩着一双黑色人字拖，走得潇潇洒洒。

“哎，怎么又不吹头发。”

邓阿婆向来是好脾气又讲道理，然而此刻她眉头微蹙。费行云笑了笑，眼睛眯起来，也不打断她的话。等长辈说完，他才瓮声瓮气地接话：“知道了，奶奶。”

话说得多了，许平忧才发现他的普通话很流利，或许只是在班里懒得多讲。

许平忧安静地坐着，并不与他计较可乐的事。一瓶可乐才三元钱，远远抵不过邓阿婆教她一堂课的付出。

她不敢把素描本放进书包，学校和家都不是安全的地方。许平忧纠结了一会儿，最后向邓阿婆开了口。好在邓阿婆为人和善，对于她寄存本子的请求，她想都没想就点头答应了。

“当然可以，什么时候来拿都行。”邓阿婆和蔼地说，“反正我就一个人，给你上课我还能多个人聊聊天。”

许平忧不好意思地抿抿嘴，眼神不自觉地往柜台上瞄。

电视机被调至体育频道。

她们俩在说话，费行云就搬了个木凳子，拿着毛巾专心致志地擦着滑板。

柜台上摆着一桶已经开封的海鲜味泡面，还有两根包装拆到一半的火腿肠和一把灰色的小剪刀。这接地气的程度，与他的气质实在是不符。

邓阿婆去里屋切西瓜，小卖部内只有他们两个人。

电风扇慢慢悠悠地转着。许平忧低眉敛目，大拇指摩挲着关节。

于情于理她是该说点什么，可对方看起来有事要做，搭话的时机她就得琢磨一下。

邓阿婆这层关系……

“竟然在呢，听说隔壁那座运动公园修好了，去不去转转？”

一个男生踩着滑板从小卖部路过，大大咧咧地扯着嗓子喊他的英文名，他说英文略带点口音，听起来不像“Max”，更像“马克斯”或“麦克斯”。

看来不需要搭话了，许平忧如此想着准备出门。她才跨过门槛，李姿玉的电话就打过来了，她不得不在大门外找个僻静的地方按下接听键。

“工作室这边有点事，我到家还要晚一点。如果实在饿了，你就先自己把饭菜热一下。白天榨的果汁还有，但是不能喝多了，含糖量高……”

许平忧没什么说话的权利。她索性盯着巷内来往的行人，老实地以“嗯”“啊”“好”作答。

临近挂断电话时，许平忧背后忽然有道男声响起：“你等等。”

许平忧本就提着一颗心，听见这话，她身体一抖，缩着脖子，茫然回首，然后目光对上一道飞过来的弧线。许平忧立慌忙伸手去接。

一个紫色包装，里面装着软糖，是葡萄味儿的。

费行云在店里与她对视。他抬了抬下巴，神态随意道：“你的可乐和糖。”然后他才转头回答刚才那个男生的话。他继续擦起滑板，头也不抬，淡淡地说：“我刚从那儿回来，不去。”

可乐他没扔，被摆在泡面旁边，可乐罐外壁还有水珠往下滑落。

“什么糖？”李姿玉反应很快，她平静地发问，“你现在不在家？”

许平忧一跺脚，咬着嘴唇平静地回道：“谢谢，不要了！”

她抓着书包带，迎着夕阳往回跑。她举着手机，喘着气找理由解释：“我给楼下那家买的零食，谢谢她今天带我去看她家的宠物……”

真的假的又如何，总归躲不过盘问。

果不其然，许平忧晚上又被叫到餐厅细细审问。好不容易应付过去，她还是被母亲灌输了一通健康饮食的重要性。

李姿玉冷着脸端坐着，她喝完一口热茶，道：“算了，我不管你说的是真是假，我只跟你说正经事。”

“你现在正处于发育期，以后要走舞蹈专业的路，运动量还大得很，”不用戒尺，她也有许多道理讲，她半张脸隐在阴影中，絮絮叨叨，“有多少舞者因为受伤不得不放弃这条路，你知道吗？”

许平忧低着头，没出声。

夜深人静，许平忧坐在那儿与残月对视。她想起邓阿婆的院子、画架，便用铅笔写起日记。

“这次，阿婆还跟之前一样和蔼，教东西深入浅出，只是没想到，会遇见意料之外的……”

日记没写完，许平忧就停下了笔。没多久她又继续写道：“其实也没什么没想到的，世界上的缘分那么多，没道理我能占了所有便宜。”

临睡前，这些文字通通被她用橡皮擦去，日记本上那页纸重新变成一张白纸。

快到国庆节了，学生们早就开始躁动，期待着放假。

许平忧属于少数的异类。在她这里，长假和往日没有区别。除了父亲许凡波会从工作的地方回来，一切的作息安排都如往常一般无二。装修公司的业务往外市拓展，这一年许凡波不得不离开妻女。假期随着他一同回来的，还有一箱沃柑、一箱牛肉。

一家人吃过饭后，许平忧以和楼下小姑娘约好为借口，做好傍晚回家练功的保证后，才小心翼翼地出了家门。

邓阿婆不在小卖部，柜台上摆着一碟滴着水珠的西瓜，少年咬着冰棍在玩电脑。

少年穿着一件白色T恤，搭配着校服裤。一侧的头发稍长，他用夹子别着，免得遮挡眼睛。

许平忧家里只有一台台式电脑，仅供大人使用。她骤然见到一台笔记本电脑，难免会多看两眼。

费行云微微抬头，见到来人，他仍是那种随意的口吻：“奶奶马上回来。”他抬手拿出一个木凳，探身扔在柜台外，又把电视机遥控器放在两人之间。之后，他便不再搭理许平忧，继续戴上耳机摆弄自己的电脑。

这些日子，他们在班里几乎没有说过话。

许平忧抿住嘴唇，点点头。毕竟井水不犯河水，各做各的比想办法拉近关系更让人愉快。

等邓阿婆回来，许平忧就能拿到素描本了，她心情渐渐放松。

小卖部后面有男生大大咧咧地推开门道："麦子哥，你这是改行了，不搞音乐，继承阿婆衣钵了？"

费行云的眼神还落在屏幕上，他吃完最后一口冰棍，百无聊赖地说："嗯？"

许平忧看着电视上的综艺节目，主持人夸张地大笑搞怪，试图把气氛活跃起来。她的目光顺着男生的声音看过去，一瞬间血液倒流，她噌的一下站起来。

"你拿的什么？"

她长吸了一口气，目光落在男生手中的本子上，语气严肃。

许平忧长得很有欺骗性。

她身材纤细，五官端正，加上话少，很多人会在见她第一面时给她打上内向、安静的标签，认定她做事乖巧守规矩，绝不主动找事。

对面的男生显然也是这么想的。

"啊？"

小卖部里暂时没其他人来买东西，现在店里只有三个人，他被问得一愣。许平忧已经逼近他身边，指着他手里的东西，目光灼灼地发问："我问，你手里拿的什么？"

"什么拿的什么，就画架旁边的速写本……"

他有点茫然，倒是柜台后面的人半抬眼皮，先看明白了情况。

费行云呼出一口气，顺手拿过一罐雪碧朝他抛过去，不耐烦地抬了抬下巴："发什么傻，人家要的是你手里的东西。"

许平忧身形顿了一下，绷直唇线，没接话。

再迟钝的人，被直接点破，这会儿也该弄明白此时的情形。

"哦……哦，"男生眨眨眼，有点讪讪地解释，"我还以为这本子是麦子的。"男生把东西递过去，但还是浑身冒着傻气，"我叫安桓……真的不好意思。"

费行云起身，对准垃圾篓扔掉手里的冰糕棍，没什么参与他们对话的意愿。

"没事。"

许平忧同样没有交谈的想法。她低眉敛目，抬眼仔仔细细地扫过素描本封面，检查本子是否完好。

"今天这么热闹啊。"

大门处，邓阿婆拎着菜篮子进来。她看到小卖部内的人并不诧异，笑着挨个点起名。

她最后叫到“小忧”时，许平忧笑了。等到被招呼进院子，许平忧终于慢慢地松了口气。她抱着本子，头也不回地跟着邓阿婆进了后院。

小卖部重归平静。

安桓挠着脸，好不容易缓过了神，纳闷地问：“我刚刚是不是把这姑娘给惹毛了？”

费行云打了个哈欠，手支着下巴嗤笑一声：“才看出来？你不是还傻乎乎地自我介绍了吗？”

“那不是没反应过来，下意识就说了……我要是反应过来了，肯定不会说啊。哪有人主动给人记仇的机会。”

安桓一边嘴上嘟囔着，一边拉开易拉罐的拉环，还伸手从货架上拿了一包原味薯片。

他的动作进行到一半时，被起身往后院走的费行云“啪啪”两下打断，费行云还附赠一句简短冷酷的话：“不给钱别动。”

不仅如此，费行云转过身几步走到柜台前，他动了动鼠标后拔掉耳机道：“帮我看五分钟店和电脑，我马上回来。”

“还要不要脸了，要人干活不给报酬啊！”

身后的人试图追着喊冤，费行云直接推开门又关上。

他微微躬身，穿过青绿色藤架，钻进小院的厨房。洗净两个玻璃杯后，他熟门熟路地泡了一杯六安瓜片，又倒了一杯凉白开。

许平忧和邓阿婆两人坐在书房的房檐下。邓阿婆左手摇着一把蒲扇，右手拿着铅笔，慢悠悠地讲课。费行云也不打扰她们，他将玻璃杯往窗台上一放，又把冰箱里的半个西瓜切了，一并放好。

许平忧肩膀微动，没有抬头。

许平忧傍晚到家时，家里已经平静如常。

许凡波举着手机，刚刚结束一通工作电话。听到关门的动静，他点头招呼：“回来了啊。”

“嗯。”许平忧应声，低头安静地换了拖鞋。

“刚刚我还和你妈说呢，反正正好国庆放假，在家里待着也是待着，你有没有什么特别想去的地方？”许凡波没话找话，笑着问她。

许平忧走到客厅，行至阳台，按时准点提起喷壶，干起浇花的活儿。

“我没什么特别想去的地方。加上我还要练功和补课，可能来不及。”

许平忧伸手捋过一片叶子，略微停顿后补充道：“其实去哪儿都可以，主要看您。”

许凡波放下手机，拿起遥控器将电视调至新闻频道，语气自然地说道：“好吧。”

新闻播音员字正腔圆的播报声充满整个空间，屋外有推车声、吵闹声，还有斤斤计较的讲价声……

父女俩像是没有更多可交流的想法和内容。

这个家就是如此，稳定在它的平静，奇异在它的平静。

“那等你妈回来我再问问。”许凡波补充道。

平静没有什么不好。

许平忧“嗯”了一声，然后去厨房择洗李姿玉拿出来的备菜。

洗完菜，许平忧准备练功。因为家里房子面积不大，所以书房被征用了一半，一半摆放台式电脑和书桌，另一半铺了软垫，立了一面大镜子，当她的练功房。

楼下的小姑娘给她发来短信：“国庆假期最后一天出来玩吗？对了，你怎么还没买智能机啊。现在大家都用 QQ 联系，我看你 QQ 都没上过线，找你好麻烦啊。”

许平忧回复：“可能去不了，要练功。”

回复完消息，她将手机丢至一旁，头贴住大腿，继续做起拉伸运动，额头出了一层薄汗。她所在的位置刚好对着一扇小窗户，一抬头就能看见霞光满天，可她没抬头，虽然她正在做“一字飞燕”这个动作。

假期结束的那天，许凡波开车送她到学校。

李姿玉坐在副驾驶座，慢条斯理地说着她这几天练功还算用心。

恰逢节后上课第一天，家长的车在学校门口堵了一路，一眼望不到头。

许平忧按下车窗玻璃，刚好看到学校隔壁公园的人工湖，她当机立断道：“我就在这里下吧，这样就不用找地方停车了。”

她快速开车门下车，穿过人行道，然后跑了起来。

在一片吵嚷的人声和行车声中，公园门口的绘画者却非常平静，他对着远处的湖光树影、飞鸟芦苇继续动笔。

她静静地拉着书包带，无声地看着，有些入神。

“看画呢？”

有人骤然出声，她被吓得身子一抖。她惊讶地回头，对上一双灰棕色的眼睛。

费行云的哈欠打到一半止住了，他的表情忽然变得有些微妙：“不是，这都第几次了，我有那么吓人？”

许平忧下意识地开口：“没有。”

熟悉的高跟鞋的声音自男生背后传来。她身形一僵，咬着牙小声纠正：“我没看人画画。”

李姿玉将她落在车上的校牌递过来，目光自费行云的脸上滑过。许平忧已经反应过来，她主动解释说：“同学，刚刚遇见的。”

“同班同学。”许平忧抿了抿唇，神情镇定地补充道，试图忽略掉被这边动静吸引而转头看来的绘画者。

职业习惯使李姿玉站得很直。许平忧的话音刚落，李姿玉以一种冷淡且平静的神情打量起在场的第三人——哪怕对方还是个毛头小子。

费行云明显不在意这个，他神情依旧自在，双手插入裤兜，根本不关心旁人的想法。

许平忧藏在背后的右手不安地攥紧，然后，她听到他用近似谈论天气的口吻喊道：“阿姨好。”

费行云接着许平忧刚刚的话说：“看许平忧同学没带校牌，我提醒她一声。这几天校门口查得挺严。”最后他慢慢地说道，“没事我就先走了。”

最后的这句话他是对着许平忧说的，他懒懒地抬手，食指指向学校的方向。

他经过李姿玉身边时，不怎么走心地朝她点了下头，然后慢悠悠地走远了。

许平忧有点发怔，眼神没敢追过去，只是余光瞥见地面上的影子渐远，直至消失。

“头抬起来。”片刻后，李姿玉终于有了动静，“之前我跟你说过什么，学舞蹈的要时时刻刻注重仪态，在同学面前含胸驼背像什么样？”

李姿玉与她对视几秒，伸出手为她系上胸牌。有条不紊地做完这些后，她才催许平忧进校门，然后转身踩着高跟鞋离开。

许平忧听着响动，头也不回地朝着学校走去，呼了一口气。

刚才，她很怕费行云会戳破她的谎言。毕竟，他们两人的关系只能说认识，根本谈不上熟稔。

许平忧心脏怦怦跳，后背出了一层薄汗，她忍不住回头看了看，公园门口的绘画者还在原地坐定，一点没受刚才风波的影响，继续动着手中的笔。由于离得远了，她看不清画架上的画作，只能看见两三个与她穿着同样校服的学生笑嘻嘻地上前同绘画者搭话，气氛很融洽。

许平忧抿了抿唇，强迫自己融进不断涌向学校的人群，小跑着进入学校大门。

许平忧班上的学习委员因为父母工作调动，转学去了别的市。上课前，她收发作业时被班主任单独叫去办公室，问她是否有意愿临时接手这个职位。

许平忧有点茫然，毕竟论成绩她也不是第一名，这学期还有过上课走神、开小差的“黑历史”，学习委员怎么也不会轮到她。

班主任给出了理由：班干部有责任心是最重要的，她做事情认真，老师对她的能力十分认可。

许平忧沉默着从办公室出来。她倒不是不能理解老师的一片苦心：既要她专注于学习，也要她不要再在同一件事情上出错。

老师在语文课上宣布了这个消息。她宣布完毕后，班级内响起稀稀拉拉的掌声。

当天晚上，李姿玉破天荒地就这件事发表议论。

“就是要敢于在老师面前表现自己。”她很少笑，笑起来是浅浅淡淡的，“以后等你进了初中、高中，更要这样继续保持下去，对你的将来也有好处。”

“其实我不太知道‘将来’是什么。

“就好像我走在一条没有尽头的路上，唯一的目标只有不让别人失望。”

许平忧在白纸上轻轻地写完，又轻轻地擦去。细碎的橡皮屑被收拢成一团，又被无声地倒进桌边的垃圾桶内。

夜深人静，她被梦中的一场大火烤得口干舌燥。醒了之后，她轻手轻脚地摸去客厅倒水。

卧室自客厅延伸出一片“7”字形的阴影，她顺着阴影慢慢地走，无声无息地找到饮水机，从旁边的收纳架上小心翼翼地抽出纸杯。

主卧的通话声隔着门板漏进客厅。

“你跟我说这些有什么意思，答应了你的事情就是答应了。这么多年，我有说过后悔吗？”

一门之隔，李姿玉的声音冰冷而清脆。

“不想吵架就不要说那么多无关紧要的事情。你的耐心有限，我的耐心也有限。与其争个对错，不如先把正经事做了。”

许平忧家所在的筒子楼，顶楼常年不锁，被住在最上面几层的居民用作晾晒衣物的场所。

许平忧常常借着晾被套的工夫去楼顶舒口气，但她此刻出不了家门，只能踩着木椅，坐上暗黄色的书桌。

窗户大开，窗外月明星稀。隔着防护栏，许平忧抱着膝盖，茫然地望着远处的高楼。

天气并不怎么讲道理，雨说下就下，连绵的雨幕像一张笼罩住城市的巨大蛛网。

许平忧第二天一早刚到校，坐在她后面的男生就立刻鬼鬼祟祟地找她说话，似乎想要讲点什么不得了的大事。

许平忧刚在走廊上收了伞，裤脚被积水打湿。她不动声色地将凳子往前挪了挪，无声地表示自己不感兴趣。

“喂。”

“姓许的。”

反复多次以后，直到第二节课的课间，这男生终于忍不住了，开始往许平忧的桌子上扔纸团。但她依旧没什么反应，来一个纸团她就默不作声地扔进书桌旁悬挂的塑料袋里，没事人一般。

放学时，这男生不知道想到什么，到底还是给她传来了字条。他把字条往她桌子上一扔就走了，跟一阵风似的。

“我没有别的意思，就是提醒你一声，咱们班还有其他人想当学习委员。你就这么直接被老师指定了，也没进行班内选举，所以，你懂的。哦，还有，上回那件事的确是我不对，害得你被老师发现在画画，我跟你道歉。”

许平忧面无表情地将字条揉成团，丢进垃圾桶里。

班内每天都要安排一组学生打扫卫生，再按照学号安排一个人值日，今天正好轮到她值日。许平忧收拾好书包，不急着立刻离开，而是将黑板仔仔细细地擦了一遍，又去办公室检查了一下作业的收发情况，尽职尽责。

刚走到楼梯口，她就遇见一个人提着扫把上楼。

费行云手上戴了一只与校服颜色相近的护腕，裤腿松松垮垮地卷起一只，与他第一天来的时候一样。

许平忧目不斜视，挺直着背下楼。

两人擦肩而过时，她听见一道声音在长长的楼梯间回荡："我发现……"

她脚步下意识地停了，她侧过身，对上那双灰棕色的眼眸。

费行云看着她，神情散漫地道："你好像不太会好好跟别人交流。"

第三章

秋日暖阳

这个时间点，楼梯间没有别人。

许平忧不否认，也没作声。她收回目光，抿着唇继续往下走了两级台阶。等理清思绪了，她才回头平静地说道：“应该跟你没关系吧。”

外面的雨停了，空气是凉的，少女的声音也微微发凉。

费行云扬了扬眉，手撑着扫把微微耸了下肩：“嗯哼。”

他看着少女的眼睛——应当算是端正好看的杏眼，却不怎么晶亮，眼神晦暗。

费行云转身朝楼上的教室走去，留下一个背影。他的右手在空中抬起，食指中指波浪似的动了动。

“路上小心。”

许平忧被留在空荡荡的楼梯间，一个人沉默了几秒。片刻后，她深吸一口气，一鼓作气地奔向学校大门，裤腿又被路上水坑里的污水浸湿了一片。

其实她不该是那种态度的，尤其还有邓阿婆那一层关系。即便是再不懂人情世故，她也应该明白和费行云处好关系的重要性。

回到家，许平忧抱着换下来的校服裤子，有点烦躁地将它揉成一团扔进洗衣机内。

一扇透明的小窗之内，蓝白色的衣物不停地交错翻滚，像滚动的浪，耳边是剧烈的机械轰鸣声。

良久，她听到有人叫她的名字。

李姿玉正在炖一锅排骨汤，她腾不出手，于是喊许平忧下楼去巷子口拿一份快递。她一边吩咐，一边头也不抬地淘洗着什么，还多提点了一句："应该是衣服，别拿错了。"

这座城市发展得越来越快，成东巷也有了越来越多的规矩，最新的一条规矩，是过了晚上八点便不许送货的商业摩托进入，居民怨声载道也没办法。

许平忧换上运动鞋，走进沉沉的夜色中。

时间晚了，天空中又飘起小雨。

"哎呀，都说了不要挤，不要挤，一个一个来……"

巷子口，快递小哥的摩托车亮着大灯，人被好几个大爷大妈举着伞团团围住，听声音挺无奈。

许平忧的身高不占优势，她便不急着往里面钻。她干脆缩着胳膊，老老实实地站到一旁的房檐下。

巷子口的茶馆里，麻将声响得震天。也怪，人的工作热情会因天气消减，爱好和消遣却不会。

她听着麻将声放空自己，几道脚步声越来越近。

摩托车的灯光照亮了两个奔跑的人影。

前面一个有些咋咋呼呼，脚步飞快，手上抱着篮球，口里喘着气催促："大哥，你能不能快点？"

后面的男生不慌不忙，步调自有节奏，没出声。

许平忧看不清人脸，也不怎么挂心。

快递小哥身边的人闹了半晌，终于一个个拿了自己的包裹离开。她看准时机，刚要走进雨中，后面跑着的男生目光似乎朝这边落了落，他忽然放慢了脚步，对着她的方向"喂"了一声。

许平忧侧头，还没看到人，一团黑影已经直直地朝着她这边飞了过来！

她下意识地闭眼接住，脸皱成一团。等了半天她才敢把眼睛睁开一条缝——掌心里，竟然是一把伞。

伞柄是黑的，伞面微湿。

"麦子哥，你属牛的啊，这么慢！"

安桓停下来，忍不住去拉后面的人："你就不好奇今天剧情能到哪儿，咱大古哥能不能顺利渡过这一关？”

后面的男生笑起来：“有什么可好奇的。”

“他是英雄，英雄不是都能拯救世界的吗？”

许平忧到底还是没有用伞。

伞和快递都被她护在怀里，她一口气跑上七楼。

“东西放到餐桌上，之后练功或者做作业，自己选一个。”

厨房内有人声响动，李姿玉隔着墙提醒她之后的任务安排。她蹲下身换鞋，闷闷地“嗯”了一声，然后她依照李姿玉的吩咐放好东西，无声无息地进了卧室。

她出门之前忘记关窗户，雨飘进来打在书桌上，弄湿了几本书的封面。

许平忧手里拿着纸巾，一本一本认认真真地擦过。做完这些后，她托着下巴，盯着桌面上的黑伞发呆。

门外有一点动静，她想也不想，立刻把伞扔进抽屉里，开始背诵语文老师要求背的课文。

李姿玉进来在床头坐下。她倚靠着墙面，面无表情地检查她的背诵作业。等许平忧背完后，她把“已背”两个字签在作业本上。

新到的快递早就被拆开整理过一遍。李姿玉起身拉开衣柜，又检查一次。她背对着许平忧，一字一句地叮嘱：“明天我可能会回来得晚一点，新的练功服放在衣柜最外层，香蕉也买了，练完功要是饿了再吃……”

“知道了。”许平忧安安静静地答话。

屋子里十分安静，李姿玉稍微停顿，关上衣柜后转过身平静地问：“我进门之前，你藏了什么？”

许平忧的脸色一瞬间发白。李姿玉不慌不忙，了然一般让她去书房把戒尺取过来。

许平忧有些麻木地照做了。

那把伞果然被搜出来，每天被她拿橡皮擦成空白的日记本也被搜了出来。

“拿快递的时候邻居借给我的，之后去还。”

“笔记本，开学的时候买的，还没来得及用。”

真话假话，一半一半。

李姿玉手指扶着抽屉边沿，探身细细查看里面的东西。半晌没有发现异物，她遂将椅子转了个身，理好睡裙慢慢坐下，目光凉凉地看向她的眼睛。

“没有画画用的？”

许平忧微微咬牙：“没有。”

她想昂首挺胸，想庆幸自己未卜先知，想大声反驳，想说些什么，但都被对面人的神色震慑住了。

最后，她只是语气僵硬地说了一句：“我已经发过誓了。”

周日下午，艳阳高照，李姿玉去带大班的舞蹈课。许平忧拿着黑伞，关好家里的防盗门，跟逃跑似的跳下最后一阶台阶。

一楼的家常闲话追着她，小贩的叫卖声在身后追着她。许平忧头也不回，气喘吁吁地直奔小卖部。

千百种来来往往的人声间，柜台后的邓阿婆抬起头来惊喜地叫她：“小忧。”她又笑着说，“你先进去等我，我算完这笔账就来上课。”

“好！”许平忧的心突然安定了，她重重地点了两下头，忍不住扯扯嘴角。

她推开后门，出乎意料的是，青石地板上有音符跳跃、翻滚。

费行云在门一侧的凉椅上坐着。他穿着短袖短裤，抱着不知道从哪里弄来的吉他拨弄着。抬头看见她，他也不觉得意外，只略微点了下头，自然得很。

正是抽条的年纪，少年手长脚长，身形劲瘦，坐着也自在。

身后是四方的院落转角，红色房檐，灰色青瓦，圈出一片完整周正的天地。人影和音符落在其中，成为最鲜活的一部分。

许平忧渐渐放松下来。她手里捏着黑伞，说多犹豫不是，多紧张也不是，纯粹是有一点尴尬。不久之前，她撵过他。此刻，她却要直白地还一份被自己接受的好意。

她没说话。费行云目光一扫，先一步看透了她的心思。他低头继续拨弄琴弦，顺口道：“伞放在石桌上就行。”明显也不需要她的道谢。

“哦。”她简短地答，乖乖地照做。

两个人似乎没有什么多可聊的。

直到邓阿婆推门进来，带来两个消息。一个是安桓又溜出家门，在外面准时地等着费行云，邀他一起看电视剧。邓阿婆顿了一下，慢慢地说出了另一个消息：“不出意外的话，跟之前说的一样，你母亲下个月中就能回来了。”

许平忧继续安静地调整着桌椅板凳。抬头时，她看见吉他被人随手搁在凳子上，孤零零地躺着。

吉他的主人起身，顺手拿起石桌上的雨伞，从容地答道：“知道。”

他跟上回一样，转身去厨房端出两个玻璃杯——漂着茶叶的，冒着热气的。

邓阿婆去里屋取铅笔和别的绘画工具，许平忧刚坐下，听到了他的话。

“听说你学舞蹈讲究多。”费行云垂首，将两个杯子置于窗台之上，很自然地开口。倒不是他阴阳怪气，只是习惯直来直往，“我是外行人，不清楚具体的，以后要喝什么可以提前说。”

许平忧侧头，正好看见他的悠闲神态，又“嗯”了一声。

费行云眉目一动，表情有点奇怪。

他直身看着她，丝毫不客气地道：“又是光‘嗯’不说话？”

许平忧与他对视，眨了眨眼睛才反应过来。她抿了抿唇，说道：“不是特别甜、含糖量特别高的都行……家里人要求的。”又似乎是意识到自己的身份不适合给人添麻烦，她连忙补充，“白开水就可以。”

费行云扬眉笑了，神情懒洋洋的：“这就对了。一天到晚到底在纠结什么，想说什么就说什么，直接点不是挺好？”

不记仇、自由自在……挺神奇的人。

费行云走了，许平忧没有回头，余光和耳朵却同时捕捉到了后院门关上的动静。

邓阿婆准备好一切，在右前方坐下，开始授课。

许平忧强迫自己迅速回神。她呼出一口气，拿着铅笔，对着摆好的静态素描对象画出第一笔。

周一的上午，班里热闹非常。

班内的座位每周一轮换。这一周，许平忧终于轮到最后一排，教室最里面的一组。她终于不用再忍受后面那个男生的骚扰。

许平忧说不上因此心中高兴，略略松一口气却是有的。

教室里热水没了，碰上生理期，班会课前，许平忧不得不想了个办法，去楼下一层的办公室求助老师，接了些热水。

放学后，班主任把许平忧叫到一边，低声问话：“许平忧，没记错的话，你家住在成东巷是吧？”

她点点头。

“正好，”班主任松了口气，说道，“你帮我把今天各科的作业带给小费。他今天请假，家也在那边。周一例会，我去不了……”

许平忧低头看着练习册上的名字发愣。班主任怕被对方误解了意思，多解释了一句："小费，费行云。"

班上的同学都快走光了，班主任看着她，又轻轻地叹了口气，把她叫去空无一人的走廊尽头。

这一回班主任的声音更低，她柔声说："还有，以后……让你的爸妈不要再破费了，请吃饭和送东西其实没什么区别。学校有规定，你们家老是这样也不好。本来这事不该跟你说的，但是……"

班主任的表情纠结了一瞬。许平忧却感觉脑子里"轰"的一声，瞬间领会过来：拒绝家长这条路已经试过了。而且，多半毫无成效。

许平忧的脸顿时发红。

"老师不能搞特殊化，你本来也很优秀。"

老师的话语和态度都是柔和的。

夕阳透过窗户漏进走廊，融进发烫的红色，抽走她的热度，让人身子僵硬，半晌不知道说什么好。

直到老师拍拍她的肩膀离开，她才木头似的对着空气出声："我知道了。"

可此时她面前早没人了。

许平忧回到成东巷时，已将近晚上七点。沿途过去，能隐隐闻见各家的饭菜香味。

李姿玉的电话打过来时，许平忧想也没想，低声据实以告。

"对，是老师让顺路帮一下忙，给请假的同学送资料。"

家里一直要求她只要人出了学校，就必须时刻保持学生机的通畅。

电话对面话语的重点完全在意料之中：问清是老师的任务，同学的家也在巷子附近，提一提晚饭，最后落到正事上。

她无声地听着，站在夕阳里看波浪，下意识地缓了脚步，答："嗯……送完马上回去。"

许平忧没有立刻说出班主任提的那件事。

这条从学校通往成东巷的路，她从小到大不知道走过多少次。她今天走得比平时慢，却还是出了一头的冷汗。生理和心理原因都有——腹部微疼，脑子空白，一半的魂儿还留在学校走廊上，直到快到目的地前才找了回来。

直走，右转，只见小卖部的门半掩着，许平忧敲门进去，没看见预想中的人，只看见对着电视聚精会神的安桓。

他听到动静急着起身，结果看见是她，明显松了口气。他毫不犹豫地抓着手上的薯片袋子坐下，说道："是你啊……阿婆和麦子都不在，我帮忙看会儿。你如果找他们的话，可能得等等。"

他不过是过来送几本书册，放在这里也是可以的。

许平忧抿了抿唇，斟酌了又斟酌，到底还是出于责任心，慢慢出声："那大概……"

"阿婆可能要久一点，不过麦子去隔壁拿药了，马上就回来。"

"哦。"

安桓的心思虽然在电视上，却也不是完全缺根筋的人。

他回头看了许平忧一眼，说道："差点忘了，要不你坐下等吧。"

说完他立刻起身，双手端出一个凳子，绕出柜台放好，又回到自己的座位，继续盯着电视目不转睛。

电视屏幕上的剧情正到要紧处，怪兽和英雄激战正酣，安桓看得入了神。

最后一招英雄反派互放冲击波，"砰"的一声，怪兽在白光中轰然倒地，将正义的一方衬托得光芒万丈。他也仿佛入了戏，夸张地握拳"耶"了一声，脸上露出满意的笑容。

许平忧无声地坐在另一边，对着随手拿出来的语文课本翻看。她一只手搭在腹部，静默得如同雕塑，与旁边人完全是两种状态。

费行云戴着口罩回来，一开始并没有看见她。

他进了门，步子拖得缓慢，手里的塑料袋随手往柜台上一扔。

安桓对着空气唰唰出着拳，明显还在兴头上没出戏。被费行云放东西的声音惊到了，他才从观剧的快意中回过神，清清嗓子，不太自然地挠着脸问："看完回来啦，大夫怎么说？"

明显是一副"中二"的心虚样，并且为了掩盖这份心虚，他还要没轻没重地往费行云这边跳。

当事人早有预料，脑袋一歪，躲开了，吐出沙哑的两个字："发炎……"

许平忧听得清清楚楚，她合上书本，抬头对上对方的眼睛。

一上一下，一高一低，费行云偏头把人推开。他的表情有点茫然，分明了是根本没想到她会在这个时间点出现在这里。

少年的口罩是黑的，衣服和裤子也是黑的，眼睛也仿佛被碎发的阴影染黑了，头发反倒成了唯一的亮色。

双方之间，刚好就只有一个人的距离。

许平忧不慌不忙地起身，正想简单说明来意，安桓又跟个猴子似的，忽然从两人之间朝着冰柜溜过去。

“我去拿两个冰激凌吃……哎哟，是请客——请客，付钱行了吧！”

对于费行云无声跟过去的目光，安桓倒还记得经验教训，第一时间出声强调自己的清白。强调完了，他又有点贱兮兮地说：“哦，请客好像也没用是吧。差点忘了，你发炎，肯定不能吃。那我就只请人家小姑娘吃了。”

安桓注意到起身的许平忧，主动道：“你要什么，冰棍还是甜筒？”

费行云歪了下脑袋，毫不犹豫地踹他一脚道：“吃你自己的。”隔着口罩，他的声音闷闷的，不像平时那么悦耳。

他没忍住，低头咳嗽两声，精神也有点不济，侧身不声不响地往柜台后靠。

安桓被踢了也不生气。他咬着冰激凌幸灾乐祸，嘿嘿笑着，故意叫他的英文全名：“哟，怎么了，我们麦克斯同学竟然也有今天啊！”

费行云不搭理他，伸手收起被乱扔的电视遥控器、漫画书，整齐地放回柜台后的架子上。

许平忧静静地站着，表明来意的“送书”两个字都到了嘴边，被他一个随意的眼神给吓了回去。她没抓准时机，只能目送对方的背影消失在后门。

不一会儿，费行云再次出现。

他熟练地用肩膀抵开门板，端着两杯水出来，又从柜台后的架子上拿来抽纸，扔在一杯水旁边。他回身看一眼许平忧，算是示意。随即他拆开塑料袋里的一个药包，端起另一杯水，面不改色地就水吞下去。

许平忧眨了眨眼，没反应过来，又听见他敲了两下柜台。

“砰砰”两声，不轻不重。

少年的半张脸藏在口罩下，仿佛用尽力气用沙哑模糊的声音说出两个字：“热水。”

安桓咬着巧克力脆皮千层跳过来，没弄明白情况，还要抢白：“他说是热的！”

许平忧点了下头，终于反应过来，说道：“谢谢……”

她不明白他怎么看出她的情况，知道她需要这个，更不可能主动发问。

许平忧抽出一张餐巾纸，略略擦过额前的冷汗，却没去动水杯，而是将书包里带的作业拿出来，简短说明来意。

安桓听得清楚明白。他从看热闹的状态慢慢切换到可怜的感叹："病了也要被老师追债，还有钦差大臣主动登门……"

"看你这命。"他咬着冰激凌"啧啧"两声。

费行云懒得多看这个活宝。他神情恹恹地翻开一本，又立刻合上。然后他对着柜台对面的人点点头，明显已经完全说不出话。

许平忧绷着神色，拇指掐着掌心，继续语气平稳地说："那我先回去了。"

有客人进来要买一瓶酱油，费行云看着她，眼神比平时多停留了两秒。他又抬眼，直接把活宝当成店小二差使。店小二想反抗，但看他一副无精打采的病人样，也只能心软地接受差使，唉声叹气地帮忙引导客人。

许平忧盯着水杯，在临走前象征性地喝了一口水，然后毫不犹豫地转身离开。

费行云抓了抓头发，打着哈欠看一眼时间，随手从旁边的册子上撕下一页，写字风格就像他这个人一样随意。

他走出柜台，把纸张递到安桓面前，说道："多看几分钟，我出去一下。"

安桓眨巴着迷茫的小眼睛读完，刚要说话，费行云已消失在店门外。

罢了罢了。

"敢情有人打算送姑娘回家，就得有人当冤大头呗。"

安桓嘴里嘟囔着，仰头对着天花板唉声叹气。

天黑得明显，他倒也知道费行云为的是什么，只不过嘴上说说。

许平忧一路走得无声，专门顺着街边有光的住户店面走。

她走到筒子楼那边时，李姿玉刚好走出单元门，脚步匆匆，明显是要往外走。两人骤然对上眼神，李姿玉的神色显然有些不好。

"怎么去了这么久？"一句话凉凉地滚落在地。

许平忧垂眉敛目。即便知道自己占理，她也习惯性地陷入沉默。

李姿玉又问："你怎么耽误了这么久？"像是不需要她的答案，李姿玉犹疑似的一顿，接着道，"算了，回家再说。"

这时有个男人从一楼出来，身上带着刺鼻的劣质香烟味。

成东巷就这么大，住户之间本来就是熟人居多。人要出来也不能拦着，路过时难免好奇母女俩的情况，多看两眼，招呼一句，都在情理之中。李姿玉板着脸，明显受不了这股香烟味，也受不了对方好奇打量的眼神。她绷着神色，平静应声。

谁都不想在阵阵的聊天声和麻将声中说些烦心事。

许平忧跟在李姿玉后面，一路行至七楼，慢一步进家门。等李姿玉问完要问的，说完要说的，她才道："不太舒服，路上就耽误了一会儿。"

李姿玉听了这番话，意料之外地没有生气，更没多说什么。

临睡前，许平忧喝了一杯备好的红糖水，最终知道了意料之外的答案：打完那通电话，李姿玉就立刻跟班主任确认了情况。她得知许平忧没说谎，自然就不可能有太大的情绪波动。

"不舒服就早点睡。今天好好休息，明天叫你。"

"嗯。"

她手里的空杯子被李姿玉收走了。

许平忧难得有一个夜晚不必进入练功房。目送人影消失在房门后，她却一点也高兴不起来。意识沉入黑暗前的最后一秒，她又迷迷糊糊地梦见自己来到了学校走廊上。梦里一会儿是聊天的同学们，一会儿是和蔼的老师。只有她透明地飘浮着，整个人缩成一团。

第二天早上，李姿玉不急着去工作室，许平忧干脆挑了喝完粥即将出门的时间，将老师私下跟她说的话一股脑地倒出来。

李姿玉端坐在桌边，整个人明显僵了僵。半晌，她才放下筷子声音平稳地问："老师是单独叫你出去说的吗？"

许平忧换好运动鞋，并没有朝餐桌的方向侧身，慢慢地理了理自己的校服衣领，说道："嗯。"

"放学的时候单独叫的我，没有其他学生和老师在场。"许平忧补充道。

防盗门发出"砰"的一声响，一扇厚重的铁门隔绝掉母女俩继续交谈的可能性。

许平忧垂眉敛目，默不作声地朝楼下走去。

她们母女俩在某些方面的确足够相似。也因为相似，她才没有多待，选择在走出家门前说这件事。

只需要关上门，就是独自一个人的世界。

学校按照往年的惯例，要举办全校范围内的运动会。

许平忧没有参与的份儿。一来，她主观上没有意愿。二来，旁人也不会将她算作有可能参与的一个。

体育委员在班会上说的是，全班有意向的人都可以主动报名。过了好几天，女生依旧有集体项目没凑够人数。他也不嫌麻烦，敲着桌子挨个问。

就连这样，他也没有问到许平忧。

走到她这排时，他抓了抓头发，到底还是跳过了她，情真意切地求助起她的同桌。

“救人一命胜造七级浮屠，姐，你但凡是有一项可以的，都行！”

许平忧同桌的眼睛在两人之间瞟来瞟去，神情犹豫。

许平忧头也不抬，对着草稿纸算着计算题。

“不了……我本来也不是很擅长体育运动。”跟许平忧同桌的女生摇摇头，小声地说出真心话。

身后的男生从小卖部回来，刚一坐下，立刻探头探脑，笑嘻嘻地用笔帽戳许平忧的背。

之前他消停了一段时间，到底是控制不住本性，又开始找她说话，拉她的头发，毛毛躁躁地试图找她聊天。

费行云的座位调换到许平忧的右前方。眼下，他前后左右都围着人，体育委员站在最前面，继续对着他说道：“信我，哥们儿，你要是能来，咱们班的总积分肯定能超过隔壁班！”

体育委员拍了拍胸口，显然对他充满信心。

费行云的确擅长体育运动，这从他刚刚转来这所学校就为大家所知了。

所以，什么班级荣誉，学校表彰，团队氛围，该说的场面话都被他一股脑地往外抛，也自然在情理之中。

费行云懒洋洋地托着下巴，笑着，听着，却没有被说动的迹象。

等对方终于滔滔不绝地说完，费行云才简单地表示赞同：“很有道理。”

这边，后座男生还要闹。许平忧有了教训，面无表情地克制着情绪，无声地将凳子往前挪了挪，匆忙写下一张字条“有事放学说”，然后团成一团往身后一丢后便不再多管。

在她的斜前方，费行云的声音荡荡悠悠，听起来带着笑意。他不提自己，干脆顺着对方的集体大义，继续慢条斯理道：“你说的我都明白。可是名单都安排好了，其他人横插一脚也不好。”

“就按原本的名单来吧，”他神情懒散，语气果断，却又不得罪人，“刚刚那些话都说得挺对的……每个人都要积极参与班级活动。既然参与报名就要有出力的决心，不该因为要急着出成绩，就被剥夺权利。”

说完，费行云起身慢悠悠地朝走廊走去。体育委员跟上去，说话已经没了刚才的气势。

许平忧听得清清楚楚，她的嘴角不自觉地往上一扬，将头埋得更低了。

放学以后，她随意找了个借口打发掉坐在她后面的男生，悄悄溜走。回家路上，她从人行道横穿而过。路过几个同班同学，对方不同她打招呼，她就同样目不斜视，提着一口气笔直地过去。擦肩而过后，她才渐渐地放松了肩膀。

她觉得流浪的猫猫狗狗比人类更可爱，蹲着和橘猫玩了一会儿，脸上终于有了一点笑。

进巷子口时，她刚好碰上一楼麻将馆的老板娘。老板娘手上提着一筐子肉和菜，笑呵呵地喊她的名字。

老板娘家里还经营着筒子楼旁边最近的小卖部，她莫名有点抱怨和打探的意思：“你都好长时间没来我这儿买东西了，是不是有什么学校里比较流行的东西我们没进到货？”

许平忧的心漏跳了一拍，迅速反应过来，摇了摇头。

“这段时间学习太忙，家里管得严，以后一定会去的。”她面不改色，拿学习当挡箭牌。

在邓阿婆家学习画画这件事，许平忧从一开始就打算谁也不告诉。

她不仅不愿意让任何人知道，还想着最好连一点证据和痕迹都不要留下。就和她那本被抽查过的空白日记本一样，她必须提前做好准备。

但这件事不可能持续太久，无论是现实条件还是别的。

邓阿婆不可能一直义务传授她知识和技巧，她也不可能仗着年龄小和厚脸皮，一直这么不知回报地享受别人的好意。

可人是受喜好控制的生物。于她而言，这件事的诱惑力实在太大。

思考再三，她还是忍不住要一头栽进去。

周末，许平忧比以往更早地来到了小卖部。

费行云这回又换了一套装备——深蓝色卫衣和运动裤，摆着笔记本电脑，抱着吉他，脸上依旧戴着口罩。

“哆、来、咪……”

她在细碎的音符声中推开院门，一直坐到太阳在天空中逐渐偏西。

日光不够亮了，上完正课，邓阿婆让她到小卖部里检查作业。借着室内的白炽灯光，她们谈论着冷光和暖光，还有明暗交界线。

费行云同顾客熟练地打交道，帮人从货架上取下所买的东西，算账，找钱。坐回座位上，他抱着吉他，又是一副安静闲散的模样。如此反反复复，他丝毫不嫌累和吵。

作业快检查完的时候，有位阿公颤颤巍巍地登门，满头的银丝，跟柜台后的人说要买一个打火机。

邓阿婆见状立刻起身，面上带着笑上前问明白情况。

说得多了，阿公有些心虚，开始急起来："哎哟，问那么多干什么，点灶台用的呀！"

邓阿婆却笑着，依旧语气温和地道："这不能怪我。你刚从医院出来没多久，陈姐特意跟我打了招呼，如果你要上门买烟买酒，都必须跟她知会一声。"

费行云跟在旁边，眉头一扬，把打火机放回原位，默契得都不用多说一句话。

巷子里外，都是冷暖人情。

人情与她无关。许平忧抱着本子拿着笔，默不作声地看着。她的目光不自觉地往孤零零躺着的吉他上落，安静地出神。这种情况在他们家的生活中从来不曾出现，至多客气地说几句就算了。

好不容易送走难缠的阿公，柜台后的电话又响起来。

邓阿婆接起电话"喂"了一声，整个人骤然顿住。她的目光朝费行云扫了一眼，转了个身，把声音压得更低。应声过后，她放下听筒，挂断电话，似有犹疑地往费行云坐着的方向躬身。

许平忧也不傻，立刻低头，意识到接下来的话很可能属于隐私的范畴。

要不然，她去后面避一避也行……

"您坐。"

费行云抱着吉他起身，空出椅子留给长辈，眼神刚巧和她对上。他的声音还是懒懒的："直接在这儿说就行，也不是什么大事。"

邓阿婆没吭声，反而是费行云笑了一下。他轻轻"哎"了一声，有一点轻松逗乐的意味："她在回家这件事上爽约也不是第一次了，您怎么还愁眉苦脸起来了？笑一笑，十年少。"

邓阿婆望着他，最终还是叹了口气，没说什么。

许平忧听见了也只当没听见。“她”是什么人，这是什么情况，都不是她该探究的。

一通电话把气氛搞得有些低沉。

婆孙俩都没有多余的话可说。邓阿婆到底还是温柔的性子，主动提出去后院给他们洗新买的葡萄。

“不用，你们坐着吧。”

许平忧要去帮忙也被婉拒了。院门在她眼前晃晃悠悠地合上。她还没回头，吉他重新慢悠悠地响起来。

这一回，他弹起了曲子。

她回过身，一时半会儿也没想法，侧着身傻愣愣地站着，既不搭话，也不打断，只是安静地听。

听不出好坏，就只剩下最简单的好听与否。

吉他声停止的一瞬，费行云抬眸，倒也不问弹得如何，只弯了弯眉眼，说道：“试试？”

许平忧站着，对面的人坐着，视线高度却没差多少。

费行云搭着一只腿，右手松松地垂在吉他前，骨节突出。

“试什么？”她平静地问。

费行云不答，下巴朝手里的吉他点了点。

许平忧有些恍惚。她抿了抿唇，一时半会儿不知道怎么回应。

费行云轻轻呼出一口气，说道：“怎么又不说话……刚刚不是偷偷摸摸看了好几次，想试就痛快点儿直说。”

原来这也没逃过他的眼睛。

“我没……”

刚刚没看，还是没想试？

许平忧和他对视，反驳的两个字停在嘴边，最终还是心里发虚，有气无力地咽了下去。过了半晌，她重新抬头，说：“我先回去了。”

对面的人没听清，声音自鼻腔里压出来，有些莫名：“嗯？”

“帮我跟阿婆说一声，我先走了。”许平忧说。

她说走就走。剩下的一小半作业点评也不听了，葡萄也不吃了。她微微点了下头，抓过书包，跌跌撞撞地离开了。

运动会开了两天，许平忱就独来独往了两天。

第二天下午是大多数比完项目的学生的自由活动时间，许平忱拿着这些天攒的零花钱，买了一个哈密瓜往小卖部走去。

她到的时候，邓阿婆正在躺椅上织一条灰色围巾。讶异之余，她嗔着许平忱以后不要再带东西。左右为难，邓阿婆索性去厨房分起瓜肉。

费行云带着滑板回来，她还是专心致志地听邓阿婆讲课，一点也不碰摆出来的果盘。

天气开始转凉，他往阿婆身后的躺椅上塞了一个枕头，又拿来一条薄毯。

许平忱看他一眼，立刻意识到了什么。待人离开，她立刻开口道："阿婆，我们去室内吧。"

她说的室内是书房，里面摆着一张雕花大桌，两把红木椅子。桌面上有一排毛笔和砚台墨汁，墙上还挂有一幅山水图。

课程结束，她出了门后也不急着走，就顺着邓阿婆的意思，在小卖部里找了个凳子准备坐下。

"喂。"

"喂。"

真是一尊木头雕像！

费行云表情微妙，一副没办法的无语模样。看她不说一句话，他竟然直接起身，单手拎着吉他，朝这边走了过来！

许平忱惊得下意识要躲，结果脚下一空，她跌回座位上。

闭眼皱眉间，许平忱只觉得膝盖上多了一份沉甸甸的重量。

她在迷茫中重新睁开眼，他已经回过身，隔着烟酒柜台探身，单手去拎自己刚才坐的板凳。

"又不是要跟你动手，"费行云瞪她一眼，"拿稳当了。"

他背对着她，后背却好似长了眼睛，她慌慌张张，不自觉紧了紧抱吉他的动作。

稍后，凳子便砰的一声被人搭稳，他在她斜前方，与她面对面地坐稳当。

许平忱之前就没碰过这玩意，完全是新手。

费行云将下巴一托，不自觉暴露出好为人师的毛病，让人不得不按照他的指示，老老实实调整姿势，握住琴颈，扶稳琴弦。最后，费行云声音微微放轻："对，就这样，随便拨一下。"

许平忧是头一回碰吉他，她垂了眉目，也不知道自己怎么就老实地听从对方的话做起来。

她伸手轻拨，琴弦震颤一秒，指尖的皮肤也跟着发热，与握画笔是全然不同的体验。

拇指、食指……最后又是拇指。

"嗡——啪！"

正常的琴声骤然变得刺耳。

许平忧呆愣地看向手背，没来得及说话，手上的琴已经被人迅速抽走。

原来是一根弦断了，蓄积大量的力，断裂的一半抽向手背，差点割上皮肤。

"别动！"

费行云想也不想，径自抓住她的手，检查起情况，眉头微蹙，神情认真。

她浑身不自在，不等对方检查完，立刻猛地抽回手，嘴上不自觉地道歉："对不起……"

费行云怎么也没料到她的第一句会是这个。他的神情有些愣然，憋了半天，憋出一句："服了你了。"

许平忧绷着嘴角，试图张嘴说点什么，却找不到话头。

如果不做剧烈的动作还没事。

她刚刚猛地一抽手，自然不自觉地用上了力，拇指和食指之间的手背皮肤挤压出一缕细细的红，被肤色衬托得很显眼。再幸运，也还是被琴弦刮伤了。

没了人声，她耳边就只剩下电视上播放的护肤品广告的声音。

费行云眼皮一抬，扫过一眼，无奈地叹了口气。他径直起身，留下一句干脆的话："待着别动。"走到半途，他又回过身补充道，"店先看着，来顾客了就让他稍等。"

吉他被他顺手放回柜台。再出来时，他手上多了一个小小的深红色玻璃瓶和一小袋棉签。

许平忧抬起头看他，自知理亏，心里七上八下的。她想也不想，迅速将手里无聊摆弄的东西收进外套口袋。

"人坐着就行，手摊开。"

费行云活学活用，学会了不跟她废话。

“不是掌心朝上，翻个面儿……对，就这样，别动。”

而且，他看起来也不需要对方说话，照做就行。

费行云蹲在地上，捏起棉签给她的伤口消毒。

许平忧抿了抿唇，静静地问：“多少钱？”

费行云抬头看她：“嗯？”

许平忧微微沉默，注视着他慢慢起身。她自认为这句话总挑不出错，顿了一下，继续补充道：“你的吉他弦。”

可能是心里有所准备，费行云这回非但不气不惊，反而格外坦然。

“我以为你说处理伤口多少钱呢。”

他眉目飞扬，笑意散漫地溢出来，自顾自地说：“无价行了吧。但是我善心大发，用不着你赔。”

许平忧越来越感觉不自在。

她看着他，实在僵硬，眉头微微蹙起，刚要出声，只见邓阿婆拿着纸笔推门进来。于是，她莫名其妙说出来心里曾经想过的一句话：“之前就一直觉得……你的名字起得很好。”

很平常的寒暄，很生硬的吹捧。

邓阿婆听得清楚明白，非但没笑她没话找话，反而很善解人意地解释：“是吧，他自己起的中文名。”难得有一点外露的高兴。

他做完该做的，已经几步走到了柜台后，不出声。

费行云清楚得很，就她那憋着一股劲儿的性格，瞎扯话题，肯定是不想让阿婆知道她受伤的事。他把装着碘伏的瓶子和棉签收起来，找出一个小盒子装好，手里头忙着，并不参与这边的对话，明摆着又有其他要做的事。

“取的是‘流动的云’的意思。”邓阿婆还在缓慢地往下说。

天色暗沉下来，柜台后的人摁亮小卖部的白炽灯，专注地换起琴弦。

许平忧合上做完批注的素描本，交还给邓阿婆。她一只手揣进外套口袋，刚好摸到被她藏起来的东西——不过因为等人无聊，被她折腾得换了个形状，藏起了锋利的尖端，微微硌手。

想着这会儿校内运动会也该结束了，许平忧起身，目送长辈进了后院。

她经过柜台时，费行云于百忙之中抽空抬头，斜她一眼，将什么东西放在台面上。他敲了两声，说道：“拿着。”和上回给她倒水一样，顺手的事。

许平忧看了一眼，是两张创可贴。

她抿了抿唇，将衣兜里的东西摸出来，放到创可贴所在的地方。交换完毕，许平忧起身往外走。

断弦被歪歪扭扭地折成一朵金属花。

费行云换好吉他弦，试弹过后，天色已经彻底暗了下来。他最后一次拂过琴弦，成调的音阶响动。他一抬眸，刚好看见这朵金属花躺在透明的玻璃上。

日子如果一直这样持续下去，也是能过的。

至少，学校里老师的课照常，活动照常。同学不主动来往也没什么，井水不犯河水。日子长久下去也就渐渐形成了习惯，满打满算还剩一年就能平平静静熬到头。

许平忧还记得那天的天气，秋末的日子，上午下过一场雨，午后万里无云，太阳高照。

她跟往常一样，洗过澡吹过头发，换好衣服，下楼时走过一楼的麻将馆。

学画的日子持续了多久，她就经历了多少个这样的周日下午。

楼下小姑娘家的小白狗渐渐大了，已经会护主吼人，远不如小时候温顺。不过小主人乐见其成，也不去纠正它这个恶习。许平忧听出对方话里话外的得意，也不戳破。她只是听着，点着头，对方说什么就是什么。

快到学期末尾时，有了期末考试的压力，许平忧也不能再像之前那样一周不落画画。这一趟过来，她也有要跟邓阿婆说一声暂停的意思。

费行云不在，据说是和安桓一起去了运动公园。滑板又换成了其他项目，他的生活远比她的丰富多彩。

这些日子以来，她的中指左侧生出一层茧，微微凸起。

邓阿婆却笑说她这是用了心，使了力，才有此收获。

“不过你这个年纪要懂得爱美，”邓阿婆是过来人，给她一个解决办法，“回去抹点油，揉一揉、搓一搓……或者每天晚上厚厚地涂一点乳霜就行。”

许平忧只点头听着，没应声。

邓阿婆却像看透了她一样，叹了口气说：“你一门心思扑在想做的事情上是好的，但也不要过分专注了。要学会对别的事情抱有兴趣，无论是人还是物……”

这时的天气，早已经不是在室外上课的时候。

第一回还是费行云提醒了，她懵懵懂懂，有些惭愧地想到邓阿婆年纪不小了。

有时候，碰上家里另一口人不在，她最后一点课程也只能挪到小卖部上。邓阿婆要准备其他的日常所需，她一个人守着，不知不觉也记下了一些商品的价格。

安逸久了，许平忧的警惕性也就没有刚开始的时候强。

邓阿婆去后院做饭，有人影投进来。许平忧还低头看着手里刚换的新素描本，问着："老板不在，您随意看，需要什么告诉我。"

对方没有回答。

许平忧瞬间反应过来。她呆愣在原地，恍惚地抬头，对上一张铁青的脸。

李姿玉发着抖指着她，声音尖厉："出来！"

许平忧也不知道她妈怎么找到的这里，只觉得身体里的血液已经渐渐凉了。

素描本被人一把夺过去，丢在地上，发出"哗啦"的响声还不够，又被踩了几脚。

许平忧还有点发愣。她被人一把抓住胳膊往外拽，躲闪不及，膝盖直挺挺地磕在柜台上，发出巨大的撞击声。

"我一直以为是我多想了！一楼的阿姨说你好些日子没去买过东西，我也没觉得有什么。你在外面接电话的次数多了，我也以为你是真的交了朋友。昨天问了楼下的，我才知道你根本没去过几次。要不是我今天特意请了假跟着你，你还打算瞒多久……"

李姿玉声音颤抖，明显气得不轻，一双美目几乎烧出火来。

成东巷永远不缺热闹事儿和看热闹的人。

门外开始聚起好事的人群。她低着头，神情麻木冷漠，只看到长长的两道人影往外绵延。

李姿玉最爱面子，最看重行事得体。此刻她却像一株张牙舞爪的植物，情绪激动："我说过多少次了，不许画画，不许画画。你想跳好舞，就没有兼顾其他事情的精力，到底谁为你好……"

身后的院门被推开，邓阿婆喊着她的名字："小忧？"

许平忧听到自己的心脏忽然开始狂跳。

被人围观没有产生的屈辱感忽然涌上她的心头。邓阿婆还在说话，李姿玉也在说话，只有她无话可说，整个人仿佛要烧尽了。

“您是小忧的妈妈吧？

“小忧在绘画上有兴趣，也有一定的天赋……

“是这样的，我退休前是美术老师……”

“她是我的女儿，她学什么，我说了算！”

许平忧终于受不了了，她抬起头，咬着嘴唇，声音颤抖着：“妈。”

“啪！”李姿玉面无表情，手高高扬起：“我让你说话了吗？”

门外好像寂静了一瞬。

许平忧捂住了脸，一滴积水自房檐滴落，仿佛一滴眼泪。

眼泪往下落，敲打在路面，看热闹的街坊邻居毫无察觉。

有人劝说李姿玉，你作为家长跟孩子计较这个干什么，这个年纪懂得主动学习就很好了。还有人仿佛感同身受，帮她说话。

他们议论纷纷，李姿玉全不在意，指甲陷进她的皮肤，像要掐断血管。她渐渐地冷静下来，沙哑着嗓音与邓阿婆争论着什么。

许平忧抬起头，看到门外一双灰棕色的眼睛，头皮骤然发麻。

是费行云。

他好像已经在这里站了一会儿了。

许平忧反应过来，捂着脸，不禁打了个冷战。她迅速回头，根本没敢看他的神情。

她的手发着抖，目光死死地盯着自己的脚尖。她明知道自己该说点什么，手臂的温度却在急速下降，抽空了周遭的一切暖热，什么意图都被磨灭，只恍惚听见李姿玉的声音在耳边振动。

“我管教她，天经地义。

“你不经过家长的允许就给一个小孩子开课。老师是吗，我也是老师，那就叫您一声‘老师’了。趁着人多，热闹，大家来评评理——随随便便抓个小孩儿授课，这算守师德吗？”

李姿玉冷静下来，又开始说些阴阳怪气的话。

许平忧听得身子发抖，轻轻“嗞”了一声。不是因为刚刚被打了一巴掌，而是手腕被掐出一道道痕迹，又痛又痒。

邓阿婆脸色发白，倒吸一口气，强忍着怒意要来拉她，也被人一个大跨步挡在前面。

外面太阳没了，忽然下起雨来。

李姿玉的声音渐渐地弱下去，被雨水声淹没。

有些人看管教孩子的戏码看得烦了，觉得无趣了，散了。还有些人不知道从哪儿拿了伞，越看兴致越高，拽了路过的自家小孩儿就地说教："看看，这就是不务正业的下场。你小子以后再这样，也小心挨揍，知道了吗？"

她成了反面教材，脸颊的痛渐渐散去，羞耻感顺着雨声开始蔓延。

有人迈步进门。许平忧神情麻木地低着头，刚巧看见一只骨骼分明的手朝着地上伸去。

费行云俯下身，打算拾起什么。

素描本早就面目全非，碎了许多页，烂成纸屑，只剩封面完好无损。

费行云拍了拍，抖去灰尘。

许平忧眼皮微动，以为自己要落泪，却只感觉浑身发寒。邓阿婆咳嗽起来，她不敢看。捡起本子的人打算说话，她不敢看。

李姿玉大口地呼吸着空气，喘气声越来越大。她明明死死地发力抓着许平忧，下一秒，又变得冷冰冰、轻飘飘……

"咣当。"

她被带得身子往后摇摇晃晃，眼前一花，被什么人扶了一把也顾不上，只能下意识抬头。

轻飘飘、纸片似的美人，摇摇晃晃地倒向地面。

"妈？"她愣怔地哑着嗓子喊出声。

小卖部里不是老小就是病弱，几个看了整场"好戏"的看客反应及时，把伞往地上一扔，冲了进来。

"快快快，打120！"

"老天爷……怎么还有吵架能吵晕倒的！"

"快去个人到隔壁药店找大夫！"

当天晚上，许凡波驾车从外地赶回了成东巷。

许平忧坐在医院走廊上，好心的护士看她左脸肿着，给了她医用冰袋。

走廊上的人来来往往，根本没人在意缩成一团的她。

巷子里的人嘴碎，却也热心。有大妈帮着忙前忙后，临走前特意陪她坐了一会儿，劝她好好听父母的话，别置气。

"说到底，他们供你吃喝，你不能惹他们生气。你爸是不是还在外地工作来着？大人有再多的不是，初衷也是为你好的。”

许平忧低着头默不作声。沉默许久，她哑着声音问：“阿婆还好吗？”

那大妈说道：“哪个阿婆……哦，你说邓阿婆啊，她挺好的。本来她也想跟来，让人给劝住了，估计现在在家里，大孙子正陪着。况且还有街坊邻居在，你也别担心。之后让你爸陪着去上门道个歉，事情也就过去了。做邻居的日子还久着呢，哪里来的什么纠葛啊。”

她听了，好半天才小声说道：“谢谢您。”

那大妈拍拍她的肩膀：“好孩子，挺可怜的。”

医院从来不是宁静的地方，无数生命在这里悲欢聚散，连一个座位都是候诊的紧俏资源。

脸渐渐地不痛了，手脚也有了力气，许平忧吃力地眯着眼睛，干脆起身把座椅让给一个拄着拐杖的青年。别人叫她，她也毫无反应，摇摇晃晃地走远了。

许凡波疲惫地从二楼下来，看她就蹲在医院的角落里，抱着手臂缩着身子，半天没有抬头。

“怎么不坐着等？”许凡波很诧异，朝后张望，说道，“那边不是有座位……”

他伸手拉她，力道放得很轻。

蹲得太久，供血跟不上，许平忧缓了几秒，站定后抽回手，低声道：“她……怎么样了？”

“没有大问题。不过医生说最好住院观察一晚，不出意外的话，明天就能回家。”许凡波伸手，想揉她的头，动作一顿，发出一句低低的叹息，“你也别太担心。”

父女俩出了医院，坐上车。

一路闪过多少霓虹，许平忧就扭头看了多久。

许凡波原本想带她到常去的面馆吃面，随便应付一顿。可车刚在巷子口停下，他们就看见有邻居围上来，热切地问着什么。于是，他只能在附近停车场把车停好，两人趁着夜色回了家。

许凡波把钥匙一扔，难得声音柔和地道：“你去洗个澡吧，平复一下心情。我去煮点面，吃完咱俩聊聊。”

浴室蒸腾的热气让人喘不过气，许平忧不敢闭眼，她使劲搓着手臂的皮肤，神色麻木。

许凡波厨艺不佳，简单做了两碗清汤挂面。

许平忧也不挑食，低头闷声坐下——或者说，她从来乖巧，在他面前一直是内向的乖女儿形象。从小到大，她从不曾在家里掀起过什么风波。要学舞蹈，要补课，都是大人决定的事，她根本没有任何意见，老实听话得过分。

在今天以前，许凡波很难想象她会把李姿玉气成这样。

他几口就吃完了面，喝尽了汤。想到一会儿还要去医院守着，他捏着额角，慢慢地呼出一口气。

许平忧不声不响，起身拿着碗去了厨房。

她再出来时，外面已经是铺天盖地的夜幕，只有头顶一盏灯昏黄地亮着，父女俩隔着餐桌坐下。

“本来这件事，我一直觉得不该让你知道，但是……”他顿了一下，才继续说，“但是你妈妈的情况，你也看见了。

“她以前身体不好。刚刚从单位退下来的时候，医生说她因为长年累月饮食作息不规律，营养不良，多项身体指标不合格，这几年才好了些。

“不过比起这个，她……”

许凡波在烟雾缭绕间沉默了一会儿，慢慢地道：“你妈受伤之前，差点就要当上舞团的首席舞者。”

他说了很多，包括许平忧知道的和不知道的。

“当年她受伤是因为升降台出了问题。单位那边给的说法有很多，可能是意外，也可能是有人……事到如今，追究这些已经没什么意思了。但在那会儿，你妈差点想不开。身体上的问题好养，心理上的问题，经历多少年、多少个医生也没法完全解决……”

许凡波掐灭烟头，接着道：“我没什么别的希望，只希望她能平平安安地把这辈子过完了就行。所以这么多年，你们娘儿俩需要什么，想要什么，我都努力满足，隔着百里千里也没问题，只要你们好好的。”

“可是……”

可是什么，他到底是没说出口。

许平忧坐在阴影中，身子慢慢缩成一团。

许凡波：“平忧，我希望你能无忧无虑，也希望她平平安安。你好好的，她也好好的。

“只要你听话、孝顺，还像以前一样，我们这个家就能幸幸福福的。”

他声音沙哑：“爸爸是真的很累。”

许平忧忽然明白了。

从小到大，不知道有多少人好奇过她的名字。名字都是寄托美好希望的，怎么会有人取这个“忧”字呢，竖心旁，一听就叫人丧气！可是，她一直不敢问。直到今天，她才模模糊糊地悟出了答案。

爸爸拍了拍她的头，慢慢地换鞋，关上了房门。

她蜷缩着身体坐着，直到阳台上连一点人造的光都不剩。她起身冲进卧室，丢掉被多次擦掉字迹的日记本，撕掉一张又一张纸，全部揉成团，又全部踩扁。最后，她气喘吁吁地停下来，抓着房门钥匙，冲出了家门。

凌晨时分，顶楼没有人影。雨还在下，楼顶也没有晾晒的床单被套。

她一个人站着，浑身被雨点打得发麻。

可她不觉得痛苦，她只觉得轻松。

所有该恨的、该怨的，都被雨水冲刷而去。

追究、思索、探寻、自怨自艾，都没了意义。

就这样吧。

就按别人的意愿来吧，她想。

第四章

指尖生长

秋日的雨连绵不绝。等到日复一日的秋雨停了，也就到了寒冬。

成东巷的冬天不下雪，许平忧的生活也变得更加无趣。

许凡波去了外地，依旧两头跑，每隔一两周回来一次。

有了之前的教训，李姿玉盯她盯得更紧。每天再忙，她也会来接许平忧放学，并时刻保持和班主任的联系。至于周六周日，她则提前跟工作室的老板和同事打了招呼，将许平忧直接带去工作的地方。除此以外的时间，李姿玉要求她时刻开着学生机，随时汇报自己的行踪。

李姿玉冷着脸大包大揽，她照常接收，也没说什么多余的话。

“作业带齐了吗？”

门口的人发问，许平忧不说话，无声地点点头，习惯性地将书包递过去。

李姿玉的身形比之前更瘦了，莹白的脸，纤细的手腕，看起来似乎弱不禁风。不过，她走路稳当。刚从医院出来那会儿，她有很长一段时间走路脚步虚浮，现在精神头好了不少。

书包放在餐桌上，已经被人检查过，连每本书的夹页也不放过。

卧室门打开着，许平忧侧身，静默地望着窗外的阳光，慢吞吞地围上围巾。

“可以了，”李姿玉的声音又恢复成往日的冰凉，头也不回地道，“背上书包，走吧。”

母女二人路过麻将馆，穿过日日走过的巷道。

有些街坊邻居看见了，还会关切地询问李姿玉的身体情况。由于受过别人的照顾，李姿玉再摆冷脸就没有道理。她站在后面，耐心地听长辈们聊天。自家母亲有些僵硬地搭腔，她并不插一句嘴，只当透明人。只有别人喊一句“小忧”时，她才偶尔应个声。

之前的事情就像没有发生过。

在这段时间里，许平忧渐渐学会了与他人保持距离。

不仅仅是对巷子里的人，还有学校里的老师和同学。不是多么明显的变化，毕竟以前她也话少内向，只有接触得久的人才会发现。

一学期即将结束，唯独她的同桌看出她跟以往的不同。

女生纠结了半晌，终于还是说：“你话越来越少了。”

许平忧有点茫然地抬头，听到对方说：“你这样，可能不太好。”

“我妈妈说，”这个女生本来也不是外向的性格，鼓足了勇气小声道，“就算再害怕再内向，也不能不融入集体。不然，很容易吃亏的。”她瞥了一眼身后空荡荡的课桌，又道，“他比以前更喜欢骚扰你，估计也是因为看你脾气更好……”

她甚至连气都不生了。

坐在她后面的男生以前缠着她闹，许平忧还会有显出恼怒的时候。现在她却已经真真正正地毫无波澜。甚至不忙的时候，她还会转过身去，无声地看着对方，用眼神问他干什么。

许平忧听得出她是出于好意，难得对着她笑了笑：“谢谢你。”

等那女生背着书包走远，她也不急着走出教室。作为班干部，最后一天，她依旧主动留下来再检查一遍桌椅板凳。

冬天的天总是黑得早。

窗户外面，榕树叶子已经掉得一丝绿意不剩。班长将劳动工具清点一遍，拉上窗帘，叹了一口气，有些不太自然地跟她说：“你先回去吧，我一个人就行。”

许平忧动作一顿，点点头：“好。”

大多数的学生都急着赶回家，享受美好的假期生活。操场上就只剩一些精力过剩的男生，一边玩着各种游戏，一边讨打似的逗弄几句同班女生。他们肆意挥洒着汗水，天不怕地不怕，活力十足。

她背着书包，在走廊上无声无息地看了一会儿后才慢吞吞地下了楼梯。

快到一楼楼梯口，许平忧目光无意间掠过右侧楼道。她怔了怔，不禁加快了步子。

“许平忧。”

“跑什么啊。”

等着的人却没那么老实。

费行云一贯是要做什么就铁定要做，拖沓不是他的风格。许平忧躲他躲得太明显，眼下的机会没有再错过的道理。他身高腿长，追上她也就是跑几步的事。

许平忧明显也知道这一点。所以，她才跑了几步就停了下来，不再继续躲避。

男生的衣角翻飞，刚好够她盯着发呆。

对面的人似乎个头又高了不少，脚脖子露在外面，骨节突出。他的校服外只多了一件黑色外套，即使大冬天也不嫌冷似的敞开着。

“看地干什么，看我啊。”

费行云的声音依旧拖得有点长，却不是往常那种散漫语气，带点鼻音：“还是说，你习惯这么低着头跟人说话？”

许平忧还是不抬头。

她看完衣角，又盯着自己的脚尖，一声不响。

面前的人轻轻地呼出一口气，干脆“哎”了一声，长腿一迈，几步走到她身侧。

费行云躬身弯腰，偏偏还要歪着脑袋看她：“你要我这么说话，也行，就是有点累……”

他不光个子往高里长，脸部轮廓也更锋利了。

他这想到什么是什么的行事风格，一向很难叫人防备。许平忧心口一窒，下意识出声打断他道：“对不起。”

费行云眼皮微抬：“嗯？”

她也不跟他对视，抬起头，眼睛直视前方，神情晦暗不明，她重复了一遍：“对不起。”

费行云没答话。

他站直身子，也不再试图和她面对面，干脆就那么跟她隔了一步距离站着。寒风中，他被冻得轻轻“嘶”了一声，才慢条斯理地道：“你是机器人吗，每次都是这么一句，耳朵都要听出茧子了。”

许平忧顿了一下，好半天才平静地转头，声音很轻地道：“没其他什么可说的……我母亲在学校门口等我，先走了。”两人视线有那么一秒相撞，她又迅速移开。

“别再找我了，是我对不起你和阿婆。”

她说话时没有回头。

跑得远了，耳边还有呼呼的风声，若隐若现的男声隐约能听见“阿婆”两个字，但她也只是立刻戴上与外套相连的帽子。

事情发生后第二天，许凡波带她去道过歉。邓阿婆那会儿见了她也是笑，只是脸色白了些，在躺椅上起不了身。大人之间说着场面话，她眼眶发热，耳根发烫，别的什么话也说不出口，只是低着头不停地道歉。

她甚至有些庆幸费行云在后院熬药，这样，也就不用跟他多说什么——

李姿玉那天晕倒在店里，之前也见过他，不知道还记不记得他的脸，最好是不记得了。即使这样，她也决定两人要保持距离，不要给他带去更多的麻烦。

至于其他，懦夫也好，脆弱也罢，她都愿意接受。

其实，她早就无法再面对他。看见他，她就会想起那一天，那场秋雨……

许平忧强迫自己回神。

寒风中，李姿玉无声地等在学校门口，如同一尊玉佛。

她在玉佛前艰难地停下来。周围大多数都是牵着手有说有笑的父母子女，她除了听到自己的心跳声，心中不起一点波澜。

“走吧，”许平忧喘着气，仰起头，并不伸手，轻轻道，“妈妈，我们回家。”

新学期开始，许平忧没想到，楼下养小白狗的女孩竟然跟她成了同班同学。

开学当日，她的父母特意送她到教室门口，嘴上不停地夸着“乖囡”，安抚她不要紧张，吸引了不少人的注目。

同学之间面生的居多，可能是因为第一天老师没来得及安排，座位也任人随意挑选。

许平忧眼睁睁地看着对方在自己身侧坐下，找她说话：“好巧，我们俩做邻居这么多年，终于能当同学了！”

她抿嘴，笑着点点头，并不知道说什么。

女孩儿误解了她的意思，有些怏怏不乐：“虽然咱们也就偶尔玩一两次，但你不会不记得我的名字了吧？我还一直存着你的QQ号和手机号……”她自我调整得也很快，“算了，不记得就不记得，我爸姓‘曾’，我妈姓‘林’，我叫‘曾佳林’，很好记的！”

许平忧点头：“嗯。”

两个人的座位靠近走廊，一方说，一方听。

楼梯口隐隐有些骚动传来，喧闹非常。

老师还没来，不少同学也跟着凑热闹，要么跑出去，要么探着脑袋看。

曾佳林是前者。

她兴冲冲地跑出去，又兴冲冲地跑回来，灌下一口父母给她带的凉白开，朝许平忧比画：“隔壁班有女生晕倒了，好像是贫血，老师给送去医务室了……哎哟，我想说的不是这个！”

曾佳林一拍脑门，眼睛放光：“刚刚看见他们班还有个混血帅哥，好像之前跟你一个班的，认识不？”

许平忧翻书的手停下了，良久才道：“不认识。”

曾佳林天真的个性没变。

城市变化日新月异，乘着时代东风，发展的速度远比居民前进的步调快。

就在这个新学期开始的时候，成东巷里有政府部门的人下来挨家挨户告知拆迁的事情。工作仔仔细细做过一遍，同意的却连三分之一都不到。工作的艰辛困难出人意料，甚至上了市内电视台的新闻节目。

楼下曾家就是不同意的一户。

“也不是钱的问题。主要我觉得咱们巷子的生活挺好的，隔壁还有公园，住着方便，遛狗也方便，上学放学都是两站公交车的事。而且我爸妈说学区也好。”曾佳林说得头头是道，扳着指头，像大人一样给她讲大道理，“何况还有咱们那栋楼从小玩到大的一群人在，这么多年的情谊……你们家也别同意吧！”

十几岁年龄的小姑娘，没那么先进的城市发展观和大局意识。她说着说着，很大方地将许平忧算进“从小玩到大”的范围，拉拢她。

许平忧垂首，看着手里的数学手册，左耳朵进右耳朵出，心不在焉地道：“嗯。”尾音往上扬，注意力明显不在此处。

曾佳林心里不满，眼睛一瞪，将册子从她手中抽走，说道："体育课啊，姐姐，你休想偷偷当学霸！"

许平忧躲闪不及，只能抬头看着她，想着刚才的话题，无奈出声："我们家的事情，我说了不算数，他们都决定了。"

"怎么这样啊，我们家我说话就算数。"

曾佳林的注意力果然被转移，只是心中怀疑。

许平忧任她长篇大论说个不停，趁着对方还在一个劲儿地说着家事之时，无声无息地将数学手册拿了回来。她拍拍灰尘，并不翻开，只当作临时的扇子慢慢地扇着风，歪头听着。

体育课原则上不允许随意回教室，她们俩当了一段时间一起放学的伴儿，就躲在树荫下的花坛边缩着，闲聊几句，数着时间等"解放"。

身侧的人滔滔不绝地说，她就一声不响地听。

她上中学之后由于学校离家远，李姿玉无法像以前那样每天来接她。顾及脸面，她也不敢再贸然请客送礼，却依旧执拗地于家长会后留下来专门跟班主任打招呼。不过班主任没说什么，对她态度和蔼，对家长也彬彬有礼，并没有更多其他的表示。

许平忧属于有些典型的偏科生，年岁越长，文理分差越明显。可家里为她规划了舞蹈生的道路，目标是一线院校，文化课的要求只会越来越严格。李姿玉无法对这种情况坐视不管。随着科目渐多，许平忧所报的补习班同样开始多起来，学习生活繁忙得有些过分。

她志向不在交友，要补的课更多，人比以往更安静。

人够安静，就不会再吃从前那种亏，只需要默默无闻地当班级一员。

开学半个月，班里的同学们磨合了一段时间，氛围还算不错。

其间，学校的校庆晚会开始筹备，要求无论人多人少，每个班至少要出一个节目去参加选拔。班主任有意培养大家的集体意识，号召每个人至少要在其中一项报名，没报名的到时候自动成为班上的志愿者，跟他一块儿当"苦力"。

许平忧本身的学习生活已经够忙，前几天思来想去，跟曾佳林一块儿报了跳大绳。

谁知道曾佳林倒是来了灵感。她一拍脑门，大大咧咧地指着她道："我记得你这么多年不是一直学古典舞吗，不上去亮亮相？有这童子功不露几手不是浪费了？”

文艺委员愁了这么多天，正愁没人送上门。他隔了几排听见这话，简直眼睛放光——他带着几个人进行诗朗诵，如果加上她，组个节目绰绰有余。

“隔壁四班的之前还来找过我，炫耀他们班不缺学乐器的，琢磨着搞什么乐器合奏。他也不看看咱们的年龄水平，现不现实，”他消息灵通，为人务实，此时长出一口气，笑道，“还是我们这样规规矩矩的实在。至于最后选不选得上，另说嘛。”

许平忧拒绝已经来不及，只能安静地听着，也不出声。

体育课的后半部分一般都是自由活动时间，文艺委员要她和准备诗朗诵的同学聚在一块儿，到指定地方等他一起商量具体的节目内容。许平忧虽不是主动请缨，也明白没办法拒绝。她主动辞别自家同桌，慢慢地往媒体教学楼的方向走去。

走前想了想，她还是交代一句：“今天你先回去吧。我们估计要多耽误一会儿。”

曾佳林大手一挥，一副为自己邀功的模样：“去吧去吧，到时候等着看你们表演。”

教学楼后，一半是乒乓球场，一半是阴凉的活动空间，已有其他班的几拨人在，热闹非常。

许平忧头也不抬，靠着墙站定，继续翻起手里的册子。同班的其他人到了，看她这样也不好打扰。

可惜，她没安静多久，有男声传来耳边：“许……许平……什么来着。”

她抬起头，对上一张熟悉的脸。

安桓傻傻地站着，手上拿了一根冰棍，蹙了半天眉头，终于朗声喊出她的名字：“许平忧！”

他叫出她的名字，她也就点点头，笑了一下，算是打过招呼。

四班的人先他们一步到，早聚在了一块儿。安桓融入其中，在几步之外聊得笑作一团。

人群中心，有人被簇拥着，大家起着哄：“行了，你俩一个会弹钢琴，一个会拉小提琴，我们其他人随便划划水，就赢定了！”

被簇拥的人校服没好好穿，外套脱了系在腰间，露出里面的一件短袖，戴着护腕。他一副漫不经心的模样，个头出众，即使不刻意去看，也很难把这么个人忽略掉。

安桓和其他几个男生有样学样，也学着戴了护腕，大概也是想要要个帅，却远没有那个效果。

“行了，你们别乱说。”他轻轻笑着反驳。

文艺委员赶到的时候，许平忧终于慢吞吞地收起了手册，抬头看过去。

她的脸晒得发红，手臂皮肤也是红的，这会儿还没彻底消退，把刚到的男生给吓了一跳。

“你这是蒸熟的，还是烤成这样的！”

许平忧拿手册扇着风，也不说他故意冒犯，只是嘴唇微微弯了弯。反而是同班的一个女生看不过眼，主动给她解围，过去上手就是一巴掌：“人家皮肤薄才这样，体质问题，你个糙汉子懂什么。”

进入正题，一群人讨论得热烈，从选诗聊到选曲，从《再别康桥》聊到《乡愁》。

轮到许平忧发言，她已经沉默好一会儿，刚要出声，不远处那堆人中最高的一个似乎说了句什么，又引得一群人大声笑起来，引起了在场所有人的注意。

爱热闹是人类的天性，他们这边的目光同样好奇地跟着投过去，一时也忘了自己的正题。

刚刚帮她说话的女生有点好奇，也没什么恶意，小声道：“怎么他们这么热闹……说起来，一直不知道四班那个混血帅哥是什么国家的混血……”

文艺委员抓住报仇的好时机，说时迟那时快，即刻转头，扯着嗓子目标明确地喊道：“喂，兄弟，她问你那一半混的哪儿！”

他话音才落，一个拳头招呼在他背上。

罪魁祸首要故意喊痛卖惨，受害者心里愤恨觉得不解气，还要追着打。

纷乱嘈杂的环境乱上加乱，反而是被问的镇定自若。他扬着声音，慢悠悠地拖长，冲他们这边做个喇叭状，坦坦荡荡道：“长期在本市，偶尔在英格兰，混得都不太好就是了。”

于是追的不追了，喊痛的不喊了，这边的人也都笑起来。

节目最后敲定的时候，天边有了点夕阳的影子。

许平忧走在队伍最末，与替她解围的女生辞别："再见。"

女生很健谈，眨眨眼笑道："什么再见，明天见！"

她略略一愣，像喝过一口热牛奶，同样笑起来："好，明天见。"

讨论拖了会儿时间，公交车最挤的几班已经过去了。

许平忧慢悠悠地走到车站，坐在金属长椅上。她如常确认过学生机是通畅的，才又继续低头看单词本。

"你不至于这样吧，这会儿还在学啊。"这时，有声音传过来。许平忧抬头，还是安桓。少年皱着眉，在她身后探着脑袋，还要试图去读，"S、T……"

他还没有读完，一瓶水从天而降，炮弹似的砸过来。好在安桓反应迅速，一闪一躲，接了个稳稳当当。他嘴里不肯饶人，朗声抱怨："给水就给水嘛，搞什么突然袭击！"

许平忧不声不响，抿了抿唇，趁机往后坐了坐，与他拉开距离。

两人同是去成东巷，一个方向，一个时间点，会遇见也很正常。

"最近不看你的特摄英雄拯救世界了？"搭话的人不管他的抱怨，慢慢地走过来，懒洋洋地抛出话题。

安桓喝一口冰水，语调不太自然，还要嗤之以鼻："都中学了谁还看那个啊，幼稚……"

话说到一半，他突然一愣，犹疑着道："夏宁，你家也在这个方向？"

女生的声音轻轻的："嗯，来等车……正好可以继续聊一下节目内容。我以前没有跟钢琴合奏的经验。"半晌后，她轻轻地呼出一口气，犹豫了一下，继续说，"其实……我也看特摄。"声音渐渐弱了。

"真的假的啊？"安桓闻言，声音忽然高起来，顺着话题滔滔不绝地说起来。

他们三个人在两步之外的距离继续聊天。许平忧始终低着头，做家长口中所谓的正事。

又等了一会儿，一辆黑色的私家车在公车站缓缓停下。叫夏宁的女生开门上了车，跟车窗外的人挥手道别。

安桓目送车子行远了，长舒一口气道："原来人家等的车和我们等的不一样！"

他看得还很仔细，眯着眼睛，踮着脚，微微咋舌："挺贵的吧这车。"

公交车慢慢地在街边停下。费行云踹他一脚，语气幽幽道："发什么愣呢？上车。”

也不知道是说的谁。

许平忧茫然抬头，两道人影已经消失在前侧车门处。

车里的人不多，刚好够把前排坐满，只剩最后两排还空着。

安桓占了倒数第二排的两个位置。他自己不想坐里面，硬把费行云往里面赶。许平忧刷了卡，直接站在后门处。他又多管闲事，大声招呼：“别站着啊，你不是要看书吗，这儿有空位！”他指的是最后一排。

动静不大，却刚刚好够让人注意到。

车厢就这么大，许平忧被陌生人看了几眼，感觉不怎么自在。她叹了口气，也没了办法，认命似的坐过去：“谢谢。”

最后一排，只有她一个人靠着窗坐着。

许平忧抱着书包，靠着车窗，闷声不响地发呆，放空自己。其间，她接了李姿玉的电话，耐心地说明情况，挂断，又继续无声地发呆。

李姿玉的话响在耳边，仿佛无孔不入。

“送上门表现的机会，你好好把握，给老师留个好印象……”搅得脑子不清净。

两个男生并排坐在她前面，显得空间没那么大。

天气实在太热，她每天带着的保温杯早就空了，觉得嘴唇发干。

安桓仰头咕嘟咕嘟喝水，一瓶水空了一半。他从衣服外兜里掏出手机，随便开一局游戏，专心致志得很。身边浅棕色的脑袋晃来晃去，最后靠着窗户，双臂交叉，歪着脑袋打起瞌睡。

总共两站路，公交车要过一座桥。

过江的时候，空气味道清爽。车内霓虹与夕阳光影交错，像一张泛黄的老照片。

前排少年的发丝之间，偏白的肤色若隐若现，衬出耳朵上的一个小点。

许平忧余光无意扫过，意识到自己的注意力有些奇怪，身形一僵，又慢慢软下来。

快要到站了，公交车慢慢地顺着车道滑动，在站台处停下。要下车的人不少，她也不急，抱着书包在后面等着。

安桓虽然嘴硬，行为却很诚实，他要赶去看最新的某某勇士，多等一秒都不行。费行云开始还故意笑着为难，最后被他闹得没辙，只能迅速起身，跟在最先下车的人流中。

他似乎回头看了一眼，又似乎没看，只是手上有点动静。

“咚”，身侧有什么东西滚动下来，发出清脆的响声，倒在空荡荡的座椅上。

许平忧目不斜视，眼皮微动，然后起身。

车上车下，一窗之隔，有人闹，有人笑。

安桓四处张望，大惊小怪道：“巷子口那个垃圾桶呢，撤了？你把空瓶子扔哪儿了？”

费行云伸了个懒腰，嫌他烦，说：“忘了。”

人影渐渐地远了。

她慢慢下车，站定。

他那瓶水根本没喝，扔给了她。

许平忧拿着水，站在树荫下有些出神。

当晚的梦境中，许平忧一直坐在过桥的公交车上。

车身晃晃悠悠，阳光炙烤，光影斑驳，晒得人口干舌燥。

她手里刚好有一瓶柠檬水，想也不想，拧开喝过一口，却觉得从舌尖酸进胃里，反酸得想吐。车不停，她就忍了一站又一站。寂静的车厢里，有一个人扔过来一瓶水，头也不回地走远。

那人不需要她的感谢，也不需要她的应声。

清晨的日光无声地漏进卧室。

许平忧从梦中惊醒，刚好听到楼下推车叫卖早点的声音。

“馒头包子，稀饭豆浆！”这声音混杂着几声狗叫，近处远处的狗叫声相互应和。

七楼在成东巷已经算高的了，透过窗户，能看见旭日初升，刺破楼房暗影。

李姿玉推开门，催她起床。饭桌上两人聊到节目的事，李姿玉的脸上难得有一点笑意：“这种露脸展示特长的活动其实挺难得的，我在学校的时候就参加过几次……”

能叫她开心的往事不多。

许平忧心知肚明，拿筷子的手顿了一下，抬头凝神听了一会儿。

可惜才喝完一小碗粥，她就再也吃不下任何东西，好像梦里的反胃感还残留着，折腾着人，令她不得不比往日多在餐桌旁多逗留一会儿。

曾佳林背着书包，在楼梯间等了她半天，非要事无巨细刨根问底："今天怎么晚了点儿？"

许平忧不声不响，顺手抚平自己的校服衣领，抬眼轻声答："起晚了。"

曾佳林自动为她找好理由，双手一拍道："哦，还在想节目是吧。"

公交车上挤满了穿一中校服的学生。她们俩在前侧车门卡住，又从前侧车门下车，刚好躲过最拥挤的一波人潮。

刚一进教室，文艺委员就兴冲冲地通知她，他拉了一个QQ讨论群，之后还要把他们拉进更大的年级节目筹备群，方便以后发通知。

"我们的音乐老师是群主。"

许平忧微微皱眉，道："我不常上线，也很少能用电脑……"

对方依旧热情不减："那也没关系，我通知你就是了，电话号码给我一个就行。"

话说到这里，她也不好再拒绝人家的好意。

他最后拍板选定了《再别康桥》，不为其他，正因为长度合适，几个人刚好念完。

按昨天的说法，许平忧的任务更加简单，随着背景乐随便跳几个舞蹈动作。她自己想，自己编，把主题弄得惆怅一些。两边一对上，凑合过去了事。

第二节课下课，曾佳林熬过了两节早读课，再也无法坚持下去，趴在桌子上就睡。许平忧不声不响，推了椅子要去楼下买水。曾佳林从课桌里摸出三块钱，快要断气了似的嘱托道："一瓶冰可乐……"

"大恩……不言……谢。"

许平忧被她逗得没忍住弯起眉眼。

她出教室，左转，走到楼梯口，正巧碰上文艺委员从楼梯旁边的办公室出来。文艺委员看见她了，立刻眼睛一亮，叫一声名字，跟在后面絮絮叨叨道："你来得正好，刚刚咱们节目的事情班主任那儿也过了，说是主意不错。你要是觉得没问题，我们放学后找个地方……"

"找个地方干吗？"话没说完，被人打断了。

两个人顺着声音响起的方向看去，刚巧看见四班门口几个男生扎堆，低了脑袋看着这边。

为首的平头哥挤眉弄眼，"啧啧"出声："不错啊，小王同学。"

文艺委员正是姓王。

许平忧认识他，隔壁班的文艺委员，昨天也在那堆热闹的人群里，也是朗声嚷着要靠别人，自己划水的那个。再加上他天天在走廊上跟同学打打闹闹，让人记不住都难。

这人故意装得很成熟，扯着变声期的嗓子，指点道：“妹子，听我一句劝，你别跟这小子跑了。他跟我从小一块儿长大，人不靠谱得很。”

小王同学毫不示弱，眼珠子一瞪：“我呸，少以小人之心度君子之腹。我这是干正事儿呢！”

他这会儿转过头，摸摸鼻子，对着许平忧有点不好意思地道：“你别理他，他就这德行，没少因为这张嘴挨家里人揍。”

许平忧点点头，神情波澜不惊：“走吧。”

平头哥手做遮太阳状，盯着他俩走远，无趣地道：“好没意思。”

安桓从水房的方向过来，刚巧看见他们这边热闹非常，立刻凑过来给他来了一个锁喉，问道：“什么什么，什么姑娘？”

平头哥耸耸肩：“就三班昨天那个啊。我还说站在人群里挺出挑的呢，搞了半天，开不起玩笑，挺木头一个……”

他“人”字还没说出口，迎面飞来一本书，封面五彩斑斓。

他手上接得稳，瞪大了眼睛：“《灌篮》……新一期都出了啊？我早上问报刊亭大爷还没有！”

费行云没出声。

他把书扔了过去，眼皮都不抬，脸上还挂着水珠——这是困有困的境况，清醒也有清醒的法子。

费行云两手空空，潇洒地转身进了教室。

安桓追上来，还一步三回头地依依不舍道：“新书就这么不要了？卡特的封面，我都还没买到呢……”

费行云随手拿起一支笔，晃晃悠悠地在指缝间转了一圈，说道：“不要了。”

节目初审的那天恰逢周一。

全年级一共也就十个班，初审当天，音乐老师提前通知，所有参与人员班会课时直接去上音乐课的多媒体教室。大家提前分班级坐好，讲台就当作暂时的舞台。

月考成绩刚刚下来，年级上发了这一次的优秀作文小册子。许平忧没事可干，干脆把小册子随身带上。

要进行诗朗诵的女生坐她旁边，戳戳她的手背：“喂。”

她抬头，不安地问：“这么多人，你不紧张吗？”

多媒体教室的座位呈阶梯状排列，一群人自上而下看着讲台。最前面一排坐了音乐老师和教务处的老师们，充当初审评委。

“还好。”许平忧答完，到底还是沉吟了一下，拍了拍对方的背，“不用紧张，走个过场就行。”

许平忧没多考虑，引用了文艺委员和班主任的说法。

整个节目他们也就趁着开运动会的时候合练了几次，之后十月下旬又练了几次，效果不好不坏，只能说看得出是个整体。班主任在这件事情上也没有强求，只要求他们有余力就用，没余力就算了，随心而为。

“既不跟你们的成绩挂钩，也不跟我的工资挂钩。那咱们还紧张什么啊，尽力就行了。”

语文老师的玩笑话也直白得过分。

许平忧此刻扯了扯嘴唇，难得小声多说了一句：“过了今天，打完收工。”

女生看她笑，自己也忍不住笑起来，并深深地吸了口气道：“也是。”

可惜，他们想得好，有人的要求却出人意料。

音乐老师年岁尚轻，是个胖乎乎的戴眼镜的男青年，唇边留了圈十分讲究的胡子。平日里学生们自由惯了，少有这么正儿八经展示专业水平的教学任务，他自然看重。他眉头锁着，神情也不像往常那么平静和无所谓。对第一个上去的合唱节目，他就挑出不少问题。

“没有专业人士指导，就没有分声部的必要。”他说得挺严格，偏尖细的声线带着中气，悠悠地在教室里回荡。

许平忧明显感觉到，身侧人好不容易放松的心又紧绷起来——草稿纸来来回回，什么没写就满满当当，笔记全是乱的。

“三班，三班的人在吗？”音乐老师提高音量，声线更加尖厉。

“在呢，老师！”

第一排的男生站起身，朝身后的人一挥手，明显也有点紧张。

许平忧说不上紧张，只是下去的时候，身形顿了一下。

几十双眼睛盯着，紧张的占多数，不紧张的只是少数人。

这还是她头一次在舞蹈教室和家以外的地方进行舞蹈展示。

许平忧呼出一口气，微微垂眼，并没有多看谁。等音乐开始播放，她微微闭眼，再睁开，自顾自地做舞蹈动作。

清脆的男声女声聚在一块儿，参差起伏，带着点稚嫩的情感。

“轻轻地我走了……”

表演完毕，她喘着气停下，微微抿嘴，无声无息地站回队伍最边上。

音乐老师手里拿着的笔停了停，脸上终于有了点笑意：“你们这个节目有点意思，刚好都和我的专业错开……不过这位同学，”他点了点许平忧，接着道，“我有家人刚好也是从事舞蹈方面的教学工作。我个人一窍不通，但也看得出你肯定从小就练舞蹈，有童子功，不错。”

许平忧身子僵了僵，鲜少在舞蹈上受人夸奖，不知道说什么。

“就是如果能看着观众，情绪更饱满一些，更自信一些，不要故意不看台下，效果肯定更好。”

艺术本是相通的，音乐老师也能说到点上。

他转头跟旁边的教导处老师说了几句，再抬头，语气和蔼地道：“行了，先下去吧，一会儿跟你们说情况。”

三班众人明显都松了口气，走回座位坐好。人人都是劫后余生的感觉，没有多说话。

女生压着嗓音唉声叹气：“就知道是这个结果。除了你，我们都挺菜。”

许平忧想说话，但不知道说什么。她还有点被夸奖后的不知所措，只能拍拍对方的背，又慢慢调整呼吸，看起作文中的几行词句。

“青翠的松柏在寒风中伫立，像一位哨兵，又像一位迎风而立的少年，无所畏惧，在沉寂的万物中傲然挺立……”

钢琴声和小提琴声响起。她托着下巴，刚好看见讲台左侧靠窗的人。

一架钢琴，与他为伴。

费行云双手交合，随意地动了动手腕。他的手腕腕骨突出，指节修长，置于键盘之上，流淌出琴声。一旁的女生演奏着小提琴，明显要拘谨得多，神情严肃。

行进到一半，小提琴声略顿，歌声略顿，其他人开始有些跟不上节奏，钢琴便也跟着稍缓下来。

他看着同班的人，微微点头，安抚似的扬眉，一切就又都在掌握之中。

节目结束，教室里一时间没人说话。

音乐老师推了推眼镜，问：“你是从几岁开始学钢琴的？”

费行云站在最末，没料到第一个被问的是自己。他自鼻腔里“嗯”了一声，然后从容地答：“四岁启蒙。”

“是专业的老师带的吗，还是……”

许平忧静静地看着他，听到钢琴盖合上的声音。

费行云停了一秒，又说道：“是我父亲。”

初审结束，天色已经彻底黑了。班会课的下课铃声响彻整栋教学楼。她背好书包，并不往人堆里面走，而是和其他同学等在旁边，靠着窗户无声地想，无声地发呆。

“许平忧！这儿！”有人叫她，她就抬头。

文艺委员站在老师们旁边，朝她挥手。他的语调有些振奋，挥手的幅度更大了。

“这儿，老师们叫你！”

许平忧慢慢地走过去，神色茫然。

刚才夸她的音乐老师扔了笔，看着她说道：“你们班的节目估计不行，但是你……”

他的神色又显出刚刚那种严苛，语调高扬：“你要不要试一下，跟隔壁弹钢琴的一个组？”

他不好说其他学生都有些过分业余，只是说：“你愿意就试试，不愿意的话就算了。组了新的，最后还得跟其他年级所有节目凑一块儿过一次审查。老师也是希望你们年级能有个好节目。如果过了，到时候晚会还会有专人录制，也算是课余活动的体验。”

“主要是五十年校庆，也就这么一回。”

此时，教室里的人差不多都散了。

许平忧站在走廊上，手指缩进外套里。

身边有人吵，有人闹，还有人忙活着要牵线搭桥：“没问题的话，我把你手机号给他了？”

她后半节课都有些心不在焉，此刻也有些没反应过来：“嗯？”

女生在旁边主动接话："人家问你给谁。"

"还能给谁，你的新搭档……"

"不用那么麻烦。"费行云走过来，摸出手机，眼睛对着他们，说道，"她估计不方便。"

"你记我的吧。"他看着她的眼睛。

这个时间点儿，曾佳林早就回家了。

许平忧独自站在风中，缩了缩胳膊，手指藏进衣袖，不声不响的。

春去秋来，夏过冬至，公交车站的小天地依旧没有变。

两边是参天的树木，身后是换了又换的广告牌。

几步之外，安桓的声音还在叽叽喳喳地响着。他在教学楼前缩着脖子搓着手等了好一会儿，终于等到一同回家的人，也不在乎对方没自己那么热络。

他的身侧，有女生打招呼，声音清脆得像银铃一样："明天见，安桓……"稍顿，又变得更轻，"费行云同学。"

"明天见！"被叫的后者没动静，安桓却回答得很大方。

他目送人上了车，声音低低地感叹："夏宁家的车是不是又换了一辆，啧啧……"

费行云低头看着手机，心不在焉地回应他，又把手机收起来。

安桓抱着手臂，呼出一口热气，转头看见了许平忧。他一拍脑门，主动打招呼："站那么远干什么，你们俩之后不是还有……还有合作吗？"

显然，他消息灵通，早就被告知了最新的情况。

许平忧转头，刚好看见他被风吹得动作夸张地抖了抖。

安桓往费行云身后躲了躲，说道："这鬼天气，一个人站着，真够耐冻的。"

费行云听出他的言外之意，刚巧咳嗽一声，半眯了眼睛笑着说："哦，拿我挡风？"

安桓摆着手，口是心非道："我没那意思……这不是夸你长得高嘛！再说了，还不是在楼下等你冻成这样的，你做点牺牲也是应该的。"

许平忧嘴角微微扬了一下，又无声地忍回去。

她知道安桓的性格，也知道对方的话不无道理。于是，她到底还是朝旁边略略走了两步——至少看着没那么远，像一拨人了，才又继续安静地直视前方。

旁边的两个人继续有一搭没一搭地聊着。

一个小话篓子闲不下嘴来，一个懒懒应声。

“阿姨是不是这周周末回来……这回总不会再爽约吧。”

“嗯。”

“还是为阿婆不愿意搬家呢？”

许平忧往手上哈着热气，身形顿了一下。

“应该。”

一阵寒风吹过，安桓被冻得直打哆嗦。他低头避风，继续开口道：“唉，要说吧，其实现在也挺好的。你要是真的搬家了，以后学校任务也越来越重，咱哥俩想再约着出来，肯定没现在这么容易。”

“我到哪儿去找像你这么好的兄弟！”

他开始是发自肺腑地说那番话的，有些怅惘。被人笑着拍了下背后，他便故意加重语气，表现得越发伤春悲秋。

冬天的傍晚，天已经黑了，公交车开着车前灯缓缓停下，照出空气中翻飞的尘埃。

气氛沉重的天地间，安桓吸着鼻子，假装擦着眼泪，无意间回头看去，惊讶道：“你笑了啊！”

他像个扩音器，又像发现了什么不得了的秘密，歪头盯着她的脸，惊诧道：“我还以为你现在走‘高冷’女神路线，不会笑了呢！”

许平忧的嘴角重新变得平直。

她跟在上车的人流中，余光隐隐能看见前方少年回头的动作。于是，她想也不想，迅速地回答：“没有。”

说是没有笑，未免也太欲盖弥彰。

于是，许平忧没了办法，静静地站在队伍末尾。她仰着头，耐心地跟前面的男生说道：“我不是机器人。”简直正经得过分。

费行云肩膀微颤，牵起嘴角。

他的笑没那么明显，右手松松地握成拳头，靠在唇边，又插回衣兜里。

队伍排得比平时长一些，轮到他们时，车上就只剩下最后面空出的两个座位。

费行云先上了车。他不急着坐，很自然地站在外侧。他将摇摇晃晃、可怜巴巴搓手的安桓按进里侧，又静静地抬头，看向跟过来的人。

安桓坐下后长舒一口气，抬眼张望，“这儿”还没说出口，许平忧已经有所预料，轻轻地叹了口气，慢慢悠悠地跟过去。

“谢谢。”她抬头，眼睛与站着的人对上。

费行云微微扬眉，就算回应了。

安桓靠着窗，戴上外套连帽，自动缩成一团。他表演欲旺盛地抖了抖，靠着车窗虚弱地说：“外面真的冷，快要冻死我了。你们俩聊，我歇会儿。”安桓挥了挥手，单方面表示打过招呼了。

他不知道之前小卖部发生的事情，才能这样自然地说话。

许平忧谈不上紧张，依旧如往常一样平静。衣兜里的手指微松，指尖刚好触碰到冰凉的手机机身——她在众人的注视里记下了对方的电话，还听身旁的女生小声夸了他一句“难怪……还真的挺会照顾女生的”。

难怪什么，不用说也明白。

样貌出挑，本来就容易在校园这个封闭的环境里引来关注。如果再加上为人真诚、说话做事得体……

公交车遇上红灯，骤然一停。

站着的人猝不及防，随着惯性往前微微一晃，衣角翻飞。

他虽然长得比同龄人高不少，但手抓在头顶，到底还是不好发力。

她略略思索，到底还是沉着地出声：“你抓这儿吧。”她指的是座位后的扶手。

费行云的声音悠悠的，只是简短一句：“明白。”

许平忧身板笔直，没有再往后靠。

“有想法吗？”

中途，男生的声音打断了许平忧的思绪。

许平忧坐得更直了。不用他多说，她已经明白这指的是校庆节目合作的事。许平忧略作沉吟，问道：“你呢？”

“我都行啊。”

他没有刻意夸耀自己的意思，只是很自然、极坦然，神情轻松地望一眼前方，说道：“你选曲子吧。这几天定了就行……总不会难到一个月拿不下来。”

费行云低头，对上她的视线，眼睛弯了弯：“直接发给我就行，不是存了手机号吗？”

许平忧与他对视。半晌后，她又看着前方跨江的桥面，轻声道：“好。”

成东巷的灯已经亮了两排。

这几年，市容市貌抓得严，有了明亮的路灯，晚上走路就没那么吓人了。

麻将馆和茶馆也不再像以前那么高调。铺面是封的，窗帘也拉得严严实实，早已不复当年的盛景。居民有的怨声载道，也有的拍手叫好——至少现在晚上安静，麻将不会一打就是一个通宵。光是这个，就能少吵许多架！

安桓睡了一路，人已经睡得糊里糊涂。到分岔路口时，他睡眼惺忪地问许平忧："要不要我们送送你？"

许平忧摇头。

他打了个哈欠说："千万别客气啊。以前你来画画，也送过一两……"话没说完，他就被人拍了一掌，于是龇牙咧嘴喊冤，"对兄弟能不能下手轻点儿，怎么还下手越来越重了！"

偏偏罪魁祸首还抓了他的帽子，把人往右边拖，顺便在阴影之中回头，略略点了下头："回头见。"

"回头见。"她说。

家里还是老样子。

许平忧洗完碗，换好练功服，将白天节目审查的事情说了一遍。

李姿玉理着手上的衣物，头也不抬，从容接话："可以啊，你和隔壁班的是吧，什么时候排练？"

"还没商量好。"

所有衣物整理完毕，李姿玉收回手，正要搭腔，忽然又像想起什么一样转过身，眼神直直地看她。

许平忧的个头也冒了不少，手长脚长，身形纤瘦，看着是个练舞蹈的料，不用她再不停说教。

李姿玉将这一半归功于青春期饮食的严格控制。因此，她总有种松口气的自得——不仅是为了许平忧，还为着可以将这些经验在舞蹈工作室的学生中推广。即便其中不少家长纯粹是出于能让孩子上更好学校的目的。

母女二人无声对视。

过了半天，李姿玉的声音才悠悠地响起："没说谎吧。"

许平忧有过前科。

李姿玉对这一点毫不避讳。她居高临下，有些刻薄地道："当然，如果你说谎，也不要以为家长没有弄清楚的办法。”

许平忧没说话。

已经过了厌烦的年纪，她几乎是握着书房的门把手，安然地转身道：“您可以给老师打电话确认。”

她长高了，练功房就不再像小时候那样显得空荡荡的。

许凡波和李姿玉将电脑搬去了主卧。如今，练功房里只剩一张桌子、一张垫子、一面镜子，还有一扇小窗。

她抓着杆子，身形下压，脑子里忽然浮现出那方讲台。

“如果能看着观众，情绪更饱满一些……”

有人自由自在，丝毫不在乎是否有人看，只是纯粹地沉浸在自己的琴声中。

许平忧转着圈，额头开始出汗，后背开始发烫。

是啊，如果她也能做到那样就好了。

周三的时候，音乐老师专门过来，通知校方下达的消息。

过了初审的节目，以后都可以征用周一的班会课自行排练，体育课也可以不必上了。需要用到钢琴的提前跟他报备，他会根据课表安排音乐室。但除此以外，学校再也调不出其他的时间了。如果还有排练意愿，大家就只能商量着周末聚在一块儿。

这部分，显然学校方面负不了责。因此，老师提着嗓音，神情严肃地反复强调了安全问题。

“你们俩……”

他看着面前的人，略略蹙眉，叹了口气。

他们俩一高一矮，一男一女。一个站得随性，外套拉链也不拉上，从容地直视他；一个听话乖巧，下巴和手指都安稳地缩进防风服里。

两人性格天差地别，还谁也不看谁，中间的距离能再塞下一个人。

学音乐出身的人，到底比寻常大人在细节上更敏感。

他想了想，终究还是打算再多说两句：“老师也知道，你们俩不是一个班的，相当于跟陌生人临时凑对，这事儿本来就难。可是也就二十几天，过不过也就看这段时间了。如果有什么合不来的地方，也互相包容一下。”

临走前，他拍了拍费行云的肩膀，沉声道：“你是男生，男子汉大丈夫，多让着人家小姑娘点儿。”

费行云笑起来，配合地微微点头："一定。"

许平忧捏着衣袖，没什么反应。她只是安安静静地听着，安安静静地点头，再安安静静地回到教室里。

她是想低调再低调，但架不住有人恭候多时。

"你真要和隔壁那个谁一起排练节目啊？"曾佳林想到什么就是什么，问得也很直白。她攀上许平忧的肩膀，眼睛扑闪扑闪的，神情热切。

许平忧从课桌里抽出练习册，鼻息间还都是走廊上的冷空气，轻轻"嗯"了一声。

"那他……"

她问来问去，无非是一些个人情况和八卦。

说到底，在学校这样的封闭环境里，长期沉浸在枯燥乏味的日常生活里，长得好看的、与众不同的总是容易多受一点关注，这无可厚非。

可她打定主意不愿意提太多的事情，就是天王老子来了，也挖不出更多信息。

从早上到下午，曾佳林反反复复，尝试多次也套不出话。她只能无趣地转着笔，难得收起平时不达目的不罢休的劲儿，最后长吁短叹道："行，你嘴巴严，我也就配合配合，忍忍呗。"

三班和四班，刚好在体育课的时间上重合。

教室里剩了没几个人，大家都欢呼着奔向操场。

许平忧不急着立刻离开。她先倒了垃圾，又擦干净黑板，最后去洗手间洗过手，仔仔细细地擦干，这才回教室拿了保温杯，慢慢地往楼梯口走去。

费行云就在走廊的一侧靠着，手臂轻轻地搭在栏杆上，眼睛盯着篮球场的方向。

许平忧的视线扫过他，也没说什么。

音乐室的钥匙在他那儿，两个人走进寒风里，谁也不说话。

直到音乐室的门被拉开，有人咳嗽了一声。许平忧微微叹气，径自打开最里面的灯。她打开饮水机，顺口一问："你的口罩呢？"

音乐室里除了他们俩，再没别人，一切动静都带上了回响。

她从前不止一次见过他戴口罩，多数是他感冒的时候，偶尔还会一并戴上帽子，整个人罩得严严实实。做完准备工作，许平忧起身，回头看去，身后的人慢悠悠地进了门，呼出一口寒气，慢条斯理地将外套拉一半。

“早上走得急，忘了拿了。”

费行云双手抚过钢琴的琴盖，动作微微一顿，有点讶异：“你还记得？”

他脸上很自然地带上一点笑，自动把气氛也带暖了些。

许平忧没作声。她眼角余光扫过饮水机，看到指示灯变成绿色，继续问：“上次发给你的曲子名字。”

“短信上那首？记着呢。”

少年也不执着于刚才的话题，很配合地回应，习惯性地拖长声音。

实际上远不是“记着呢”的程度。

钢琴声静静地流淌，毫无停滞阻碍。

许平忧一边听，一边躬身，将热水接满自己的保温杯。接着，她拿出饮水机置物层仅剩的一个纸杯倒满。最后，她不声不响地将纸杯放在离黑板有一定距离的第一排桌面上。

琴声戛然而止。

有人抬头，眼神直直地投射过来。她握着保温杯沉默许久，也只有一个感想。

“挺好的。”

“只是挺好？”

费行云略微有点意外。

他起身，也不用她招呼，动作自然地端起第一排的纸杯，满足地喝了一口热水，自言自语似的嘀咕着：“没看出来你要求这么高啊……”

这好像是时隔许久，他们两个再次待在一块儿。

费行云喝着水，声音被纸杯罩住，有些发闷：“你那边呢？”

“还剩一半没编好。”

他要问正事的进展情况，她也就据实以告。实际上，李姿玉很看重女儿这次露脸的机会，对她要求很严苛，连舞蹈编排也要亲自过一遍。不过，这些她都没有说出口的必要。

费行云若有所思，眼皮微抬，道：“你那边是要难点，不急。”

许平忧向来敏感，觉察出他态度上的异常。

两个人的场景，他就更像是熟人了，不像有其他人在的时候，不多说话，卡着不近不远的距离……正巧遂了她的心。

“周末怎么办？”

果然，他这会儿问话更加自在，也不多加思考和停顿，轻巧地跳上第一排的桌子坐着。

许平忧心口一窒，许多种思绪往上涌。她闭了闭眼睛，只说出一个字："我……"

她家是肯定不行的，学校也来不了，明摆着只剩一个地方可以去。

费行云放下空空的纸杯，手撑住桌面，歪着头看她："不去院子。"

"嗯？"

他说："不用去院子里，钢琴不在那儿……"

所以，也就不用见到邓阿婆。

他笑了一下，问道："你要来吗？"

事后回忆，他几乎算是第一个主动让她做选择的人。

可在当时，她受困于家庭环境，敏感内向，无法明白这一点，也料不到日后的变化。

她左思右想也没结果，依旧是他帮她做的决定。

冬天的阳光没什么温度，只给人以亮光。

"你周末什么时候方便？"费行云手撑着桌面，百无聊赖地捉住一缕日光，又松开，换了个问法。

"如果周末能正式确定节目内容，最好还是排一下。这样的话，周中就不用把练习的战线拖得太长。"

他对她随身携带书册"分秒必争"学习记忆深刻。

对方骤然发问，许平忧几乎是第一时间想到周日下午。

可是这个时间段……她闭了闭眼，拳头握紧又松开，沉默良久道："周六吧。"

只要理由正当，李姿玉就不可能拦着她。

费行云扫过她一眼，不说其他的，只直接答话："那就说定了，巷子口见。"

外面操场上忽然传来巨大的叫好声，动静大得足以穿透窗户。他一边探头看着，一边懒懒地问："要表演一下完成的前一半吗？"

许平忧一愣，想也没想，果断摇头："不。"

"那今天就这样吧。"

他轻盈地跳下桌面，打断她的话："详细的时间你发给我。"费行云儿步走到门边，都扶住门把手了，又恍然似的“啊”了一声，转头指了指饮水机的方向，弯了下眉眼道，“谢谢你倒的热水。”

周六当天，许平忧依旧穿的是方便行动的校服。

离开家门前，因为提前打过招呼，李姿玉也只是问明白时间和地点，告诉要她保证手机有充足的电量，天黑前必须到家，就先一步离开了家门。

“注意安全，”她换上高跟鞋，眼睛微抬，嘴上说得很清楚，“排练完了就赶快回来。我可能随时给你打电话，不要打其他主意。”

许平忧“嗯”了一声。她将书包里多余的书通通收拾出来，换成要带的学生机、钥匙、公交卡、收纳袋装好的舞鞋，外加一本数学练习册。

巷子口停着辆卖烤红薯和糖葫芦的推车，老大爷一个人忙活着，他身边的喇叭里反反复复播报着价格和产地，时不时冒出几句刺耳的杂音。

费行云已经站了有一会儿了。

他穿着纯白的卫衣和防风服，慢条斯理地啃着烤红薯，又问她要不要吃点什么。

许平忧摇头，将预先想好的“早上好”“你好”等招呼忘得干干净净，也学会不去多问他被冻得白里发青的腕骨，而是开门见山道：“去哪儿？”

巷口的公交站，光是线路就有将近十条。

费行云选了不同于上学路线的一条，直接拿出两个人的车钱，投进投币箱。上车后，他头也不回地径自找了个空着的双人座。

“到江山南苑。”

许平忧坐下，只听到他打了个哈欠，耳郭处卷起一点热意。

“我睡会儿，到了叫我。”费行云说罢就没了声响。

许平忧眨了眨眼，来不及提出异议，被迫正襟危坐，紧张认真地听了一路公交站名提示。到站时，身侧人却又像有所预感，身形微动，揉揉眼睛醒来得正好，她一路像是白用功了。

目的地是一处小区。

费行云熟稔地跟门卫打了招呼。他找到准备去的楼栋单元，领着她直接进了电梯，直达九楼。

门外贴着的春联已经不知道多久无人更换，只剩下半截，可怜巴巴的。几处红漆不怎么平整，看得出补过的痕迹。

他在前面先进门，说道：“不用换鞋。”

许平忧与他隔了两步距离，跟在后面。哪怕没有多看，她也觉察出这处房屋的不寻常，里面有很大的空间，与稍显纷乱的门外不一样。

地板是灰黑色的大理石纹路。阳台被封成几面落地窗，窗帘被全部拉开，日头正盛，阳光洒入。

客厅和餐厅连通，却没有沙发、电视，只靠头顶的吊灯区分出空间。中间只摆了一张黑色长桌，几把椅子，一架立式钢琴，还有一方地毯在阳光下显得格外柔软。

她见过的吉他正靠在桌面上，旁边摆着一台笔记本和一副耳机。桌边一沓厚厚的白纸，密密麻麻地写了什么，摆得随意。滑板躲在桌子下面，成为无人在意的一团暗影。

落地窗透进来的光线极佳，倒是不用开灯。

主人发话，响起一些回声：“随便坐。”

“啊，忘了说了，这里没水，”费行云毫不避讳地将钥匙往桌面上一丢，手插入衣兜回身，说道，“你要喝什么，我现在下去买。”

“不要说不用啊。这儿真没水，一会儿后悔也来不及。”

他感觉到她偏移的视线，侧身跟过去，笑了笑坦然交代道：“厨房，你就当它是摆设吧。”

等防盗门砰地响过一声，主人走得潇洒，许平忧却在原地站着，没有坐下。

她还有些处在陌生环境里的紧绷感，不知道该做什么，拘谨地在密闭空间中来回几次，不自觉朝着阳台亮光的方向走去。

靠得越近越能看清黑色钢琴的样貌。

这架钢琴通身漆黑，不沾灰尘，连最角落的钢琴踏板都是干干净净的，绝对算得上屋子里最光鲜亮丽的东西，看得出主人维护得很用心。

她看得有些入神，从桌子旁边经过时，吉他忽然微微晃动，旁边的白纸被撞得四散，朝着地面飞散。

许平忧惊得身子一颤，又反应过来。她立刻蹲在地上捡，不经意间看了一眼，看不明白内容，却看出是什么。

是乐谱。

好多密密麻麻的手写谱子，夹杂着中英文标记……而且，字迹潦草，有几张几乎算得上是写得杂乱了。

防盗门又响了一声，门外人没进来，声音先一步悠悠地回荡开：“会读谱吗？”好像压根不介意她对着琴谱出神。

许平忧迅速起身，将掉落的纸张全部理好，归于原位，默默摇头。

费行云微微扬眉，开玩笑似的说：“不应该啊，里面不是有简谱吗，你音乐课上没认真听讲？”

他一边说，一边朝里面走，把手上的两瓶矿泉水放在椅子上。可能是看出她的不自在，他只慢悠悠地解释一句：“我平时不住这儿，奶奶……阿婆她也住不习惯，就懒得打理了。”

他的话到一半，习惯性换成对方习惯的称呼。

许平忧点点头，示意明白。

双方没有更多的话可说。费行云不介意她重新变成了哑巴，他走到钢琴前，十指交叉，略略活动手腕、指节。

“开始吧？”

许平忧从来没有在李姿玉以外的人面前单独跳过舞。

偌大的客厅，除了几把椅子，没什么多余的东西，的确是个排练的好地方。

她坐在最远的一把椅子上，不声不响地换了舞鞋，耳边响起他的声音：“跟着音乐随便跳跳就行了。这里虽然空间大，但不是练舞室，别受伤了。”

她低着头，听出他是好意，起身道：“嗯。”

费行云说：“慢慢来。”

少年的声音融进琴声中。

她选的曲子，几乎没什么大的起伏。

要作为校庆的节目，那就不能太哀婉。可热烈的她从来不擅长，就只能找了一首平静如水，可任人解读的纯音乐。

这里比她的练功房大了太多，翻身，转身，都可以随意延伸，自由自在。

做完最后的结束动作，许平忧气喘吁吁地站定。

琴声随着她的动作或急或缓，停得恰到好处。

表演艺术，从来就没有不耗费心神的。费行云顿了一会儿才提了手，回头问她：“感觉怎么样？”

许平忧闭着眼睛喘气，好半天才说出两个字：“很好。”

李姿玉编排的节目，哪里有不好的呢。

在刚才的时间里，不是她在配合音乐，是伴奏人在追着她走。她只需要专注于自己的舞蹈动作就足够了。

费行云跨过琴凳坐下，尾音上扬着“嗯”了一声，说道：“光说一句‘很好’……”

“你很厉害。”她说。

许平忧忽然抬头，直视他的眼睛，难得说出一个长句子：“是你配合得很好，我没做什么。”

这是她的真心话。直到今天，她才能够坦然说出自己内心所想。

“我很羡慕你。”

说出这些，好像远远比想象简单。

许平忧的呼吸渐渐平复。她一字一句说完，垂头看向自己的脚尖。

从刚刚见面开始，她就有一种直觉：或许他并不是毫无烦恼，但远远比她从容。所以，他才能看起来那么早熟，随心所欲，让身边的人下意识想要追随。而她，不仅狼狈不堪，还曾经在他面前被直白地伤害过，以至于自己存着心结无法面对他，只能逃避。

对面的人很久没有说话。

“我吗？”

费行云重新坐回钢琴前，按下一个和弦，若有所思道：“我好像没什么值得羡慕的。”

接下来的时间里，他们又合练了几次。

等双方终于觉得差不多可以了的时候，时间已经到了中午。费行云等她收拾完东西，又领着她出门，说是可以请她吃饭，看她想吃什么。

许平忧忍了又忍，到底还是说：“阿婆年纪大了。”

费行云有点不明所以。

许平忧却不想再多说什么。

她现在的确找到了一点如何和他相处的状态，但也不代表可以完全肆无忌惮。

费行云恍然大悟：“哦，你说我败家子是吧。”

许平忧咬着下嘴唇，想瞪他一眼，又没有勇气。

于是，他说道：“有道理，那我们就随便吃点。”

最后两人吃的是面。

费行云送她到公交站台，似乎并不准备立刻回巷子。

“我再待一会儿。”他自然地看一眼时间，中间她要接李姿玉的电话，他也是极有耐心地等着，全程保持无声，看她挂断电话，他才说，“周一的时候找一趟音乐老师吧，看他能不能提前过一下，能行就行，不能行也不耽误你后续的时间。”

许平忧没作声。

他说道：“省得你一天到晚到哪儿都带着书，来排练也带着。”

许平忧觉得耳根发烫。

他肯定是看见了，但看见了也没什么。她沉吟片刻，目不斜视，镇定地说：“我偏科，不如你厉害。”

照搬刚刚发自肺腑的话就算作解释了。

“我厉害吗？”

费行云难得有一点夸张的惊讶，“哎”了一声：“我自己都不知道。当时刚回国的时候，为了保证入学跟得上课程，我还专门补了几个月的课去考试。”他忽然又恍然大悟一般说道，“我懂了，你今天一天都是故意给我戴高帽的吧。”

许平忧：“我……”

她语塞，也说不明白了。

少女急得咬牙，说不出个所以然，神情终于有了点儿鲜活的少年人气息。

费行云垂眸，想起两个人第一回在楼梯间说话，她就是那么个闷葫芦，浑身带刺儿，跟任何人都不能好好交流，也不屑于交流。

再往后，就是那一回了。

那个秋天的雨落尽之后，她没了不屑，折断了什么，放弃了什么，只是更加沉默。

“这样很好。”

费行云侧头，注视着缓缓驶过来的公交车说道：“你没必要一天到晚都绷着张脸。人生那么长，要学会多笑笑。

“现在不行，要是以后还有可能，等你有能力自由自在地飞了，也可以再捡回喜欢的东西。”

“我父亲教给我的。他搞乐队，环游世界，说过很多乱七八糟的话，做过很多乱七八糟的事，伤过很多人的心，所以失去了婚姻和家庭。唯独这一句话还挺有道理，”他笑起来，眼睛比冬天的日光还亮，终于有了一点同龄人的稚嫩，先是用英文，再用汉语一字一句缓缓道，“‘如果人生没了自己喜欢的东西，一定无趣得不如跳进河里，不要在意愚人的看法，因为创造者总是特立独行。’”

“把这句话践行得最好的是费女士。”费女士便是他的母亲。

他说得似乎很随意，声音越来越轻，好像是在自言自语：“所以，不见面也没什么。”

许平忧没说话。

周围都是来往的车辆和行人。他们两个大人眼中的小孩，似乎正聊着一些不该是他们这个年龄该聊的话题。

“你可怜我？”她呼出一口热气。

费行云扯了扯嘴角，和她并肩站着，直白地说道：“我懒得很，没那么多闲心。”

“你不需要人可怜，”他说，“我们都不需要。”

少女登上了车，隔着窗户与他对视。

费行云还是大冬天露着手腕，不知寒凉。似乎是觉察到了她的目光，他也不躲避，只是歪着头冲她一笑，懒洋洋地抬手，动了动手指，算是道别。

直到很久以后，许平忧都会想起这个周六。

不漫长，不特别，甚至有一点十几岁的孩子幼稚的自我斗争的意味，却像是有人带着她从水里探出脑袋，终于呼吸到新鲜的空气，以至于费行云没来上学的第一天，她都觉得只是偶然。

第五章

嗨，你好啊

许平忧最终没能参加校庆晚会节目表演。

因为某一天，她那位校内大名鼎鼎的搭档忽然开始请假，踪迹消失在了校园里。问及四班的学生，大多数人不太清楚情况，跟老师口中的请假说法保持了一致。安桓或许是知道得最多的一个，却守口如瓶。每每被问，他都难得地有那么一点正经严肃的神色，最终也只是一言带过。

他对许平忧说的要多一点，可也只多了“他家里出了点儿事”，还安慰她“放心吧”。

两个人站在走廊尽头，来往都是熟悉的同学，并不好意思聊得太久。

“他们家的小卖部是不开了，但也不是阿婆的事。”

他看对面的人一脸纠结，“哎哟”一声，补充了一句。

“不过你竟然还知道担心他，没枉费麦子以前对你的照顾，还算有点良心嘛。”

安桓没那在意旁人感受的神经，一边抛着篮球，一边欣慰地说道。

他竹筒倒豆子一般，说起以前有人出于好意默默送她回家的事情。许平忧听着不觉得意外，只是点了点头道：“谢谢。”

安桓很江湖气地摆摆手：“朋友之间，谢啥。”

而且，她最该说这说话的对象如今不在。

音乐老师提前看过一次排练好的节目，赞赏有加，提出了一些改进的建议。

可惜这建议还未来得及付诸实施，他人就消失了。问题得不到解决，最后自然也就不了了之。

李姿玉也很失望。隔着一扇厨房门和哗啦啦的水声，她静默半天，才给出一句："明年你如果还打算参与，还是要找靠谱一点的搭档。"

许平忧进去帮忙择菜，耳边的声音又如常响起来："虽然这次月考数学进步了，但也不要骄傲自满……"

许平忧站在厨房昏黄的灯下，安静地听着，竟然比从前心平气和许多。

这或许可以归功于周六的那次谈话。

有人听过、聊过，与无处可说终究不太一样。

学校里，曾佳林一开始对"风云人物"失踪的事还极为关注。到后来事情过去久了，她自然也就失去了兴趣。

新的学年开始了，费行云依旧不见回来。

成东巷因为拆迁，搬走了一部分住户，不复以往的热闹。许平忧在巷子口撞见过一两次前来巡视的民警。市内的正式文件已经下发，不再允许居民开设私人棋牌室。这里地处繁华，当然是抓得最紧的区域。一楼的老板娘偷偷摸摸尝试过几次，每次不过几天就被人投诉，最后只能关了店面，正正经经地用两个门面经营起小卖部的生意。

"我还不知道，上回警察来，不就是老张家那个蠢东西输得裤兜里一分钱都没了，逼急了想出来的法子？"

年岁渐渐上去，老板娘不如当初泼辣，却还保留着几分直率。眼角余光瞥见她了，老板娘继续嗑起瓜子，笑着说："哟，回来啦。"

许平忧点头，笑了一下："嗯。"

这天是周五，家里的人却比之前的每一个周五都要多。

她用钥匙开了门，门口摆着比平日里多得多的鞋——一双黑色男式皮鞋，铁定是许凡波的，还有布鞋、高跟鞋……

客厅里响起方言，语调带着责怪："哎哟，你这也不要，那也不要的，这怎么行？"

"不要说早期，早期就更得注意了。要不然就多花点钱请保姆，或者我从老家过来陪你，反正我就一个人。"

许平忧安安静静地换了鞋，一步步地往里走。

茶几上摆了果盘和鲜花，坐着的人神色各异。有人聊得笑容满面，有人脸上显出几分担忧。李姿玉坐在最中间，神情不能说好，也不能说不好，挺直着背无声无息。

每个人面前都有纸杯倒的茶水，家里里里外外异乎寻常。最显眼的，就是男人在忙活，在招呼客人。

许凡波忙碌着，自餐厅的储藏柜前扬声道："爸，绿茶行吗？"

单独坐着的中山装老人神情严肃，还是过年时的大家长做派，语气却透着和善："都好、都好……"

许平忧眼睛眨了眨，接收到众人投过来的目光，挨个打招呼："爷爷奶奶，外婆。"

他们一家三口这么多年都是单独住的。

长辈们周末来串门子不稀奇，集体出动却有些稀奇。

"我还有作业没做完，先回房间去了。"

老师今天讲评了最新的练习卷子，许平忧没来得及写到纠错本上，也不算说谎话。

李姿玉的目光追了她几秒又移开，破天荒地带了点情绪，低低地"嗯"了一声。

许平忧在书桌前多坐了一会儿，这才认认真真地低头写起来。

真相其实并不难猜，她就算一无所知，在巷子里待久了，也是见过孕妇被一家子人小心翼翼地护着的盛况的。

当天的晚饭非常丰盛。两边的老人都展了身手，饭菜荤素搭配，色香味俱全。尤其是她爷爷奶奶，两位都是教师出身，严谨惯了，难得愿意小酌两口。

外婆更是主动说道："我来我来，你们都是知识分子。小许你也坐着，跟你爸妈媳妇儿好好聊聊。"

她起身，剩下的人话没停。

许凡波红光满面，接受自家母亲的教导："生意什么时候都可以做。你媳妇现在情况特殊，你要多上心，想个办法把生意挪回来，别一天到晚钱钱钱的。"

她眼睛一瞥，目光又落在低头夹菜的许平忧身上，顿了一下才缓缓道："何况，你闺女也不容易，都长这么大了，也没见你多陪陪。"

这种场景，显然不需要许平忧说什么。

她安安静静地吃，安安静静地回房间写作业。消食过后，她又进了练功房。

许凡波就是再神通广大，也不可能真如长辈所说，一天就把外地的事情安排妥当。所以饭后，他仍旧是开车走了。只不过他比以前还要多跑一趟，先送父母回家。

外婆被留了下来，和许平忧睡在一个房间里。趁着睡觉前的时间，她带着孕妇出门散步。

许平忧练得浑身是汗，出来时其他房间都是黑的。

她洗完澡出来，客厅里只有坐着的外婆。

老人不擅长打扮，穿得整洁大方。

看见她，外婆还是如过年时一样热情："小忧练完啦？"

许平忧点头，擦着头发，被拉着手坐过去。

外婆伸手为她理了理碎发，握着她的手，好半天才低声说话："你母亲这一胎不容易。外婆也知道，没提前跟你说，你心里面肯定有想法。如果有什么想法，就给外婆打电话聊聊。外婆今年也买手机了，别让父母操太多心，他们都忙……"

外婆塞过来的字条皱皱巴巴的，上面写着一长串数字。

许平忧没有想法，眼里却莫名热了热，点点头。李姿玉从主卧出来，母女俩一上一下对视。还是身旁的老人主动腾出来空间，说道："你们娘儿俩聊，我去忙。"

哪里有什么可聊的呢。

许平忧揉搓着衣兜里的字条，听见身侧人落座的响动。

李姿玉还是习惯性地坐直身子，双手交叠着放在膝盖上。许平忧抬头，跟着白天的外婆有样学样，将身后柔软的抱枕塞至母亲身后，又起身，用李姿玉惯用的保温杯倒了热水，摆在李姿玉面前。

她一系列动作做得无声无息，从容自然，身后的人半晌无话。

好半天，才有稍微显出疲惫的声音落在客厅里："坐着吧。"

李姿玉动作僵硬，终究接受了她的好意，端着保温杯。热气上涌，将她眉目间的情绪模糊了一半。

许平忧回到原位，不知道过了多久，才听见对面冷淡的声音难得柔和起来："家里跟以前相比不会有什么变化。你只要做好自己的事情就行……至于其他的，想要什么，都跟爸爸妈妈说。”

衣兜内的字条被许平忧折了又折。她抬头，与面前情绪模糊的眼睛对视，忽然笑了笑。

许平忧点了点头，心里头却是轻松的：“知道了。”

多了一个人的床不如从前宽敞，夜深人静，外婆躺着，拍着她的背，嘴里念叨着要买张折叠床搬回来。许平忧靠着她的肩，什么话也不说，只把头摇得像拨浪鼓一样。

许凡波第二次回来，恰逢一中进行了当月月考。

许平忧的成绩依旧挂在年级中间，不好不坏。家里面，李姿玉的步态已大不如从前轻巧。她缓缓地坐下，喝粥的同时，提出将许平忧房间的床换成上下铺。

“让妈睡下铺，平忧睡上面，”她食欲不佳，只吃下一口胃就开始反酸，她又道，“一直挤在一起也不行。”

她如今白天还是会去舞蹈工作室，只是已不再亲自做动作上的示范。

外婆给每个人分好筷子，左右一看旁人的神色，立刻朗声表示反对：“你养身体就养身体，操那么多闲心干什么。我和小忧睡得挺好的……”

李姿玉头也不抬地道：“还有几个月呢，她还在长个儿，就这么一直挤着吗？”

她脾气上来了，把筷子一放，说道：“何况等到孩子出生了，要一个人住了，还能暂时在换房之前有床睡。”

天大地大，孕妇最大。看到自家女儿发了火，老人家显然也不知道该说什么。

饭桌上顿时非常安静，许凡波忙起身为李姿玉添了碗汤。“你跟妈急什么，说这个还早……而且，”他将自家妻子放下的筷子捡起来，好声好气地劝人拿回去，脸上带着点笑慢慢道，“而且，如果是个男孩儿，跟小忧怎么住一起？你倒是连八百年后的心都操上了，不急。”

李姿玉闹了这一番，这顿饭吃得非常安静。

夜深上床，许平忧做了个怪梦，整个人就像从水里捞出来一般，口干舌燥，心跳飞快。

梦里一直有个怪人阴影追着她，好不容易迷迷糊糊地醒过来，翻个身，她才发现身边另一半床铺空空如也。

玄关走廊的灯亮了一盏，灯光穿过门缝，投进卧室。

一道声音悠悠地说着方言，分明情绪焦虑上火，却还是压低了声响。

“他们家想要个孩子，又没说非要是男孩儿，你这在孕期乱想什么……小许那不是饭桌上顺口一提吗？”

另一方没答话。

“至于家里头，你要是怕小忧多想，以后就别对小女娃娃那么苛刻。你当年坚持要学舞蹈，我和你爸就咬了牙供你，那也没什么。可我晓得你对自己当年单位上的事情耿耿于怀，总想有人替你去做一直想做的事情。以前你性格强硬，我没敢说，现在娃都这么大了，不说也不行。当年谈收养孩子的事情，他们家做了让步。你最后答应了人家，却一直没放弃过做试管。”

顿了一下，老人长叹一声：“至于其他的，他们也算仁至义尽。就算缺少那点儿联系，小忧不也养到这么大了嘛……”

许久，才有人轻轻地笑了一声：“顺口一提？那是您不懂他。”

“妈或许没那么想，但是爸会那么高兴，也是因为有个孙子的希望在。老许家的男人，都这样。”

光弱下去，门缝渐渐合拢。

许平忧不声不响地走回床边，坐下。她竟然也不觉得奇怪，只听到自己急剧加速的心跳。

她睡不着了，身上不断地冒着冷汗，却再也没敢下地，抱着被子蜷缩成一团。

第二天天光渐亮，她感觉手脚有千斤重，既抬不起也动不了。梦魇反复，大脑像塞了一团又一团的棉花，眼睛觉察到几缕日光，只有耳边响着外婆焦急的声音：“小忧，小忧？”

一只冰凉的手在她额头上探了又探。

“坏了坏了，发烧了，得送医院去。哎呀，你急着动什么，我去叫车，你把你女儿看好了！小许也真是的，怎么刚好昨天走了。”

耳边乱糟糟的，比过往的任何一天都响。

她喘着气，听见楼下老板娘夸张的喊叫，听见她叫自家儿子帮忙背人，又听见外婆央求出租车师傅开快一些。各种动静交杂成一片，她却无法给出任何反应。

医院还是那片白色。

外界的响动像是全部蒙了层纱，钉子似的凿进脑袋里。

许多次过年回长辈家，爷爷奶奶对她和堂兄弟们待遇倒没什么不同，只是话少了点儿，微妙地透着差异；许凡波想摸她的头发又收回手；她不能拥有的别的梦；还有，还有他们欢喜地庆祝……

身体告诉她应该眼眶发酸，却没有一处听使唤。于是连泪珠都是干的，往心口滴答。

白天去了，又是傍晚。

好不容易有精神了，能睁开眼了，她只看到天边一片火红，烧得像泼了红色颜料，又像干涸的血迹。

外婆在病床边坐着，握着她没有扎针的那只手，长舒一口气："谢天谢地，谢天谢地哦。"

老人家忙了一天，神色倦怠。她眼中含泪，用手贴着许平忧的脸颊，万分怜爱："可怜的乖乖，怎么忽然烧成这样，不哭不哭。"

许平忧动了动嘴唇，嗓子干痛，说不出一句话，只有眼泪无声地往外冒，渗进白色的枕头。不知道是为了自己，还是为了其他人。

"没关系，现在难受，医生说输了液烧退了就好了。"外婆以为她不舒服，凑过来摸了摸她的头发，柔声道，"你妈妈在外面坐着呢，是不是想见她呀，我马上去叫……"

许平忧摇头，发丝和衣服都湿了，浸透皮肤。

她试图张口说话，却发不出声音。好半天又失了气力，她沉沉地睡了过去。

这一病就是三四天。

从小到大，许平忧从没住过这么久的院。

同一个梦纠缠着她，束缚着她，要她认命，要她低头，要她自我和解。只有一方盛夏的庭院给她庇佑，一道声音告诉她："等你有能力自由自在地飞了……"

"你不需要人可怜。"

病好的那天，已经有几分夏日的迹象。

清晨的鸟鸣入耳，许平忧拿着自己的衣物，又无声接过外婆手上的东西，搀扶着她，在医院大门口远望天空。

她告诉自己，要朝前看。

外婆“哎哟”了一声，要来夺她手上的东西：“你这病刚好，急着帮忙干什么？”

“我来吧，”她收回目光，笑了笑，难得做出撒娇状，“您照看我这么多天，要好好休息。”

……

妹妹许冉冉出生以后，许平忧开朗了不少，至少会笑会闹了。用楼下老板娘的话说，她终于不再那么苦大仇深了，也懂得给家里帮忙了。

随着时间推移，成东巷有越来越多的住户搬走，许家也是其中一户。

有了许冉冉，许凡波的事业终于迁回了本市，家里也换成了新小区三室一厅的房子。

许平忧功课任务渐重，每天要上晚自习，日常训练时间就越来越少了。家里也没了练功房，她每周跟着妈妈去舞蹈室练。

好在她性格不倔，基础打得牢固，李姿玉的同事们也都愿意帮忙指点。

“还是你有办法，我家那个，哎呀，根本吃不了舞蹈的苦。家里还有四位老人盯着、爱着，我哪敢提让人学跳舞的事？”

老师们闲聊几句，对许平忧都是赞许，免不了也夸几句李姿玉教导有方。

许平忧年纪上来，渐渐也学会了怎么跟人相处。被人夸奖后，她也会谦虚地道：“哪有您说得这么夸张。”

家里面多了婴儿，两个大人在她身上花的精力减少。李姿玉的性格也被婴儿磨得柔和了不少。许平忧比以往多了更多的自由时间，也算是好事一桩。

曾家没有搬走，曾家的那只小白自然也没有。

暑假，曾佳林邀请她到自己家玩。许平忧跟家里报备过了，背着书包，拎着水果登门。小白也不像当初那样凶她，而是眼睛放光地跑过来冲她摇尾巴。

她长高了不少，小白的体型也不如印象里那么大。

“其实我小时候看到你们家的小白，也曾想过要养一只。”

家里面没有大人，曾佳林忙着把自己收集的漫画和明星海报全部摆出来，又去厨房给她洗苹果，简直忙得脚不沾地，扯着嗓门发问：“那怎么不养？”

“家里没条件。”

许平忧慢悠悠地答,用手指引着小白转了一圈,说道:“而且,也没必要了。”

她最开始是希望有宠物能听她说说话。现在，确实是没有那个必要了。

期末成绩下来了，许平忧的成绩果然没有超出自己的预估，总体上发挥正常，全靠语文和英语往上拉分。这次成绩也是分班的参考。

不过家里添了新成员，李姿玉不知道是不是分不出心神，总之不再像以前那样多说什么。她神色淡定，评价不好不坏：“课还算没白补。”

主心骨没有主动提出要做的后续准备，许凡波自然也是随她。

他原本给新生儿取的名字叫朝阳，后来知道是个姑娘，又说女孩儿还是要另取一个更加可爱的，这才有了“冉冉”这个名字。取冉冉升起的朝阳的意思，也算殊途同归。

李姿玉本人不想搞什么坐月子的传统流程，但她架不住老人家每天耳提面命，事无巨细，用“不听老人言，吃亏在眼前”的老话教训她。

千等万等几个月，好不容易等长辈走了，许平忧放假了，家里上上下下顺其自然地绕着婴儿打起转。李姿玉还要重新适应工作状态，不可能有更多的出行安排。

于是两个月下来，许平忧除了去工作室训练，家里破天荒准许她假期用用电脑，她最多的还是和曾佳林在市内到处走走。

这一年恰逢网络经济兴起，年轻人都开始玩起微博和微信，各大论坛和社交媒体冒出许许多多因照片疯狂涨粉的帅哥美女。

曾佳林一直都是追随潮流的。开始她是纯粹地看着存着,后来便非常心动。

暑假的最后一天，她们约好一同去公园拍照——曾佳林负责上镜，许平忧负责取景。任前者怎么劝怎么说，许平忧都只是笑笑。

“两个人总得有个分工，不能老麻烦路人。”许平忧很有自己的道理。她如今已经很会对付曾佳林的奇思妙想，简简单单，四两拨千斤。

“你是学生啊？”两个人在公园门口等车回家时，许平忧被一个反戴棒球帽的男生拦下来要联系方式。她还没来得及拒绝，对方已经对着她身边曾佳林的校服短袖扫了一眼，颇有点尴尬地出声，“不好意思啊，打扰了……”

曾佳林反应更快，笑出了声：“这哥们儿真逗！”

“不是我说，你刚才真该好好拍拍，比我上镜效果多了。”

曾佳林一路上检查着照片。她刚才只顾着图新鲜开心，这会儿一张张照片看过去，便有点后知后觉的遗憾。她拽着许平忧嘀嘀咕咕：“我也给你发到网上去，说不定也能当个什么博主之类的！”

对于好友说的这些话，许平忧从来只是笑笑，听一下就算了。

驾驶座上的阿姨笑着接话：“你还说呢，你为了这台相机折腾了家里多久。你也跟人家平忧学学啊。”

她看似批评，话里的疼爱却没藏住。

巷子往右的街道尚且存在，许平忧被人软磨硬泡只好陪着来到老筒子楼下。无所事事间，她干脆顺着这街道穿行，准备抄小路回小区。

早些年的繁华不再了，这条小街只剩下少数店面还开着。中途路过一处紧闭的卷帘门，她停下脚步，忍不住侧身看了看，多逗留了几秒。

灰墙灰瓦，隐约能看见院子里的榕树枝叶。

不多时，热风掠过，吹得绿叶晃动，也催人往巷子口走。

高中生活依旧如往常一般，直到一中更换了新校长。

新官上任三把火，学校开始试行艺术班制度。所谓“专项专法”，谁如果有意愿，都可以主动提出申请。如果没有意愿，直接另有客观挑人的办法。说白了，就是按照成绩先划一批出去。

食堂里人声鼎沸，曾佳林咬着筷子，同人说着说着就有点疑虑：“你家是不是一直打算让你走舞蹈生的路来着？到时候能不去就不去吧，说不定咱俩以后还能在一起上课。”

“而且学生和老师分班的门道，我爸妈说过这个……”曾佳林到底还是多了点心眼，眨眨眼，没说完。

她点一碗面，不吃香菜，结果忘了跟食堂窗口的大叔讲，蹙着眉。

许平忧顺手将餐盘和她一换，没来得及说好与不好，又听对方聊起最近红起来的一些明星的八卦。她嘴上应声，面上点头习惯得很。

这会儿是饭点，正是人多的时候。她们俩因为来得早，直接在食堂门口会合，才得以成功抢占有利地形。

有早就有晚，总有掉队的。她们一顿饭快吃完的时候，身边忽然有男生咋咋呼呼地探头，故作惊喜地打了声招呼：“哟，这么巧啊。”

说是巧，不如说是端着餐盘，盼着她们俩快点收尾。

许平忧刚刚起身，安桓的步子便不动了。他谢天谢地地坐下，又许诺请她喝奶茶。

曾佳林展现出保护者姿态。这段时间，她也和安桓渐渐熟悉起来，索性就着他和许平忧分进一个班发难："你这奶茶算啥，又不值钱，平时在班里多照顾着她点儿要实际得多。"

曾佳林心直口快，想到什么说什么："主要是她现在当了姐姐，见谁都要照顾，操心得很，我担心啊。"

"还用你说，我跟她认识的时间不比你短！"安桓想也不想地打断，嗤笑一声，闷头扒起饭。

校园生活没有大的变化，一个班几十个人，总有几个眼熟的。只是学业渐重，不少资料都写着学生按需自行购买，实际上几乎人手一本。

一中附近的老街拆了最西边的一块，打造成了一个购物中心。里面刚好有家新开的书店，豪气地占了三个门面，还与室内可穿行的网咖连通，算准了当下年轻人的消费心理，一开业便热闹非常。

正是周末，午饭前，许平忧提前帮忙冲泡好奶粉，跟李姿玉报备完毕，就背着书包出了家门。

阳光炽烈，一扇玻璃窗隔出完全不同的两个世界。

下了公交，走进书店大门，冷气扑面而来。她踮脚抽出两本练习资料，反复确认过名字，到排长队的收银台站定。好不容易随着队列结完账，路过网咖，却有个女人突然追上来，要给她发名片。

对方看起来也就二十几岁，挎着单肩包，涂着不太符合年纪的浓重口红，一笑便显出真实的年龄。

"别误会别误会，我不是坏人。"对方大概是害怕自己被错当成可疑人员，忙摆了摆手，一番话说得上气不接下气，"那个，我刚刚在书店里注意你很久了。我是经纪公司的星探，姓曹，没有别的意思，就是想问一下，你对做演员有没有兴趣……"

演员，多有吸引力的字眼。至少对十几岁的小姑娘来说，应该如此。

对方显然是深知这一点，所以主动提出了这个说法，选择忽略有多少人熬多少年也配不上这两个字。

可惜这方法对许平忧不奏效。她刚刚被冷气吹得浑身冰凉，急着回家，皱着眉摇头。

但她低着头才走出去，又被追上了。

对方或许是仗着同为女性，光天化日下有种不依不饶的意味。女人连着搬出好几个名字，像是与有荣焉。最后，她喘着气，耐心解释："这些都是我们同公司的艺人，你有没有看过他们演的影视剧啊，没关系，没有的话可以搜索一下的……"

"不好意思，我真的没有兴趣。"

许平忧温和寡言惯了，拒绝人便不怎么在行。她反反复复，语气冷了半天，至多也就是漠然。

正午街上行人又少，她摸着书包叹了好几口气。她正想着要不要摸出手机，忽然有道男声悠悠地从身后传来："我说，大白天的，一个成年人就别骗人家小姑娘了吧。"

许平忧转过头，刚好看见三五个男生从网咖里出来。

门开了一半，人鱼贯站着。

为首的应该有二十出头，大热天穿着一件卫衣，身形瘦削，手腕处有一道文身，挂着串夸张的金属项链，眼神戏谑，跟这边的二人搭腔。

"我没……"跟着许平忧的女人渐渐没了刚才的从容。

她神色不再淡定，似乎准备反驳，又被对方轻巧地截断。

"你哪家公司的，我看看我认不认识。"

旁边的男生笑着帮腔："就是啊，延哥家里也是搞这个的。说说呗，说不定你们还能联络联络关系呢。"

这世道，一个人哪里有对抗一群人的底气？何况，还是一伙正值青春，看着就不好惹的年轻人。

女人哪怕再不想就此算了，到底还是一咬牙，恨恨地收起了名片走人。

许平忧留在原地，僵硬地站着，思绪却没松懈下来。

这伙人的打扮实在太惹眼。无论对方是不是出于好意，她都不想有过多的牵扯。

"谢谢。"她抓着书包带点了下头，故作镇定地转身。可惜她才走两步，终究是原形毕露，没忍住跑了起来。

为首的"延哥"被逗得发笑。他摇摇头，将车钥匙扔给身旁的人，然后转身慢慢发问："这样行了吧？"

站在最末的人没说话。他穿了一身黑色衣服，戴着口罩咳嗽一声，鼻音重得根本藏不住。

延哥翻了个白眼："不能说话就给个手势，省得我万一英雄救美没到位，等你好了又被你唠叨。你是发炎了又不是傻了！别跟我说回国了，人还变别扭了。"

他这话说得直白，那人也不搭腔。

戴着口罩的男生只是远远地瞥了一眼，余光里，蓝白色的校服消失在街角，像一阵夏风。

半晌，费行云微微扬眉，比出一个"OK"的手势。

周末正午，艳阳当空，刚好是人一天精神最萎靡的时候。

小插曲过了，一群年轻人离开网咖，直接往商场的停车场走。他们走得坦坦荡荡不说，穿着打扮还一个比一个夸张。路人一边用眼角余光偷瞄，一边绕着走。

费行云通身黑色，看起来算是最低调的，慢悠悠地跟在最后面。

其他人年纪大多过了二十，实际上都只是跟延哥认识，前天才第一次见到费行云。刚开始看人家皮相出众，心里艳羡嘴上调侃。后来听说了年龄，他们就不免有点轻视。再后来，那些家伙发现这小子的奇异处——普通话说得极溜，无论是游戏动画还是户外运动，好像都有所涉猎。

他们听说他是延哥在英国读书的时候认识的。两个人爱好相同，也没因为年龄差困扰，自然而然成为朋友。

反正，他是挺神奇的一个人。

至于更多的，延哥不说，他们也就不问。到了停车场拿了车钥匙，他们自动分成两拨，为待客的和客人留出空间，说说笑笑地往后面去了。

"这次回来待多久？"王延坐上驾驶座，看身侧人长腿一跨，有些眼红，笑道，"你小子一天到晚吃的什么，个子又冒出一截？"

费行云说不出话，摘了口罩和帽子，慢吞吞地摸出手机，打了几个字："明天就走，要上课。"

车子动了，王延也是一动，说道："不早说，我还订了明天晚上的餐厅，巨难约的馆子，还有之后我哥们儿那边的活动……"

费行云坐在副驾驶座上眯着眼，继续慢慢地打字："心领了。"

"心领有个屁用。我牛都跟他们吹出去了好吧，说我找来了一个吉他贝斯样样精通的小弟，"他嘴上骂着，后面的话却很诚实，微微收敛脾气道，"那你接下来回家？”

费行云没立刻搭腔。

车子刚巧路过商场外的公交站，有人直挺挺地立着，低头翻着手上的书页。身高是长了，但神色和记忆中一模一样。

他托着下巴，扫过一眼又收回目光，说道：“嗯，回去陪陪老人。”

阳光太好，照得人懒洋洋地犯困，懒洋洋地打字：“不过要先去一个地方。”

王延在成东巷巷口扔下他。

费行云笑着跳下车，将“我好不容易当一次专车司机，怎么就让你小子赶上了”关进车门内。他把一个吉他形状的钥匙扣扔给对方，当作礼物。

热浪扑面而来，前额和后背都湿了，黏黏腻腻的，他也只是当作感受夏天的美好。

巷子口聚集了几个小贩，还如记忆里一样，卖什么的都有。他掏钱买了一串糖葫芦，结果钱还没给出去，对方神情一肃，转身推车就走！

“城管来了！”

小年轻踩着风火轮似的跑着，还不忘招呼好几个反应慢的大叔。

费行云一只手举着糖葫芦，一只手拿着钱，偏偏又说不出话，只能眼睁睁地看事情发生。结果，他拿着免费的糖葫芦，慢慢悠悠地往巷子里面走。

房屋建筑没什么变化，人变得很多，脸大多极陌生，隔几户就是紧闭的门。零星几个小孩子在里面奔跑，早没了记忆中的浓浓的烟火气。

他慢慢地吃完最后一口糖葫芦，把签子丢进好不容易找到的垃圾桶，右转，直接拐进小卖部所在的小街。

小卖部不在了，只剩下一扇铁门。

他安静地看着，想着往事。不知道过了多久，他忽然被身后一道力猛地扑了个趔趄，另附石破天惊似的一句：“你还真的回来了啊！”

安桓情绪有些激动，根本不给他说话的时间，直接给他来了个锁喉，炮仗似的吼着：“你今天突然给我发消息说回来了，要不要老地方见见，我还以为你又扯谎耍我呢！”

他和费行云从小就认识，联系也一直没断。但到底距离远了，时间久了，他们聊的次数也慢慢减少。

即便如此，费行云每次都逃不开一个“你什么时候回来”的问题。

“要死人了……”费行云被他这么折腾也不生气，嗓子沙哑地喊着救命。

“死就死呗，你死了我就去隔壁派出所自首。”安桓火气上头，也不顾一些邻居异样的目光。

大门口终究不是叙旧的好地方，两个人闹腾一阵，最后还是费行云摸出钥匙，打开了关闭多年的卷帘门。

和预想中的一样，小卖部空空如也，只剩好几排架子和空了的柜台。

安桓捂着口鼻，被扑面而来的灰尘呛得只能半眯着眼。费行云仗着有帽子和口罩护体，从柜台后摸出两把椅子，在大门处摆好，权作临时的聊天区。

安桓冷静下来，问道：“你现在在哪儿念书呢？还在上海？”

费行云点头。

“不回来了？”

费行云回答得很不走心：“不知道。”

安桓啐他：“少来，什么叫不知道？”

“阿姨不是在上海安定下来了吗？也不像以前那样满世界到处跑了。你要想回来，就跟以前一样，跟阿婆住在一块儿不就行了。”

费行云没接话，任由对方继续问着十万个为什么。

安桓忽然说道：“不说这个了，你那会儿到底怎么回事，怎么突然就不来上学了？”

气氛静默片刻。

“什么怎么回事？”费行云说话难受，声音沙哑，却也没让人唱独角戏。他嗓子沙哑，回应心不在焉，“就当时跟你说的那样。”

“我不信。”

安桓撇嘴，说话没留情面：“你爹喝酒喝死了，能把你弄得那么奇怪？”奇怪到忽然失联一年，一年后联系上了，才说不回来了？

他性子直来直去，又爱护短，对费行云那个乐队出身的风流爹一向看不上眼。

费行云撑着椅子歪歪斜斜地坐着，只抬头看着阳光。

安桓看不下去他一副病入膏肓的模样。他恨铁不成钢似的扔下一句“等着”，就出门去买药了。

“以前那诊所早没了，要穿过人行道去对面的药店。”他按下费行云，说道，“行了少爷，我去去就来。”

安桓的好心好意肯定没错。只是吃过药喝过水，药效一上来，费行云就差点直接倒下去。

因为现在学习紧张，安桓家也早就搬离了巷子，没多久他就被他爹妈一通电话叫了回去。临走前，他只能拿出他向来看不上的扭捏姿态，再三强调不要失联。

“OK。”

这是今天费行云第二次做出“OK”的手势。

他强撑着精神把人送走。看着安桓的背影消失，他长长地出了一口气，干脆把卷帘门直接拉上，留出一片阴影。

通往后院的门上的螺丝松了，推开时发出嘎吱的响声，像老年人的呻吟。

小卖部关闭的当年，这里就搬空了家具物品，只有一些无法挪动的东西依旧存在。

榕树、石桌、青石板都是老样子，承载了许多回忆。

他没心思多看，转身直接进了卧室。扫了一眼空荡荡的床垫，他倒头就昏昏沉沉地睡了过去。

许平忧回家后，并没有跟家里人提书店前发生的事情。

家里面积比以前的大，却再难有这么安静的时候。

许凡波去了装修场地，不在家。隔着主卧门缝，许平忧刚好能看见李姿玉在哄许冉冉入睡。她也就不打扰，径自回了自己房间。

她一笔一画地在练习册封面写下自己的名字，做起老师布置的作业。

直到黄昏时分，许平忧的手机振动，亮起一条信息。

曾佳林这个周末随父母去看望外祖父，抽不出时间，只能拜托她帮忙把资料一起买了，两个人晚饭后在筒子楼门口碰面。

“我已经在返程的车上了，马上到，还给你带了我外婆自己做的地瓜干，巨好吃！”

“对了，你中午给我打电话我没看见，怎么了？”

主卧里的母女俩还睡得很沉。

许平忧笑了笑。她当时是有点慌了神，拨错了。现在冷静下来，她自然没将所谓的“星探”当回事，更不打算提起那伙穿着奇装异服的人。她一边轻轻走出家门，一边回复：“没事，你家楼下见。”

曾佳林说到做到，果真带了一大袋地瓜干，另外附赠了一小盒车厘子——

曾家父母给的。这也算是人情往来，除了该给的钱，还必须表示感谢。

“地瓜干，你回去就当零食吃吧。也不是很甜，你应该能吃。”

曾佳林一口气说完，站在单元门口挥手还不够，一口气上了六楼还要挥手。

许平忧仰着脑袋抬眸看去，心里想笑，面上也笑着把头点了又点。等人终于走了，她才转身，呼出一口气。

她在楼底下的榕树前站了一会儿，微微敛目，打算从右侧的小街抄近路回去。

以前经过的时候不觉得，来的次数多了，她脑子里浮现出这样的场景：市政重新铺设过的路，斑驳的树影，探出墙头的枝叶，还有严丝合缝、紧闭的卷帘……

她忽然感觉有些不对劲。

许平忧呼吸一窒，步子也骤然一停。

她盯着半开的卷帘门，里面的阴影延伸出来，束缚住了她的脚步，使她久久没有动弹。

耳边还有晚饭过后渐渐多起来的聊天声和脚步声。许平忧分明怔住了，脚步却很诚实，往小卖部的方向慢慢地走去。

有人在。这是她的第一感觉。

也不一定就是……万一是铺面卖了，有了新的主人。

她心跳得飞快，脚尖换了方向。

她绷直了嘴角，脑子里还想着身上还有买资料剩下来的零钱，就算是误会了，也能装作有事情可说，有东西要买。

“喀、喀。”离得近了，她听到里面的几声咳嗽声。

她没敢去动卷帘门，只能默默地躬身，试图通过观察发现点什么。

“咚”的一声，有人从椅子上跳下来，歪斜扣着的棒球帽飞了，轻飘飘地往下落。

许平忧一脸藏不住的紧张。她侧着脑袋，刚好与一双眼睛对上了。

跳下来的人发丝凌乱，在阴影之中格外显眼。

费行云吃了药睡过一觉，精神抖擞。他戴着口罩，抄着翻出来的抹布和鸡毛掸子没事找事。骤然对上她的目光，他也十分坦然，淡定得像在喝水。

“哟。”他看着她，鸡毛掸子抖了抖。

这应该……算是打了招呼？

屋里屋外，大眼瞪小眼。

不怪他们，只怪角度确实有些尴尬。

空气中安静了几秒，许平忧率先收回目光，垂眉敛目，低头钻了进去。

卷帘门的里侧要黑得多，没有灯光，全靠外面的夕阳映照出几分光亮。

她的目光快速扫过他，没话找话：“你感冒了？”不然怎么会发出这破锣似的嗓音，变了声也不至于这样。

费行云漫不经心地答：“嗯。”反正感冒和发炎的症状差不多。

他只露出一双眼睛，声音仿佛是挤出来的，他说完还指了指角落里摆着的椅子。

安桓买的药药效强，一觉睡醒，比来的时候感觉好些了，至少可以不那么吃力地说上一两句话。

此刻，他拉下口罩声音沙哑地补充一句：“干净的。”他指的是椅子。

说罢，他躬身捡起棒球帽掸了掸，随手往柜台上一扔，继续擦起铺面中间的架子。

许平忧的心跳不像刚才那么快了，但也说不上正常。

她不自觉地环视起屋内的陈设，变化很大，却没有预想中的那么大。东西摆设的方位没变，没了商品，没了邓阿婆，没了各种各样带着生活气息的摆件，只有一个应该算熟悉，却又似乎没那么熟的人。

柜台上的棒球帽仰躺着，旁边摆了些杂乱的纸张，层层叠叠。

她在椅子上坐稳，心神慢慢安定下来。

“刺啦——”货架被人拖动，发出刺耳的声响。

“等我一下。”

不远处，费行云擦完最底下一层货架，朝她点了下头，转身将卷帘门全部拉起，提着地上装水的塑料桶去了隔壁。

店里空空荡荡的，没水没电，好在还有一家五金店没搬走，这老板他认识。

还东西之前，他摸出一张纸钞，压在柜台上的搪瓷杯下面，逗弄了一番老板的小孙子后便转身走了。

回到店面的时候，他刚巧看见少女面朝夕阳坐着，背挺得笔直，仰着头，好像看着什么地方出神。

费行云也不出声，将另一把椅子摆好，跟她隔了段距离坐下，十指交叉闭目养神。

良久，才有人主动说话："什么时候回来的？"

费行云："前几天。"

许平忧："哦。"

她收回视线，双手撑住椅面，盯了会儿自己的脚尖，又侧着头问道："什么时候走？"

费行云："明天上午。"

他外表变了，变冷峻了。身高也变了，变得需要仰头才能对上他的目光。但做事风格好像没变，看起来懒懒散散的，实际上说什么就是什么，从不拖泥带水。

少男少女，安静地坐在大门口。来来往往的路人开始变少，中间隔着一道长影，气氛很好。

许平忧率先起身，在店里慢慢地走了一圈，他也没拦着。

她在后院门那里站了一会儿，转身盯着前门的影子，问道："我能进去看看吗？"

费行云刚好摸出手机，朝她微微扬了下下巴："随便。"

她也不知道自己为什么会进去看这一遭。

许平忧推开门，在走廊上站了一会儿，又在树下站了一会儿，隔着窗户看了会儿从前的书房，伸手抚摸干燥皲裂的树皮。再出院门时，她刚巧碰见费行云在接电话。

由于身体有恙，他把说话的力气省着用。白天的时候也是这样，跟朋友沟通能打字就打字，能装哑巴就装哑巴。

这会儿显然不行，对象不同。

"嗯，我是在巷子这边，一会儿就回来。"

"哎，肯定啊，"他脸上带着笑，声音低低地叹气，"我买了药，您放心吧。今晚一过，保证明天上飞机之前好起来，行吧？"

许平忧立刻猜出对方是谁。

这条巷子，这个店面，他要回去的地方，说话的长辈，无非就那么一个。

她不打算出声，只是无声无息地走到柜台边，帮忙整理起刚才被风吹落的几纸张。

纸上是手写的乐谱，龙飞凤舞的字迹，不过泛着黄，看起来应该有些年头了。

“嗒。”有人打了个响指，动静刚好能让人察觉。

通话结束，他起身，伸了个懒腰，很自然地出声：“要交换联系方式吗？”

他挥了挥手机，刚刚打了通电话，又清晰地说完这个长句子，甚至有些佩服自己。

许平忧愣愣的，脸上透着点傻气：“你换号码了？”

“当然。”他眨了眨眼，隔着口罩问她，“怎么了？”

许平忧立刻摇头：“没什么。”

她主动报出了自己的号码，习惯性地补充道：“不过我看手机比较少。”

费行云慢慢悠悠地道：“知道你忙。”

许平忧报完自己的电话，感受到机身的振动，也听见他说：“发了短信，上面是我别的联系方式。”

他嗓子哑得实在说不下去话了，自己都受不了，没忍住蹙了蹙眉。

她利落地回应：“好。”

室内就这么大，两人之间就几步路的距离，许平忧抿唇走过去，顺手将整理好的乐谱递过去。只是她没想到，对方不仅没接，还很轻巧地扫过一眼，目光沉静，脸上带了点轻松的笑意。

“谢谢。”

他朝着柜台探了探脑袋，视线对着这摞纸所在的位置，沙哑的嗓子继续发出声音：“还是放那儿吧，垃圾袋也在那儿。”

他打扫了一个下午，光垃圾就收拾出三四袋。

许平忧想都没想，准备按他说的扔掉，刚走了几步她又忽然反应过来，犹疑道：“你不要了？”

费行云咳嗽一声，神情懒散地点头。

“这些都不要了？”她又问了一次，不太确定自己是不是听错了。

不解充斥于许平忧的脑海，迫使她敏锐的神经察觉出异样，渐渐生出疑虑。

可惜，对面的人还是点头，但笑容淡了些许，看起来没打算解释太多。

许平忧看着他，又看了眼潦草的字迹，终于没忍住，说道：“这都是你以前写的吧。”

这一回，对面人的点头更加敷衍。

他点完头就低了头，不自觉地咳嗽一声。他看起了手机屏幕，似乎是在忙着和什么人联系。蓝色的冷光将他的眉眼照亮，微凉。

许平忧不说话，只是看着、琢磨着，想起很久之前的事情。

他们进行校庆晚会节目排练那次，他将她带去看起来就是个人空间的地方。偌大的客厅，整张桌子塞得满满当当，分门别类全是跟音乐相关的书籍。唯独最大的一块地方留给了白纸琴谱，连水杯都放得极远。看得出来，他很喜爱这个。

这些东西现在依旧被收拾得很整齐，最终归宿却是垃圾桶。

她想问为什么，眨了眨眼，说出口就变成了："能给我吗？"

"嗯？"

许平忧保持着递东西的动作，声音温和地道："既然你要丢了，我能留着吗？"

少女直视着他，眼睛漂亮极了。身后是阳光和黄昏，耳边是夏日的蝉鸣声。

费行云闭眼，又睁开。环境熟悉得像他从没有离开，什么都没有发生，因为连出现在这里的人都是合理的。

"没必要。"他说着眼神沉了下去，人朝前逼近，迫使对面的人下意识后退一步，他又道，"不是什么值得留下来的东西。"

费行云呼出一口气，却见少女站得更直了，眼睛里的懵懂也变成了其他的情绪，她问道："为什么？"

为什么？没有什么为什么。

也不该有为什么。

他冷着脸，嘴角的笑也是凉的，轻飘飘地说着话："以后不打算写了，以前的也没必要留着。"

费行云是天生的笑眼，不笑的时候也像笑着。

"你问得太多了。"

天色渐渐变暗，许平忧背着光安静地站着。

她的心跳停顿了一秒，意外地没有情绪波动，也没有说话的欲望，只是定定地出神，任由对面的人将纸张从她手中抽走。

对面的人似乎出了口气，很轻，没什么痕迹。

他的冷淡同样有别于常人。

费行云习惯专注于自己的事，却不吝啬于表露对别人的兴趣。这使得他总能在不同人之间表现得游刃有余，自然而然地被各个人群接纳。

邓阿婆曾经也说，要她不要过分专注，学会对其他东西保持兴趣。

她以前不能领悟这一点，年纪渐长，才渐渐明白其中的意味。

譬如此刻，对面的人情绪有那么一秒没能收住，又迅速被平时的散漫覆盖。

那堆整理好的纸张，又被随手扔回柜台原位。

他理了理口罩，垂首看着她，说道："走吧，送你。"

天色晚了，他送女生回家这一点倒是从来没变。

许平忧眨了眨眼睛，说不出自己心里的感觉，于是干脆保持沉默。

巷子中，有一两盏路灯亮起，比落日更亮，拉长每个过路人的影子。

"就在隔壁是吧。"他问的是她现在住的小区。

"嗯。"

微微错开的距离，看起来像是并排走着，实际上是一前一后，踏着路面的脚步声也错落开来。

她看着斜前方宽阔的背影，满腹的不解与疑虑：他消失的时间里发生了什么，现在在想什么，为什么会不再写自己喜欢的东西，明明说过……

快到巷子口时，许平忧抬头，问道："你还好吗？"

他明明说过："如果人生没了自己喜欢的东西，一定无趣得不如跳进河里。"

"啊？"费行云回头，看着她，一时没反应过来。

许平忧不需要他的回答，深吸一口气，继续道："你走……请假转学以后，每个月我都发了消息。"

内容就是刚刚问的那句。她对于得到答复也没抱多大希望，只是后来渐渐地就成了习惯。

每条发出去的信息她都会删掉，也因此一直以为这件事会永远尘封成秘密。只是没想到，她今天会当着他的面说出口，并且内心极度平静。

"不过我不知道你换了号码。"

费行云眨眨眼，笑起来，恍然大悟："谢谢你的关心？"他忘记克制笑得太大声，又惹起几声咳嗽。

许平忧顿了一下，说道："我不是这个意思。"

她的目的不是要听到这样一句话。

"我是问，你现在还好吗？"

两个人的脚步都停下来。对面的人转身，她的眼睛越来越亮。

费行云的嘴角渐渐拉平，半晌无声，忽又笑了一声，道："你想问什么，直说吧。"

"直说你会告诉我吗？"

许平忧藏在身后的手渐渐捏成拳头，语气冷静得过分："肯定不会，所以我只问最关键的。"

费行云依旧从容地看着她，双手摊开，失笑道："能有什么不好的，人在，胳膊腿也俱在。"

许平忧心中隐隐有些失望，但并未流露出来。

她站得很直，嘴唇发干，直直地看着对面的人问道："你真的能放弃吗？"

以前，她很喜欢画画，喜欢这种描绘事物的方法，记录故事的方式，留恋它的迷人之处。

她喜欢到瞒着家里人，藏起所有的秘密，冒着被责骂的风险，也要试图学习绘画相关知识。她笨拙地用略微知道的一点人际交往技巧去对待长辈，借以增加别人对她的好感。可惜结局鲜血淋漓，她最终还是让别人失望，也不得不认命。

可是就在他打算认命的时候，有人告诉她，可以暂时等待。

"你很喜欢吧。"

喜欢到随时随地都抱着吉他，挂着耳机对着电脑敲敲打打，构造出自己的私密空间。

许平忧知道自己有点逾矩了。可她忍不住，所以才控制着剧烈的心跳，继续镇静出声。

他像一座雕塑，沉静半晌，说出些冷酷的话："我刚刚说过，你问得太多了。"

许平忧："我知道。"

"我以为我们应该能算是朋友。我只是……"她仰头，话说到一半，临时换了说法，"和你以前照顾我是同一个理由。"

费行云不知道想到了什么，目光错开一秒，又语气淡淡地开口："因为可怜？"

知道如何与人相处的人，往往也最明白怎么伤人。

许平忧的动作骤然一停，心中的失望慢慢流泻出来。她的声音慢慢沉寂下去："你不需要我可怜。"

"是吗？"

半晌，费行云挪开视线，笑了。这次是发自真心的。

怎么好像立场彻底发生了互换？

这次，她是重塑了心神的竹子。以前，她的眼睛里写满脆弱和阴暗，现在更多的是坚持和果决。过去的枝叶落尽，全是青绿色。也因为新生的经历，格外惹人注意，让人产生想要接近的想法。

难怪所谓的星探会主动找上她。

矛盾又复杂，正是适合在荧幕上讲述故事的气质。

一时间，两人没再继续说话。

"和喜欢不喜欢没关系。"

费行云转过身，选择主动结束对话，留给她一个背影，道："走吧。"

他也该走了。

许平忧打开家门，闻到了阵阵香味。

许凡波的公司最近运营状况不错，尝试了新媒体的宣传方式，联系了专门做这方面的广告公司，竟然接到好几个装修大单。人一开心，自然而然地生出庆祝的想法。这顿饭，他从酒店打包了一桌子菜回家，各种海鲜和牛排一应俱全。

看见许平忧回来，他同样也是一副好声色："回来啦？"

"嗯。"

他高兴地分发碗筷，做着家务。李姿玉从卧室里出来，对着她脸色冷淡，却没以前那么刻薄，只皱着眉问了一句："怎么这么晚才回来？"

她默不作声，随便说了个理由。

夫妻俩的话题很快转移到新生儿身上，说会翻身了，会"啊"几声了……

"曾佳林给的。"她将地瓜干和车厘子一并放在桌子上，轻声说完后主动去厨房里帮忙盛粥。

晚饭过后，一家人一边看电视，一边逗弄起精神头十足的许冉冉。

许平忧帮忙叠着婴儿的衣服。听着妹妹的笑声，她也跟着笑了一会儿。

夜深了，她在桌前按亮手机。未读的短信提示，简简单单的几串数字，还有一句："欢迎有烦恼的小朋友来电。"

这条短信是在他们发生争执之前发的。许平忧愣着神看完，只想起这一件事。

新的一周开始，和平时没什么不同。

许平忧适应了分班后的新生活。她比以往更懂得掌握跟同学交往的度。因此，她虽然还没有像曾佳林那样的朋友，但也跟大多数人都说得上话。

何况，还有个安桓。

他就像个大喇叭，什么时候都不忘记落下她。

晚自习之前，安桓突然给了许平忧一个包裹，看起来就一本书大小，有点厚度。

周围发出一片起哄声，他扔出课桌上的书把人给镇住，盯着她，挠了挠脸说："反正不是我的东西，是别人寄的。"

许平忧如今已经学聪明了，没有选择将东西贸然拿回家。

她一直坐到晚自习后，大家都走了，才主动跟值日生打了招呼，表示自己可以帮忙，然后慢慢地用剪刀剪开。

秋天到了，一窗之隔，下起小雨。

雨声细密地打在玻璃上，敲击着人的太阳穴和心弦。

她收到的是那摞泛黄的乐谱。

"随你处置。PS：祝你学习生活愉快。"

最上面一张白纸上，一行字龙飞凤舞。

这次月考，许平忧的成绩比刚入学时进步了一百多名。

她自己都没有料到这一点。领到成绩单时，她盯着明显有所提升的数学和物理分数出神，脚步轻飘飘的。她将试卷带回家，李姿玉看到后显然也有些意外，但没多说，将这归功于她越来越自觉的学习习惯——鲜少出门鬼混，大多数时间都用来练习舞蹈和看书，还会主动帮忙做家务。

"只要像这样把心都用到正事上，别跟那时候那样三心二意的，顺利考上目标院校不是问题。"

许平忧在客厅垫子上压腿，对这番话左耳朵进右耳朵出，只"嗯"了一声。

许凡波平时陪伴她很少，但在花钱上倒不吝啬，难得夸她是用了心所以收获好结果，也是提前给许冉冉做了好榜样，还奖励了她一台新手机。不过这新手机平时被李姿玉锁着，只有假期经过允许她才能拿到手里。

许平忧对这一点表现得很无所谓。

反正现在的手机还能用，她也没那么大的网络需求。

跟她相反，曾佳林沉迷于星座知识和各种心理测试，一到假期便离不开社交网络。她在各种平台上关注了一堆博主，看了各种各样的心理学专业分析，得出结论：许平忧属于少见的情绪稳定型人格，最适合当朋友。

周末的时候，两人相聚在一中附近的书店。

服务人员在门口礼貌地将他们拦下，表示这里不允许自带奶茶进入。曾佳林“哦”了一声，于是几口饮尽。等进店，她还是没忍住拉着许平忧小声抱怨：“上回来也没说不准啊，怎么这次还多了这规矩……”

曾佳林的考试成绩不好不坏，总之轮不到奖励，也轮不到批评。但她还是磨着家里人要了买漫画的钱，准备在今天大干一场。

成东巷附近倒是也有书店，听说她想买书，许平忧提出来这儿，她也就遂了好友的意。她说：“难得见我们小许主动提议，当然要照着行事。”

在来书店的公交车上，李姿玉给她打过一次电话。曾佳林听她们俩来回确认目的地和路线，“哎哟”了一声，大大方方地主动接过电话。不过两边刚搭上腔，刚问过好就挂了。

这是有人做证，所以这通电话才能结束得这么迅速。

曾佳林熟门熟路地带许平忧到了小说漫画区，挑了个地方坐下，便沉浸其中。

许平忧被塞了一本书，看了一会儿，便发起呆，视线盯着窗外车水马龙的街道。

这学期，她的确给费行云发过短信——不是有什么烦恼，只是每个节日时送出的祝福。费行云懒得没法说，每次只回两个字——“同乐”。有时候秒回，有时候隔天才回。

家里的矛盾没以前明显，李姿玉对她放松了管束，但多年养成的习惯不是说改就能改的。

那沓乐谱就被她用文件夹收纳好，塞在课桌最里面，从不曾看，也不带回家。

此时此刻，书店里没人说话。曾佳林看到激动处，也只敢声若蚊蚋地在她耳边分享：“你看你看……”

许平忧怔然间回神，低头，刚好看到男主角英雄救美，给了一个无比显眼的大头特写，身上披风扬起，俊美非常。她不知道前因后果，只能点头，比出一个大拇指，又托腮发起呆。

“战斗”结束得比想象中快得多。

等曾佳林选完要买的书，提着纸袋出门，离午饭时间竟然还有一两个小时。她是爱玩的性子，不愿意即刻坐上回家的车，就提出去附近的小吃街逛逛。

一座城市的小吃街，往往是最容易聚起人流的地方，也汇集了各种各样的商家。两个人从巷子里穿过，出来时又提了满满当当的一袋子。

许平忧不能吃太多，但每样都尝过一两口。最后，她捧了份水果酸奶，装书的袋子也到了她手中。

冬天难得有这样的好天气，艳阳高照，不见寒风袭人。

她们俩在露天咖啡馆找了张桌子坐下，刚好临街。曾佳林吃着香蕉船，看书看得入神。附近聚集了一群人，有些吵嚷。许平忧掠过一眼，开始没往心里去，后来人群散开，来了民警，视野开阔了，动作忽然一顿。

她的目光落在人群中心，留下一句话后便迅速跑下去：“袋子放这儿了啊……我过去一下。”

离得越近，两个民警中间那个人的身形就越清晰——素净的衣着，银白的头发，并不慌乱的姿态。

“阿婆？”

她轻轻喊出声，一行人的目光便都投过来。

为首的民警眼睛一亮：“小姑娘，你认识这位老人？”

邓阿婆动作一停，望见她似乎还打量了一下。半晌，邓阿婆恍然大悟，叫起她的名字：“小忧啊。”眼睛微微弯起。

许平忧抿了抿唇，沉默片刻，干巴巴地道：“是我。”

许久不见，她的变化的确太大，要辨认一会儿也正常。

曾佳林提着袋子后知后觉地凑过来，又后知后觉地跟上警车。

等上了车，许平忧才从民警口中将事情了解清楚。原来，邓阿婆是从城外的公墓回来，不想坐错了车，又错上加错，在小吃街附近下车。她不会用手机查路线，也不知道怎么回家，便只能求助过路的年轻人。

“给你们添麻烦了。”回家的路上，邓阿婆心里难受，时不时流露出歉意。

副驾驶座上的人笑起来，给她宽心：“哎，瞧您这话说的。为人民服务嘛，这是我们的工作。何况也就是送你们一趟，小事情。”

许平忧坐在后座中间，靠着邓阿婆，不声不响，心跳却很快。

邓阿婆住的小区，不出所料是江山南苑，费行云带她去过一次。

民警本来还要将人送上楼，到底还是被邓阿婆劝住。老人家脸上带着笑，情感很真挚：“有我孙女在呢。正事要紧，别耽误了你们时间。”

许平忧听着，心里五味杂陈。

曾佳林陪在身侧，提着好几本书跟着帮忙，手勒得通红。一到可以坐的地方，她便倒在沙发上趴着叫苦。许平忧劝她回去，她便也没说什么，只在临行前拍拍她的肩。

“要是你家里人还说什么，你就把我的号码给他们。我肯定会想办法给你圆过去。”

“阿姨不是一直管得严嘛。”她难得有这么认真的时候，目光坦荡。

看出许平忧有心事，她也不问，只压低了声音道：“你说认识这个阿婆我就信了啊，有什么事情，记得给我打电话。”

许平忧与她对视好半天。她觉得心口发暖，却是嘴笨，只能重重地点两下头。

门轻轻合拢，发出“砰”的声响。她转过身，瞧着屋内的家具陈设，许久没有挪动步子。

这里和之前相比，变化颇大。

房子内不再空荡荡的，只有钢琴桌椅，已是一个正常得不能再正常的温馨小家模样。餐桌上铺着素色桌布，摆着一个花瓶，里头插着雏菊，颜色鲜丽，娇艳欲滴。

当然，最显眼的还是阳台边的画架。

她静静地看，静静地站着。

还是邓阿婆从厨房里出来，轻轻地把她叫回心神。

“小忧？”厨房里出来的人笑着说，“别傻站着啊，来吃水果。”

除了头发更白，眼角新添几许纹路，邓阿婆和从前比几乎没什么变化。

许平忧点点头，无声无息地坐下，却不碰茶几上果盘里的水果。

邓阿婆忙活着，在厨房和客厅之间来来回回，她主动提出帮忙也不许。

此刻坐下，她看着许平优，目光依旧如从前一样，温和可亲。

"长高了，也长大了。"邓阿婆细细地瞧着她的脸，说得真诚自然，"这么久没见，都是漂亮的大姑娘了。"

许平忧心神不宁，唇瓣微张，却说不出话。邓阿婆也不介意，只将茶几收拾了一遍，请她尝最近才做的果茶，然后便起身去收阳台上晾晒的床单。

许平忧捧着杯子，目光朝身侧的小茶几落下。两个相框在上面摆着，有鲜花和花瓶做伴。一个相框里是一对老人的照片，邓阿婆还是全黑的发色，笑意盈盈地与身侧的老伴牵着手，气氛融洽，恩爱外露。

而另一个相框里……是费行云和一个女人。

她看着，几乎一瞬间就将这个女人和记忆里的人对上了号，是费女士。

照片中，费行云看起来年纪还小，个子只及大人腰部。女人面上带着英气，唯独一双眼生得柔和。她穿着干练，很典型的事业女性打扮。她一只手拉着年纪尚小的费行云，微微蹙眉，明显手上发了力，将人揪住不许他动。这小孩既然不能逃脱，就只能盯着镜头，懒洋洋地比出一个"Y"的手势。

"你是在一中读书？"邓阿婆的声音隔墙传了过来。

她迅速收回目光，轻轻地"嗯"了一声。

邓阿婆又温和地问她舞蹈是否还在坚持练，她也继续点头，老实交代。

邓阿婆笑得很欣慰："这样很好。等你成年了，你就知道这些坚持都有意义。"

"嗯。"许平忧还是这么答。坦白讲，她并不知道该怎么面对邓阿婆。

当初的那件事，实在是给了她惨痛的教训，也叫她心里存着一个最对不起的人，只知道痛苦地逃避。

可逃避也不能逃避一辈子。至少，不该有了面对的机会却还躲躲藏藏。

"阿婆。"

"嗯？"

她眨了眨眼睛，将衣袖攥得皱皱巴巴，唇瓣微颤，到底还是说道："对不起。我一直想再跟您单独说一声，可是……"

可是那个时候错过了，她也不敢再回头。好像多看一眼，内心的愧疚就要把她淹没，不给人喘息的时间。

就是胆小鬼罢了。她眨了眨眼睛，眼眶微微发热。

如果不是胆小鬼，怎么会直到今天才有胆量把话说出来？说出来还颤颤巍巍的，仿佛痛苦的应该是自己，不该是眼前的人。

邓阿婆教她，又疼她，可她……

“我孙女在呢。”许平忧想起刚刚邓阿婆说过的话，只觉得鼻头发酸。

她迅速低头，沉声道：“可是我自私得只顾得上自己，所以没胆子来找您。”

不仅如此，她还因为自己那点可悲的自尊心，连对着费行云都不敢提起这件往事，还曾试图装作是陌生人。

邓阿婆许久没有出声。

许平忧盯着自己的膝盖，久久说不出话来。

直到身侧发出响动，有人与她并肩坐下，温柔又平静地拍了拍她的背，笑着说：“傻孩子。”

确实是傻孩子。

许平忧的眼泪静静地往下落，珠子般大，整个人一动不动。

邓阿婆揉揉她的头发，慢悠悠地哄着：“阿婆从来没有怪过你。”

她或许还有别的想说的——关于许家，关于许平忧的母亲，可到最后，只是说道：“没关系，有阿婆在呢。有什么想说的，都可以说给阿婆听。”

许平忧想起很多。她安静地掉泪，安静地将脑袋埋在老人肩头，感受着后背的温度和轻抚。

情绪渐渐稳定下来，她自然而然地有一点不好意思。

“来尝尝我做的果茶。”邓阿婆倒掉冷掉的茶水，体贴地给她新换了一杯。

许平忧端起尝了一口，眼睛发亮地盯住长辈的眼睛，发自真心地说道：“好喝。”

邓阿婆和蔼地笑，夸她还如小时候一样乖巧嘴甜。

“以后要是有什么烦心事，都可以来阿婆这里。”

许平忧听了，点点头。顿了一下，她又摇头：“还是不打扰您了。”

她害怕事情重演。

她弯弯眉眼，笑着说：“我留您的电话就好。”

“您还是一个人住吗？”冷静下来，她这会儿想起白天的事情，免不了有点担忧。她握住邓阿婆的手，慢慢道，“一定要留我的号码，有什么事情都可以找我。”

邓阿婆笑着答应，又夸她考虑周全。

“我没说错，你真的长大了。”

不是年龄，是心理和思维也比以前成熟了。这才能叫人稍微放心。

不叫人放心的，另有其人。邓阿婆轻抚过她的手背，忽然喃喃道：“如果他也……”话说到一半，她突然顿住了。

她一下一下地拍着她的手背，轻声发问：“小麦跟你，还有联系吗？我知道，你们俩关系应该不错。”

不错吗？许平忧一愣，还是静默着，点点头。

“他……”邓阿婆说着，眉目间又多了一点忧愁。

许平忧也不问，只是将左手同样覆盖到老人手背上，当作宽慰。

她想，她应该走了。如果不走，她也应该想个办法就此打住这个话题。可是……她想起两个人站在一起的时候，想起他谈到音乐时发亮的眼睛，弹琴时的恣意惬意，他不再看重的那些手稿，流露出叫人心悸的冷淡。

“小麦在他父母离婚以后，曾经是跟着他父亲的。”

来自英国的浪子和内秀的东方姑娘相爱了，应该算得上所谓浪漫的开始。

他们是在费行云母亲留学时，在一次大学义务演出中认识的。后来距离渐渐拉近，产生了好感，他们很快便结婚了。婚后倒也有过几年好日子，两个人还在国内生活了一段时间，终于得到了邓阿婆的一点认可。可惜日子久了，吉他手浪子的本性暴露，不愿意放弃自己的热爱，带着乐队四海为家，也有了新欢。

费女士与他一拍两散。那时，刚好有一个去美国进修的好机会，她便果断结束了这段令人伤心的婚姻，只身前往大洋彼岸。

直到她完成博士学业，她才得知费行云在他父亲那儿过的不是正经日子，根本不是之前许诺的良好的教育环境、安稳的生活，而是上学上得断断续续。他带着小孩儿和一把吉他，跟一群狐朋狗友在欧洲乱跑，四处旅行，每到一处就靠演出赚钱。

费女士哪能接受这个。一怒之下，她选择再上法庭，找了律师，夺回了抚养权。

费行云就此回国，跟着邓阿婆一起生活。费女士却因为学的古生物专业，继续守在国外，逢年过节才回来一趟。

费行云养成随遇而安的性格，也和小时候那段经历有关。不过那个时候，他还对生活抱有热爱，也愿意和邓阿婆分享自己的学习生活琐事。

可是从那年开始，一切都变了。

那一年，费行云的父亲因酗酒传来噩耗。

人被送进医院，却无力支付医院的账单。背负巨额的债，身边的朋友们也不再跟他来往。到头来，还是费女士出于人道主义，带着费行云走了一趟，准备让他们父子俩再见上一面。

就是这一面出了问题。

费行云从病房里出来，情绪就有些不对劲，可是问他什么也不说。费女士想尽办法也撬不开他的嘴。回国之后，他更上把自己锁在房间里，一个人待着，后来经由心理医生治疗才终于愿意出门。走出来以后，他再也没有主动提过从前的爱好。

他曾经很直白地表露过，以后大学要学作曲专业，继续在音乐这条路上走下去。

后来长辈一提，他便敷衍说自己对音乐还是喜欢的，只是没那么一心一意。费女士没办法，只能给他请假，又想尽一切办法，提前回国帮他办了转学手续。

她本来还想把邓阿婆一起接去上海，邓阿婆却坚持要留在这里。

“他母亲常常说，就不该让他去见那个人，”邓阿婆忍了忍，终究还是克制住自己的感情，说得冷淡，“那个英国人。”

“我留下来，是因为这里就是我的归宿。”她说这话时应该是想起了让人愉快的往事，眉目带笑。

她和伴侣在这座城市相知相守，又在这里把女儿抚养成人。可惜，对方还是先走一步。她最开始不愿意离开成东巷，也是因为那里是他们认识的地方。费女士的父亲从那里起家，闯出了一片天地。

“小麦的性格看起来自由自在，可是……”邓阿婆说着便叹了口气，低头忍不住轻轻揉眼睛，“可是他一直很不容易。”

第六章

晚上好

室内非常安静，许平忧无声地坐着，只是再普通不过的一个倾听者。

“他什么事情都装在心里，对身边的人都是报喜不报忧。”邓阿婆接过她递过去的纸巾，却不急着用，只微微吐出口气，比画了一下，继续道，“他刚到我这儿的时候，就这么高，浅色头发，大眼睛，不怎么喜欢出门。后来我才知道，巷子里有小孩儿拿他的样貌和头发颜色取笑他。他不跟我说，也不想跟人动手。可他自己也有办法……”

邓阿婆说着，回忆起往事：“如果有熟识的叔叔阿姨路过，他就马上想办法掉几滴眼泪，再一声不响地盯着人家。对方总会不忍心不管，都会主动帮他说上几句话。一来二去，倒把巷子里那些小孩儿给弄得不好意思起来……后来好不容易年纪长了，个子也长了，没那么多找事的了，他又被带去国外生活，都没个安稳的时候。”

她叹了一口气，声音越来越低：“小麦他就是这样，总是习惯自己解决问题。”

他的确是这样，许平忧想。

习惯于任何环境，总是看起来自在悠闲，表露出超出同龄人的成熟。

可没想到他童年还藏着这些不如意，远不是旁人猜测的那般事事如意。

邓阿婆擦了擦眼睛：“我有时候也想，他后来跟着那个人在外面四处流浪的时候，是不是也是这样，要看旁人的眼色，想尽办法才能好好生活。每次我一想到这些，心里头就难受。

“发生这些乱七八糟的事情，所有大人都有责任。我有时候想问他，回来以后在这儿过得怎么样，开不开心。可每次话都在嘴边了，我又咽了下去，就这么等到现在。”

“倒不如让他怪我。”邓阿婆喃喃着，像是说给自己听的，握住她的手紧了紧。

许平忧低头，略略思考，忽然道：“他不会的。”

她再抬头，对上邓阿婆的眼睛，心里渐渐平静下来。

“他在您这里肯定过得很开心。”

她别的不敢保证，却莫名敢对这一点打包票。

回家的公交车上，李姿玉破天荒地没有打来电话。

邓阿婆非要将她送到公交站台。许平忧劝说半天也没用，只能隔着车窗向老人挥手告别。她把车窗开了道缝，目送对方的身影消失在小区门口。

人走后，她将手机摁亮，盯着一串号码，反反复复地看。

大脑渐渐地将刚刚的所见所闻慢慢消化，她起伏的心绪终于归于平静。

李姿玉带着许冉冉去了工作室，家里空无一人。她在书桌前坐了一个下午，单词和公式统统进不到脑子里。用清汤面应付过晚饭后，她又回到桌前坐下，依旧维持着在公交上对着手机发呆的状态。

手指自动将短信编辑出一句问候后又删除。等意识到错发出去了，她才发现内容删删减减，只剩一句“晚上好”。

后悔已经来不及了，她想着想着，反而很快就冷静下来。内容也正常，没有问什么逾矩的，不如放平心态。

手机微微振动，很快收到一条消息：“晚上好。”还附有一个笑脸。

她还没来得及眨眼，又听到一声提示：“嘀，号码主人正在忙碌中，现在不太方便，可选择一个小时后直接来电。”

乍一看像运营商的提示，实际上全是自编自写的。

显然，他对她波澜起伏的一天毫无所知，回复还跟从前一样，介于懒散和别出心裁之间。这大概就像沉寂许久的古井还在郁闷，却有人扔下一颗石子儿，轻而易举地打破应有的沉重。

忧愁烦闷好像是不必要的，因为当事人潇潇洒洒。

许平忧盯着屏幕，半晌没有动作。

之后的几个月里，她和费行云倒是联系得比从前频繁了一些。不过，他们的联系也就停留在偶尔分享几个有趣的生活细节上，再多的也没有。

许平忧高中后的辅导班跟着一中的老师走，因此上课也要经过一中的后门。后门连通了城市的一条小道，一到上学高峰期便会禁行。

当许平忧结束了一下午的数学课程时，安桓正好拿着一串烤肠从小卖部出来。望见她了，安桓夸张地“哎哟”一声：“这不是咱们大名鼎鼎的女神嘛。”

许平忧刚刚被数学折磨过，此刻自动过滤了安桓的话，朝他微微点头，算是打了招呼。

“哎，你等等……”

她转身要走，听到后面的人喊，脚步停顿了下来。

她目光直直地盯着后门，有些发怔。

安桓后半截话飘在校门口的树荫下：“麦子下学期要回来的事，你知道吗……”

他话没说完，被迎面而来的人的笑声盖过去：“怎么办，还是没成功。”

费行云的声音更低了。他的个头又往上冒了，好像在这方面根本不受重力的影响。他抱着篮球，出了一层薄汗，稍微柔和了冷峻深邃的样貌。他的头发凌乱，身上的T恤衫被打湿了一半，正是这个年纪独有的干净清新，引得几个路过的姑娘频频注目。

“什么项链都摘了，也说了下学期是这儿的学生，大爷仍然坚持认为我不像好人，不让进。”他扯了扯嘴角，懒洋洋地把球往上一抛。

安桓刚好咬下一口烤肠，没憋住，含含糊糊地傻笑一声。

“别说人家大爷，等你真回来上课了，老师也得在校门口把你拦下来，”他晃着手里的签子，说得头头是道，“用现在的说法，你小子……可能潮得人有点风湿了。”

话到最末，安桓就有点酸不拉几的味道：“还好咱们一中有校规，不像你之前的私立学校，再潮也得老老实实做回普通人。”

费行云不搭理他，目光一瞥，落在树荫下的人影上。

有人安安静静地站着，不声不响，背挺得笔直。

骤然见面，他是很自然的，态度跟以前没什么不同。他朝人抬抬下巴就算打了招呼，丝毫不显出意外。

“在呢。”

许平忧看着他，抓着书包带点点头，想了想，说道：“好久不见。”

对面人的视线从她的脸上扫过，手插进裤兜，嘴上同样回了一句：“好久不见。”

篮球慢吞吞地砸向地面，发出“砰砰”的撞击声，使劲敲打着耳膜。

两人有礼有节客套着，安桓感觉酸掉了牙。他顺手扔掉手里的竹签，故意搓起胳膊上的鸡皮疙瘩：“不是吧，你俩在演什么电视剧里久别重逢别来无恙的桥段吗？不至于这么生分吧，都勉强算得上是一起长大的了！”

安桓站在两人中间，仿佛是另一个世界的人。他嘴上说着，心里想着，理出了一条清晰的思路。

老友相见了，至少得有个小型的庆祝仪式吧。他为了显示出自己的大格局、大气量，主动提出请喝饮料，并且给出严格的限制条件：“不许太贵，十块一瓶的不行。”

费行云一听十块的不行，便故作失望地叹气，只要了一瓶冷藏的矿泉水。安桓哪里不知道他的德行，啐了他一口，转头问许平忧：“女神你要啥？”

许平忧想说不要，盯着对方的眼睛又临时改口，轻声道：“都可以……矿泉水吧。”

“你俩倒是很会给我省钱。”安桓嘀咕出声。

他看出费行云眼神里的惊讶，解释起来也是言简意赅：“哦，对了，新同学还不知道吧，就是期末考试那个时候的事。”

于是，那一出万众瞩目的“有人向许平忧献好”好戏便被他简单地以时间点开头，冷面女神拒绝为结尾，三两句话概括完毕。

当事人在场，安桓也不遮掩，伸手指向许平忧，“啧啧”两声做着总结：“这叫什么？这就叫‘士别三日当刮目相看。’”

以前独来独往的闷葫芦，现今也有这样的能量。

等话题结束，他甩甩衣袖去买两个人要的矿泉水去了，徒留这两个人等着。

一个因为意想不到的“冷面”两个字发愣，一个若有所思地笑了一下，神情散漫地道：“这样啊。”“啊”字被习惯性地拉长，沉沉落地。

他不说这句话倒还好，一说，许平忧就有些不自在。

从最开始到现在，见面总是在夏天。

许平忧无事可干又觉得不太自然，只能理理碎发，面上装出一副波澜不惊的样子。

半晌，她直入主题问道："你要转学回来吗？"

"对。"费行云手里抛着球，百无聊赖地答。

片刻后又无话，只剩下篮球的撞击声。

两瓶水被人抛过来，许平忧移动两步用双手才接得稳当，他随便一抬手便接住了，真是鲜明的对比。

"哼哼，还是给你们买了贵的。"

安桓下巴一抬，先比画一个一，又竖起两根手指，用以暗示价格，展现自己的友好大方，眯着眼笑道："别太感激我。"

许平忧刚被数学折腾完要回家，他们也打完了球，要去安桓家玩游戏。大家同一个方向，回家的公交车还是老几路。

和以前不一样的，除了翻新过的站台和更新的空调车，还有座位次序。他们不再是一前一后，界限分明。三个人并排坐下，刚好能享受到单独一排的冷气。

年纪大了，就没那么多可矫情在意的。

安桓最先上车，挤在最里面。明明车上的空调温度开得很低，他还要夸张地用手扇风，抓着游戏开局前的空当抱怨："这鬼天气打球确实难受啊。"

不光是热的问题，还有无情的紫外线，皮都晒脱了一层，人也容易晒成煤球。

男女通用的"一白遮百丑"的道理，他也不知道从哪儿学来的。

"你怎么就晒不黑啊？"

费行云刚在他旁边坐下，他就又扯到这儿，好像精力花不完，羡慕嫉妒恨地打一下费行云的胳膊，又探着脑袋去看最外侧的人，好奇地发问："不过说实话啊，你们女生是不是比我更羡慕这个？"

许平忧刚刚跟过来，"嗯"了一声，不知道怎么回答。

费行云打了个哈欠，把篮球往安桓手里一塞，不耐烦地道："好好打你的游戏。"

不怪他，主要是天气一热，人便容易烦躁。

许平忧直视前方，嘴角不自觉地弯了弯："那以后还走吗？"

她以为他没在听了。

费行云虽然闭着眼，声音却非常清晰："高考前不走了，陪老人家一段时间。"

他就是这个作风，要做什么马上就做，绝不犹豫。

"哦。"

身旁的人没说话，好像还在酝酿当中。他却好像预料到什么一样，解释道："人老了身体不好，上个月被接去上海散心的时候去了趟医院。"他顿了一下，又道，"不过没什么大事，放心吧。"

"哦。"她仿佛成了只会说"哦"的机器，心被人操纵着提起又放下。

光影斑驳，打在最后一排的三个人身上。大家神色各异，有的火急火燎嫌队友不争气，有的心神不宁不知道在想什么……

费行云眼角余光瞥过她的脸，慢悠悠道："打电话的时候不是会说话吗，又变回去了？"他说着便笑了起来。

他想：巴掌大的脸，也是巴掌大的胆子。虽然有所进步，但显然还保留着一点以前的别扭劲儿。

体质没变，脸颊和手臂被炎炎烈日晒得通红，没以前吓人了。

许平忧用短信回复："没有。"

没有不会说话，还是没有变回去？

收到短信的时候，费行云早就从安桓家先一步离开，正帮邓阿婆热着药。他看了就想笑，没继续发问，只回了个简单的微笑的颜文字。

费行云正式转学进校的那天，果然如安桓所料的那样，虽然穿着校服，却没好好穿在身上。他只套了外套，没穿校裤，依旧是自己的衣服。没想到，他这样竟然也进了校门。

许平忧和曾佳林两个人正在许平忧所在班级门口聊着漫画剧集。曾佳林说，她听。两个人被狂笑着回到教室的安桓抓着就是好一顿连环吐槽，最后神秘兮兮地给出线报："不过报应也来了，他们班班主任反应过来，那个气得哦，直接放话准备午休的时候亲自押着他去换一整套校服！我敢说一中建校五十几年，也没学生有这个待遇啊……"

曾佳林倒是对费行云还有印象。她开始模模糊糊地听，茫然得很，后来灵感闪过，眼睛一亮，反应过来，热切地道："哦……你说的是之前那个转学走的混血帅哥？他是你兄弟？"

话多的人往往最喜欢这种反问式的反应。

许平忧站在原地，静静地听他们瞎聊，静静地想，笑意涌上了心头。

等晚饭时候见到真人，才发现他不仅校服穿得规规矩矩，头发还剪短了许多——

四个人端着餐盘在食堂饭桌前坐下，男生一侧，女生一侧，泾渭分明。

安桓滔滔不绝地说着，自有热爱八卦的曾佳林配合着。剩下的两个人没什么话，吃得安安静静。

面对面是个刚刚好的角度，眼角余光里，费行云神色难得有那么点儿颓丧。他拿勺子在饭菜里翻了又翻，什么性格里超出同龄人的从容自在啊，此刻都不存在。

许平忧终于憋不住笑了，趁着低头吃饭，眉眼无声地微弯。

饭吃到一半，有个女生大大方方地朝着这个方向打招呼，主动跟费行云打招呼："好巧，你也来这儿吃饭？"

食堂一共三层，每层楼主打的饭菜都不一样。

她不仅喊了他，甚至主动叫起桌子上其他认识的人的名字。安桓还算给面子，不怎么走心地点点头。等人走了，曾佳林才"啧啧"两声，压低了声音同身旁的人讲悄悄话："看见没，典型的醉翁之意不在酒。"

许平忧走出食堂，才想起那个女生的名字，夏宁。她们还一起排练过节目。

"你说夏宁啊？她现在跟麦子一个班。"

曾佳林主动打听，安桓也没觉得有什么不能说的。他啃着一根老冰棍，解释得大大方方。

曾佳林听着就有些恨铁不成钢，食指在空中对着他点了点，语气沉痛地道："孺子不可教也。怎么这个世界上就有你这种少根筋的人？"

学习很紧张，许平忧目标明确，不会分心关注其他的八卦绯闻，只打算把最重要的事情做好。

直到一个周末，李姿玉忽然要她收拾好东西跟着自己出门。许冉冉也被送去爷爷奶奶家安顿好。

许平忧没多想，直接穿着校服跟到门口。

李姿玉要她脱下来，换成一身灰色的衣服："穿这个。"

李姿玉板着脸，绷着嘴角，看起来和平日没什么不同。她要许平忧把头发扎成马尾，方便行动。

两人坐上出租车，路上遇到堵车，车子在一条主干道上停下。李姿玉终于有点坐不住，还跟司机师傅起了争执。最后还是许平忧出声，喊了句“妈”，她才身形僵了僵，腰背一软靠回座位上。

司机不依不饶，说话便不怎么好听：“就是咯，你是家长，怎么还不如自家小孩儿……”

他说得直接，李姿玉更是破天荒地没有反驳。

许平忧瞧了眼窗外，默默地跟着下车。

母女俩半晌无话，李姿玉一路领着她走到一栋小楼门口。门卫查得很严，显然是办公楼。李姿玉把情形看明白了，也不喊许平忧，直直地走进楼下一家开着的甜品店，两人靠窗边面对面坐下。她点了一杯柠檬水，又把菜单推给许平忧，绷着声线问她：“想吃什么，随便点。”

她平日里将管束许平忧的饮食当作一项任务，此刻态度十分冷静。

“一样吧。”许平忧答。

上班族扎堆的办公区域，最不缺各种小店。

只隔着一扇透明的玻璃窗，李姿玉死死地盯着那栋小楼，什么都不说。许平忧也就什么也不问，拿出随手揣进兜里的单词册子慢慢翻看。

奶茶店内气氛宁静，放着钢琴曲，格外和谐。

一辆黑色的轿车在小楼门口停下，许平忧听见桌子微微一动。对面的人起身，目光几乎烧得出火，像极了小时候抓到她画画的那次。

“你坐着。”

气上头了，李姿玉依旧能把高跟鞋踏得平稳。

窗外渐渐聚集起围观的人。许平忧站起来，又听话地坐下。她望着外面的动静，太阳穴突突地跳动……

许凡波在人群中间，表情慌乱了一秒。他明显没料到李姿玉会突然出现在公司楼下，脸色唰的一下就白了。他的目光朝她坐的这家店瞥过来，视线刚对上就迅速挪开，身形一动，急着去拦要开副驾驶座一侧车门的李姿玉。

不知道为什么，许平忧镇定地坐着。她有预感，或许她的母亲是特意要她见证什么。她要许凡波丢尽脸面，无颜面对晚辈……

两个人吵得越来越大声，后来保安来了也没能解决。

轿车副驾驶座上的人终于坐不住了，主动开门下来。

是一个女人，且是个看起来年纪不大，身形娇小的女人，瞧着有几分柔弱。她站在李姿玉身边被比下去也无所畏惧似的，主动打起圆场，笑着和人说着什么。

许平忧起身，默默地到前台把账结了。

她平静地出门，将周围的响动和议论全部关在身后，竟然一点都不意外。

路人有悄悄议论的，也有上前劝解的，还有人幸灾乐祸地看好戏。一切都和记忆里的有几分相似，只是戏变了，变成男女之间的风月情爱，变得更叫围观者激动，更能引起好事者关注。

“真的是误会一场，姐，你听我说……”人群当中，女人轻声细语。

李姿玉深吸一口气，看起来也没刚才那么激动了。她眼睛一瞥，冷冷地看着那个女人。女人接下来说得更加发自肺腑，什么许哥辛苦，许哥只是对下属好之类的话。李姿玉在一边听着，一声不吭。

“啪！”李姿玉扬手，借助身高优势毫不留情地扇了女人一巴掌！

这么多年过去了，做事方法上有所改变的，不只是许平忧一个人。

这一次，李姿玉没那么激动，明显有所克制，只是嘴上冷静不饶人。等人接近了，她立刻出其不意地伸手，直接将对方扇个正着。

那女人疼得吸了一口气，眼泪汪汪地捂着脸不敢说什么，只是回头看着许凡波，委屈得想哭：“许哥……”

许凡波叹了口气，却也不敢去拉，只是挡在两个人之间辩解：“姿玉，你冷静一点，我和小周只是一起出……”

“啪！”又是一巴掌。

挨了这一巴掌，许凡波的脸色瞬间不好起来。他向来能忍，却也因为做生意最看重在外的面子。他闭闭眼，努力忍住爆粗口的冲动，正要说话却被人打断了。

“放心，我一视同仁，没心思留情。”

“许平忧，”李姿玉不仅将人打得发愣，甚至目光朝许平忧的方向一扫，“你过来。”

瞬间，所有人的目光都朝着她这边投过来。

许平忧的心脏漏跳了一拍，却还是定了定神，听话地走过去。

头发早在她出店门的时候就散开了，刚好遮住发烫的耳根。

“你来看看他，看看你父亲有没有脸面面对你。”李姿玉越说冷笑声越大，

“不敢了吧？我刚刚还想着给你留面子，没叫她过来。既然你这么问心无愧，那跟她说说，你这个当父亲的是不是真敢对着她发毒誓！”

许平忧一直没有说话。

许凡波也不知道是不是真的心中有愧，竟真没发出这个毒誓。

事情越闹越大，闹到最后民警都接到报警出了警，劝散了围观的群众。

她和李姿玉坐出租车出去，坐私家车回家。车里一路无声，开车的咬牙不语，后座上的面色冰冷。她手握着单词册子，只觉得疲惫。

“你还有作业要做，先回去。”车在小区门口停下，李姿玉这会儿冷静下来，还想得起要去接许冉冉，而许平忧尚且还是学生。

许平忧平静地下车站定，却迟迟不动，耳边还是民警阿姨的叹气声。

“当着孩子的面，你们就别这样了吧，有话好好说。”

没什么好说的。

手机在衣兜里振动，许平忧伸手摸出来，是安桓的电话。

也不知道是对面太吵，还是信号不佳，断断续续的，他半天也没把话说明白。

通话断了，许平忧无声地往小区走去。

铃声又响了，这次换了个人。

“刚刚在厨房，信号不好。”费行云的声音隔着屏幕低低地传来，依旧有些不连贯。

好在他三言两语，轻轻松松就把事情讲清楚了：“是安桓。他从家里拿了大闸蟹过来，老人不能吃……还有些别的，两个人吃不了。他想起你住得近，想让你过来。”

许平忧盯着夕阳，声音低沉：“不去了。”

她反应过来，迅速控制好音量，说道：“谢谢。”

哪怕在平时，她也是去不了的。她有做不完的功课，练不完的舞蹈。因此，今天也没什么特别的。

许平忧进了家门，扶住鞋柜，莫名有些眩晕。

夫妻两人比说好的回家时间晚了许多，她也没打电话催，径自坐在沙发上发着呆。

手机第三次响起来的时候，太阳已经渐渐落山了。

她把手机举在耳边，声音如常平静：“喂。”

“喂？”费行云的声音卷在风中，她听得隐隐约约，“阿婆还是让我带了几只到你这儿，现在在小区门口。”

“你在家没？”

她沉默了一会儿，没答，只说：“真的不用，谢谢了。”

对面“嗞”了一声，也不知道是不是被寒风吹得受不了。

少年人像一团火，尽管见不到人，说话还是慢悠悠的：“好吧。”

他手扶住自行车，手指缩进卫衣，说道：“其实我想说的是，我没带东西。

“但确实在你小区门口。出来聊聊吗？”

“聊什么？”

她听到自行车的响铃，细碎高亢，又……

“嗯，我想想，”费行云拖着长音，茅塞顿开似的笑了一声，“对，就聊你为什么心情低落，怎么样？”

夕阳落尽，天空变成灰黑色。

许平忧走在通往大门的小道上，半张脸藏进外套的领子里。

在寂静的石子路上，她外套兜里的手机突兀地响起来。

是外婆打来的电话，语气小心翼翼的，轻声细语地问她一个人在家怕不怕，有没有吃晚饭……许平忧全部用半真半假的话平静地回答了。最后，她听到对方操着不太标准的普通话，和蔼地说道：“爸爸妈妈今晚可能回来，也可能不回来。有什么情况你都跟外婆保持联系，知道吗？”

外婆还是保持家庭至上的传统思维，继续说着：“放心，他们俩应该不会有什么大事。”

可什么才叫大事？

灰黑色中，路边的路灯渐渐地亮起来。大门处最亮的灯下，有人斜斜地站着，身形修长，穿一件灰色卫衣，肩膀上松松垮垮地挂着黑色的单肩包。

许平忧“嗯”了一声，将电话挂断，小跑两步又忽然停住，慢慢地走过去。

费行云耳朵上挂着耳机，侧头看着远处，莫名有点与世隔绝的感觉。他听见动静回头，这种感觉又骤然消散。

许平忧没来得及出声，赶忙接住一个迎面飞过来的不明物体。

“温度应该刚刚好。”少年的声音随风飘过来。

她低头一看，看清塑料袋里是两个红薯，热意透过一层透明色，不断渗进冰冷的指腹。

“来的路上顺便买的。”费行云眉目间带着笑，把自行车停在一旁，摘掉耳机，问道，“还没吃晚饭吧？”

许平忧：“你怎么……”知道。

“猜的。”

他微微扬眉，神情得意，拿着耳机在手中转了转，笑道：“神算子嘛。”

许平忧一时间不知道怎么接话，大拇指不自觉地在红薯上按压。她听见对面的人笑着提醒道：“不要因为心情不好就对着无辜的红薯泄愤……”他话锋一转，说道，“不如对神算子说说看？”

两个人面对面站着，距离不远不近。

胸口的情绪翻涌，许平忧发现自己竟然没有什么落泪的冲动。她只是感觉疲惫，说不出的倦怠，忽然间她又琢磨起与烦恼完全无关的事情——他的眼睛颜色原来比想象中更浅……而且，黑短发很适合他。

半晌，她才摇摇头，轻声道：“不知道怎么说。”

这是实话。

费行云：“那就先吃东西。”

他抬起食指，按了下自行车铃，懒洋洋地说起人生道理：“天大地大，吃饭最大，吃饱了慢慢讲。”

许平忧回想自己十几年的人生，还没有跟人在马路牙子上站着啃红薯的经历。好在费行云也不看她，耳朵上挂着耳机，看着来往的车辆。

男生总是能把所有车的品牌分得清清楚楚。他像无聊地做着填空题，挨个过了，替代掉无声而漫长的等候。

红薯没什么不同，还是那股甜味儿。许平忧吃掉一个，胃里已有些饱了，却强迫自己还要继续。身边的人瞥过一眼，笑她：“眉头皱成这样，就别勉强自己了吧。”

许平忧的眉头迅速松开，动作一顿，头也不抬地道：“浪费粮食不好。”

费行云却不跟她废话，伸手将剩下的那个红薯夺过来，轻轻哼笑一声：“担心浪费粮食还是顾及别人……”

少年吃东西很快，不过吃相不难看，动作自然，丝毫不在乎身边人的反应。

我好像没什么值得羡慕的。

许平忧莫名想起这句话。她想起邓阿婆曾经说过的故事，盯着他便有些出神。

费行云对此一无所知，依旧吃得坦然。最后，他将吃剩下的垃圾裹成一团，丢进垃圾桶里，转头问道：“你家里人不在？”

许平忧眨眨眼，“啊”了一声，听见他重复了一次，也不扭捏，回答：“嗯。”

“难怪。”难怪她今天可以在外面待这么久。

他不再以神算子自居，只说了这两个字。不过，许平忧也听得出后面半句是什么。

她填饱肚子后，说的第一句话却以“阿婆”开的头。费行云一听就知道她的心思，告诉她老人家早早吃了药休息了，顺便还将安桓的去处也交代完毕——回家了。安桓心爱的坐骑被他征用，反抗也没用。

“车身这块还是他 DIY（自己动手做）的。”初心不改，用的还是小时候喜欢的迪迦配色。

他有种介于不耐烦和一万个耐心之间的奇异的平衡感，但不催她，说完前面该说的，忽然夸张地蹙眉，可怜地抬起手，给她看冻得发青的手腕。

“哎……这位同学，可怜可怜我吧。”

可怜他在外面顶风站着，不要温度要风度，等她“不知道怎么说的”烦恼。他的眼睛在夜里发着亮光，令人联想到某种外表凶狠却性格温和的大型犬类。

许平忧盯着他的眼睛，波澜不惊道：“走吧。”

她察觉出对面人的疑惑，深吸一口气，仰着头目光灼灼道：“我们走吧。”

走吧，暂时离开也好，离开这儿。

“他们今天不会回来了。”

费行云挑眉，最后只说了一个好字，便将身上的背包丢给她。

初冬的风像刀子般凌厉，许平忧抱着少年的背包，抓着少年的衣角，稳稳当当地坐在自行车后座上，仰头看着没有星星的天幕。

骑车的人可能有所觉察，也可能什么都不知道。路遇红灯，他骤然刹车，身后的人顺着惯性倒向他的后背。他也不说话，任人将衣角拉得更紧，安静地看着前方的路。

周末，晚上八九点正是一座城市热闹的时候。没有人会去关心一辆在大街上穿行的自行车，更不可能知道车身是英雄的配色。与川流不息的轿车擦肩，道路刚好够容下两个人。

泪掉尽了，许平忧再抬头，眼睛发红，一张脸还是干干净净的，泛着白。

伴着呼呼的风声，少年问她："刚刚忘记问了，想去哪儿？"

"都行。"许平忧从来没做过不打招呼离开家门的事，此刻却说得斩钉截铁。

费行云似乎笑了一下，声音低低的，发着颤，带得身形也微微振动。

他让她打开背包外侧的小包，摸出一支青苹果味的棒棒糖，又要她帮忙拆开。等全部弄好了，他又不接，语气微讶："给我干什么？"本来就是给她的。

青苹果味微酸，通过舌尖往心头渗。

自行车在一家 KTV 的门口停下来。

他停了车要她稍等，去一边打起电话。稍等了一会儿，便有一个穿着破洞裤的男人从 KTV 里慢慢走出来，嘴上骂骂咧咧："不是，你小子装什么装啊，以前不都是……"话说到一半又咽了回去。

KTV 门外这会儿没什么别的人，只有一男一女一辆自行车。

许平忧静静地看着他，举着一支棒棒糖，眼神里倒看不出对他的反感。但她样貌出挑，神情安静，显然不像是会单独出现在这里的人。不过，她有点眼熟是真的……

费行云言简意赅道："门禁卡和钥匙。"

忍无可忍，无须再忍。

王延几乎是从嗓子眼儿里发出声音，一把勒住他的脖子，问道："你……你什么意思？"

费行云懒得跟他废话："不给走人。"

他"啊"了一声，语气散漫地道："就是以后别想找我帮忙……"

"威胁啊？"

"三。"

"我王延看起来很像冤大头？"

"二。"

"你！"

"一"字还没出口，王延终于受不了了，从外套里摸出一把钥匙和一张门禁卡，说道："滚滚滚，赶紧滚。"

"姑娘。"他扯着嗓子，对着许平忧的方向说道，"这小子最会骗人了，他说什么你都别信啊！他要是敢图谋不轨，你就该报警报警！"

目的已经达到，费行云也不跟他废话，说道："走了。"

王延嘟囔着："什么世道这是……"

夜越来越深了。

许平忧坐在自行车后座上，咬碎最后一块棒棒糖。再下车时，她才发现到了一栋大厦楼下。

费行云熟门熟路地拿门禁卡刷开大门，然后朝巡逻的保安点了下头。

许平忧默默地跟着。这会儿，她的心跳早就恢复如常了。

而且，这种事以前似乎也不是没有发生过。他带她去什么地方，就像永远有可去的秘密基地。

电梯在十六楼停下，费行云打了个响指唤醒门口的声控灯，在走廊尽头的一扇黑色大门前停了下来。插入钥匙打开，便有一股淡淡的香味传来……

灯亮了，照亮了整个房间。

许平忧怔了怔，听见前面人的声音带了点回响："进来啊。"

这是一个录音棚。

灰黑和木质黄是空间主色，里外两间房间隔开。里侧除了耳麦，还摆了几件乐器。外面则是看起来类似控制台的地方。另有两个紧紧靠墙的黑色皮质沙发。

地方不大，但布局井然有序。

钥匙和门禁卡被费行云随手扔在沙发前的小茶几上。

费行云用遥控器开了空调，打开饮水机。

"这里晚上一般没人过来，待多久都可以。"

许平忧的目光从控制台移过来，倒不在乎什么条件不条件，她点点头："谢谢。"

"谢什么，"费行云在控制台前坐下，晃晃悠悠带着椅子转了半圈，声音也跟着转，"本来也要跑这一趟，无非就是多带一个人。"

才说完，他又忽然想起什么，起身从柜子里找了块薄毯递给她："要是困了累了，就睡会儿。"

他对那些按钮看起来很熟悉，耳机挂在脖子上，打开笔记本电脑，侧脸仰头，绕过座椅后背，看着她："要是想好怎么说了就叫我。"

费行云指指自己的肩膀，眼睛弯了弯："叫了不答应的话，就动手。"

许平忧突然想起来一句话——一个人最有魅力的时候，应当是他认真做事的时候。对外界毫不在意，反而给人以观察的空间。

从她的角度看去，刚好能看见少年的侧脸，他专心致志，心无旁骛。

饮水机的指示灯由红灯变成绿灯，她从旁边的桌子上抽出两个纸杯倒满，摆在面前的茶几上。

三四分钟过去了，她还是静静地想着、看着。反倒是对面的人先摘掉耳机，微微挑眉，有点无奈地道："你看得有点太认真了……"

费行云对着面前的玻璃微微扬起下巴，边观察边道："我脸上有什么东西吗？"

许平忧怔了怔，捧着纸杯，索性将来之前想过的话搬出来，镇定地说："黑色短发很适合你。"

费行云："……"

许平忧耳根有点热："很衬你的眼睛。"

座椅慢悠悠地又晃了半圈，费行云与她面对面，隔了一段距离，语气带着疑虑："忽然这么会夸人。"

许平忧喝了一口水，低垂了眼眸道："实话而已。"

聊天的时候，用无关紧要的话题开头，总是能放松心神。她放下纸杯，刚巧看到他双脚蹭着地面借力，自然地去拿那杯倒好的水。

"我父母感情出了问题，可能会离婚。"许平忧的目光自他身上掠过，忽然说。

一旦话题开始说出口，之后就没那么难了。

她的声音十分冷静："应该吧，我猜的。是我父亲的问题。"

许平忧深吸一口气，继续道："我母亲在很多事情上面都有自己的底线。她如果提出要分开，我肯定会支持她。"

唯一值得庆幸的，可能就是她还剩一年就能进入大学。这也曾经是支撑着她坚持下去的原因。至少进入大学，就不用像现在这样依赖家人，也不会这样茫然。

"但除此以外，我不知道该做什么。"

许平忧很坦然，轻声说道："我只是觉得很累，很倦怠……对他们，对我自己，都有。"

在费行云面前，她本来也没什么好隐藏的。他见过她最狼狈的时候。他不嫌她那时的矫情别扭，应当能算她交往最久的朋友，甚至可以说是最交心的朋友。

许平忧低着头，看着自己的袖口道："我小时候不懂事，发现自己的家庭和别人的不太一样。他们生活得不开心，我也同样很难高兴起来。加上性格孤僻交不到朋友，家里人也不太关心这方面……还有，喜欢的事情做不成，一直坚持的事情，也好像只是因为别人督促才成了习惯。

"你以前说，你没什么值得羡慕的地方，但其实不是的。"

"我不是羡慕你自由，"她顿了一下，接着道，"是羡慕你知道自己要做什么。"

她知道他的一些故事，但并不提起，只是将自己心中的烦闷慢慢地往外倒。

她慢慢地回忆，慢慢地说："你在老师面前弹琴那次，我就想，这个舞台对你而言肯定太小了，小到毫不费心就能全部掌握。

"我母亲常说，对于一个舞蹈演员而言，能不能在舞台上保持松弛，最大限度地展现出自己的情感和技巧，往往能决定她一辈子能在这条路上走多远。我在这方面不算优秀，就只能下苦功夫弥补差距。一个节目再呆板，跳上百次、上千次，形成肌肉记忆了，总比干巴巴的好太多……

"所以，当我听到你可能要放弃写曲子的时候，才会说出那些不该说的话。"

她很难一次说这么多话，也很难有这样倾诉的机会和冲动。她几乎是想到哪儿就说到哪儿，脑子里没什么逻辑。

"你明明喜欢它，又有天分，我想不出什么理由让你主动说出不要那些……那些手稿。我不懂那些，唯一能做的就是先替你留着。万一哪天……"

她没再继续说下去。

沉默间，她的视线垂在大腿上。一道影子忽然投过来，在灰色的布料上拖长。

许平忧抬头，却在意料之外的角度和对方对上视线。

费行云个头很高，此刻蹲下来，托着下巴歪着头和她对视。他将抽纸放在她抬手就能够着的地方，右手手背遮住自己的眼睛，说道："我什么都看不见，你继续。"

贴心依旧贴心，散漫依旧散漫。

许平忧掉眼泪的时候从来都是静默的，就像冬尽入春时慢慢消融的雪人，难过全是自己的事。算上刚刚自行车上的，费行云见过两次。

刚刚她没掉泪，只是眼眶和鼻头发红，光下盛着一汪泉水。她的头发柔顺地贴住脸颊和耳郭，看起来楚楚可怜。

难怪这世界上总有一种浑蛋，觉得姑娘眼含热泪时最动人，所以对招惹她们乐此不疲。

对面的人迟迟没说话。

费行云耐着性子等了一会儿，忽然听到对方嘀咕道："看见了也没什么，"顿了一下，又道，"手拿下来吧。"

他没觉得腿脚酸麻，她先替他打算好了，指了指另一侧的沙发，吸了吸鼻子，鼻音隔着纸巾重重地传来："蹲着应该会难受。"

傻了吧唧，要人老命。

怪不得总是琢磨东琢磨西，先把别人的事情想了，再想自己。

他就没那么高尚。

费行云想笑，却两手一摊，投降似的道："行吧，听你的。"

他靠着沙发背坐下，只是没她坐得那么规矩。

他仰着头，手指在扶手上跳动，寂静之间，忽然起了话题："我没你说的那么好。"

"你试过被人带着淋一夜的雨吗？"他本来也没遮掩，声音凉凉的，笑了一下，"我试过，挺难受的。应该是在五岁或者六岁的时候，他要找一首歌的灵感，带着我坐在大街上。他要我护着吉他坐在房檐下，看他在雨里疯了似的哼歌。"

他说得很平静，也不说那个他是谁。

至于后来发高烧，差点丢了小命的事，他没有提起。

"就这么一个'疯子'，要我母亲为他难过了许多年，分开也是自然的。"

这个人，也是他音乐方面的启蒙老师。他带他见过许许多多的山川，去过许许多多城市。

"我以前觉得，爱也好，恨也好，有他才有现在的我，这一点总归无法否认。听说他死的时候，我有一点轻松。至少这辈子，无论如何都有了个结果。他死了，我母亲也不必再想起那段感情……"

那个男人临死的时候，却说他后悔了。

他想起病床上那个瘦骨嶙峋的金发男人，看着他眼里透着羡慕嫉妒，抓着他的手用尽全力一般，连单词都是一个一个地往外蹦：“你还那么年轻，还有那么多的时间可以挥霍……我以前没说错，我的确后悔了。”

后悔让他接触到音乐，后悔一时兴起，让他从小就尝试着写歌。

世界上最招人恨的总是天才。像这样的为音乐疯魔挥霍自己人生的人，最惧怕这样上帝偏爱的存在。

明明费女士要带走他的时候，那个男人甚至难得慈爱地拍拍他的肩，说后悔带他走上这条路，四处漂泊。

费行云原来以为，至少他还有一点父亲的意味。就是这么点自作多情的揣测，促使他将偷偷写的东西发送过去，试图得到只言片语的评价。直到临死前，那个男人才吐露心声：你这样的人注定要步我的后尘，要为了音乐辜负身边的每一个人，直到死去。私自偷去他的时间和灵感也会遭受报应……

他那个时候恨死了这个男人。他情绪起伏，骂他是个酒鬼，是个浑蛋。浑蛋就该有浑蛋的死法，不必再拖累他的母亲。

“我会还给你的。”

费行云喘着气，冷冷地说：“我不会再写任何东西。你赢了。”

“乖男孩。”

那个男人听完甚至露出了笑容。他走的时候表情轻松，依稀可见年轻时的神采。

这些更没必要详细地说出口。

费行云顿了一下，只简单地说：“他死之前，我跟他发过誓。”

说着说着，他就习惯性地显出轻松的模样，笑起来：“所以后半辈子轻松平稳点，总比被上天报应好？”

许平忧静静地坐着。

他们两个人，第一次面对面将自己的事情摊开来讲。她听完，不问其他，只问道：“你转学回来是自己的意愿吗？”

费行云回答：“是。”没什么好否认的。他母亲一开始担心他还惦记着之前的事情不愿意，还有老人家的身体也的确不如从前，又倔着不愿意搬家。

“你在那儿，好像比在我身边要开心一些。”费女士平静地说，“好好陪陪奶奶。”

现在想想，他那时竟然什么也没说出来。因此，他远不是许平忧想的那么面面俱到。

“小时候有小时候的烦恼，现在有现在的烦恼。人类的每个阶段都在重蹈覆辙，”费行云将道理掰碎了，说成白话，“但至少可以对值得信任的人说出来。”

许平忧眨了眨眼，过了好一会儿，才愣愣地问出声：“我是值得信任的人？”

费行云笑了起来，很意外似的说道：“不然呢。”不然他大晚上的，带着人乱走什么？

小孩子和青少年，他们总有一些大人眼中矫揉造作的烦恼，只可供同龄人分享。

就像两条异类金鱼，或许什么也不用共享，安静地待在一块儿就觉得轻松。

他不知道从哪儿摸出两颗水果糖，分给她一颗。

许平忧接下，放在手里揉搓着，却不拆开。过了一会儿，她说：“如果……”声音沉下去，细碎得有点听不清了。

费行云：“嗯？”

许平忧深吸一口气，说道：“我说……如果我像你曾经跟我说的那样，坚持到大学，坚持到工作，坚持到可以独立的时候，再重新捡起喜欢的东西，你会一起吗？”

她的声音越来越大，目光渐渐烧起来，语调冷静：“我不相信报应这一套说辞。”

从一开始，她就不信，所以才敢逃出家门，被打碎了也还偷偷惦记着。

而且，费行云分明也不相信。

“你有资格恨他，我没有。”她说得很平静，“如果没有他们，我不一定能在这座城市好好生活，也不一定能像现在这样，遇见愿意抛开血缘关系好好对我的人。”

她轻描淡写地将藏了许久的秘密说出口：“所以你对他发誓也应该不作数。就算作数，也不会受到什么报应。就算遭受报应……

“多个人总会好一点。”

“如果我食言了，我就一辈子不跟你见面。”她说。

费行云不知道想了些什么。

他端详着她，好像从没见过这样的她，又好像纯粹只是打量。他忽然伸出手指头招了招，示意她将手摊开，将自己的糖也放过去。

“你在说绕口令吗？”

费行云的心神还在她的轻描淡写上，忽然被最后一句话逗得笑了起来。

“而且，我都不知道，”费行云弯起眼睛，语气轻飘飘的，“你原来打算跟我一直做朋友。”

“我、我不是那个意思。”

她一腔热血还在烧着，没料到对方的重点在这儿，忽然结巴了，急得脸颊发红。

费行云低着头没出声。她还以为又是哪里说得不对，正有点纠结忐忑。结果等了几秒，少年肩膀震颤，明显憋不住笑，渐渐地放肆起来：“小许同学，脸皮太薄了啊。”

不过他没叫她太难堪，笑了几秒就停下，继续轻飘飘地出声道：“真能一直做朋友也很好。”说完，他也不给人反应的时间，又借着扶手托住下巴，歪着头，天生的笑眼瞧着她，语气却分明正经了些。

“我考虑一下吧。”

她这是回应她那一番发自肺腑的话。

他并不主动提她刚刚说出口的秘密，许平忧却知道他听见了。

费行云这个人，人如其名，自由散漫，却包容大度。没有主动的意愿就没人能强迫，说出来的话也绝不食言。

他不做一听就敷衍的保证。何况每个人都有自己要闯的关卡，旁人最多只能推一把。

水果糖的外包装被她磨得沙沙响。

人是很容易上头的生物。等情绪得到控制了，往往会下意识地进行自我审视。许平忧反应过来，她觉得自己刚刚的情绪或许有些过于直白、有些突兀。

她假装冷静，四下扫视屋内的装饰，继续问他：“你在这里是帮他们？”琢磨半天，也没琢磨出什么，门外汉的身份暴露无遗。

费行云却不嫌弃她，简化成她大概能听懂的内容，说道：“这里不光老板自己用，还会外租给别人。他反正也缺人，我就偶尔过来帮忙调试混音之类的，也算打一份工，啊……”

他忽然眨了眨眼，盯着她的眼睛，若有所思道：“你是不是没有听过我唱歌？”

许平忧一怔，费行云却笑着摇摇头，继续道：“开玩笑而已，我还没做好心理准备。”

他在这方面的骄傲倒是毫不掩饰，只唱自己喜欢的，绝不将就。

挺奇怪，回来这么久，这还是他第一次自然地提到这件事，也没想起那个男人的脸。

这算不算有人共享过秘密后的正面作用？

而且，听秘密的人也不藏私，将自己偷偷藏着的心事倒出来作为交换。简直就像冬季里储藏食物的仓鼠，习惯于闷声不响，唯有在待人这件事上大方。

费行云思绪百转，被自己这番没来由的联想逗得想笑。他率先站起身，简短地交代："你好好休息，我还有点东西没做完，先忙一会儿。"

"免得这里的老板电话打到家里，没完没了。"他摸出手机，故作无奈地叹了口气，逗得许平忧弯了弯嘴角。

心里装着事，就没那么容易睡着。

精神松懈了，过于疲惫也能很快睡着。

第二天一早，电话响起来的时候，许平忧几乎是第一时间惊醒。她清清嗓子，镇定自若地道："对……好，我知道。"

有矛盾的两人果然一夜未归，这不让人感觉意外。

来电话的是许凡波，却在她意料之外。

李姿玉的状态不怎么好。不管其他人怎么劝说，她都非常决绝地表示要离婚。他没这个意思，也可能是自知理亏，和许平忧交流的时候就难得地多了点低声下气的意味："我们可能下午就回来，钱还够不够吃饭？别亏待自己，我和你妈妈的事情……我们会处理好的。"

许平忧睁着眼睛说瞎话，把谎说得毫无破绽，饭好好吃了，觉好好睡了。许凡波问需不需要周一请假休息，她也是想也不想便拒绝了。

"也没什么。"她沉默了一下，心里忽然觉得很轻松，说道，"不用担心，我会过好自己的生活。"

这句是真话。

电话那头，许凡波同样静默几秒，才找回家长该有的从容，夸她一向懂事乖巧，不让人操心。

一通电话打完，她怔了片刻，低头才发现自己身上搭着薄毯。是谁在她睡着后给她盖上的，显而易见。可盖上的人不见了踪迹……

"砰。"许平忧正有点茫然，门开了。

有人携着一股寒气进来，轻轻"嗞"了一声："醒了？"

“出去接了个电话，醒了正好，”费行云也不知道是不是熬了一夜，打了个哈欠，动作利落地将毯子理好，放进柜子，说道，“带你出去吃早饭？”

七点半了。

录音棚是全封闭的环境，瞧不见外面的日光，只能通过手机查看时间。

直到真正出了门，许平忧才发现他刚刚进屋的反应不似作伪。老天爷不给面子，温度下降了，清晨的阳光也好似沾染上了寒凉的水雾。

今天比昨天还冷，加上白天就刮起小风，来往的行人裹得严严实实。

她昨天来的时候，外面只穿了一件防风服，此刻被冻得忍不住缩脖子。

费行云等她在自行车后座上坐好，笑着朗声提醒：“出发了，坐稳啊。”

费行云想到什么问什么，声音融进晨光中，似乎是在笑：“想吃什么？”

许平忧只听见自己的心跳声，耳边的风声，来往的车辆划破空气，她说：“都行……”

费行云好人做到底，吃完饭就将她送回家。临走时，他整个人困得不行，眼皮子睁开又半眯着，还坚持拖着嗓音，朝她扬了下手机，说道：“有事随时联系。”

许平忧没能请他吃成早饭，便惦记着要请他打车回去。

“行了行了，你回去吧，”他总是有道理，不耐烦也从不遮掩，眼睛弯着，无精打采的，下巴对着身后的自行车扬了扬，“这车要是在后备厢里给碰了磕了，有人要找我拼命的。”

他推着自行车走到一半，又侧身懒洋洋地停下，影子落在树荫下，他说道：“明天见。”

许平忧瞧着人影消失在街道口，走进小区大门，第一件事就是给曾佳林发去消息。

意料之中的，对方第一时间回了电话，语调兴奋：“打耳洞啊，好啊好啊，我早就想试试了。一会儿我就问问我妈有没有靠谱的地方，下午几点？”

“你定吧。”她轻轻地笑着，心里头非常轻松。

许凡波和李姿玉回家的时候，果然没有带许冉冉。

她从自己房间出去，不问其他，只问了这个。李姿玉破天荒地没有叮嘱她好好学习，好好练舞，板着脸径自进了主卧，徒留许凡波在客厅站着。听说她要出门，许凡波如常叮嘱了她一句注意安全。

曾佳林在她妈妈的建议下，选了一家三甲医院打耳洞。

许平忧进医院之前，手机微微振动，是费行云发来了信息。

费行云：“午饭吃了没？”

她正吃着曾佳林塞来的煎饼，认真回复：“吃了。”

星期一的晚饭时间，依旧是他们四个人聚在一块儿，泾渭分明地坐下。

费行云看过她一眼，目光从她和平日不同的、高高扎起的马尾上滑过，什么都没说。

许平忧也依旧如常。

校内校外，两个人始终维持着一份默契。

家里还是老样子，气氛冷漠，依旧没有结果。她如常地出门，如常地做作业，练功。

第二天一大早，安桓趁着早读之前，又光明正大地塞给她一个包裹，说道：“不是我给的啊。”

这已经不是第一次，当事人又十分坦荡，自然就没那么多人关注了。

其实，给东西的人也不作他想。

许平忧有些意外，却忍到午休之前，教室没人了，才慢慢打开。

和之前的不同，这是一个黑色的小盒子。

许平忧有所预感，做贼似的左右张望一下。她将头埋进臂弯，下半张脸藏进羽绒领子里。

是一对耳钉，天鹅状的，小小的。

卡片上的字依旧龙飞凤舞，说的话天马行空，文字还附赠笑脸一个。

“给小许同学。记得遵守校规校纪。”

……

“我们会暂时分居一段时间。”李姿玉是在家庭成员齐聚的餐桌上宣布的这件事。她的语气和状态都非常平静，一如既往的冰凉的目光投过来，对着许平忧坐着的方向，通知得很简短，“他去你爷爷奶奶那儿住……不过对你没什么影响。你还是好好做自己的事，好好学习，不要为了不值得的人耽误前程。”

“他”也好，“不值得的人”也好，她就是不提名字。

被抹去姓名的人不声不响，在旁边低着头喝一碗鱼汤。

李姿玉重原则且性格强势，按照她的脾气，肯定是直接离婚。而且她一旦决定了什么事情，很难有人扭转得回来。然而这一次也不知道怎么了，或许是这段时间以来许平忧爷爷奶奶外婆齐上阵劝说，或许是许凡波做了什么保证，也或许是发生了什么许平忧不知道的事……竟然让事情看起来有了转好的迹象。

许平忧听她的措辞和语气，知道这件事情远不是现在就能结束。她拿着筷子的手顿了一下，只点头，也没说什么。

许凡波更看重面子一些。自从那回当街闹腾得见过民警后，他在家说话做事的确主动了不少，也比以前尽可能多地待在家里。但他面对许平忧时，便多了点尴尬。毕竟，大庭广众之下的那一巴掌不是假的。民警当着她这个晚辈苦口婆心的劝说，也不是虚构的。

可意图是一回事，能力又是一回事。他虽然面上比之前更乐意跟她聊天，但往往也因为实在没什么共同话题，所以很难聊下去。

还好许平忧已经慢慢懂得怎么应付这种场面——略略提一提妹妹，或者说些和家庭关系八竿子打不着的新闻，至少能推动聊天平稳地在一人离场之前平静结束。

“对了，你们班主任昨天打了电话，问你是继续待在现在的班，还是去学校专门的艺考班。”

许冉冉在客厅里笑着闹着走来走去，许凡波耐心地跟许平忧说最近最大的事。

“你妈妈的意思是留下最好。毕竟就算要艺考，文化课也一样重要，老师也适应挺久了。我倒是觉得你自己应该好好考虑一下。毕竟艺考班时间上更灵活一些，也方便你准备艺考的事……好好想想，老师说在下学期期中前填表都可以。”

李姿玉从主卧出来，懒得看他这副讨好晚辈的模样，径自抱起许冉冉就要去工作室。

坐着的许凡波看似不在意，实际上一直听着大门关上的动静。这头交代完了，他立刻抓起车钥匙出门跟上。

“晚上吃完饭就回来啊，别玩得太久。”他最后留下这么句嘱咐。

“砰”的一声，大门合上了。

两个大人之间暗流涌动，最大的好处就是许平忧可自由支配的时间和空间多了不少。至少在以前，在分班这件事上没有她做主的可能。

许平忧慢慢起身，去厨房检查过一遍，揣上钥匙，直奔成东巷口。

凛冽的寒风中，曾佳林整个人包成一颗粉白色的粽子。她一边跺脚搓手，一边大声抱怨："真服了，怎么会有人这天气要人在户外会合的，寿星也不行啊。"

因为费行云转学归来，安桓借着自己这个月过生日，也不管具体日子，非把请所有的好朋友一块儿去吃饭。豪气还是豪气的，他说晚饭餐食和饭后娱乐活动都由他安排。

曾佳林也不过嘴上说说，来得那是相当积极。何况学习任务繁重，家里头盯得也紧，但凡有点光明正大偷闲的理由都值得珍惜。

"你买的什么？"

她呼出一口寒气，挠了挠脸颊，有些肉痛地道："我听说他平时玩主机游戏，就看网上推荐随便买了个卡带，只是没想到竟然能那么贵。"

曾佳林手里比画，说着说着，目光犹疑起来："你怎么空手来的，这么潇洒？"

许平忧不知道怎么说。

好在这会儿有人从她身后冒出来，又突兀地"嘿"了一声，惊得她全无准备，缩着肩膀一哆嗦，呆呆地回头看人。

从这个角度看去，她刚好能看见来人的下颌。

费行云背着单肩包，悠闲地朝她们俩挥挥手："中午好。"

曾佳林眨巴着眼点头，目光却不声不响地落到他手里的袋子上。

三个人早早齐聚，唯独寿星姗姗来迟，跑得上气不接下气。他抬手直接拦了辆出租车，要带人直奔订好的 KTV。

安桓坐在副驾驶位上努力平复呼吸，回头盯着许平忧，有些遗憾地道："可惜你晚上出不来，不然我就直接订个晚饭加晚场，下午还能在外面逛逛，去电玩城或者步行街。"

曾佳林听不下去了，护短道："你竟然敢质疑起我们两个美少女了。她家里管得严，你又不是不知道。"

安桓觉得她简直不可理喻，说道："谁不知道了？谁又质疑你了！"

两个话痨斗嘴，其他人没有参与的份。两人这么你来我往说着，直到车到了目的地才算停下。

一行人到了 KTV，刚进入包间安桓就迫不及待地拆起礼物。拆到游戏卡带时，他惊叫了一声。拆到大袋子里的超级英雄手办时，他又惊叫了一声。然而，拆到最后一个时，他当场崩溃了。

“谁送的？”安桓手指颤抖，指着袋子里那套封皮鲜亮的辅导书。

费行云刚刚扔了背包，慢条斯理地举起手，又慢条斯理地放下，堵着耳朵躲避哭诉。

曾佳林在旁边目睹了全过程，不禁朗声大笑。她抓着话筒起哄：“真兄弟就要雪中送炭，恭喜恭喜！”

密闭的包间闹腾成一片，只有许平忧欲言又止，抿了抿唇，没出声。

待费行云坐下，寿星抓着话筒鬼哭狼嚎，她心里百转千回，转过头，压低了声音，眉头蹙起来：“你……”

他们俩平日里的联系比以前更频繁，说的事情也更加琐碎日常，也没以前那么多顾忌。

譬如这次，她不知道安桓喜欢什么，加上家里情况特殊，她的预算也不多，只能提前打电话问他安桓平时的喜好。费行云当即猜到她还是第一次给男生送礼物，她也没否认。结果两人对话还没结束，他直接来了一句“交给我”揽下了这个任务。她来不及拒绝，到底只能任由他去办。

结果直觉没错，场面当真要人心里七上八下。

什么东西贵，什么东西便宜，许平忧还是知道的——那个手办绝不是她能买得起的，那摞书倒更符合一些。

她的话问出口，又被音响巨大的伴奏声掩盖。

包间是全封闭的，一片昏暗，仅有彩灯投射出斑斓的光芒。

费行云眨眨眼，背景音是安桓吼出的“死了都要爱”。

他倒是从容不迫，低声回复：“本来也预计送他那堆东西。他期末考试没发挥好，被家里拘禁了一个寒假……”

他知道得很多，盯着眼前的大屏幕，仿佛注意力全在歌词上，也不看她，只是说话间静静地朝她这边侧了侧，语气很坦荡：“现在什么都齐全，不是挺好。”

许平忧不说话了。

她平日里就话少，不说话也不怎么引人注意。

去隔壁饭店吃晚饭，寿星果然没看出来，反而恨铁不成钢地对着许平忧说道：“不是我说啊女神，平时在咱们学校食堂就算了，今天这么多好吃的，怎么饭量也跟猫似的。”

结果话说到一半打住了，全因为曾佳林筷子一放，朝他瞪起了双眼。安桓被瞪得发毛，只能在唇边做个“拉拉链”的动作，说道：“我不说行了吧，省得被人骂。”

许平忧心里装着事，并不恼。她把叉子插进意面里，随手将右耳边的碎发挽到耳后，并没注意到有人对着她的耳郭扫了一眼。

四个人走出餐厅，还是曾佳林第一个发言：“寿星，你不是刚刚说想去电玩城逛逛吗，走啊。”

安桓说道：“我刚刚就是嘴上说说。”

真是一点眼力都没见长，连两个人的礼物放在一个袋子里都没多想。

曾佳林瞪他，恨不得要上手：“要去就去，别食言好吗！赶紧走！”

于是，一个神情茫然地抓抓头发，一个在风中缩成一团言语驱赶，另外两个人往公交站台慢慢晃悠。

许平忧绷着嘴角，叹了口气：“明天我跟安桓解释一下吧。”

费行云也不觉得意外。她憋了那么久，肯定会自己想出个解决办法。

“愿意理人了？”

关系上拉近就是有一点不好，这人老是习惯性地把重点弄偏，让人不好招架。

“也不是。”她在饭桌上已经想明白了，觉得怪他也没道理。想来想去，她只能怪自己，“就是不该麻烦你。”

如果以她务实的想法，买把稍贵的剃须刀都算妥当。

她心不在焉地低头去踢路边滚出来的小石子，猝不及防对上一双眼睛。费行云高高的个头，弯腰瞧着她，也不嫌累，说道：“我认错。”

许平忧嘀咕道：“你能有什么错。”

“错在先斩后奏，办事不够周全，惹了小许同学生气。”他站直身子，不动声色地跟她换了个位置，语气散漫地道。

哪里是不周全，就是太周全，叫人有点……

许平忧对别人的主动让步从来没辙。她手揣在兜里站了一会儿，又叹了口气道：“也不怪你。”怪她分明有机会挽回，还是因为犹豫错失。

公交车缓缓开过来，她上去径自选了一排两人座坐进里侧。身边的人坐下，扫了一眼她垂在肩头的头发，忽然问道："没戴耳钉？"

"嗯。"

她看着窗外阴郁的天空，想起午饭后许凡波同她的谈话，骤然说："你打算参加艺考吗？"

许平忧将老师的话重复了一次，却没继续提问，身边人听了若有所思地点头。

她之前在网络上查过考音乐相关专业需要做的准备，对他来说应该不是太难。

许凡波来了一通电话，确认她已经在回家的路上就挂断了。

费行云先她一步跳下车，动作轻巧。

许平忧眉头微蹙，已经开始琢磨要怎么补救，怎么给寿星个说法。

"许平忧。"快到小区门口时，费行云忽然喊了她的名字。

她微微一愣，不太适应，却静静地转头，看着他的眼睛。

寒风吹动他扎起来的小辫子，他坦坦荡荡地说道："这事是我做得不对，不过……"

他眼睛弯起来，有些前言不搭后语："我的生日是六月份，六月二十九日。"

许平忧茫然地点头，静静地目送人影消失在出租车上。

许平忧刚进电梯，发现里面有人在争执。她身形僵了僵，没注意到错过了自己家的楼层。于是，她在电梯停下的那一刻立刻出了电梯，选择走楼梯回家。

短信在手机上亮起来。

是一条彩信，附赠不知道哪里来的一朵花的照片："不要生气。"

许平忧想了一下，认命似的回："真的没有生气。"

费行云："真的假的，那我不是白认错了？"

他不给她回复的机会，又自觉地发来一条信息："真的假的不重要，反正大丈夫能屈能伸，认了就认了。总比其他结果好，不过……"

不过什么？

她站定，看到他又发来一行字："不过人总有小气的时候，我跟你保证，下不为例。"

大人们分居以后，现在的生活模式更像小时候。那时候，家里的大人一个在外面做生意鲜少回来，一个忙于工作，对她的学习也抓得紧。现在除了多了一个会甜甜地叫她“姐姐”的许冉冉，基本是老样子。许冉冉身体不太好，经常感冒，但性格比同龄孩子要活泼许多。处于不知事的年龄的她，是家里的开心果。

抛开这些，甚至连烦人的对象都是一样的。

那会儿，对方坐她后面扯她头发。现在，他大大咧咧地从自己班找上门，做事没有顾忌。好像每隔一段时间，都有出其不意的事情发生。

早上课间操过后，还有十分钟的自由活动时间，苏以杰不远万里，专门到他们班的队伍找人，问她关于艺考分班的打算。

许平忧这些年什么都有长进，唯独对于别人高调做事的作风，还是不知道要怎么应付。

男生带了自己的兄弟，脑子里好像缺了根低调做事的弦，认真地盯着她的眼睛，轻咳一声，才道：“不出意外的话，我准备考编导。”

许平忧揉了揉太阳穴，想好的话还没说出口，又被对方的好兄弟打断：“这位同学，我哥们儿都这么诚心诚意了，好歹给个面子吧，分班又不是什么大事。”

他们占据了操场一角，动静说大不大，说小不小，刚好够想注意的人注意到。

“许平忧。”有人忽然从这帮人身后慢悠悠地叫她，不紧不慢，手上托着篮球，好像只是偶然路过。她抬头和人对上目光，心里松了口气，朝这边随意地点了下头，说了句话就主动离开了。

曾佳林晚了一步，气喘吁吁地赶过来，翻起白眼，说道：“我一看解散后他走的方向就觉得不对劲……算我以前看走眼了呗。苏以杰自己找你就算了，带人算什么，还学网上舆论绑架那一套啊？”

她倒是不遮掩，抓重点的能力依旧，该啐的啐，该夸的夸：“这种时候就得说，还好有自己人。”

费行云自她过来后，就主动朝前走了几步，把距离拉开，给两个姑娘家留够聊天的空间。该出现的时候出现，该留空间的时候留空间，有点“事了拂衣去”的意味。

他们班下节课是体育课，许平忧班不是。

回教学楼的路就这么一条，许平忧突然站在原地。前面的人仿佛后背长了眼，慢慢地落下几步，与她差不多并行。他依旧低调，只微微扬了下眉，算是默契。

两个人的空间，不说话反而显得刻意为之。

她的目光往篮球上落，只得没话找话，明知故问："体育课？"

"是。"

"要打球吧？"

费行云把手中的球往空中抛了抛，点点头。

她没说什么。

许平忧微微抿唇，目光对着小卖部的方向，忽然轻声道："你等我一下。"

距离不远，剩下的时间刚好够一个来回。

费行云果真老老实实地等在原地，同他打招呼的人都过去两三拨了，他也没动。

有男生抢占先机，主动和他约定："一会儿组局啊。我俩一队，一定能把他们杀个片甲不留！"

他的性格不算特别外向，却从小学开始就人缘极好。许平忧对这一点见惯不怪，故意稍慢了两步。等人都走光了，她才慢悠悠地晃过去。

"给。"她手里拿了两瓶矿泉水，也不解释，低着头直接塞过去。

费行云还没来得及反应，许平忧已经随着上课铃迅速跑远，消失在转角处。

体育课的自动活动时间里，男生扎堆往球场跑去。费行云拎着两瓶水慢悠悠地走着，任人分了队，一场球打下来大汗淋漓。

家里的事情有人可讲，学校里的生活就这么过着，许平忧最近似乎也没什么烦恼。

可不提分班还好，一提分班，她就忍不住琢磨起费行云。她很早就通知了他关于艺考分班的事，可他就是不主动讲。她要是问得太多，好像也不太好。伤心事不多讲，小孩子都懂这番道理。

她昨天填了分班表，选择了去专门艺考的班级。当然，她也没忘记主动跟李姿玉交代。

许平忧年纪长了，说话也没那么直接了，渐渐懂得委婉。什么想要更多灵活的空间准备节目和琢磨技巧，平时也能多去去工作室……诸如此类的道理全被她摊开，说了个明明白白。

她第一次主动做决定，不能说不紧张。

李姿玉抱着许冉冉，也不知道是赞同，还是心思在别处，总之最后没有表露出反对的意思，叫她一颗心终于放下。

“随你。”

许平忧：“说来说去……在我母亲那里，跟跳舞挂钩总没有错。”

她把消息发出去后，就开始对着面前辅导书上的信纸发愁。

窗外月明星稀，手机振动，一条简短的消息传来，夸她：“聪明。”

此外，消息里还附赠一张带了胶片滤镜的照片——也不知道在学校里他是怎么摸出的手机，怎么拍的照，又是什么时候修的。两瓶水摆在篮球架下，刚好被光照亮，好像有多贵重一样。

费行云：“谢谢你的水。”

许平忧僵坐了几秒，才回他：“不用谢。”

她从来不会把短信留到第二天。毕竟，小时候有过经验教训，家里的情况她比谁都清楚，指不定哪天就要生出风波。

可这张照片，她想多留一会儿。

私心起了，她在信纸上就渐渐有了可写的。

称呼她没想出来，干脆空了一行。

你好，写这封信的时候，我一直在想要怎么开头。要不要干脆什么也不说，只祝你平安快乐。可毕竟这与你的生日相关，而我对送人礼物实在不擅长，绞尽脑汁也想不出什么特别的，只能随东西附一封信。

我很不擅长表达情绪，并且惧怕表达自己的内心。就像之前跟你说的一样，我是一个无趣又话少的人。因此最开始见到你的时候，我的第一感受是，你与我完全不同。而且我们很可能合不来，最好保持距离。

说出来不怕你笑话，那个时候我默默地气上头，摔了你，可是转头就有些后悔——怕你记仇，怕邓阿婆不再愿意教我东西，因此更加心惊胆战，扭扭捏捏。我很喜欢那方院子，也害怕以后不能再去。我唯独没料到，你不嫌弃我，还试图让我试试吉他。虽然结果有些……（当然是我的问题。）一直没有机会道歉，只能在这里说一声“不好意思”。

后来我母亲的那些事情……我曾经想，或许我们这辈子都不可能再有所交集。青春期的自尊心就是这样，叫人只知道逃避，事后回忆才明白对方的包容。

后来你转学走了，走之前告诉我，很多事情都可以等待。

成年人最喜欢说小孩子早熟。可是很多早熟不过是我们内心装着些与柴米油盐无关的事情，想要讨好别人，故意装作懂事。直到那时候我才觉得，你这样的性格，才说得上是成熟。后来能够再次见面，都是老天爷给我的……

许平忧顿了一下，还是将快要下笔的“恩赐”抛弃，写道：“……给我的机会，让我能够当面对你道谢。”

仔细想想，认识这么多年，我从没有给过你什么值得一提的帮助。倒是你和阿婆一直在不断地包容我。坦白讲，初中刚刚得知我被收养的时候，我既痛苦又害怕，生了一场病进了医院。当时，我觉得这世上真的没有自己安身的地方。家也不是家，自己的身份也是假的。

记得初中的时候，学校举办了和山区小朋友通信的活动。我那时候收到了一个小男孩的信，他写的字每一个都很大，并且写得很工整。他说他最大的愿望就是过年的时候可以拥有一个新书包和全新的教材。那时我才恍然，自己的烦恼有多矫揉造作。我的这点难过，也不过是廉价的共情，甚至因为学生身份并不能给他实际帮助。

难怪前人说，少年总是为赋新词强说愁。

要是能够尽快长大就好了。

我想，我虽然是一个不太快乐的人，但至少不是一个差劲的人。至少长大了离开家，我就可以像你一样，给别人切实的开导和帮助。

也就是从那个时候开始，我渐渐明白，或许生活就是由重重关卡组成的游戏，有无数条支线，一条主线。人可以暂时顺着某一条支线走下去，但最终会回到主线上。生活不可能永远一帆风顺，因为老天就是游戏的设计者，连难度都是随机抽取，不讲道理。我提前走过了好几条支线，那么以后的日子也该没那么难了吧？

不好意思，说来说去，还是跑偏了题（主要是我废话太多了）。

我没有出过国。你比我去过的地方多得多，见过更多有意思的人。从小到大，你一直比我看得更远，快乐平安之类的祝福未免就有些太普通了。

那就祝你无论何时，无论长了多少岁，都能做自己喜欢的事吧。

愿你不要受到任何人的束缚，永远自由自在，无所顾忌。无论与你关系或亲或远，给你留下过什么回忆的人和事，都会被你潇洒地甩在身后，永远不会成为你的困扰和累赘。当然，难过的时候还是可以难过的，不要听信男孩子不能哭的话。到时候，我会向你学习，装作看不见。

最最重要的，是祝你无论面对任何关卡，都能闯关成功。

写到这里，刚好看到外面有一颗很亮的星星。我许了一个愿望，希望长大以后，还能再与你见面。

你的朋友 许平忧

这封信不短不长，她却写得出了点汗。写到最后一句的时候，她纠结许久要不要誊抄的时候删掉。最后，她还是留了下来，和她买来的干花一同封进信封中。

许平忧打算连同礼物当面一起给他。但她没想到，老天爷从来不想遂人的愿。

许凡波和李姿玉最终还是离婚了。

她被李姿玉带回外婆家，待了一段时间。

第七章

尘埃落定

许凡波和李姿玉协商完离婚的事情后，许平忧隔天就被带着坐上了回外婆家的火车。

外婆家在距市内不远的一个县城。老人家一把岁数了，却坚持要来接她们两个。一见面，外婆先是安慰了许平忧，给了她一个拥抱，问她有没有吃饭。然后，她直入主题，问起许冉冉的归属问题。

“他们家当然没答应，”李姿玉满不在乎道，“我想着爸妈……他那边的老人也不容易，所以先把她放那儿几天。”

“但他们不答应，我也不会松口。总归我也有自己的经济来源，真上法庭了还有的说。”她不愿意多提烦心事，就有点没耐心，“妈，我回来不是找气受的，能不能先不说这些了。”

外婆怔然许久，叹了口气道：“当年小许那么看重你，你从单位退下来也没说要分手，还帮你找心理医生。这么多年了……怎么就……怎么就到了现在这个地步。”

“男人嘛。”李姿玉许久无言，一开口便语带嘲讽，身形有些僵硬。

她的影子投射在车窗玻璃上，细长的一条，很直。声音被车内的空调声掩盖，渐弱。

“何况，人的耐心总是有限的。”不知道她究竟是说给旁人听，还是说给自己的。

母女两人聊来聊去，对于许平忧的归属问题像是遗漏了一样略过，非常自然。

许平忧望着车窗上的影子，心情很平静，又低头看起自己的鞋尖。

费行云："到了？"

短信来的时候，她正在外婆安排的房间里做着基础练习。

她在为艺考做准备。

一切的陈设都和之前回来的时候相同——李姿玉年轻时居住的房间，就连练舞用的垫子都被完好地保存了下来。床头是一家三口的合影，被单是鲜嫩的粉色。在成年以前，李姿玉应当都是幸福安稳、无忧无虑的。

许平忧："嗯。"

费行云："什么时候回来？"

她愣了愣，到底还是直白地交代："听我母亲的意思，可能要待一段时间吧。"

费行云："家里的事重要。"

他的妥帖倒是一如既往。不过妥帖过了，又是突兀的一条消息。

费行云："唉。"后面加了一个流泪的表情。

许平忧看着，忍住快到唇边的笑意，复制后面的表情回他。

她犹疑了一下，问道："要不然，我把东西都寄给你？"

东西指的是什么，双方都心知肚明。

对面的回复稍迟了几秒。她在垫子上出了一身汗，慢慢坐起来，盯着窗外的大雁群发呆。小时候，她有心欣赏，却无闲暇。现在有了闲暇，却又觉得没以前那么有意思了。可见，人就是得不到什么，才会越想着什么。

黄昏落日时分，少年回复一条消息。

费行云："算了。"

他的道理在字里行间，性格摆在台面上，故意要点小脾气。

费行云："小许同学，生日礼物不亲手给叫什么礼物哦。"

这下好了，他连"哦"都用上了。

许平忧有些不知所措。

好在，不知所措也有不知所措的办法。她干脆继续复制表情，有样学样地回复。

许平忧："好吧。"

自然而然，费行云的语气又开始变得轻飘飘起来，昨日重现似的："剽窃真的不好。"

许平忧想得很清楚。

父母真要离婚，其实也不是什么坏事。至少就她个人的成长经历而言，这个家庭的氛围就没有正常过。走到这一天，或许对李姿玉也是一种解脱。唯独分开的理由涉及感情的背叛，总还是叫人难过生气。

李姿玉性格强势，在这方面始终没变。回老家的这段时间，她看起来没什么异常，出门找以前读书时的朋友散心的次数却极多。

二十九号晚上，许平忧早早地跟外婆打了招呼上了床。她心里七上八下的，但还是准时准点，卡在凌晨发去了一条生日祝福信息。

她本以为费行云可能来不及回复。毕竟他校内校外朋友很多，跟她像是两个极端。

费行云："谢——谢——"

他发来两个破折号，人为地营造出一种站在山谷的感觉，散漫又大声。

许平忧躲在被子里，借着手机屏幕的反光看到自己抿起了嘴角，她想了想问道："你没跟朋友们在一起吗？"

费行云的回复依旧很快："白天在。我母亲来了，晚上和家里人在一起。"

许平忧手中一顿，讪讪地回应："哦哦，那我不打扰了。"

费行云："……"

费行云："给你一个机会撤回。"

许平忧在被窝里翻了个身，有些不明所以，给他发去了一个问号。

费行云语气不满："把'打扰'两个字换掉。"

可换成什么？

他一边吹着风，一边啃一根冰棍，有点犹疑和不确定。

费行云站了一会儿，最终后悔起小时候缺失了一段时间的汉语环境，竟半天没找出个合适的说法。这么费心思考的工夫，他连阿婆的招呼也没听见。费女士风尘仆仆地乘坐飞机过来，正是疲惫的时候，自然没那么温柔。

"想感冒发炎就另找地方，别在你奶奶面前作妖。"

费女士身高不够，不能像小时候那样拽他的领子，但语言上还是一样犀利。

教师的职业病使她从不弯弯绕绕，问道："沙发上坐着能怎么了？"

费行云没办法，嘴上说着好，动作却慢悠悠的。

等坐稳当了，他又慢条斯理地发去一条："什么时候回来？"

这问题不是问过了吗？许平忧有些不解，但还是耐心地答了，顺便附赠最新的消息："我要去市内的艺考集中营封闭训练，可能不带手机，暂时不去学校了。"

李姿玉开始的打算是亲自带她，可想着眼下看家里的情况，这打算肯定是不成的——许冉冉那边的事情还多着呢，归属问题也好，上幼儿园的问题也好……

费行云："也是，有学可上最重要。"

他的回复不仅不为难人，而且还很实在。

许平忧瞧着眼前的回复，能脑补出少年人无精打采的模样。

她心里头笑，面上也是笑，发去一条回复："总能见到的。"

李姿玉托关系联系到了省内最好的封闭训练机构，又亲自拖着箱子送她去市外基地。事关未来的前程，来的同学都不太轻松，只有吃饭的时候才会聊一些时下流行的话题。

有女生性格比较外向，对许平忧很大方地表露出羡慕："你体质真好。我现在都不敢吃什么东西，就怕长胖，喝凉水都心惊胆战……"

她也不藏私，说起李姿玉一直以来对她的饮食要求，对方听得目瞪口呆，有些后怕。

"你妈妈，啊不是不是，阿姨也太……太……"女生蹙了秀眉，半天憋出一句，"太牛了吧。"

许平忧知道她不是故意的，只是笑笑，另起一个话题。

集中训练营聚集了来自省内各个地方的艺考生，她在其中并不觉得自己有多特别。可她自小练的童子功根基不错，老师对她格外关注和看重。

"只要正常发挥，几个目标院校都是十拿九稳。"这种机构的老师，一般不会对学生有这样的评价。肯定是肯定，可是从一方面看也是一种压力。但放在她这种从小就决定走专业路的学生身上，也就没那么需要顾忌。

老师找到她的时候，许平忧也只是笑了一下，再道谢。

一同努力奋斗总是能快速拉近学生之间的距离。相处的时间越久，和她聊过天的女生渐渐地也不隐瞒自己的爱好，什么喜欢的明星啦，跳舞是为了争取上更好的学校啦……

“我偶像就是舞蹈专业出身的。”小姑娘谈起喜欢的明星，顿时两眼放光，“我走这条路，其实也有一点受到他的影响。不过我肯定没他厉害。刚开始的时候，我爸妈可反对了……”

许平忧认真道：“你很厉害。”

对于一个人的人生来说，光是能自己果断地做出选择，就足够厉害了。

几个月的时间说长不长，说短不短。长到许凡波那边的消息渐渐地少了，李姿玉的生活也渐渐步入了正轨。

房子归李姿玉所有。许凡波也没有提出其他要求，唯独许冉冉的归属问题还不尴不尬地悬着。她在参加省内联考的路上，清楚地听到李姿玉很直白地跟对方争执。

“许凡波，你也别怪我说话直接。你当时不是一直想要儿子吗？怎么，这会儿终于想起来有个女儿，还要攥着不放了？那女人也会生，你们再要一个也轻松得很。我相信老人肯定也是支持的。”李姿玉冷笑道。她性格如此，说出来的话一如既往不好听。但内容信息量之大，惹得出租车司机开着车还时不时八卦地回头看上一眼。

“是我说的话难听吗？怎么，能做得出就不能听人说？

“再说得直白一点，冉冉是我的孩子，我可以允许你以后来看她。但想把她带走，让那个女人照顾，你想都别想！”

李姿玉挂了电话，慢慢地平复情绪。

也许是这么多年的心血就在眼前，也许是还有一份对女儿的责任感，但无论因为什么，李姿玉此时温和了语气和神色，要她放松心情，别有太大的压力。

“你们老师说你肯定行，我也一直相信你。”

“不要紧张……天时地利人和，你努力了这么多年，结果肯定是好的。”

李姿玉不太熟练地拍拍她的背，表情显得不怎么自然。

许平忧望着她的眼睛，听着这番话，莫名有些出神。直到她站在考场的大门前，终于克制不住似的，忽然转身，朝李姿玉的方向用力地挥了挥手。

是啊，如果拥有天时地利人和，结果肯定是好的。

舞蹈生的高考远不是旁人想象的那样容易。

省内联考过后，还有校考在等着。事关对应院校的录取名额，竞争范围也从省内扩大到了全国，根本没个轻松缓和的时候。

这么一环接着一环，许平忧整个人几乎忙得脚不沾地。李姿玉也难得放下了手里的事情，陪她全国各地跑了一遭。每所学校校考的时间不同，在行程规划和安排上也需要做一定的取舍。李姿玉自己亲身经历过，又带过不少学生，在这方面很出了一些力。

除了基本的生活和学习，许平忧几乎把所有的闲暇时间都用在了复习剧目和睡觉上。她的身体和精神一直处于紧绷状态，食欲也大不如前。

直到可以正式返校，许平忧整个人比之前瘦了一圈。好在运动量始终在，她的面色还过得去，折腾过一番也是健健康康的。

联考的成绩下来之后，训练机构的老师比她和家里人反应还要强烈。

李姿玉最先接到电话，看得出来情绪有所控制，但还是没藏住笑意："第一是第一，但也不是你说的万无一失了。毕竟这会儿校考还没谱，文化课成绩也不好说。"

许平忧在旁边盯着数学练习册，脑子里晕晕乎乎地想着公式，自己都有些恍然：怎么还真的拿了一次省内第一？

她从小到大难得在舞蹈方面听到夸奖，也自认为不属于天赋异禀的类型，一路下来全靠自己的努力和坚持。兴许这回，老天爷终于愿意给个面子，叫她得了些好运。

李姿玉挂了电话，没说几句，就开始跟她再三强调校考和高考的重要性。她应该是担心许平忧半罐子水晃荡，结果还没有尘埃落定，人就先不知事地飘了。

许冉冉刚上幼儿园，对于考试没有概念，但对于第一名显然有。几个月没见，见到她立刻就飞扑过来，黏她黏得不行。

"姐姐好厉害……"小姑娘戴了儿童专用的口罩，瓮声瓮气地趴在她的肩头说道，死活不肯下来。

许平忧拍拍她的背，不免有点担心："冉冉又感冒了？"

不提这个还好，一提这个，李姿玉心里那点儿烦闷又涌上心头。

"还说呢，前几天在那边还生病进了医院，现在才算好了。"

李姿玉有所克制，也没对许家的两位老人恶言相向，只是通过语气语调听得出有些不满。

不在一中的这段时间，校内没什么变化。

许平忧庆幸自己当时做了转班的决定。返校的时候，她刚好赶上一中针对艺考生的课程培训。

被派来上任的班主任是个二十几岁的年轻女教师。她工作态度认真，处事作风活泼，第一天就把话说得很明白。

“咱们班任务比较特殊，不碰难的，但该拿的分每一分都要拿下。学习过程中有任何问题，都不要觉得不好意思，也不要有那种心态——什么简单题还要问老师多掉面儿啊……该问就问，老师们又不是什么过年时候的亲戚。”

年轻老师有年轻老师的办法，好不容易全班到齐，第一堂课就通过逗趣聊天跟大部分同学拉近了距离。

联考第一的事情，许平忧本来没打算提，但成绩在社会范围内公开，学校领导肯定也得知了消息。班主任课后将她叫去办公室，也对她赞赏有加。简单问过校考的发挥情况后，她又转达了一下学校领导的意思。

“虽然现在说还有点早，但是高考结束后的毕业晚会，老师们希望你可以考虑一下表演个现成节目之类的，不需要特意准备……”班主任笑眯眯地跟她打趣，“红榜都准备好了，就等你高考过后再谈。”

老师对她的信心也不是凭空想象的，许平忧的文化课成绩在班上也处于前列。她的数学稍微薄弱了些，但语文和英语都是强项，其他科目也不算拖后腿。只要她正常发挥，上那几所目标学校基本没有问题。毕竟像许平忧这样，从小就规划好舞蹈生道路，家长还是专业出身的，实在是少数。

离高考还剩三个月，李姿玉没有把手机即刻还给她，许平忧也能接受。

到校的第一天，上午第一节课才过，曾佳林赶来，冲她来了个飞扑拥抱。

“宝贝，你可算回来了！”她在班级门口抱着人大喊大叫。

抱完了，她又立刻摸起许平忧的手腕，愁眉苦脸，全是真心实意的感叹：“怎么就剩个皮包骨头了？你们封闭训练不给饭吃的吗！”

“没那么夸张。”许平忧被她抱得结结实实，有些哭笑不得，声音从嗓子眼儿里艰难地挤出来。

气息不畅间，曾佳林还跟她分享了一个断联期间的消息——费行云竟然还没有返校。

曾佳林消息明确，却又不那么详细，模模糊糊地交代："听安桓说，好像也去参加什么校考了吧，我也不清楚具体的情况。"

许平忧听着不由得一愣，心里却莫名地平静下来。

刚返校的时候，她还想办法看了班级名单，上面没有费行云的名字。这不算意料之外，可失望也不能说没有。这个消息倒是叫人一下安了心：他只是没有选择进专门的艺考班，但其他方面是的的确确有过考虑的。而且，真的有了行动。

他不选音乐相关的专业，还能选什么？

无论以后的发展怎么样，至少现在他终究是做了选择，遵从了自己的心意。

许平忧不觉得全是因为当初的谈话，更不觉得纯粹是自己的功劳。但她从心底里高兴是真的，放心也是真的。

她想着想着，面上就有了笑，眉眼弯弯，整个人生动起来。

曾佳林看破也不说破，只把她往楼下带着跑，说是要请她好好吃一顿，养点膘回来。

费行云从来不受约束，消失得无声无息，回来也是无声无息。

某一天，他出现在校园内，如常在晚饭时间等在楼下。就像日子还如以前一样，从来都没有离开过。

许平忧远远地看着，出神间第一个想法竟然是：怎么每次再见面都能感觉他的个子又往上冒了一点？

许平忧如今和安桓已不在一个班，另外两个人也还没到。她就慢悠悠地走过去，动静不大不小。

费行云穿着一身校服，目光顺着响动极不经意地投过来。

两个人视线对上，中间隔了一段距离，有那么几秒都没有动静。

虽然"恍若隔世"的说法很矫情，但唯有真正亲身感受过，才知道这成语自有它存在的道理。只可惜还在学校，周围人来人往，全是老师和同学，她理性上知道应当克制。于是，她说出口的第一句话就显得有些呆呆傻傻。

"好久不见。"许平忧说。

少年微微扬眉，也不说她傻气，只是垂首对视，配合一句："好久不见。"

他的眼睛里带着明显的笑意，肆意又畅快。

许平忧唇瓣发干，食指和拇指将衣角捏了又捏，皮肤渐渐开始发红，站在太阳下也莫名地觉不出炎热。

等她意识到费行云稍微调整了站位，替她挡掉多余的阳光，才后知后觉地有所反应。

“你……”

她想说“你不热吗”，被身侧的人看穿了。

费行云在她这里，读心术的本事只有日益见长的份儿。他还如记忆里的一棵树，做的说的全凭心意，细心周到都藏在行动中：“你站你自己的。”

许平忧：“哦。”

其实，换个地方站才是最佳解法。可他们竟然就这么站着了，谁也没有继续作声。

安桓和曾佳林到的时候，两个人就这么无话地并肩而立，像是学校里的一处风景，默契又冷清。

曾佳林左看右看，没看到预想之中的久别重逢的场景，毫不遮掩地显出几分失望的神情。等进了食堂，她的注意力也迅速转移，算是吃饭状态最正常的一个。

安桓看到许久未见的好友，人精神了几分钟，又迅速萎靡下去。他明摆着被诊断考试折磨得食不下咽，唉声叹气。

费行云一般鲜少对此发言，只懒懒散散地提点他：“吉利点儿行吗，新鲜出炉的联考第一名在，你也打起点精神来。”

学业压力太大，许平忧低头吃饭，一片青菜嚼了半天才得以下咽。听到这话，她的动作忽然微顿。

也挺奇怪。她想，这些天来，那么多人提过联考第一名的事情，唯独费行云提到这事的时候，她会莫名其妙地觉得不太自在。好像一条路走了一半，没到最终结果的时候，就叫一些她不想让知道的人先看见了。

至少应该等结果圆满了，再给他看。

费行云同样没吃多少。其他人将筷子放下了，他也跟着起身。

晚自习过后，许平忧在教室里多坐了一会儿。

楼道里的灯很亮。

转角尽头，有人趁着夜色光明正大地挂上耳机，自由自在的。

许平忧抿了抿唇，慢慢走过去，却被对方抢占先机。

费行云望着她，好像意外得很，扬眉道：“笑什么，这么高兴？”

许平忧“啊”了一声，下意识出声：“也没有。”

对方好似真的懊悔一样，自然地截断她的话：“失策了，就知道不该说的，免得……”

免得有些人性格内敛，被点出来就要收敛得适度乖巧。

可乖巧又不是他此刻想看的。

费行云稍顿，眼睛弯起来。他躬身歪着头瞧她一眼，又直起身，声音清晰：“懒得管了，不反驳的话，就当你是因为见了我高兴。”

许平忧没作声。

她身板挺得笔直，手抓着书包带子，发热的耳根藏在头发下，和对面的人对视过后才略略垂首，含糊地咳嗽一声。

费行云知道她的性格，也只是微微挑眉，没有继续为难下去。热风拂过，两个人肩并肩朝着校门走去。他趁着没人说话的空当，大大方方地将手心一摊，自鼻腔里“嗯”了一声，做暗示状。

一轮明月挂在公交站台的枝头。

高中学业繁忙，大多数人都是来去匆匆。这个时间点，学生走了一大半，他们俩成了罕见的散步闲人。

许平忧知道他这是什么意思。

可知道是一回事，如何作答是另一回事。她看着他悬空的掌心，犹豫了一下，才不好意思地开口道：“礼物暂时放在老家了。”

当时去封闭集训的时候，李姿玉不仅全程参与，还亲自陪她收拾行李，她也就没敢将信件和东西带在身上。联考过后，她还要四处奔波忙校考的事。思来想去，她索性就将东西放在了外婆家。外婆平时一个人住，也没有乱翻东西的习惯。李姿玉以前住的房间大多数时候是关着的，是放东西的好地方。

这些考虑她没说，但某人知道她的家庭情况，终归能猜到一点。

还算坦白。

费行云瞧着她的眼睛，慢悠悠地把手收回去，又慢悠悠地说：“行吧。”说完又怅惘地“唉”了一声，声音挺大，似乎特意要让身边的人听见。

结果身边的人不仅听见了，还当真了。

许平忧没说话，却在心里开始自我检讨。

他失望多正常啊，毕竟这么久了。

许平忧越琢磨越觉得愧疚。待上了公交车，她终究没忍住，轻轻拉了拉身侧人的衣袖。一下、两下……她没想好说什么，手上的动作却先跟着思绪走了。

费行云本来懒懒散散地坐着，不到几秒就破了功，缓缓地叹气：“可怎么办……”

人太好欺负了，可怎么办？

他也是个魔怔的，明知道人好欺负，还非得演给她看。

许平忧很安静，面容安静，性格也安静。而且由于自身经历，她面上总是带着一股子若有若无的愁绪。学校里有男生在贴吧里给她起了个“许妹妹”的绰号，觉得她像《红楼梦》中的黛玉。安桓之前拿这事在他耳边说，他看起来左耳朵进右耳朵出，实际上心里头怎么想的，全是个人的不可言说。

总不能隔着网线把人揪出来，让人不许叫什么妹妹妹妹……

许平忧全然不知道他的思绪。她还在自己的情绪里，神情惊讶：“你没生气？”

费行云对她这实诚的样子最没办法，只能认栽，抬了抬下巴：“我生什么气？”

费行云抬手，自少女的耳侧穿过，替她拉开一道车窗缝隙——

他哪里可能生她的气。

许平忧沉默片刻，说道：“那你……”她深吸一口气，才继续说下去，“那你怎么不说，你去考的什么专业。”她的声音越说越平静，融进风声中。

费行云动作一停，和人对视，这才恍然道：“原来你指的这个。”

他们俩的聊天就没对上脑电波，难怪各说各话。这会儿两人大眼瞪小眼，聪明的不聪明了，敏锐的不敏锐了，都有些呆呆傻傻。

当天晚上，许平忧不仅得知了对方报考的专业是流行音乐制作，也做出了考试过后第一时间送他东西的保证。费行云善心大发，不要求她连送两年的份儿，理由简单，说是日子还长，为难她也没意思。

许平忧心里头空了一秒，目送着人离开。

那天，她一整夜翻来覆去，好像睡在一片云里，轻飘飘又软绵绵的。

天公作美，艳阳高照，整座城市都弥漫着大考所带来的紧张气氛。

一中在高考上从不吝啬花钱，专门租了车队，护送各个学生去市内对应的考场。

高考连着两天，也是连续两天的战斗。最后一科考完，收卷铃响起的时候，所有考场都即刻陷入了沸腾。

许平忧在尖叫打闹的人群中恍惚地起身，恍惚地在门口和李姿玉会合。她整个人筋疲力尽，什么也不想做，只想回家好好睡一觉。

之前校考的几所学校不仅都过了，而且成绩都在前列，她现在只等着文化课的成绩出来进行最后的确认，就能短暂地迎来一个休息阶段。

她闷头睡过去，醒来的时候已是中午。

许久没见到的手机被李姿玉摆放在床头。醒来过后，一会儿是曾佳林的电话，一会儿是班主任的消息，还有费行云的。

费行云："好好休息。"

他的几个字落在大量的庆祝短信中，显得似乎没那么正式，却说在她的心上。

许平忧抿着唇，先回曾佳林，再回班主任，最后才在睡眼惺忪间，郑重其事地给费行云回复："你也是。"

十几年的努力，一朝有了结果，不过那压力之大也压得人蜕了一层皮。

蜕掉这层皮的不止一个人。

李姿玉这些天一直两头跑。许平忧考试结束后，她终于多出许多空闲时间去许家谈关于许冉冉的事情。她给许平忧留了一把家里的钥匙，出门前想要叮嘱她点什么也没找到话。犹豫了一会儿后，李姿玉还是沉默着走了。

许平忧拿着钥匙，即刻坐车返回了外婆家。把信和礼物都拿在了手中，她的心才算安定下来。

"您别送了，"她在火车站前，俯身抱住外婆，"我还要回来的，您好好照顾自己。"

考完试的第三天，毕业晚会匆忙地开始了排练。老师们四处抓人，提前从高一、高二年级找了人，又把社团找了个遍，终于如往年一般，凑出一台还算像样的晚会。

因为班主任提前说过不需要特意准备新的节目，许平忧也没多想，打算直接用艺考时的剧目，反倒省事。

"其实每年的晚会主角也不是台上的人，而是台下的。"

筹备节目的教务处老师要他们放松，随性一些："主要是大家在下面嗨，我们上面的人给个氛围就行。一生就这么一次高考，也就一次高中毕业晚会，总要有点仪式感。"

许平忧只领会到前面半句的意思，尚不知道后半句的"仪式感"将在若干年后风靡互联网。

老师把她的节目安排在最后三个之一。她开始还觉得不妥当，查验节目的年级主任亲自发话，调笑道："有你这个联考第一的同学在后面坐镇，一会儿我献丑完了，才能有人捞回场子。"

他明显已是很给许平忧面子——老师献唱属于每年的传统节目。学生们最爱在这个时候起哄，其后是什么倒不是很重要了。

许平忧开始还没觉出有什么紧张不紧张的，直到外面的欢呼声一浪高过一浪，她的心跳才慢慢开始加速。

给她化妆的学妹在旁边反反复复地看她的脸，坐立不安地还要给她补一次眼线，压低声线搭话："我是第一次化舞台妆，要是哪里做得不好，学姐你就直说。"

许平忧笑起来，说道："已经很好看了。"

学妹平时追星，在这上面精益求精，自我要求甚高，她说道："你这是脸撑起的妆，我想要的是锦上添花……"

一般自我要求甚高的人，事实上做出的效果都远超她自己所说的。

老师不全的五音在外反复刺激着耳膜，透过帘幕一角，许平忧能看见台下不断起哄的学生，他们的尖叫声和掌声变作声浪，热情之高似乎要将空气烧得沸腾，整场演出的气氛也被带到高潮。

主持人上场前，还给等在旁边的许平忧加油，又祝她毕业快乐。

许平忧点点头，渐渐听不见耳边的吵嚷声，只剩下急剧加速的心跳。

她静静地在报幕声落地后走出去。

说是"晚会"，其实举办时间是在下午。可学校礼堂封闭，灯打得透亮，胜似夜晚。

许平忧在黑暗中站定，追光自头顶打下。她抿了抿唇，几乎是出于本能，于音乐响起之前摆出预备的姿势。

纤瘦的身形，薄透的人影，仿若翠竹。

她其实什么也没想，这么多年，老师和李姿玉教的技巧要领和表达方式早已全部融进骨子里。

和刚才热闹的氛围不同，曲子哀婉，她也就变成了哀婉的一部分。她身上的衣服是习惯穿的，曲调是反复听了千百次的，唯独地点不是。

那么多她熟悉的、不熟悉的人，都在注视着她。

背景音渐强，动作也越来越从容。

舞蹈对她来说，或许曾经只是习惯，也曾经成为折磨。但伴随久了，舞蹈也成为她不曾松懈过的证明。

卡点。

爆发力。

表达艺术。

台下鸦雀无声。

或许是觉得无聊，也或许是在欣赏，许平忧都已不太在乎。

她的十几年，她的舞台，她的……

笛声渐起，在上空盘旋。许平忧踩着每个点，感觉身体越来越轻，仿佛要变成一只蝴蝶，下一秒就要翩然而去。

费行云坐在那里，极安静。

安桓坐在他在身侧，却没多想。他眼睛发亮，很给面子地鼓掌，又把手放在唇边尖叫："还真行啊，第一就是第一……我这种外行大老粗也能品出点味儿来。"

真的能品出来味儿吗？

费行云想起很多事情：她的别扭和不坦率，她的敏感和成长，以及……以及她的眼泪。

是该品出来味儿，所有人都该品出来。这是她的故事。

周围是巨大的欢呼声和掌声。费行云落在其中，像是抓到一丝灵感，静默地坐着，胸口无声地发热。

他跟安桓打了招呼，安静地起身，穿过礼堂的侧门，往另一边的走廊后台走去。

忽然，他被一道女声叫住："费行云。"

他转身，对上一道人影。

是和他同班的夏宁。

女生望着他，似乎有很多话要说。只是还没有说出口，她忽然松了一口气："算了。"

夏宁笑道："本来打算说点什么，好像也没必要了。从一开始我就知道自己不过是在演独角戏。"

许平忧从后台出来，被负责化妆的学妹好一阵夸赞。

小姑娘眼睛放光，给她看自己的相机："真的巨美。我拍了视频，也拍了好多照片……学姐，要不加个好友，我发给你？我用我给我偶像拍照的技术担保，肯定好看！"

她喘着气，还有些蒙，只能坐在靠近大门的椅子上，笑着点头。

"啊，有几张我想好好修一下，发到网络上，不知道……"

这也不是什么大事。许平忧出了一身的汗，依旧是点点头。

身边的人来了又去，有老师、同学……几乎每个人都对她赞不绝口。许平忧第一次经历这样的场面，不太适应。但她也都一一给出回应，脸上的笑也明显是发自真心的。

没有什么比获得认可更值得开心。

这是她头一回在舞台上获得这么高的关注度，也是头一回直面旁人对自己的赞赏。舞台表演和考试不同，更加舒展、自在……

是自在。她第一次觉得自在。光是这个，就值得她欣喜。

她反复站起又坐下，直到终于没人过来，才把头埋在膝盖上，安静地平复呼吸。

不知道过了多久，她抬头时才发现椅子旁边多了个人。

最后一天，费行云依旧吊儿郎当地穿着校服，而且光明正大地挂着耳机。

许平忧吓了一跳，沙哑着声音问道："你什么时候……"

"刚刚。"

这会儿几乎没人关注这个角落。

该走的走，该散的散，要么就是聚在一块儿，为高中生活留下值得纪念的照片。

费行云托着下巴望着她，目光极亮，拖长了嗓音说道："好看。"

"啊？"

"节目好看，人也好看。"他微微仰头，抬手朝着她的耳郭，似触非触。快接触到的时候他又收回手，声音也压了下去。

表演过后，少女的头发被拢到一侧，露出靠近他一侧的肩线和脖颈。

“耳钉也好看。”他收回手，眉眼弯弯地仰头看她，像一只听话的巨型犬。他收敛起平日里的攻击性和生人勿近气息，说道，“很适合你。”

他还歪了歪头，笑着拖长声音道：“好看死了——”

费行云的头发长长了，长度就跟他刚转回一中被老师押去理发店的时候差不多，刚好露出整张脸。他一双眼睛笑意盈盈地望着她，天生的多情眸子，非常好看。

许平忧听到自己陡然加快的心跳。

她顺着他的话捏过自己的耳垂，耳钉的凉意渗进皮肤。脸上运动后的红润压过因对方话语而生的燥热，却不像以往一样无所适从。她下意识低垂目光，又迅速抬起，直直地看向他的眼睛：“谢谢。”

她的确有太多应该谢谢他的地方，说再多次都是应该的。

“是你送的耳钉好看。”

许平忧肆意跳过一场，嗓子干痛，声若蚊蚋，却头一回想到什么说什么。

视线的中央靠上，是少年人头顶不羁地翘起的一两根碎发，让人下意识想象它毛躁的触感。许平忧渐渐就有点心不在焉。

摸肯定是不能摸的，许平忧在心里告诫自己，努力将注意力转移到他今日的穿着打扮上——一件黑T抹了几抹五彩笔迹，构成爆炸似的烟花图案。毕业后，没人再有理由在校门口拦他，由得人随意发挥。

费行云眨了眨眼，“咦”了一声，表情微讶：“今天这么大方……”

不仅大方，许平忧还压着起伏的气息，将自己右手边的空凳子拖过来，默默地指了指。

费行云顺势坐下，故意继续感叹：“又这么贴心。”

他陪她坐在角落里，享受下午落进室内的阳光。

舞台表演过后，正是心神开朗的时候。这么多年来，许平忧从没觉得这么轻松过。她的呼吸逐渐平稳，眼角余光注意到身侧人的动作。

他不知道从哪儿拿出一张门票，手指捏着，大大方方地递到她的眼前：“拿着。”

许平忧不明所以。他还是如往常一般，轻松读懂她的心思，说道：“一会儿要赶飞机，怕来不及……先把东西给你。”

她伸手去接。费行云就故意将票死死地多捏两秒，盯着她，要挟似的叮嘱道：“我生日那天，记得一定要来。”

许平忧的重点没在这里。

她收了票，看见上面最显眼的“乐队首演”四个字，注意力全在他前面的一句话上，抬眼时有点茫然：“你去哪儿？”

费行云没有犹豫，回答：“伦敦。”

他顿了一下，状似很随意地道：“去他朋友那里拿几样东西，待几天，做个了结。”

和英国相关的人物，在费行云的生活中也就那么一个。许平忧没问“他”是谁，只“嗯”了一声。

阳光洒在两个人的身上，像橙色的纱，将有心人包在一块儿。

半晌，她从椅背上抓过挂着的背包，从里面摸出一个精心包装过的盒子。

费行云转头看她，目光极亮。她也不像以往立刻避开，只是强作镇定，低声说着：“说好的礼物。”

费行云脸上的笑几乎要溢出来。他把手掌摊开，细细询问她的意见：“现在拆还是回去再拆？”

怎么连这个也要问？

“都行。”

许平忧原本平静的心渐起一点波澜，微恼过后又是忐忑，说道：“我只是网上查了一下，觉得你可能用得到，所以……”

轻轻松松就能拆开的一个盒子，费行云却拆得小心翼翼的，好半天才打开。他仔细地观察了好几个面，才将包装纸完整剥下。礼物逐渐现出真身，朴实无华，十分实用。

是一支录音笔。

许平忧不提自己攒了很久的钱，也不提为选礼物绞尽脑汁，只是十指交叉，没什么自信地道：“说是习惯随身带吉他的人很适合用。”

适合用来随手记一些灵感曲调，能起一些小作用。只怕他早就有了，她也怕自己送的东西不够好……

“不带的人也很适合用。”偏偏费行云从来歪理很多，话还要顺着自己的想法说，笑得眼睛弯起来。他把包装纸仔细折好，东西在手上拿着，出了门也还是坦坦荡荡的，根本没有收进背包的意思。

等曾经的“晚饭四人组”习惯性地在教学楼下聚齐，其他人果然忍不住好奇地问起。他就下巴微抬，直率地介绍起礼物的来龙去脉，送礼物的人试图阻拦也无用。

有人咂摸着，终于咂摸出了不寻常的地方，说道：“不对啊。”

“搞了半天，你俩原来是‘明修栈道，暗度陈仓’！”

安桓这会儿终于反应过来，就像电视剧中总是最后顿悟的朋友，食指指了指扬眉的男生，又指了指静默的女生，瞪大双眼。

曾佳林白眼都懒得多翻，哀叹过后，只有几个字送他：“为难你了，呆瓜。”

“手机联系。”学校门口，费行云坐上去机场的出租车，朝许平忧指了指手机。

周围全是吵嚷的人声。毕业的最后一天，人人都有说不尽的话。许平忧没听清，眉头微蹙。他趁着车还没发动，索性将窗户全部摇下来，一只手朝着她的方向懒洋洋地挥动：“手机联系——”

他神情虽然散漫，音量却很大，引来周围好几个过路人的目光。

她的耳根通红，却也没躲闪，安静、用力地点了两下头。

许平忧晚上到家时，李姿玉还没有回来。

她放下书包，从里面摸出装信的信封，出神半晌，又有点犹疑地放进书包里。

高考成绩和往年一样如常公示。许平忧坐在电脑前，瞧着分数，颇有一种尘埃落定的感觉——文化课分数顺利上线，现在只剩下去哪所学校的问题。

李姿玉在旁边陪着，沉默着什么也没说，却提出要不要出去吃一顿。

显然，这已是她能想到的最直白的夸奖方式。

自从和许凡波离婚以后，李姿玉在处事方式上到底还是有了些许变化。从前的刻薄刚硬掺进了些柔和，操心更多了，也多了几缕皱纹。许平忧抬头看着她，将对方看得有些不自在了，才弯着眼睛点了点头。

时过境迁，那些不愉快的事情都不必再提。

何况现在看起来，家人之间相互扶持，一切都在变好的路上。

二十九号傍晚，她和李姿玉提前打好招呼，和朋友一起出门看演出。曾佳林几乎没用她说，就主动将这个事揽下，说道：“事后你俩请我吃饭就行。”

曾佳林高考发挥超常，考上了南方的一所大学，最终选定了兽医专业。她自己都感叹，没想到自己从小娇生惯养又胆小，怕见血笃定绝不学医，最后居然阴差阳错走上这条路。

小白如今已成了老白，年岁长了，从去年开始，就再也不像从前那样活蹦乱跳，总要时不时跑一趟宠物医院。曾佳林懵懵懂懂，忽然悟出一些关于生命的感想，渐渐摸索出自己的职业方向。

“何况这也算是另一种意义上的救死扶伤，也算部分程度上继承了我爸的职业吧。”

小姑娘说着说着，便有些伤感：“可惜你要去北方，安桓也志在别处。费行云呢，他去哪儿？你俩不会打算异地四年吧？”

曾佳林以为他们俩已是琴瑟和鸣，总是想得比旁人多。

等对方挂了电话，许平忧出了门，才发现这个傍晚的不寻常。

刚好碰上盛夏里的阵雨，蝉鸣声也不如以往响亮。

她在雨中按照门票上的地址打车，携一身水雾上了后座，脑子里却是刚刚的回放。

他去哪儿？

许平忧的手指摸过包的一侧。信在那里，想说的话也都在那里。

无论他去哪儿，总归她都是支持的。

车在一家KTV门口停下来。许平忧眨了眨眼，才发现这地方好像有些眼熟——曾经的一个夜晚，有人带她来这里拿钥匙，又骑着自行车离开。

现在想起这些，都像许多年前的事情了。

许平忧撑着伞站定，仰头静静地看着。

还在愣神间，后面突然传来一道男声，冷不丁地“嘿”了一声。

他跳下台阶，毫不在乎这雨似的奔过来。

费行云随意甩了下头发上的水珠，学着她的样子抬头，也学着她若有所思的样子说道：“在看什么？招牌？”

许平忧侧头，刚好看见他一头显眼的银灰色头发。这人总是行动很快，过了不需要遵守校规校纪的时候，就全按自己的心思随意来。

他穿着一件黑色的朋克外套，松松地散开，白T上写着“FREEDOM”，脖颈间坠着细细的黑色挂坠。他很自然地来接她的伞。交接之间肌肤触碰，他不免微微惊讶：“手这么冷？”

他把掌心在她面前摊开，选择也在她面前摊开，雨里也是火热的，有点像……

许平忧抿了抿唇。

有点像小时候手背受伤的那次。不过这次，有人是坦然地自投罗网。

“还好。”她站了一会儿，到底毫不犹豫地将手指放进他的掌心。

她故作镇定，却望见他的笑容。

“你喝酒了？”许平忧闻出一点掺杂甜意的酒精味道，主动转移话题。

费行云意图得逞，手牢牢地扣住，拇指有一下没一下地摩挲她的手背：“你猜？”

毕业了，有人就没那么克制。

许平忧后背发麻，强作无事：“事实胜于……”

她话没说完，费行云已经破了功。

太好欺负了。

费行云抬手，在她面前比出一段距离，脑子里认了命，借势躬身，靠在她的肩头蹭了蹭，丝毫不在意动作难受与否，笑声沉沉的：“好吧我承认，就一点点。”

他卖起乖来难缠得很：“小许同学，不要生气嘛。”

费行云到底没舍得让半湿的头发挨在她身上太久。

他卖乖卖够了，就坦坦荡荡继续握住她的手，霸道地把人扣住。他没把许平忧往楼上的KTV带，而是在街口拐了个弯，将她带到一处大门前。

小巷中，许平忧瞧着他，又抬头看了看四周的环境。

盛夏雨夜，门没有开，原木色的主调，连上面的招牌都是崭新的，应该是才挂上的。

Revolution，上面的英文用的歪歪扭扭的手写体。

“王延，就是你之前见过的那个，”费行云推开门，俯身在她耳边说，“他新开的音乐酒吧，明天开始营业，今天就顺便……”

门刚开了半扇，里面的人没给他多说的时间，迎面扔过来一个什么东西，顺便砸来一句：“正说呢，你小子再不回来我就出去抓人了，赶紧去试音！”

门后面的动静足以说明大门的隔音效果。

简直像是另一个世界，雨声被尽数关在身后。酒吧里的装潢依旧是原木色为主，木头的桌子凳子，辅以无处不在的椭圆线形设计元素。眼前，好几个人工作人员来来回回地搬着什么。台上还有人在拿着吉他试音，旋律断断续续，发出各种杂音。

王延今天穿得格外夸张，铆钉锁骨链全套，头发有一撮挑染成红色，嗓门也扯开了，四处忙来忙去。

他不意外在这里见到许平忧，却也没闲工夫打招呼，干脆自来熟地朝她点了下头："哟，来啦。"

他瞪了费行云一眼以示威胁，就继续招呼起里面的工作人员。

一支乐队，基本组成就那么几个——主唱、鼓手、吉他、键盘、贝斯，然后就看乐队组成的偏好和定位风格。

送走了王延，费行云也不急，慢条斯理地把话说完："顺便搞定新乐队的首演。"

许平忧对乐队的认知差不多就停留在刚刚的组成层面。来之前，她心里有所准备，因此这会儿听到费行云主动提到"首演"两个字，神色也跟着变得认真。

无论做什么事，第一次总是值得纪念的。

何况，今天还是他的生日。

"也不是特意挑的日期，就是刚好撞上了。"费行云对此很坦然。

"票没对外出售，全是请的我们几个的朋友……当然，老板朋友可能要多一些。"

费行云说得很轻松。他微微低头，靠在她的耳边，说得很随意："新乐队在圈子里也没什么知名度，不如第一天就请些愿意给面子的熟人……"

许平忧侧头听得专注。两个人距离极近，几乎可以看见少女脸上的细小绒毛。

费行云注意到她发红的耳根和脸颊，也注意到她并没有不自在的神色，不禁笑起来："反正我只请了你。你先在这儿等我一会儿。"

这是他的说话习惯之一，习惯将重要的和不重要的事情拼凑在一块儿。听话人稍过片刻才能琢磨过味儿，琢磨过来了，心就忍不住跟着他走。实际上这全是他无心而为，只剩听的人在那里琢磨爱恨。

许平忧被他安置到吧台最舒适的一角，不用转身侧头就能看见舞台。

视线之中，费行云刚好随手撑住舞台，轻轻松松，一跃而上。

外套被他松松垮垮地穿在手臂处，露出肩部和上臂的肌肉线条。头发还有些湿润，他不甚在意，随手一抓，一边调整话筒架，一边和旁边一个正在笑闹的拖把头说起话。对方明显比他大不少，身板也练得结实，穿一件破洞T恤。他似乎是场面主导，三言两语，头也不抬，就将对方逗得哈哈大笑。

许平忧虽然知道他从小在这方面有天赋，却是第一次直面他的这一面——游刃有余又鲜活，远比校园里还要引人注目。

这才是费行云的主场。

她的心莫名提着，目不转睛地看，观众也渐渐开始进场。

王延带着两三个女生进来，刚巧从不远处走过。其中有人笑眯眯地调侃，说他给打折，都不如先给台上那个混血主唱的联系方式。

王延啐她："人家刚上大学，就算是熟客也不行啊。"

女生喊了句："天哪，大学生？"

一行人说说笑笑地从许平忧面前过去。成年男女，谈什么都没个顾忌，笑声阵阵。

中间有工作人员送过来一杯热水，一个果盘，不问也知道是谁的安排。

许平忧不知道费行云是什么时候从台上下来的，又是什么时候绕到她身后的。

这会儿，台下的灯已经暗了，只剩台上的一盏做最后的准备。场面果然如他开始所说的，来的人不多，看起来似乎就二三十个。此刻，大家要么分拨坐着，要么就是现场交际认识的。气氛很轻松，应该都是其他乐队成员相熟的朋友。

果盘里有蜜瓜有蓝莓，费行云都没拿，抓了颗葡萄嚼着，酸得忍不住"嘫"了一声，蹙着眉，闭起右眼。

他开始操心面前安静的许平忧："人不多。一会儿你台下站着也行，坐在这里也行，不适应就不用跟别人打交道。"

费行云终于将果肉咽下去，又是笑意盈盈的，眉眼弯弯。台上这会儿忽然出现一阵骚动，他朝她的耳畔凑了一下，把话说得清楚："看我就够了。"

费行云再次上台，所有的光都聚集在台上，场面彻底安静下来。

五个人各自在对应的位置，正中央的人穿得也没有刚刚那么显眼。

少年向青年过渡的年纪，什么都是最好的。费行云身着无袖的黑色背心，恰到好处的肌肉线条尽显，宽肩细腰长腿，肩上挂一把红黑色电吉他。他天生的笑眼，肆意得过分，不管站在哪里都是焦点。

主唱永远是代表乐队发言的人。他扯了下嘴角，想也不想，压低了声音道：“欢迎大家来看我们乐队的首演现场。”

“哇哦！”

台下的掌声立刻响起来。还有人端着酒杯，很给面子地尖叫了一声。

费行云的声音透过音响传出来。与平时稍微有些不同，他姿态懒散地站着，显出一点痞气。

“相信大家也看出来了，我们乐队成立比较匆忙，名字都还没定，就急着要先演出……”

他话音未落，台下的人都笑起来。

王延在乐队担任键盘手，稍微靠后，笑得最放肆。

许平忧也笑，却不是因为他从容不迫的玩笑话，而是因为他的表情。

当年他在烟酒柜台后面弹吉他，动作慵懒，却神采飞扬的样子，她至今印象深刻。

不怪其他人猜不出他的年纪——这个年纪，有谁天生面对观众就能从容不迫？

许平忧终究还是起身，静静地走到人群中。

“所以今天的歌曲也比较随机了，可能我们之前练什么就是什么，大家就当吃一餐 Omakase……”

费行云一边慢慢地说话，一边朝身侧点了下头。

架子鼓响起的第一秒，灯唰地变暗，音乐声起，带得氛围立刻往热烈的方向变化。

Freedom。

第一首歌，就叫 Freedom（自由）。

许平忧站在人群之中，凭借直觉猜到这一定是费行云写的曲子。

架子鼓表演激烈地带起所有人的热情。除她以外，几乎所有人都将这里当成了蹦迪场所。即便不会唱，副歌部分反复个一两次也开始跟着吼。

“你听过我唱歌吗？”

她想起他曾经问她的话，眨了眨眼，心中莫名生出激动情绪。这情绪让她傻傻地站着，定定地看，入神地听。

台上的人举着话筒，每个音都彰显着他的生活主义——绝不随大流，也不刻意特立独行。之所以这么做，就是因为他想，仅此而已。

不要在意愚人的想法，因为创造者总是特立独行。

“Thou wilt find, Eternal Traveller,marks of thy footsteps across my songs.（永恒的旅人，你会发现，我的歌里遍布着你的足印。）”

一曲唱完，主唱声音微哑，闭上眼睛，单手拿着话筒，重重地落下。

观众情绪激动，虽然人数不多，却发出足以掀破房顶的尖叫。

许平忧眨了眨眼，眼眶发热。

“以后不打算写了，以前的也没有必要留着。”

“和喜欢不喜欢没关系。”

真的没关系吗？她从一开始就不这么觉得。

还好，这些话说过，他也终于走过来了。

没有人比他更适合站在舞台上。

许平忧之前确信这一点，现在更确信这一点。她抬手无声地按住胸口。

演出持续了一个半小时。

开始是唱乐队自己的歌，后来有观众点起一些流行朋克乐队的歌曲。费行云也不拒绝，挑了几首自己喜欢的唱起来。

闹到最后，来的朋友竟然都不愿意就此散了。还是王延发话，说又不是过了今天没明天，以后还要演的，而且还要去更大的地方，更多的场子……

“千里之行始于足下，”费行云喘着气，头发被汗彻底打湿，低声说着，明显信心十足，“我们就始于这里。”

“以后会再见的。”

他淡淡地笑着，又唱又跳，甚至弹了半场，平静下来之后，剩下的全是性感。他话语笃定，给人一股说到做到的气势，莫名让人生出一股信任。

台下人堆中，许平忧安静地站着，有些入神，仰头看着台上的人。

等周遭的人终于愿意往外散，几个人撤回后台了，王延一头栽倒进沙发里，肉痛道：“没听说过免费演出还要给人打折才能散场的。”

声音不大，离得近的却都听得清楚。

乐队其他成员都笑了。“拖把头”更是放下吉他，直接去搂费行云的脖子。

“那还不是你找来的小主唱太有魅力了，”男人兴奋起来，手上就没个度，饶是他早就对费行云音乐创作方面的才华服气，这会儿也忍不住激动地道，“效果这么好，谁想得到！”

王延哼哼两声：“那是……也不看看我等了这小子多久，又求了他多久。”

他从沙发上起身，将被勒得咳嗽的费行云解救出来，借着这个话题，数落起刚刚大放光彩的受害者："早知如此，何必当初？前些年跟我作什么呢，一会儿说不写歌，一会儿说不玩乐队，这不都乖乖地从了……早就知道你小子这辈子离不开这个，以前喜欢过的，谁会离得开？"

费行云猛灌两口矿泉水，却不解释。缓过来后，他将水瓶一放，潇潇洒洒地道："有点事，先走了。"

"走？"

王延没反应过来，看见他开了通往舞台的门，抄起旁边的吉他，朝台下一跃，头也不回地朝着一个地方奔去。

王延只能"哎哟"两声，说道："好吧。"

"这爱，可真叫人沉醉……"他慢慢地摇头，慢慢地唱，宛如过来人一般。

许平忧坐回吧台旁边，全然不知后台的情况。

她难得有像这样不挺直身形的时候，脚尖点地，低着头，慢慢地坐着转圈，心神还在刚刚演出的余韵中。远远地看过去，她就像八音盒上的人偶娃娃。

费行云光是瞧见人偶娃娃的身形，就忍不住眉眼带笑。

他走近，躬身和她对视，问道："累了？"

许平忧眨了眨眼睛，已经习惯他的神出鬼没，因此只怔了一下，慢慢道："没有。"

就算是累，累的人也不该是她。

一个人变成两个人，吧台就不适合待着了。

他伸出手，她就毫不犹豫地将手交出去。两个人到一处卡座并肩坐下，谁都没有说话。

许平忧深吸一口气，难得率先打破平静，声音低低的："生日快乐。"

"这会儿才说？"费行云故作惊讶。

他出了一身的汗，周身气息却依旧清爽，掺杂了一点红酒和柠檬的气味。他的头发全部梳上去，俊朗的眉目全部露在外面，还残留着刚刚舞台上的痞气和性感。

多神奇，银灰的发色在他这里，一点也不刺目，好像就是天生的。

许平忧不再耳根发红，只是犹豫了一下，从随身的背包里摸出两样东西。

"怎么还有礼物，我以为……"

费行云微微挑眉，伸手接过去。他本来还想再说上两句，欺负欺负人，可刚一接到礼物就戛然而止。

一本收集册。

他的胸口忽然有什么东西在涌动，即使没有翻开，也能猜到里面是什么。

"谢谢你请我过来，我今天很高兴。"许平忧望着他，眼神很亮，"比晚会那天还要高兴。"

她高兴的是什么，根本不必说出口。

费行云低低地"嗯"了一声。听见她的声音，他慢慢地翻开封面，看见泛黄的纸张，熟悉的字迹，乱七八糟的谱子。

每一页都被薄膜好好地保护着，像陈列品。

"你跟我说过，让我随意处置。那我就把它们还给你。"许平忧弯起眼睛，又道，"也不对，本来就是你的东西，是我借花献佛而已。"

"我真的特别特别高兴。"她感觉有一点语无伦次，学的语文修辞手法也忘了个干干净净，只顾得上跟他说些最直率的想法和感受。

另一样东西是收集册下面的信。

费行云还如她之前送他礼物的时候，问她什么时候可以拆开。许平忧动作僵了一秒，抒发感情的词汇也卡住了。

她顿了半晌，才终于跟猫似的小声说："都行。"

唯独，少女的眼神发亮。

完蛋了。

费行云想，上帝也难救，他完蛋了。

四周一片昏暗。卡座中，铺天盖地翻涌的空气几乎把人压迫得喘不过气。

他随手拿过一把吉他，原本也是有所准备，可跟她比起来，好像都成了陪衬。

不对，在他眼里，整个世界都是陪衬。

吉他在一侧软座孤零零地倒下了。

许平忧还在发蒙，心尖微颤，一股炽热的、蓬勃的气息已经贴上她的耳垂。

"My dear, how can I tell you…（我亲爱的，请告诉我……）"

许平忧的下巴被托住，腰被扶稳，整个人发起抖。她闭着眼，陷入一片带着柠檬味和酒精气息的云朵。

费行云其实不是那么温柔的人。只是在她这里，他总要多一点耐心，多一点克制，多一点自我提示。

“我原本准备了一首曲子给你，”他的声音比在刚刚台上那会儿还要沙哑，气息涌动，慢条斯理地说着，十分亲昵，“《蝴蝶与荆棘》。不过我改主意了，改天再唱吧。”

许平忧感觉自己快要融化了，声音也是抖颤的：“为什么……”

她话还没说完，面前的人再次压了过来。

装傻充愣没用，害怕也没用。

费行云像食物链顶端的狩猎者，有些强硬地困住她。什么温柔，什么慢慢来，何必呢，他就是怎么想就怎么做了，和在舞台上一样。

费行云头一次在她面前显出几分凶相。

“好乖。”他故意低声道。

许平忧完全反应不过来了。她从来没有这方面的体验，哪里想得到第一次就是这样的、这样的……

许平忧觉得腰身发软，双腿发麻，只能依靠本能，下意识地用手撑住侵略者的肩头。偏偏有人衣服无袖，肌肤接触，少年人的热度烧得人无处躲藏。

像蝴蝶亲吻一朵花，后来像处置一朵云。

这是他的告白。

费行云自己的方式。

他在最近的距离看着她的眼睛。人是他的，情绪是他的，颤抖滚烫的心也是他的。

费行云的眼睛好看，天生带笑。他此刻凝望着她，携风带雨，凝结出无法言说的万般情感。

从第一次见面开始，他们原来已经认识这么多年了。

“My butterfly（我的蝴蝶）。”许平忧听到他的轻声低语，与强硬的亲昵截然不同。

“我想我会一直待在你身边。”

此刻，他的声音温柔极了。

第八章

好久不见

许平忧是在头痛中醒过来的。

她醒来的时候，天还没彻底亮，视线正中的窗户半开，初春的风把窗帘吹得翻飞。

恍惚间，她的心也好像也在翻飞。她整个人陷在软绵绵的床垫中，迟迟没有翻身坐起。

豆豆精力十足地来敲她的门，告诉她今天天气不错，外头终于停了断断续续的春雨，又跟她说起一大早酒店大堂有多么混乱，光是试图溜进来的粉丝就被请出去不知道多少个。

能把一个恋爱综艺节目录得这么热闹这么吸引人，全靠节目组神通广大，请来一些鲜少露面的嘉宾。对此，豆豆分析得很清楚。

她将买来的早饭摆上茶几，说道：“主要还是Max……”她说着忽然觉得不对，立刻改了更加妥当的称呼，“费老师去年宣布转幕后以后，愿意露面就够稀奇的，还是上综艺……”

许平忧的胃不太好，早上不习惯吃得太重口味，豆豆专门为她准备了几份清淡小食。

几个盒子在桌子上冒着热气。小姑娘一边聊些闲话，一边替床上的人拉开窗帘。转身瞧见许平忧苍白的脸色，她当即停掉手里的工作，过来用手背试体温，问道：“身体不舒服？”

许平忧恍惚了一下，回答得十分诚实："没有，就是做了个很长的梦。"她揉了揉太阳穴，脸上勉强露出一点笑，"有点累。"

结果还不到午饭时间，许平忧说话就开始有些不对头，鼻音渐重，瓮声瓮气的。

好在豆豆早有准备，差使东子从地下车库的保姆车后备厢里翻出一个随身医药箱。里头感冒冲剂、消炎药应有尽有，刚好可以救急。

"口罩也戴上。"

这次来录节目，正碰上许平忧的空窗期。来之前，一行三个人商量得还挺美——都不是海边长大的，正好走之前可以处转转，买点特产，吃点好吃的。经纪人曹月平时把人盯得很严，少有放任他们自己安排的时候。但眼下许平忧情况特殊，计划肯定是泡汤了。

豆豆倒没什么怨言。她的重点全在某人怎么昨天还好好的，今天就生病的事情上。

许平忧倒在餐厅的软背椅中，终于想起早上飘动的窗帘，诚恳地道："应该是我昨天忘记关窗户了。"

东子人挺靠谱，唯独说话耿直，至今还没明白婉转的妙处，用自己的方式苦口婆心道："平忧姐身体不好，就应该在细节上多多注意点儿。"

他话音才落，豆豆狠狠地捶了他一拳，恨恨地道："就你话多是吧！"

许平忧也不计较这个。

"说得对。"她将口罩褪到下巴处，喝一口凉白开，感觉嗓子舒服些了，终于笑得有些自然，"现代人嘛，什么毛病都是自己折腾出来的。"

譬如，她的胃以前没有这么脆弱。

酒店的餐厅位于顶楼。午餐时间人不多，来客中有一部分是昨日在节目组见过的熟脸。

豆豆吃完自己手里的意面沙拉，便端起餐厅提供的柠檬水来掩护，有些鬼鬼祟祟地四处张望。

东子瞧出她的意图，立刻笑了，揶揄说："还说我呢。"

"哎呀，你不懂。"豆豆压低了声音说道。

她手里的叉子在餐盘里慢悠悠地转，很快克制住自己，解释说："我只是读书的时候迷恋过他们乐队一段时间，机会难得，有点好奇。"

东子悠然地打断她的话："人家只是上同一个节目，也不一定会来。"

内容很残酷。

他们两个人小声地闲聊，许平忧也没参与。

人的嗓子一旦开始不舒服，喝水就不能停。她手边摆了满满一杯柠檬水，还问服务生要了凉白开。

“这么早？”吃饭的时候，昨天录节目坐在一起的同行男演员路过，在她这儿停了几秒，打了个招呼。他听说他们本来的计划，眼睛一下子亮了，“这不是巧了，我是在这儿长大的。”

有一个不停咳嗽的人在，他推荐的就几乎全是室内活动区，又说网上大热的某海鲜市场不要去，商贩们专挑外地口音的开高价坑人，想吃便宜实惠的，不如去临海的居民区找地摊。

“人精。”这人走了之后，豆豆的评价道，又借机向东子发难，“你得学着点儿。”

“你怎么不学？”

“我是你前辈，怎么说话的？”

两个青年男女，斗嘴却如小学生吵架。

许平忧听着没忍住笑了，嘴里没滋没味地嚼着一块面包。

饭后三个人出了餐厅。进电梯前，豆豆接到一通未知电话。电梯间的窗户没关，她的声音顺着春日的海风飘出很远，有些疑惑：“花？什么花？我没订花呀。”

许平忧戴上帽子和口罩，巴掌大的脸藏进外套里。她低头没精打采地站着，怎么也提不起劲头。

“叮”的一声，电梯门开了，视线里出现一双黑色球鞋。

其他两个人显然心思都不在这儿。东子有样学样，学着前辈的处事方法，跟人打一声招呼：“费老师。”

豆豆还在转身忙着跟人交涉。她压低了声音，只有离得近的能听清。

“送许小姐的玫瑰？行吧……那你放在前台，我待会儿去取。”

“嗯。”

男人的声音跌在地板上，听不出情绪。

许平忧没来得及抬头，人已经走远了。

她走进电梯，提出还想回去睡一觉。

“你们俩想出去的话就出去逛逛，”许平忧刷开房门，说道，“留够赶班机的时间就行，不用担心我。”

“那我也不出去了。”豆豆的立场坚定，从楼下将一整束红玫瑰拿上来，表达了自己的决心，又将花中插着的卡片递到床上。字体是印刷出的手写体，看得出是亲笔所写又专门让人打印出来，也不算不用心。

“一点心意，真的抱歉。——方”。

送人玫瑰，抱歉？

许平忧绷着嘴角，有些出神。

当年她刚刚签约到曹月手下，还处在一片白纸的阶段，学到的第一件事就是务必不要在圈内过多地展露真心。几年下来，许平忧也逐渐琢磨出这句话的深意：这个圈子里什么样的人都有，并非旁人所想的那样光鲜亮丽。能否相处得来，全看缘分。

早先听传言说，方沐曾经属于典型的风流人物，碰上女方也有意的，他就会在拍戏期间假戏真做，没想到这竟然是真的。

难怪炒完所谓的绯闻了，他昨天还亲自打一通电话过来，道理原来在这儿。

许平忧不由得失笑。她疲惫地钻进被窝，将卡片随手一放，陷入沉沉的睡眠中。

她一觉睡到了四点，窗外还是光线通透。这也是海边城市的好处。

人还是浑身酸疼，吃过药后，头倒是没那么痛了。她光着腿起身，从医药箱里翻出一盒含片，薄荷味在口腔中扩散。她在床上窝着，静静地发呆。直到薄荷味散尽，许平忧才又起身，收拾起自己的行李。

她这些年的睡眠不太好，像刚刚那么惬意的更是少有。

豆豆从隔壁过来，打包的事情做得很熟练。她先将最重要的私人物品收好，然后是品牌方赞助的礼服和鞋子。收到首饰时，她纳闷了一下：“奇了怪了，昨天的耳坠呢？”

许平忧正在收拾随身带的几本书，愣了一下：“你看看洗手间……”

“就是洗手间没有，”豆豆来来回回找，疑惑地说，“你一般习惯放的地方我都看了啊，梳妆台，洗手台。”

许平忧思索片刻，呼出一口气，慢慢走到床头。

她睡觉习惯只占一半床铺，另一半的枕头依旧维持着没睡过人的蓬松，藏东西刚刚好。

“找到了，在这儿。”许平忧从枕头的缝隙之间将耳坠翻出来，招呼还在洗手间翻箱倒柜的人。

她好像是睡前莫名对着看了一会儿，后来就昏昏沉沉睡了过去。

东子提着两个大行李箱去车上等人。许平忧站在门外，听见豆豆反复检查，问自己也问她："应该没东西忘了吧……哦，对了，花要吗？"

她笑道："当然不要。"

卡片最好也销毁掉。在许平忧和对方搭档拍戏的认知中，方沐是知情识趣的人，也看重事业，这边没有回应也该退缩了。

许平忧照旧戴上帽子和口罩进了电梯，思绪有些飘忽。

这两天好像总跟电梯过不去。

她这么想着，来到了大堂。

刚刚站稳脚跟，她远远地就看见好几个男生女生在跟大堂经理交涉着什么。场面嘈杂，那几个人手上还拿着牌子之类的东西，上面写了几句英文。豆豆极有先见之明，以早上的大堂混乱为由，提前让东子将车停在了侧门，倒是刚好能绕过去。

"年轻人就是容易激情上头。"

本来就是这样嘛，喜欢乐队的有些个性鲜明和执拗。

豆豆一点也不意外，话说得好像自己不是年轻人一样。

许平忧笑她装老成。两个人这么顺着走廊拐到尽头。侧门处，有两辆车一前一后停着。后面那辆车前站了个有点面熟的男生，看起来也就二十出头，应该是昨天节目录制的时候见过。

看见她们两个，男生点头笑着，主动打了声招呼，顺便多问一句："不好意思，想问一下你们看见……"

话没说完，后面的自动门又开了。

出来的人个头高挑，身形在地面拉出一道阴影。他举着手机，似乎正在和什么人通电话，漫不经心得很："知道，彤彤的礼物早就买好了。"

保姆车的门关上了。

豆豆若有所思，伸手拍了拍驾驶座上的东子，八卦道："男生会叫彤彤吗？"

东子翻了个白眼，懒得答她，只"嘘"了一声，压低了声音道："我只知道平忧姐身体不舒服，需要休息。"

后座上，许平忧闭着眼睛，像是又睡了过去。

飞机落地的时候，外面已是一片浓浓的夜色。

现代科技飞速发展，其中一点就是可以让她们这样需要四处飞的人，一天之内在各个地方来回往返。许平忧吃了药，睡足了整个行程。她上飞机的时候还晕晕乎乎的，醒来已经满血复活，精神抖擞。

过廊桥到了大厅，几个来接机的粉丝一眼将她认出了。

为首的姑娘眼尖，小声搭话拍照，注意到她的脸色，担忧起她的身体："姐姐生病了？"

"没事，一点小感冒。"

许平忧没戴帽子，半张脸露在外面。她弯了弯眼睛，轻声答话："而且应该快好了。"

许平忧不属于娱乐圈风口浪尖的人物，这些粉丝也大多是从她刚出道就一直关注她。他们这会儿慢慢地跟着，也不多打搅，一起走到出口的保姆车前，就挥手作别。

车上，曹月的一通电话准时打来，叮嘱她认真准备之后的一场电影试镜。许平忧一边看着窗外发呆，一边听着。她出声应下，没什么意见。

她的出道作就是被曹月亲自推去试的镜。

当时，片子的导演说得也直白："愿意给你试镜的机会，部分是看在你经纪人的面子上，部分是难得拍一次文艺片，我的确不想用熟脸。"

电影故事本身也不复杂。女主角因为一场工厂的爆炸事故失去双亲，被亲戚收养后来到一座南方小镇。她听不懂本地方言，更无法从失去家人的痛苦中走出来，因此性格孤僻，在学校里备受孤立。后来，她阴差阳错下结识了同样想逃离小镇的混混男主。两人之间纠葛不断，爱恨莫名。最终，他们一同坐上了前往深圳的火车。

许平忧还记得被正式选中后，曹月转达的导演原话："她哭起来比她们要上镜一些，气质也没那么张扬，比较阴郁，挺符合我和编剧想象中的'王小姐'。"

曹月那会儿笑着说："你知道要这位赵导说一句'哭得上镜'有多难吗？"

这点和曹月最开始找到她的原因不谋而合。

高中毕业晚会的时候，许平忧表演舞蹈时由学生拍摄的几张照片，在网络上短暂地火过，还曾经引来一些媒体记者关注。大一那会儿，她陪室友参加过一个短片试镜，虽没选上，却被陪同导演选人的曹月塞了名片。

曹月做事干练，那时还有心思多问一句许平忧的家乡在哪儿。得到答复之后，她也不惊讶，反倒有点怀念，笑着道："那错不了了，我应该是在街上找过你一次。你有这方面的想法了，一定要记得联系我。"

曹月那会儿刚刚从业，没名头没背景，也没经验，正是潦倒的时候。回忆起来，她也没觉得有什么可遮掩的。

漂亮的脸易得，天生的故事感难得。这是她看中许平忧的原因。

至于出道以后，网络上一些所谓圈内营销号评价许平忧的"雷声大，雨点小""出道即巅峰"这些评论也没什么意思。圈子里起伏的人多得是，能安安稳稳地当个有戏拍有观众喜欢的演员，已经算混得不错。

此刻，曹月还在继续为她梳理着这次试镜的关键之处，一如既往地考虑周全："机会难得。本来你的脸上大荧幕也比电视剧更有优势，好好准备一下，要是综艺那边……"

"我知道，"许平忧顿了一下，通话的最末，小声重复了一次，"我肯定要去的。"

她知晓这个圈子的运行道理，几乎几年就能更换一批新人。僧多粥少，稍做停留就很容易被人甩在身后。

无关演员的身份，既然是一份工作，她就要本着敬畏的心认认真真地做。

电话挂断，许平忧正是精神好的时候。可惜堵在回家的车流中，她只能拿出手机，随手开了一局连连看。

吃一堑长一智，以往有过一些经历，她就没有养成看平台评论的习惯，手机里也仅仅留存了需要营业或者宣传用的社交软件。豆豆在一旁刷完短视频又打开微博，点开热搜，松了一口气："真是，之前方沐那边搞得我都有点热搜后遗症了……"

"你那是因为热搜吗？那是因为合作方太会'作妖'。"东子开着车，笑着给出一句辣评。

豆豆一会儿播报点圈内八卦，一会儿说点刚刚录制完成的节目的相关消息。

《与恋第二次接触》刚刚录制完第一期，就有了关注度。节目组在热度上愿意下功夫，素人嘉宾也因此受益，还没开播就讨论火热。豆豆点开热搜上的视频，音量还没来得及调整，激烈的鼓声和电吉他声在车内热闹地响起。

东子被惊得握紧方向盘，谴责说："你这突然放的啥啊，怎么还有人尖叫破音?.”

“哎呀，就是节目热搜里挂的嘛。Max 乐队以前的巡演视频而已。被你说的跟什么洪水猛兽似的。”豆豆自知理亏，嘟囔着解释。

车径直开到许平忧租住公寓的地下停车场。她索性让他们俩直接回家休息，暂时不用再跟着自己忙前忙后。

许平忧也很有道理，笑着说服两个对职场满怀热情的年轻人：“别学曹姐工作狂那一套啊。你们后天还要陪我走一趟私人行程，必须好好休息一天。”

同栋公寓内租住了不少同行，物业管理严格。

许平忧慢悠悠地穿过一排排车位。各式各样的轿车间，有一个车位竟然奢侈得仅停了辆陌生的黑色摩托车——似乎是凯旋 Bonneville 系列。她对车不算了解，也不太确定，纯粹觉得线条有些眼熟，多扫了一眼。

刚到公寓门口，许平忧在指纹锁打开的提示声中收到两条微信消息。

一条来自方沐，问：“花收到了吗?”

她想也不想，回了个“收到”，连“谢谢”也懒得多说。

既然已经收到却没表示，那就说明没什么意思，聪明人一看就该懂了，说破反倒对以后见面无益。不过为了以防万一，她还是长了个心眼，给曹月发了条消息说明情况。

另一条则来自她在老家定居的好友。对方年岁长了，性格还跟从前一样风风火火，问她：“你是后天早上到对吧?”

许平忧将区别对待进行到底，直接一个微信电话打过去：“我应该可以直接到你给的酒店地址。其他的你就不用操心了，婚礼的事情更重要。”

曾佳林在对面听着，忽然觉得这人有点不可理喻，果断道：“见你比其他什么事情都重要好吧……我又不是重色轻友的人!”

她们俩虽然大学以后联系渐少，也有了各自的生活，但一起长大的情谊总是不一般。因此，曾佳林之前开玩笑邀请她当伴娘的时候，许平忧头一回自作主张，没有请示曹月就答应下来。

曾佳林那会儿都有点惊讶：“我这婚礼规格够高的啊，竟然还能请到你!”

许平忧当场“哎”了两声，反驳她：“只是一份职业。”

“那我不管，你来就是给我面子。我妈正在追你的剧，喜欢得不行，夸你长得好，仪态也好，不像其他演员路都不会走。我就跟她说，您这些话有机会我一定帮您转达，她还不信呢。”

电话对面的人还和小时候一样，想什么就说什么，并不考虑太多。

许平忧听着，心中生出一点怀念的感觉，没忍住笑了起来。

曾佳林和她如今的丈夫在大三的时候相识。那时，曾佳林刚刚结束上一段感情。两个人是同行，老家还在同一座城市，又都爱护小动物，业余会去流浪动物收容所做义工，能走到一起也是自然的。

……

眼下，手机对面的人高兴地道：“那就这么说定了。我到时候去酒店等你，不见不散。”

和好友的一通电话打完，许平忧坐在落地窗前，习惯性地放了首轻音乐，忽然不知道该干什么。

心理医生建议她平时多找些娱乐活动消遣，不要一个人胡思乱想。刚好身后的电视开着，许平忧就开了Switch，玩起东子之前推荐的一款单机RPG游戏。

主人公勇者怀揣身世之谜，结识一个又一个同伴，携手一起击败反派大魔王。可惜许平忧不属于游戏爱好者，一个月连第一个地图都没跑完，纯粹只是打发时间。现在，她终于有闲暇把故事看进去，也终于觉出一点趣味。一不小心消遣到凌晨，她玩累了，就回房间一觉安稳睡到天亮。

春天的雨总是出人意料。

许平忧不习惯靠外卖生活。第二天一早，她依旧戴上口罩和帽子，熟门熟路地拐出大堂，直接进了旁边的超市。她目标明确，选了一盒草莓，又随手拿了速食意面牛排，便去收银台结账。

出来的时候，雨下得猛烈。考虑到路程极近，她索性将帽子一压，就这么朝着公寓大门跑去。

大门处，保安正在和要进公寓的外卖员核对信息。

她今日穿了一件白色的长袖，站在电梯间内，摘掉帽子和口罩，长长地呼出一口气。东子又像卡准了时间，忽然发来消息，问她现在是否有空。

“我好像搬东西的时候把身份证落车上了，刚睡醒找了半天没找到，不知道平忧姐你方不方便……”

许平忧在这些事情上一向很好说话。

不仅好说话，她还多说一句，笑着让对方不用紧张，人之常情，曹月不会事无巨细到因为这事儿批评他。

越往里走，停车场的灯就越暗。她打开手机自带的手电筒，果然在后备厢的角落里发现了一个男式卡包。许平忧将它捏在手上，锁了车门，才转过身。

此时，一道车行的声音从入口处响起。她戴着帽子抬头，漆黑的车身淹没进暗色，只瞧见车前灯的光束。

等在电梯口时，许平忧将手机举着发了一条语音消息："卡包找到了……"

她的嗓子好了，说起话吐字便极清晰，银铃似的。她身上的长袖T恤被打湿了部分，显出肩颈处纤细的线条。

有人走进来，无声无息，毫不在意一般，耳朵挂着耳机，目不斜视。

许平忧无意间侧头，话卡了一下壳。她拇指一松，没说完的语音消息不经意间发了出去。

费行云的目光自她的肩颈、耳侧扫过，又轻轻地收回，并不说话。

她站了片刻，想来想去，还是以两个俗套的字开场："好巧。"

费行云一向不喜欢巧合这个说法。

所谓巧合，解释起来无非就是恰好吻合，正巧一致，这含义本身没什么不对。可惜网络上诸多神学流派都喜欢将这两个字想方设法归功于"命运"，再加以深度的长篇剖析，目的都是用以佐证世间万物自有安排，人力渺小，唯有唯心才是出路。

恰巧，信奉自我主义的人最不吃这一套。

他今天的穿着很随意。

黑T搭银色项链和棒球帽，耳机挂在脖颈处。可能是没有出镜的需求，他手腕处的文身也没有被贴得模模糊糊，光明正大地裸露在外。他绝对不属于不苟言笑的那类人，也算健谈。此刻被人搭话，他的眼睛里竟没什么笑意。

不过成年人再爱憎分明，基本的礼仪总是到位的。

费行云微微扬眉，点了下头，大体能算平静，回复道："巧啊。"

其实和录节目的时候态度差不多，不冷不热，不好不坏。

电梯门缓缓打开。

雨下不到室内，周遭的湿气却迟迟不散。许平优的头发和后颈全都湿漉漉的，很不自在。

许平忧属于社会生活中严格遵守秩序的那类人。她习惯性站进电梯最里侧，准备等在后面再按楼层。然而刚上去电梯，她就听到前面的人很干脆地出声：“几楼？”

许平忧愣了愣，又卡壳一秒，方慢慢道：“十二。”

她的目光不自觉地朝摁在面板上的手看去。

费行云的掌心宽大，手指修长，骨节青筋异常分明，很符合网络上对他的手评价的那句“富有个人特色的好看”。唯独他的指腹长了一层薄茧，触碰的时候会有意料之外的粗粝感。

当然，光看是看不出来的。

许平忧不动声色地收回了目光。等电梯在十二楼停下，她就借着戴耳机的工夫，微微点头，无声又安静地出了电梯。

费行云目光全程停在电梯的面板上。送走身侧的人，他摸出手机，恰巧接到一条消息。

“说好的来门口接东西，都十几分钟了，人呢？”

他也不急，扯了下嘴角，快步走出电梯来到公寓门口，轻飘飘地回复：“马上。”

“说实话，你的‘马上’要是靠谱，猪都能上树。”电话对面的人根本不相信他，拖长了嗓音，语气有所克制，话说得很恳切，“费行云，麦哥，麦大爷，赶紧下来行吗？我赶着回家照顾孕妇！”

也挺神奇的。

王延二十几岁的时候开车从来高调，号称“非速度型不开”。婚后，他却忽然开起了以安全性出名的低调车。不能不说，他是一场婚姻改变男人的典型范例。

雨还没停，费行云人才到大门口，等的人就坐不住了。

对方叫的车在雨里淋着，心也痛着，嘴上说着：“快点带路。这些玩意儿沾不得水，你比我懂行。”

王延的另一半是名医生。

两个人经由一场交通事故相识。最开始，他们都以为不过是露水姻缘，甚至于彼此之间坦诚地承认对方并非理想型。谁也没想到折腾几年，当真会走到今天。如今夫人有孕在身，身体上没什么其他反应，唯独对噪声极度敏感。王延想也不想，第一时间就做了决定，打算将家里杂七杂八、花了大价钱买的音乐设备找个人先托付一段时间。关键是，这个人还必须要懂行，不会乱动。

他想来想去，人选竟然也没几个。

结果，还是费行云一句话解决问题。

他刚搬新家，还来不及张罗太多，这些东西放到他那儿，还能物尽其用不吃灰。而且，王延现在还能算他半个老板。

两人就这么一拍即合。

网上都说，迎接新生儿诞生的男人最容易胡思乱想。

王延这会儿一边差使着人搬东西，一边还要跟身边的人感叹，说希望是个女儿，不求跟两人共友家的彤彤一样聪明伶俐，但求乖巧听话。小姑娘过几天的生日聚会，一般小孩儿都巴不得收到贵重礼物，彤彤竟然还知道在电话里说一句“人来了比什么都强，工作重要”，跟个小大人似的。

费行云头也不抬，慢条斯理地整理着手里的唱片，话也慢悠悠地在空气里打着旋儿：“那应该挺难。”

因为听话这种事，本来就没个标准，还要看两人是否默契，理解是否一致。

王延没揣测出其中的真意，习惯性地用损友的方式曲解他的话，反驳出声：“你什么意思？我的智商是比不上灼哥。但我老婆也是学霸啊，还是学医的学霸！”

驴唇不对马嘴。

费行云这下当真是懒得多说了。

他刚刚搬来新公寓，什么事情都要亲自操持，还要琢磨最近的工作和合作事宜，需要费心思的事情多的是。

退居幕后并不比以往清闲。相反，比起从前只需要在舞台上尽情释放的日子，他现在除了生活节奏更慢，需要考虑的还要多得多——譬如圈内关系、人际交往、挑选新人，还有接一些大牌的邀约合作……

Max乐队或许风格是小众了些，但也因为小众和名气，最容易让懂行和不懂行的达成“高级”的共识。在这个依靠名声存活的圈子里，没人不想跟所谓的“高级”沾边，这也自然让他当制作人的社交面忽然一下拉得极广。

好在他从小就擅长适应不同的生活，自在地应对他人，也没觉得日子有多难过。

谁也不能勉强他，这是真话。

王延瞧着阳台的方向，愣了一下，很快又有了新话题：“你念书那会儿不是还跟我感叹吗，说是最讨厌这种单面的落地窗。说阳光太好，让人一点阴郁孤独的情绪都不带，不适合创作……”

费行云眼皮也不抬，说道：“你记错了。”

“你亲口说的，我能记错？”

时间紧迫，王延也懒得为一些不重要的小事跟人较真。

他指挥着搬家公司将东西全部搬进房间，又宝贝似的仔仔细细检查了一遍，当即转身走人。

门才关上，门铃又被人按得响个不停。

来者还是王延。他冲进室内，直奔茶几，捞起一个咖色钱包，庆幸地说：“差点给丢了，我老婆买的……”

费行云终于不耐烦起来，随手抓起一个橙子扔向他，瞪着他道：“刚刚火急火燎的，现在不急了？”

怎么人人都丢三落四，这个忘包那个忘包的？

跟最近的雨一样，没完没了。

时间紧迫，总不能把收拾新家看得高于一切。

当天晚上，费行云坐上了返回老城的飞机。

邓阿婆最近身体不好，却因为怕他担心也不多说，还是费女士特意来电话说明的情况。费行云并不介意为了在意的人来回奔波，这已经是他本月第三次往回跑。到的时候还是深夜，他就悄悄开了门，也没打扰邓阿婆休息。

老人家收养了好友家的一只萨摩耶，已经养了两三年，它在客厅拥有独立的睡眠空间。

犬类总在警觉这件事上做得比人类好。此刻望见他了，它竟然翻身坐起，很不给面子地叫了两声，不大不小，但足够吵醒主卧里的人。

费行云蹲在地上，咬牙切齿道：“没良心的。”

第一次洗澡是他给它洗的，去医院是他带它去的，结果翻脸不认人的也是这只样貌乖巧的狗。

邓阿婆醒了之后就不肯再睡，慢慢地从卧室里出来。见到费行云，她非常高兴，又立刻问他饿不饿，累不累，要不要吃点什么，最后一如既往地叮嘱他以后不必再这么来来回回。

“你别听你妈的。她就是喜欢夸大一些小问题。我其实就是睡眠不好，哪有那么夸张。人老了都是这样的，何必这么麻烦。”

费行云不说别的，只三下五除二将邓阿婆煮的醪糟汤圆吃干净，弯着眼睛劝老人家去睡觉。

主卧的灯熄了，他却没睡，起身到客厅一角的钢琴前坐了会儿。

坐着又莫名觉得热，他索性直接坐在地板上，懒得考虑太多。

旁边画架上的纸张笔迹看起来还很新。邓阿婆平日里习惯随手画一些小动物，收养的狗自然是最多的。

费行云起身把冰箱里的冰镇酸梅汁拿出来一口一口地喝着。萨摩耶就趴在他的脚边，眨巴着眼睛看他。大眼瞪小眼，费行云的声音连玄关都传不到，若有似无："是挺没良心。"

老城的夜跟记忆里没什么变化，白天也一样。

许平忧早就习惯了四处飞来飞去的生活。第二天一早，她在熹微的晨光中赶到老城，又直接坐车赶往目的地。

她在路上还跟李姿玉通了一次电话。反正也是回来一趟，走之前，她还可以回去看看冉冉。

豆豆在旁边有些欲言又止，等电话挂了都没有琢磨出怎么说话才妥当。还在纠结间，她又听见许平忧慢慢地开口道："是直接回家，不用去医院。"

像是看透了她的心思，语气温和。

做公众人物的弊端显露无余。

对寻常人来说，去医院或许只是一件平常事。但对于演员来说，一举一动都要注意。剧播热度还没过，做什么都得谨慎再谨慎。尤其是曹月从出道带人就要求苛刻，有过经验后就一再强调，解决舆论问题不难，难的是不给旁人留下借题发挥的空间。

豆豆陷入沉默，心里有些不舒服，但也不知道怎么说。

许平忧看了她一眼，没忍住去捏她的脸，笑道："哭丧着脸干吗，我有这么专业的助理，不是好事吗？"

东子平时最喜欢损人，这会儿也没出声，无声无息地开自己的车。

这一趟回来之后，许平忧认为最重要的事情，当然是按照之前的约定去参加老友的婚礼。

两人约好的酒店位于市中心。

许平忧领着两个人上楼。在套间里不过坐了五分钟，她就见到了许久没见的曾佳林。对方性格不改，热情不减，一上来就给了她一个大大的拥抱。

“怎么这么瘦啊！”曾佳林惊讶于摄像机的可怕程度。屏幕上看起来匀称纤细的人，真人比预想中还要瘦得多，后背和手臂摸起来薄得像纸，身形摇摇欲坠。

“上镜胖十斤”的这个说法竟然是真的。

曾佳林感慨于这一点，手上捏了又捏，担心的事情变得很实在：“你没有跟那些女明星一样搞什么节食吧？”她最近正在研究控制身材的办法，还是想说什么就说什么，思维跳脱，蓦地蹦出一句，“现在你背薄胸挺，身材够好了，可千万别再减了，健康最重要。”

许平忧哭笑不得，说道：“好。”

她的目光上下扫过一圈，转移话题格外自然，赞叹说：“好漂亮的新娘子。”

好事将近，曾佳林显然为了婚礼特意做了很多准备，锻炼和妆容一样不落。她的眼睛极亮，精神焕发，整个人都散发着一股可影响人的幸福气场，说话做事和十几岁时一样天真可爱。

“这话我爱听。”新娘子握住她的手，笑眯眯地夸她嘴甜，絮絮叨叨地同她聊天。

“就是可惜我没法陪你到处转转，市里其实变化挺大的。老巷子那边经过改造，变成了文化街。一中也扩建了，比我们那个时候设施齐全好多。还有我和那谁一起开的宠物诊所，唉……”

许平忧替好友理了理领口，用一句“正事要紧”劝住了对方，又用“以后还有的是机会再聚”做下承诺。两人聊了半晌，她终于送走了依依不舍的曾佳林。

“催催催，我这不是回来了嘛，你先盯着点儿能怎么了。”

曾佳林接了一通电话，听起来是在抱怨，语气却带着亲昵娇俏，为她轻轻带上房门。

婚礼在明天举行，刚好多出半天的时间，可以回去一趟。

许平忧胃口不佳，不打算为难身边两个小年轻跟她一起挨饿，遂约好下午在酒店会合的时间，专门空出够两个人吃午饭的空闲。不过豆豆从来考虑周到，专门为她带回一份三文鱼沙拉，一份不知道哪儿来的粉丝汤。

“怎么也该吃点儿，”豆豆劝她很有一套，“总不能真‘修仙’吧。人是铁饭是钢，何况你还不是铁打的。”

许平忧没办法，只能老老实实地抱着膝盖缩在茶几前，提起精神。

“这是在哪里买的？”尝过之后，她多问豆豆一句，得到意料之中的答复。

“好像是一所学校附近，我没注意看名字……”

“那错不了了。”许平忧又喝了一口，吹散热汤冒起的热气，有点怀念地说，“应该是我的母校。”

饭饱后，三人坐上车，脸上都带着春日午后不可避免的倦怠。

当年，许平忧刚拿到片酬，都用来解决身边的麻烦事，其中一件就是为母亲和妹妹重新换了住所。李姿玉开始还不愿意接受，后来也被许平忧渐渐说服。冉冉身体不好，换到更加安静的地方居住方便养病。她工作繁忙，回来不了几次，安顿好她们她才能放心。

豆豆和东子都不欲上去，许平忧劝说多次无果，只能一个人戴着帽子和口罩上了楼。

门刚刚打开，她正巧瞧见餐厅里的场景——光线通透的室内，李姿玉穿着家居服，正在餐桌旁坐着，监督小姑娘写作业。

冉冉瞧见她的身影，当即把笔一扔，眼睛亮闪闪地从座位上蹦起来，兴奋地喊：“姐姐！”

小姑娘个头长了不少，头埋进她的腰间，痴缠着：“真的好想你哦，你都好久没回来了！”

许平忧眼睛不由自主地弯起来。她一面蹲下身将小姑娘揽进怀中，一面抬头同那边慢慢站起来的人打了声招呼：“妈。”

餐桌旁边，李姿玉还如年轻的时候一样，身板笔直地立着，姿态都是她教许平忧的那套。静默几秒，她方不轻不重地“嗯”了一声。

这次回来，她听到的最大的好消息就是冉冉已经重新开始上学了。

冉冉做过骨髓移植手术，刚开始每天复查，现在每月复查一次，真的是非常不容易。好在冉冉生性活泼外向，年纪小小的，一直努力坚持下来不说，最近还主动要求返校上课，说是一个人在家里待着无聊。

“有什么想要的礼物，都可以跟姐姐说。”许平忧拍着怀中人的背，声音放得很轻。

冉冉把头摇得像拨浪鼓。她把头靠在许平忧的肩膀上，撒娇说：“没什么想要的。”她想了想，忽然压低声音道，“你要是能一直陪着我就好了。”

小姑娘不像以前那么瘦弱娇小，任人怎么劝都不下来，非得和许平忧形影不离，缠着她问东问西，抱着她不放。

李姿玉劝说无果，只能另起话题，内容都是些家常琐事，语调平稳。

“吃过饭了吗？家里刚好还有些饭菜。”

“吃过了，您放心吧。”许平忧笑着答话，又被冉冉抓着手，带去看她卧室里新买的故事书。

从极小的时候到现在，冉冉一直喜欢听她讲故事，说是听着心里就很舒服，什么都不害怕了。

“跟你说哦，妈妈最近一直在看你演的剧。可是她不让我说，也不让我打电话给你添麻烦。”正是午睡时间，小姑娘缩在她怀里，偷偷凑过来说了会儿悄悄话，声音极轻。渐渐地，她终是没有抵抗住生理需求，昏昏沉沉地睡过去。

许平忧小心翼翼地从床上起身，到餐厅时，餐桌上多了一碗米饭并几碟菜，有肉菜也有时蔬，看起来都是她的偏好，怎么看也不像是刚刚对方嘴里说的“刚好”。

虽然胃是满的，许平忧还是坚持吃了两三口才起身道别。

“看到冉冉情况不错，我就放心了。”

许平忧熟练地用“助理在等”和工作行程紧作为托词，又在门口顿了一下，望着门口的人笑了笑。四目对视间，她发自内心地说道：“您精神头也不错，挺好的。”语调很轻松。

李姿玉似乎愣了一下，欲言又止。她到底还是没有说什么，无声地目送许平忧离开。

大门慢慢地合上，许平忧却没有即刻坐上电梯。

她绕过转角，在电梯间的窗口处站着，吹了阵初春的风，眺望着远处的一座高楼，方向是成东巷的方向，这座高楼是拆迁后重建的市内地标性建筑。

“现在去哪儿？”东子带着蒙眬睡意清醒过来，注意到她上车的动作，打了个哈欠，尽职尽责地问。

许平忧一边系安全带，一边顺口说：“不用特意去哪儿，”话说到一半，她又改了主意，“是不是正好要路过来着……那就顺道去一中看看。”

其实过来的时候，她在车里已经看得差不多了。

原来的大门拆除后，看起来像是仿照某所名校的外围重建了一次。两侧的街道也稍微改了一点，应该由市政批准过，改出更大的空间供学生出入和家长停车。

正是工作日，学生们都在教室内学习，出入管理严格，校门附近几乎没什么人。

原先的小卖部全部不见了，变成一座大型商业超市。小吃街倒是还在，只是商铺也换了不少，仅剩几家还算眼熟的招牌。

东子开着车，从前门绕至后门。

后门处依旧是一条城市的小道贯穿。许平忧开了一半窗户，静静地看。片刻后，她听见身侧的豆豆从手机里抬起头，好奇追问："笑什么……外面怎么了？"

许平忧面色平静，不谈内心所想，反而像发现新大陆一般，给她指着超市前的招牌，感慨地说："好快。"

她的剧还在播，播出期间接的商务合作竟然已经上线了。而且她的人形立牌被做得奇大，路过的人都可以一眼看见。

豆豆并不觉得奇怪，说道："日化品牌的效率一般都是这么高，不是挺好的吗？"

许平忧将窗户按上去，目光根本不在立牌上，托着腮出神。

驾驶座上的东子没等到她出声也就不急着发动车辆，继续听歌打发时间，嘴里还五音不全地哼着："前尘往事，宿命纠缠。"

他哼的正是许平忧那部剧的片尾曲，可是婉约的凄美古风被他唱成了豪迈的《好汉歌》。

豆豆听不下去了，嫌弃他没有自知之明，笑说："歌手本人听了都能气死。"

外头听得见几声小鸟啁啾，许平忧说要出去透透气，开门下车，在附近站定。回头时，她刚好看见停车线内停了一辆黑色轿车。

一只雪白的萨摩耶从车后座跳下，乖乖地等在车旁。驾驶座上的人下车，躬身一捞，轻轻松松就将牵狗绳抓在了手中。

牵狗的人个头很高，宽肩细腰，只戴了顶棒球帽，一张脸完全露着，似乎并不怕被人认出，坦然得很："小崽子，突然跑什么！"

萨摩耶知道超市里有自己喜欢的零食，闷头就要蹿过去。

费行云跟在后面，巨大的人形立牌映入眼帘。他微微挑眉，想着，低头不见抬头见，这叫什么……

许平忧不动声色地上了车，问道："这车是临时租的对吧？"

“啊？对。”东子的跑调歌没能唱完，茫然答她，“怎么了？”

她没说别的，只笑道：“那你继续唱吧。”说完又无声地看向窗外。

两分钟后，许平忧才在外面逐渐嘈杂的响动声中出声：“走吧。”

许平忧突然想起曹月说过的一段话。

那个时候，她才签约没多久。对方在办公室里接一通投资人的电话，还要分出心神，同年纪轻轻的她做一些心理准备工作和叮嘱。

“这个世界上有些人的确要特别一些。他们可能是长得好看，也可能是某方面的天才，从诞生开始就注定受人关注，偏偏又对受人关注这件事习以为常，毫不在乎。这种人只要他想，轻轻松松就能成为所谓的‘明星’。

“不过就算是星探，往往也很难说服这些人。因为他们不喜欢受其他人支配，只看重自己的主观意愿。”

曹月为她剖析着圈子里的许多情况，语气柔和地说着：“但不是说，被动进入这个圈子，日后就能有多大的发展了。”

“Max自由形式”这支乐队就是前者中的典型代表。

这支乐队由成员中最年轻的主唱担纲大部分的创作工作，本身主打大众喜好的流行朋克，但也经常会触碰一些社会热点问题。

一些资深乐迷对于这点尤其挑剔，说他们是不自量力。玩玩当下流行的快餐主题就差不多了，还要碰old school（复古），搞出些四不像的东西。这无非是东施效颦，小年轻试图装深沉。

对此，主唱Max只在刚刚出道时回应过一次：“只写想写的，爱憎随意。”他还是在安可的时候笑着说的，根本瞧不出是真情实意还是随口说出的。

在Max本人秉持的理念中，大到星空宇宙，小到一只蚂蚁，爱情、亲情、友情皆无高低，无一不可成为创作主题。由此也诞生了最为圈内粉丝津津乐道的，专属于这支乐队的恶趣味。

“他们老是搞一些只有Live现场才能听的彩蛋歌曲。当时的粉丝又爱又恨，恨他们不上线新歌，又乐得为此追一场又一场的现场演出。”

“乐队都停止活动了，怎么还要让我想起这事儿？……好吧，我印象比较深刻的是我大学半夜偷偷跑出去的那次，现场听了一首《我今天想吃一百块的炸鸡翅》。这首歌说是Max当时有个学舞蹈的朋友正苦恼于要不要节食，半夜打电话给他，结果被当场拆穿是不是没好好吃饭，临时在巡演过程中写的。我本来没吃夜宵就饿，那歌词给我馋得哦……”

“说白了就跟他说的一样，想写啥写啥，挺自在挺疯的一个人。你觉得有内涵还是没内涵，对他来说都无所谓。刚出道的时候，有人说他们想要深度就不该写小甜歌。他转天就给你交出一首*Just Like A Fool*，歌词旋律甜度堪比马卡龙，简直是求婚和婚礼必备。我们都说他那会儿绝对正值春心萌动期，哈哈哈哈。”

许多粉丝聚集在评论区回忆往昔，同样就有关注乐队圈的网友瞧不过眼，嘲讽说：“你们都说漏了吧，这乐队能红，最该感谢的就是他们主唱那张脸。你们女生最爱的‘188cm小鲜肉’，有点才就能给捧到天上去。”

就是这么一句话，把话题再次引燃。

去年，费行云正式宣布专注制作人事业，也是Max乐队倒数第二次引起这种破圈讨论。

那时候不会有人料到，最近这位神出鬼没的创作型主唱竟然毫不避讳接了网络平台的综艺节目，而且还是恋爱类综艺节目。

这多不符合圈内评价的“鬼才”两个字！

有些粉丝为乐队核心成员失去本心，变得市侩感到失望；还有些消息灵通的，抛出有其他成员最近家里出了事情需要用钱，可能需要热度他才露面的说法。当然，最多的还是一些看热闹的娱乐圈路人。他们对这些有关本心和金钱的论战毫不关心，更热衷于反复转发着主唱本人以前的帅气现场照。

“哪里来的娱乐圈遗珠，早该上点节目了！”

“那是你没关注吧，人家早几年不是每一年都要因为现场照或者现场视频红一次？”

豆豆以前是乐队的粉丝，对各种各样、正面负面的评价早就免疫。她现在更专注于自己的生活和工作，今天翻了会儿微博，重点全都在另一件事情上。

“费老师也飞来同城了啊？”

就在昨天，有人拍到费行云在街边穿着私服遛狗，显眼的高个儿，标志性的浅色头发，甚至连口罩都没戴。

博主是本市人，主要追星，偶尔关注乐队圈。当时，博主不是很确定对方身份，也就没敢上前打扰。直到回家后发到网上，借着争论的余韵引来许多以前的乐队粉丝讨论，才最终得出的确是费行云本人的结论。

粉丝对其背景轶事如数家珍，洋洋洒洒一大段："不用怀疑，就是麦哥。他在那儿上过学的，大概是高中那会儿的事情。有兴趣的可以去翻翻，那个什么中学的校园网站上，'知名校友'专栏还有他呢。上面还有他十几岁时候的证件照，看了不吃亏，看了不上当。"

"这都连着两个地方了，跟咱们还挺有缘。"

豆豆看完评论区放下手机，并没当成一件大事，顺口一提。

许平忧刚刚换上伴娘礼服，没回答身侧人的话，疼得轻轻"嘶"了一声。

她刚才别别针的时候稍微走了神，头发和拉链纠缠在了一起。好在豆豆的动作比她出声还快，当即伸出援助之手，迅速解决掉问题。

他们一行人来得早，免不了就有宾客注意到许平忧的存在。有过许多经验，这边就还是按照从前的做法，只接受一些礼仪内的请求，尽量保持低调。

"反正缺人，我出去帮点忙得了。"东子觉得闲着也是闲着，主动请缨去现场帮忙，留下她们两位女士在新娘特意安排的休息室里待着。

作为婚礼的主角，曾佳林忙得团团转，勉强抽出一点空闲来房间里看她们一眼。

今天，许平忧几乎没怎么刻意打扮，衣服由好友提供，妆容也只打了个底，口红用的都是浅淡的粉色。

曾佳林一眼就看出她的意图，亲昵地捏她的脸："这么贴心的大美女我上哪儿找？"借着距离极近，她故意道，"哎呀，我昨天就想说了，你身上好香，是不是大美女都这么香香的，软软的……"

许平忧任由她捏，还跟小时候一样好脾气，最后被捏得耳根发红才投降。

新娘子去前厅前将婚礼策划专门留下来，交代伴娘需要走的流程。

"您情况特殊一点，曾小姐也提前交代过，就不用在前面陪同了。"

策划姑娘二十出头，想看她又强行忍住，说完正事，捏着手机一副似看非看，欲言又止的样子。许平忧的目光从她手中扫过，弯着眉眼主动出声道："需要合影吗？"

这场婚礼没有办得很盛大，只请了两边最密切的亲人和朋友，要的就是把钱花在刀刃上的效果。这么办的好处是不必在无用处耗费太多心思，坏处则是，如果来的人不在名单中，就难以核实身份。

整个流程中，礼金一概由亲近的朋友或者亲人保管。

曾佳林向来率性，婚礼上被感动得连连落泪。她踩着高跟鞋来来回回反复多次，下来难免有些筋疲力尽。

女方一行人结伴到休息室换衣服，她趁机缩在沙发上休息，同时接到有人没进场却交了礼金的通知。

“反正也没说名字，就签了两个姓，脸都没露，给的是两份份子钱。”

负责这项工作的长辈尽心尽力，低声仔细交代。

曾佳林累得浑身酸软，深深出了口气，坚持探头去看礼金册。看完她也没多说什么，目光直接自许平忧的方向滑过，轻轻地说了声“知道了”。

婚礼上播放着新人从相识到相爱的日常记录视频。许平忧开始还好，到回忆新娘子童年照的时候，她就只能靠着深呼吸控制情绪。

成年人的美德之一，是不该像小时候那样脆弱爱掉泪。

照片中的“小白”几年前就走了。走的那天，曾佳林一通电话打过来，对她哭诉了许久。许平忧安静地听，安静地劝，挂了电话却一夜未眠。

婚宴进行到不需要她的后半程时，许平忧端着杯子，坐在角落里喝着热水。

策划姑娘笑着跟她搭话，说着新娘子的一些有趣故事。诸如小两口都是细心的人，连歌单都亲自改过好几次。曾小姐坚持不要 *Just Like A Fool*，给不出理由，就非说中国人的婚礼要什么英文歌。最终还是男方妥协，改成了什么什么……

豆豆给她们两个人端来两份小蛋糕，眨巴着眼睛加入，有些遗憾地说道：“可惜了，那歌除了全是英文，还真的挺好听的。”

许平忧并不加入对话。她放下水杯，破天荒地主动吃了一口甜食，给出评价：“不甜，挺好吃的。”

婚礼正式结束，许平忧也不急着走。

她订的酒店也在同一家，正好方便第二天一早离开。

伴郎临走之前顺便送她一枝典礼上多出来的花，也没什么坏心思，成年人之间交际坦荡：“不知道哪儿来的，鲜花还是要配美人，我拿着回去反而奇怪。”

许平忧拿着才发现上面绑了一张小字条，写着对方的联系方式，全然不符合对方宣称的理工男身份，巧思十足。至于联系还是不联系，全由话里的“美人”决定。

东子惊叹：“学到了。”

搭讪或者暗示的方式那么多，这个至少不显得那么油腻。

东子帮完忙回来，顺便带来一个消息：酒店顶楼的咖啡厅竟然是整层楼的透明落地窗，风景很好。

许平忧一下子来了兴趣："真的？那我去看看。"

她喜欢全景落地窗，并不是因为视野或阳光，而是因为一望无际，给人以开阔、毫无压迫的畅快感。

工作日晚上八点，咖啡厅里的人不算很多，大多成双成对。

她选了个最安静的角落，只露出一双眼睛，戴着耳机出神，坐了不知道多久。直到准备起身，她招来服务员准备埋单。

对方一愣，犹疑地说："您这桌已经埋过单了。"

许平忧一怔："我没有……"

她忽然想起了什么。

那笔多出来的无人认领的礼金……

再次返回海滨城市录制《与恋第二次接触》，已经是一周以后的事情。

四月份的天阴晴不定，雨下了又停。一周之内，许平忧忙完私人行程，连着在北京和上海之间往返几次。她拍了一个品牌推广视频，又为一个品牌旗舰店的开业活动剪彩。从南到北，她几乎脚不沾地，没来得及回公寓休息就直接赶往节目组。

空窗期的生活就是如此，许平忧也不觉得疲惫。

这次来节目组前，造型师专门为她挑选了一条与上次风格截然不同的修身短裙。

"相信我，宝贝，你穿这种一字肩的丝绸感修身裙就是无人能敌。"一贯刻薄毒舌的造型师说得极有信心。

造型师特意将她的头发烫成大卷，不加任何装饰，她只戴一条合作品牌的珍珠项链。

之前回老城参加婚礼的私人行程，他们这边并没有刻意遮掩。没想到无心插柳柳成荫，有宾客抓拍了一张许平忧在灯光下站着的照片放到社交软件上。这明明只是一张没有处理过的生图，居然有很多人转发。

"看看，我说什么来着，女明星的体态就是是否有独特氛围感的决定性条件，五官再好看也得看硬件。"

“她的生图一直挺好看的吧。我记得刚刚她出道那会儿就挺招人喜欢的，她素人时期的照片也很好看。”

“她各方面的条件都不错，又白又瘦，头肩比也好。这种人的生图最容易出彩。工作室平时发那些精修图，还不如时不时给她来点这种有效热度。”

许平忧的体态极佳，肩颈线条优美。她演的剧播出期间，网上出现了一个专门盘点她过往红毯造型的视频，得出的结论是，她越往简约高级的方向走越佳，露肩最好。以前偶尔也被说“寡淡”，其实也没出过错。毕竟，端正的样貌不适合打保守牌。时不时来一点跟之前老香港风格一样的造型，反而更好。

“说白了，‘珠光宝气’的风格在她这儿很难变得俗气。这一部分要归功于她本身的气质和古典舞出身，另一部分就要归功于公司的上心。哪怕褒贬不一，也说明造型师以前对她的风格定位还是动了脑筋。”博主逻辑清晰，最后给出这样的总结。

“听听、听听，这互联网上总算还有识货的人。”

造型师忙着手里的事，听着豆豆放的背景音，头也不抬，自鼻腔中哼了一声，逗得在场的人都没忍住笑。

网络上尚且如此，综艺节目组这种圈内人扎堆的地方，更不缺能敏锐领会旁人深意的人精。

到了录制现场，女主持上回夸许平忧不断变美，这回就换了个说法夸她漂亮。

“虽然网上都说，女生不要容貌焦虑，不要身材焦虑，但是说实话，看见你的生图，我真的很难不焦虑。”

她握着她的手，说得推心置腹，似乎对每个到场嘉宾的动态也了如指掌。

录制现场的座位还是按照上一期那样安排。

许平忧没来得及答话，上回见过的同行男演员先一步在工作人员的引导下坐下。对方目光投过来，跟之前一样，很绅士地同两位女士打过招呼，聊了几句天气阴晴。

桌子对面的人拉开椅子，许平忧就一只手托起下巴，继续在纸上写写画画，视线仅能瞧见他的衬衫领口。

他没打领带，锁骨一部分裸露在外，很自在地接着主持人的话。

节目录制即将开始，许平忧坦然地抬头，刚巧看见对方深邃的五官。

“如果交通规则允许，我肯定希望能直接骑摩托车过来。”费行云手里松松地握着一支笔，语调微扬，听得出是在开玩笑，“可惜不行。”

这一期，录制棚内新来了一个当红脱口秀演员。播放正片的过程中，他妙语连珠，把气氛搞得比上一期还热。

有个男嘉宾是医生，正好在节目录制时过生日。参加节目的其他人就瞒着他一起出谋划策，为寿星举办了一个特别的生日会。第一期单独采访过的内向女嘉宾这回终于把握住机会，私下送了他护手霜和几张之前抓拍的照片，最后一张留出空白，卡片上写着：期待能有机会和你填补这段故事。

录制棚内惊呼声阵阵。

脱口秀演员带头拍了两下桌子，愤愤道：“你们是骗我的吧，还说女三内向，这还叫内向吗？”

女主持默契十足地接过话题，笑着去按对方的肩：“淡定淡定……咱们节目就是这样的。都是成年人，即使说不出口也有一千种方式表达自己的内心想法。”

话题转到这边，大家不可避免地谈论起与生日礼物相关的话题。

主持人要他们分别交代自己有没有印象比较深刻的礼物，大家就简短地介绍一些礼物出处，或是出自父母，或是朋友，还有的甚至是陌生人。反正大差不差，都是细节上的感动居多。到了费行云这儿，才算有了其他说法。

“挺多的，”他沉思了一下，说，“真要说的话，还是成立乐队那天……”

主持人开始没明白，后来恍然大悟，主动按自己的想法解释：“哦，就是乐队是吧。”

脱口秀演员也顺着接话：“那的确应该是印象最深了。万里长征第一天，换成我也能记一辈子。”

费行云微微笑了一下。

中间有个男嘉宾当面称赞他有好感的女方为“小玫瑰”，录制棚内又是惊呼阵阵。脱口秀演员激动过后微微沉吟，分析说：“该说不说，我冷静下来一想，其实觉得有点油，毕竟认识时间这么短……”

女主持立刻接话：“确实有点……不过这可能是男女差异？对好感对象每个人都有每个人的想法。”

“小费老师怎么看？”她问道。

费行云的目光从屏幕上收回来，语气如同平日，掺杂着一丝闲散和漫不经心：“‘克星’吧。”

“嗯？”

他的手指落在桌面上，指尖在纸张上按出痕迹，轻松地说着玩笑话：“我觉得‘克星’可能还算贴切。”

节目一直录到深夜，主持人这回总算不用赶通告，主动提出请大家吃夜宵，助理也可以带上，就去附近一家中餐馆。餐馆老板是她的老友，夜宵时间还有烧烤和冒菜可供选择。

“上回走得比较急，这次总要给我这个机会，”她眨眨眼，目光瞧向导演的方向，“节目组报销。”

“少来！该付的提前都付过了，别拉我下水啊！”节目导演同她是熟人，根本不给面子，笑着说道。

脱口秀演员不得不提前走人，遗憾地道：“难得有铁公鸡愿意拔毛……下回吧，下回给你个机会。”

女主持就借导演的话呛她：“你也少来！”

一行人熟的是大部分，不熟的也比上回初次见面时关系更近。

许平忧是出了名的脾气好，没有借故推托也是正常。只是没想到，其他两位男士竟然也很给面子，愿意来凑这个局。

“我面子还挺大。”主持人笑着拿自己开涮，走在前面为他们引路。

中餐厅的老板常年都会接待一些娱乐圈人士，见到人也是很高兴，直接将他们引去里侧私密性最强的包间。

男女自觉分成两拨。许平忧随着做东的女士并肩坐好，忽然感觉左侧的椅子一动。原来是其中一位受邀男士被服务生引领着坐下，刚好和她充当起男女之间的分界线。他目不斜视，正用餐巾纸慢慢地擦着手。

擦手的人不说话，她也就尽量不往左边多看。喝下一杯温水，她莫名还是觉得渴。恰巧豆豆推门进来，许平忧就低声问她要来自己随身携带的透明水杯，拧开杯盖，慢慢地喝。

“之前就想说了，你原来这么养生啊。”女主持问完各位的忌口又点完菜，抬眼看着杯中漂浮的枸杞笑她。

许平忧笑着解释说：“年纪上来了嘛，身体不比以前，没办法的事。”

娱乐圈比其他圈子还要看重人际关系。曹月当年接手一张白纸般的许平忧，也将人情世故一并教给她。圈子中有些人恃才傲物，但大多数人不可避免地要拓展关系网。

可是，身侧的这位显然不该是后者。按照常理，他这次也不该来……

“啪嗒。”有人的筷子不小心碰掉了。

许平忧抬头，目光下意识顺着声音追到左侧。坐在她右边的女主持已经反应过来，即刻道：“没事没事，我这儿刚好有多的。”

可能是出于礼仪，不好越过旁人，她没有站起身，不可避免地离掉筷子的人差了一段距离。许平忧坐在两人中间，顺理成章地将筷子接下，侧身递到左边。

四目相对，白檀味更浓了。

说不出是有意还是无意，费行云冷硬的指尖碰到她的，轻轻掠过，仅说了一句：“谢了。”

一顿夜宵下来，许平忧菜没吃几样，汤汤水水的喝了一肚子。

身体往往是一个人最诚实的部分。饭局快要结束时，她的胃开始不太舒服。桌子上人虽然多，也只有豆豆瞧出来。辞别其他来客，两个人一边说话一边往大门处走。豆豆眼尖地看见街对面的一家药店，主动提出去买药。

“你上车等我就行。”

小姑娘说走就走，转眼就不见人影。

许平忧形单影只，迈步从店面的灯光下走至阴影中，按照东子发来的地点往停车场走去。

可惜车没找见，她先感到身后有什么动静。一辆车慢慢地跟过来，随后传来一道男声：“许平忧。”

她脚步一顿，回头看去，对上驾驶座上那人的眼睛。

费行云单手扶着方向盘，歪着头看她，神色瞧不出波澜。

费行云极少这样看着一个人，面上没什么情绪，似笑非笑。这不像他的性格，更不像他的脾气。

从事创作的人在每个方面都有无穷无尽的奇思妙想。以前，他习惯于懒懒散散、变着花样地用八百种办法叫人，而被叫完整姓名的，只有特定的一个。

快到停车场，四周没有别的声响，只有一车一人。

驾驶座上的人大半张脸都被暗色隐没。

初春的夜里起了风，许平忧回过神，才意识到自己身体不适，竟然忘了和之前一样选一句恰当的开场白。她就这么傻呆呆地站着，像一根扎进土里的枯木。

费行云从副驾驶位上提起一个纸袋，他用行动代替言语，手靠着车窗悬空，仅用两根手指挂住袋子。

他微微扬眉，也不说话，态度坦然。

就在几个小时之前，节目刚刚录制完成，许平忧立刻换下了单薄的一字肩礼服裙，明摆着对自己的身体极有自知之明。她换了普通的针织外套搭长袖，烫成波浪状的长发也被高高扎起，露出脖颈处的皮肤。

这副装扮在白日里还好，在温度下降的凌晨未免显得有些单薄。

眼下，她一只手在臂膀处慢慢地摩挲，顺便将胃部护着。突然被人连名带姓地叫住，她的表情没什么变化，人也没什么变化，还是"沉静内敛的性子，温和的好脾气"——刚才那张桌子的人都这么说。尤其是女主持能说会道，趁着碰杯的时候，笑着赞她这个人实在太好说话，人如其名，无论什么时候，聊起天来都不会觉得有需要担忧的地方。

"不过脾气太好也不行，最好也要懂得拒绝别人，"当时主持喝了点酒，也说了一两句真心话，"你这样的性格，尤其在恋爱上要小心一些……毕竟这个世界上有太多狡猾的男人，也有太多东西比主观是否喜欢重要，一切都要谨慎再谨慎。"她把桌子上的男男女女都给逗笑了。

其实他这后半句不算错。

两人当中，终究要有人先打破这平静。

"不是害人的。"说话者指的是他手里的东西，语气很轻松。

车内人的声音顺着飘过来，像看透了她的想法，有些浑不懔的调调。不过说着说着，他也有点没了耐心，干脆道："拿着丢了也行，反正别让我看见。"

他在桌子上明明滴酒未沾，说的却好像醉话。

许平忧抿了抿唇，伸手将东西接下。纸袋里面有几盒药，她没多看，猜到大概是治疗消化不良的药。低头扫过一眼后，她依旧情绪平稳，一概按照礼仪来往。

"谢谢。"

比起之前的带刺儿或者陌生，已能算是极为自然。

夜色开始变得更浓。

对方依旧没急着走。许平忧将袋子提在手中，沉默过后，终究还是慢慢发问："之前在咖啡厅的……"

"风太大，听不清。"费行云收回了视线，简短地截断了她的话。

他另起话题："安桓人在欧洲赶不回来。他要我回去的时候，顺便帮忙给老同学带一份礼。"

说到底，除开杂七杂八的纠葛，他们四个人终究还有一份不同于普通高中同学的特别感情在，这个安排于情于理都说得过去。

许平忧头皮莫名开始发麻，她稳住心神，"嗯"了一声。

她想，人在身体状况不佳的状态下，心神的确比平日要脆弱。今晚，对方只不过稍稍显出一点平日里效率极高的行事作风，她就有点不太能应付。当然，也可能是隔了太久，距离太近，这里现在只剩他们两人，还无法用出电梯的理由错开……

费行云的不耐烦从来不遮掩，风格也从未改变。

"我回去是因为阿婆。"他继续说。

许平忧果然呼吸一顿，朝车内看过来。费行云抬眼瞧她又收回目光，直视前方慢慢地说："之前陪着去医院检查过了，没什么问题，就是有点失眠，精神不如以前。"

不远处就是路灯光照彻的街道，街道对面，眼熟的助理小姑娘已经在街边晃晃悠悠地站定，看样子是从药店买好了东西，正准备回来。

费行云看过一眼，继续握着方向盘，忽然另起一个话题："当时寄给你的东西收到了没？"

许平忧微愣，反应了一下才明白过来。他说的是他们俩正式分开那会儿，忽然有人寄了一个匿名包裹给她。

她那会儿精神状态不好，又有太多的麻烦事缠身。大概猜到寄东西的人，她也就尽量忽略它的存在，并没有拆开包装。等后来有心思收拾东西了，她才发现是一本书。其实也没什么特别之处，她就索性放进柜子里锁着。几年下来，这本书也跟着她搬了好几次家。

"收到了。"她答道。

她不能说是乖巧，也算得上配合。

费行云渐渐没了刚才的气势，弯了下眉眼，淡淡地道："那就好。"

"走了。"

风更冷了，他的目光从她的手臂扫过，再次伸手从副驾驶座位拿过自己的外套，不怎么温柔地扔过来，也不给她反应的时间，径自驾车远去。

许平忧手心冰凉，慢步走到了车边。打开车门，她刚巧听到东子长长地松了口气，说着不太清晰的玩笑话：“还好还好，姐你终于回来了。我还以为是我把地址发错了，把人给弄丢了呢。”

他回头看她，看见了她手里不知道哪里来的男式外套。

他想问的话还没问出口，许平忧已经有些疲惫地闭上眼睛养神，并轻声解释道：“同桌人落下的，找机会带给他。”

东子愣了一下，点点头。

没过多久，豆豆拉开车门，轻手轻脚地上来。她显然是注意到车里人在闭目养神，不敢惊动她。

胃里该翻滚还是在翻滚，客观情形不可能因为主观意图转移。

到了酒店房间，许平忧就着热水吃过药，躺在床上，许久之后才安稳入眠。

翌日一早，曹月的电话在晨光中将她吵醒，问她最近是否还有私人行程。

“应该没了。”她迷迷糊糊地答，转头瞧见了枕头旁的外套。皮革白檀的气息浓烈，让她忽然想起些少年往事。

第九章

With thorns

往事如烟

与她不同，费行云从小就是一个非常擅长表达自己的人。

刚去北方念书的时候，许平优家里的情况暂时安定下来。从严格意义上来说，她的生活没有什么特别大的变化，除了练习就是剧目排演，只不过比从前的时间更多。同学们虽然来自全国各地，但是一起在烈日炎炎的军训中并肩吃过苦，也就慢慢熟悉了。

她的体质依旧没变，太阳光强烈，皮肤就会泛起薄薄的红色，但没有小时候那么明显。要说倒霉的，还是在军训跑操的时候，她不小心将脚扭伤，缺席了后面几天的训练。睡在她对床的室友是本地人，平日里为人大方热情，二话不说，主动揽下帮她拿东西打饭的活儿。许平优对此十分不好意思，主动提出请她吃饭。

“不是，我发现你怎么老惦记着要报答别人啊……吃饭算什么，先养好伤再说。”对方说话直来直往，笑着撑她也没留情。

对于舞蹈生而言，受点小伤本来就如同吃饭喝水，同行更能理解，许平优也并不觉得这件事有多大。

费行云就读的大学在南方。彼时乐队正配合他，在他大学所在的城市进行出道后的第一次演出。她给费行云打去一通电话，如常汇报自己最近的生活情况。

那会儿，通过聊天软件已经可以进行视频聊天。

她拉上帘子，戴上耳机，声音压得极低：“喂……”

正是晚上，视频里的人居然规矩地留了一头黑短发，正在调整座位，角度仅能瞧见发丝和高挺的鼻梁。

他的手腕处有一道隐隐的刺青，是乐队定下来的团队标志。演出完毕，费行云刚从舞台上下来没多久，一个人待在酒店房间里。他冲澡后换上浴袍，疲惫地打了个哈欠，偏偏还要坚持跟她通话。

“困了就去休息一会儿。”许平忧看出他的状态，又觉得他这种状态有几分可爱，头发丝翘着，托腮俯身，极鲜活。

费行云却很直接，哈欠打到一半，目光一顿，微微挑眉：“在女朋友面前睡觉，我应该也没有那么不解风情吧？”

他说着坐起身，隔着屏幕认认真真地看她的脸。许平忧被看得不太自在，抬手揉搓了一下脸，有些犯傻：“怎么了？”

“没怎么。”视频对面的人坦坦荡荡道，“就是有点想见你。”他抬手比画了一下，又歪着头想了一下。“哎”过一声后，他故意做出苦恼和后悔的样子，“不对，其实不是一点……”

许平忧耳根发红，眨了下眼，认真答他：“这不是正在‘见面’吗？”

费行云的笑意直达眼底，抬了抬下巴，说：“我说的不是这个。”

他起身一倒，人陷进床垫，脖子和肩膀部分的皮肤裸露出来，显出劲瘦有力的肌肉线条。搞乐队也是体力活，好在他本来就是精力充沛的人。他不仅乐队搞得有声有色，还能在学校和乐队之间来回奔波的生活中，坚持着以前酷爱的体育活动。

“不坚持哪里来的灵感？”费行云还很有自己的道理。

王延对此的评价是：这臭小子天生就是个体力怪，不压榨都是浪费！

有人肆意随心在前，许平忧看得心思慌乱。她的心慢慢地提起来，对面的人却跟个没事人似的。

“等我一下。”

他仿佛对此一无所知，一边哼起歌，一边在身侧找起耳机。好看的手出现在屏幕里，透着热水浸润后的粉色，手指纤长，青筋也没平时那么显眼，但只有她知道握起来有些硌人。

片刻后，费行云的声音响起来，换成耳机后感觉更有磁性了。他慢悠悠地哀叹着，为她进行“客观”分析：“直白来说，我是没地方充电，所以才这么经不起折腾。”

许平忧知道他指的什么，脸上热意更甚。

这人千好万好，看起来潇潇洒洒漫不经心，实际注意细节，但也极喜欢在一些方面欺负人。他不是没有分寸，相反总能卡住分寸的界限，在界限之内为所欲为。费行云很喜欢从身后抱着她，像抱住一个巨型的、软绵绵的毛绒娃娃。揽个满怀还不够，他的头还要在颈侧微蹭，发丝刺激得人发痒又躁动，气息带着灼人的热意。

毕业后，李姿玉终于不再拘着她。不过，她也只有那么几个地方可以去。曾佳林听说他们俩的事情，一边高呼“意料之中”，一边替她揽下约人背锅的活儿。

Revolution 酒吧变成乐队的总部，也变成那时许平忧经常去的地方。

乐队成立的那个晚上，他们把话说开后，许平忧才意识到，她对费行云还是知之甚少。

他自在是自在，可自在也衍生出许多习惯，让人猝不及防是常事。她并不介意与他亲密接触，他就极会挑准时机亲近。有时后台只剩他们两个人，费行云架着吉他，在旁边的谱子上写写画画。她在沙发上抱一本书看，看着看着就忍不住偷瞄他的动作。

有过亲密的接触后，看人的感觉好像也有不同。

费行云做事的时候总是极其专注，她以前见过一次。那次，她同样也觉得迷人。恰巧他那段时间迷恋暗纹元素，黑色T恤上有隐隐的兽纹。兽纹微动，他就还和以前一样，抽出空闲扫过一眼就能看透她的想法。

“要不要坐过来？”

他的眼睛还在曲谱上，指的是他的身侧。许平忧老实地点头，老实地坐过去。人刚刚坐下，唇边就是一热。费行云把偷香这种事做得光明正大。亲吻过后，他的目光看起来还留在谱子上，手却戳了戳她的脸，闷笑着叹气：“这可怎么办啊，太好骗了。”

他的家庭条件优越，该有的器材都有，却把她送的录音笔摆在手边。

如果有其他人在场，他倒不会刻意地做些什么。写东西写累了，他就会可怜巴巴地凑在她的肩膀处，眼睛盯着她唉声叹气，仿佛为筹备出道专辑浑身提不起劲。

乐队其他成员目睹后，无一不为此悲愤出声：浑蛋，不装真是能死了！

费行云没有隐瞒自己有女友的事实。他当着亲近的人高调，在外却因为许平忧的性格和习惯，从不主动提及自己的私生活。一切有关他们俩之间的事，大多是其他成员不小心说漏了嘴。

日子长了，许平忧适应过后，也有了反制他的办法。

譬如当下，军训的夏夜中，她一面听着蝉鸣，一面听着他的暗示，脸颊泛着红，同样一本正经地道："我也没有人可以……"

她咳嗽一声，没有继续说下去，只是眼睛微抬，盯着他的发丝。

她很喜欢揉他的头发。费行云有段时间也纳闷，觉得她将他当成了什么宠物。后来渐渐适应了，他反而还会很配合地低头，顺便"警告"她："小心野兽咬人。"只是说这话时，他面上笑意盈盈的。

这一句回击显然不在对面人的意料之中。

费行云微感惊讶，眼眸中显出同样的情绪，旋即很大方地笑着夸她："你现在行啊。"

这是名师出高徒，就算再"不行"也该被锻炼出来了。

他的脸上显出一丝蓝色的冷光，显然是将开着的笔记本放在右手边。许平忧这边忙着最近辅导员要的军训相关的感想作业。两个人就这么一边做着手里的事情，一边聊着闲话，也没觉得不适应。最终还是费行云撑不住，先一步困倦地陷入睡意。沉睡之前，他懊恼地同她自我剖解，声音渐渐地低沉下去："明天还要早起……"

许平忧没忍住笑，从作业中抽身，看了一眼他的脸。青年的眼皮慢慢地合上，依旧眼睛弯弯的。她的声音不由自主地变轻，没舍得挂断电话，若有似无地出声："晚安。"

她那时没往心里去，可很快就知道他为什么要早起。

军训接近尾声，她的脚伤已经好得差不多了，只是走路的时候还有一点不太自然。

队列解散后，许平忧突然接到电话。在黄昏时分的学校门口见到他时，她有一种还在梦中的恍惚感。

费行云穿了一身黑色衣服，头发是黑色的，口罩是黑色的，酷得没边。他眼里的笑意却很亮。他的手在她面前晃了晃，摘掉她这几天天天戴着的迷彩帽，眼睛弯着，看着她笑道："哎，好不容易见到面了，就傻站着？"

他看见她的耳钉，笑容更明显了。

许平忧心跳如雷鼓，如坠云间，不知道说什么好，喃喃着：“不是……”

费行云半蹲下，坦坦荡荡做出背人的架势。她耳根通红，坚决不肯。他就用起老办法，托着下巴卖着惨，唉声叹气：“我不远万里过来，只不过是想带心上人来个私奔，结果也这么难。”

事实上私奔不难，要某人说些老实话才叫难。

总归两个人见了面，费行云没再让她脚沾地，也不管旁人是否注目。许平忧没反应过来，恍然如在梦中，也没有显得有多么不适应。

晚饭过后，酒店的房间内，许平忧终于有了一点不自在的感觉。她听着洗手间的水声，抱着枕头，坐在床沿处出神，不知不觉被湿润的热意笼罩。

她绝不算矮，可男生的个头要高得多，圈住人不过小事一桩。

费行云冲了个澡，终于得以“充上电”。他满意地呼出一口气，装模作样地问她：“在看什么？”

其实她什么也没看，在胡思乱想，心绪乱飞。

许平忧却说：“在看月亮。”

费行云把头靠在她的耳边，如常地把玩起她的手指：“看月亮不看我，心虚了？”

许平忧没等他再说话，她忽然侧过头，凑上来亲在他的唇边。费行云比不得她那么纯情温柔，顺势用一只手圈住她的两只手腕，将人吻得晕晕乎乎，喃喃道：“算你识相。”

许平忧参加完军训，人晒黑了不说，脚也扭伤了，下巴瘦得更尖了，可怜兮兮的。

她的手腕被捏得动不了，浑身滚烫也没办法，只能喘息着认命，声音全靠仅剩的意志憋出来：“我是习惯了，而且也不是什么大伤。”

“习惯了就不说？”费行云不再动她，头埋在她的脖颈间，慢条斯理地问话，故意带上薄怒。

这个年龄的男生，心里多的是乱七八糟的想法。他浑身上下都在叫嚣着将人撕扯成碎片，见不得光的想法都要把人淹没殆尽，但依旧克制住自己审问起要紧事。

许平忧无可奈何，脸发红。她主动转身面对他，徒劳地用手撑住对方，选择主动开启话题：“你怎么知道的？”

费行云不介意她动弹，甚至扶着她，让她坐得更舒适些。

“视频聊天的时候，有人一直往右下方看，起身拿东西也没敢使劲。还有室友问你今天是不是好点了……”

费行云忽然咬在她的肩头，像一只巨型犬，留下一道印迹，说道：“有人不老实，我总有我的办法。”

许平忧感觉脑袋短路了，晕晕乎乎的，再没出声。

他靠近了笑她，热意扑面，眼神灼热，不停地亲她，逼得她只能轻声认输，渐渐热烈地回应起他来。

费行云的确比她有办法。

他不克制自己，就教她守好底线，不感觉到她全身心愿意绝不强迫。他从不嫌弃她不解风情，表达方式稚嫩，读不出情趣，就一字一字地在她耳边解释个明白，让她渐渐懂得如何应对爱恋中的点点滴滴。

因此，直到现在，她仍旧觉得，他是她见过的最会表达自己的人。

思绪渐渐回笼，许平忧看向窗外。今天没有下雨，春日阳光正好，从房间远远望出去，刚好能看见沿海绵延的蜿蜒公路。

燥热的海风不断涌进室内，将她的头发吹得纷乱四散。许平忧缩在靠窗的一张沙发上，回过神，曹月还在继续刚刚的话题，在电话里慢慢和她核实之后的日程安排。

“回来的机票已经取消了。之前跟你说的晚宴，主办方今早突然跟我通知，说是出于一些原因提前到了这几天。举办地没变，刚好和《与恋第二次接触》在一座城市，倒是正好方便了我们。你和豆豆趁着休息准备准备，行程不用太匆忙。

“然后，下周试镜和节目录制之前，有个地方台的五四晚会，有个演员联唱的节目。这样到下部戏开拍之前，你都能维持在比较频繁的露脸状态……”

曹月顿了一下，继续道：“这些我刚刚都和豆豆交代好了。你上次跟我说的方沐那边的事情也不用担心，最近开始减少同时出镜，慢慢淡化剧的影响就好。他们也不可能一直把热搜这么买下去。除非他要感情不要事业，下部剧不想再跟别人吃一次‘CP’的红利……”

人的气性一旦上来，说话就不会多留情面。

许平忧揉搓着几缕发丝，下意识地点着头，被逗得想笑，说：“好。”

“圈子里交朋友是很重要，很多机会往往都是朋友推荐的。不过，这不代表要在很多事情上让步，”曹月说着，想了一下，直接发问，“你和方沐真的……”

风吹得更大了，许平忧起身将床单上的外套顺手收起来，笑着出声：“真的没什么。”

她知道曹月这么问其实是好心。

她刚出道那会儿，恰逢曹月手里带过的王牌女演员自立门户，她急着推出一个拿得出手的新人。那时候，曹月做事比现在强势得多，对她要求很严格，三令五申。

娱乐圈从不缺各种各样的争端，初出茅庐的新人经不起折腾。他们除了在各种方面明哲保身地学乖，最好在个人生活方面也让人挑不出错，保持单身状态最佳。

她出道作中的男演员，那时就借着杀青宴后的聚会笑她有点太高冷。现在想来，她那个时候还不太会跟人交往，几乎将曹月的每句话当作金科玉律，稚嫩也是自然的。

曹月沉吟了一下，才继续说道：“我不是怀疑你。毕竟，我现在也没必要限制你的自由。你的事业渐渐稳定下来，肯定不用像以前那样什么都得仔细小心。演员这行就是这样，圈内鱼龙混杂，什么人都有。有人靠演技吃饭，有人靠流量吃饭。但作为真正的演员，只有事业稳当，才有追求其他的资格。”

许平忧“嗯”了一声，又平稳地说了句：“知道。”

曹月叹息道：“我看你不知道。”

许平忧看过一段时间的心理医生，至今仍和医生保持联系。

如果不说，大概没人看得出许平忧有这方面的需求。除了身边人，很少有人知道她有一段时间连睡觉都成问题，吃饭全靠自己反复暗示拥有好身体的重要性。

曹月当时也想，看起来柔弱内向的一个人，怎么下定了决心，就真的有那么强的意志力撑下来。她家里突然发生的那些事，换作任何一个大学生，都不会像她那样一件事、一件事慢慢找出解决的办法。

她接到许平忧答应签约的电话，意外于她的果决和坦白，更惊讶于小姑娘签约后的表现。

曹月那时已经带过好些新人，没有一个像她那样，真把自己当成了圈子里的“学生”，说什么是什么。她大一时申请转去表演专业后，私下除了拍戏，把以前学舞蹈的那套几乎全用在了学习表演上，抓紧每分每秒锻炼自己。她的敬业认真，也让曹月找回了一点刚入这行的热情。曹月平日里跟人自诩骨子里的温柔已经被消磨得差不多了，但相比对待以前的新人，她对许平忧还是多了些爱护。

这个圈子起起伏伏，被辜负抛弃的人多的是，好在许平忧不是其中之一。外界评价她出道即巅峰，简直是站着说话不腰疼。他们并不知道除去圈子里最顶层的资源咖，观众缘累积起来有多不容易。

“我的意思是，你可以尝试着交一些能说说心里话的朋友。”曹月说完，立刻补充，“不要误会。这只是我的私人建议，不是什么要求。”

许平忧笑道：“我明白，你是为我着想。”

她说：“不用担心我。”

豆豆在扑面而来的海风中进门，也在海风中将造型师新准备好的当季礼裙拿过来。

“还好品牌那边好说话，造型老师也有点人脉在。”豆豆小心翼翼地将礼服在被单上放平，呼出一口气，说道，“不然突然改时间，衣服从哪儿来都要成问题。”

赞助合作不比其他，衣服就这么一个尺码，许平忧需要提前试过，确认过。

晚宴提前这种突发事件，对所有受邀人都很公平，拼的就是一个人脉。

造型师平日里对许平忧要求颇多，毒舌刻薄，唯独长年在她的身材管理上赞不绝口：“纸片似的身材怎么啦，不然哪儿来的女神感，不然哪儿来的不论哪个品牌的衣服都能穿上的底气？何况我们宝又不是纯瘦，练了那么多年舞蹈，身材不用说……”

豆豆笑声没停：“李老师，就您这张嘴不去网络上开个视频账号都可惜了。”

“少来捧杀我。”造型师蹲着细心理裙摆，扯着嗓子回她，“能做好本职工作就不错了。我这脾气，玩互联网自媒体不是找罪受？”

杂志社的晚宴的主题是“T 台秀”，不走走都对不起这个主题。

要到场的每位嘉宾走 T 台，从某种意义上来说是有点为难人。毕竟，大家都不是吃这口饭的。可观众眼中，身为明星就需要任何时候光芒四射，被评判也是常事。

晚宴当天，保姆车几乎将附近的场地挤了个水泄不通。

直播的镜头里瞧不见兵荒马乱，只能看见搭好的外场红毯，内场 T 台。

如花似玉、风度翩翩的人们来来往往，一时将这里变作光鲜亮丽的名利场，成为网络的谈论焦点。

造型师为许平忧选择了哑光红唇，又将她的头发高高绾起，用合作品牌的首饰束好，反复为她确认鞋子的情况。

七八厘米的高跟鞋，走出去都能踩得震天响。

圈子里正红的演员、偶像、歌手齐聚。许平忧坐在车里，头颈不能动弹，只远远看见豆豆抱着她一会儿要穿到入场前的西装外套小跑着过来。

“方老师也在。”等进了车门，豆豆犹疑了一下，压低声音说道。

她能受邀，就没有剧中搭档不在的道理。许平忧点点头，不动声色地继续抬着下巴任人装扮。

豆豆在旁边惊叹：“看多少次都想说……好像婚纱哦。”

抹胸白裙，长度刚及小腿，贴身又修长，耳饰项链同样也是银白色，将她衬成白茉莉的花蕊，清丽惹眼。

一般需要红毯的场合，鲜少有人会挑选白色作为主调。白色不仅是膨胀色，本身也太素太淡。许平忧对自己的外形并没有那么了解，这么多年，她的造型一直交由公司的造型师打理，这次也欣然接受专业人士对她的定位。

争奇斗艳的场合，不做牡丹就要做白梅。

她本身不够艳丽，就用口红涂出艳丽，融进本身落落大方的姿态，若隐若现的忧郁气质。这是既取了从前的风格定位，也吸取了之前网络上好评不断的造型经验。

“好了，大小姐。”造型师满意地收起手里的刷子，又让其他助理暂且退下，最后认真帮她整理一次裙摆，发自真心地给她鼓劲，“上吧。”

许平忧披着西装外套，在豆豆的支撑下慢慢下车。

“还好没下雨。”豆豆的感想很现实，小声跟她说。

一旦下雨，白色就会成为累赘，走路都要小心翼翼。

离入口有一段距离，还没到红毯上，已经有人蹲守着抓拍从入口进去的明星。

许平忧手放在胸口，也不急着同人挤，走得平平稳稳。偶尔听见有人叫她“小郡主”“女儿”“姐姐”，她才会抬头笑着给予回应。

“我们出场的位次应该在中间偏后。”豆豆跟她说道。

比上次来时的待遇倒是更好了。可见娱乐圈时尚圈总是最为现实的地方，热度、人气和资本总要占据一项，才叫人高看一眼。

许平忧到候场区站定，就有相对比较熟悉的女星搭话。

对方穿了一身黑色礼裙，以前和她在某一部剧中争夺过同一个角色。她们最终分别饰演女二和女一。眼下，对方大大方方地跟她聊天，调侃她："我们俩一会儿要是一起，是不是能算得上'黑白双煞'？"

她还主动来拉许平优的手，遗憾地说道："就是可惜我没你这么高。主办方也只随机让男女明星一起登 T 台，估计也得考虑站在一块儿身高搭不搭……"

许平忧蒙了一下，没听说这个安排，回头看豆豆。豆豆也是一脸茫然，摸出手机，捂住嘴惊讶地"啊"了一声。

"杂志社那边说是视频合作平台要求的，主编最近在推纸媒和新媒体合作。"豆豆一字一句地在她耳边解释，"平台那边要了直播版权，顺便想通过热度推一下这几个月上了或者要上的剧。"

用不着她继续说下去，许平忧已经明白了。

她调整得很快，朝豆豆点了下头，心中差不多有了数。

"那估计就是方师兄了吧。"许平忧盯着自己的裙摆小声说道。

豆豆嘴撇了一下，又很快恢复正常表情。等工作人员叫到她们这儿，许平忧已经提着一口气，挺腰带笑，进入进镜头前的准备状态。

红毯尽头，主持人等着她，也一并带来一连串的模板化介绍："接下来上场的是青年演员许平忧，出道即在赵成章导演的《在南方春日》电影中饰演女一号，演技上获得了各大影评人的一致认可，最近又在热播剧《暮暮朝朝》中饰演女主角，备受观众喜爱……"

许平忧走得平缓，闪光灯闪个不停，她丝毫不受影响，坦然大方。

她从主持人的手中接过笔，仔细签上自己的名字。她往右上角瞥了一眼，微不可察地一停，又自然地站好。

"看这里！"

"平忧，这边这边！"

明星的职责之一是负责闪耀全场。

许平忧歪了歪头，笑容灿烂，使得她的脆弱清丽定格在每张照片中。

她提起裙摆，朝着红毯出口走去。主持人为她指明方向，也为她指明等候的工作人员。

“小许老师，请跟我走。”一个挂着工作牌的男生气喘吁吁地对她点了下头，“您的搭档已经等着了，一会儿您放轻松，不用紧张。我们这个毕竟也不是正式的秀场，纯粹是晚宴主题，大家自然一些，尽情享受就行了。”

许平忧那时不知道他为什么有此说法，后来到内场坐定，才听说有明星一时紧张走成了顺拐，结果在热搜上被人好一阵讨论，得出一个“专业人做专业事，演员碰上T台没好事”的结论，引来一阵嘲讽。

转过拐角，就是主办方搭建好的银色T台。

她小心翼翼地跨过门槛，向主动帮忙提起裙摆的工作人员道谢。再抬头时，她却忽然生理性眩晕了一下，提前准备好的客气的“师兄”挂在唇边，没说完整：“方师……”

T台前的灯光打得透亮，还有宜人的春风吹拂。

面前的人表情放松地站着，穿着一身黑色西装，身形隐没在阴影当中，气场肆意又闲散。他斜斜地看过来，好像看着一株植物。

但那也只是她还没过来之前的事。至少这一秒，他微微蹙着眉，薄唇平直，不太高兴。

费行云的薄怒是真是假，一眼就瞧得出来。

他没有说话，依旧和以前一样，穿西装极厌烦打领带，衬衫领口随意敞开着，露出脖颈处的一圈Choker。他的外套轮廓硬挺，掺杂一点朋克元素。原本的银灰色长发被剪短了，在阴影中飘动。他的脸上辨不清情绪，身上的怒意如一阵风，凝滞片刻，吹过就散。

“哎呀，拖什么呢，快点，下一位马上就要进场了！”

身后传来工作人员的招呼声，许平忧立刻反应过来，手缓缓松开提着的裙摆，笑容得体，喊道：“小费老师。”她声音清脆明晰，叫得还挺自然悦耳。

费行云牵了下嘴角，笑意不怎么发自内心。他收回目光不再看她，重新恢复到刚才的散漫状态，周身气息比海风更凉。

这样的场合，原本也不需要过多的交谈。

斑驳的光影里，许平忧同样不再说话，仰头安静看向T台的起点。

T台之上，前一对男女搭档正结伴朝着前方走去。摄像机在尽头处推进，配合着两个人的一举一动。双方不算多有默契，但至少彼此之间有所呼应，站定后颇有心思，背靠着背，各自以手比出枪的手势，引来主持人一声“哇哦”。

与此同时，刚才引路的男生从侧前方再次出现，朝台下两人点了点头，比出“请”的手势。

费行云干脆利落地摘掉仅戴了一只的耳机，抬步走得潇洒。许平忧就踏着缓慢的步子，慢慢地跟在后面。

“好了……二位老师直接上去就好。”

男生同他们面对面站着，在T台的背景乐中压低声音，朝他们比出“OK”的手势，朝另一边退下。

风吹得更大，厚实的裙摆也随着晃了晃。

上台前还需要登几级台阶。许平忧的注意力不自觉地放到脚下的鞋跟上，不过才走了一步，目光就对上一只摊开的手。她动作下意识一顿，没有当即选择配合。

手的主人仿佛料到了，没给她犹疑反应的时间，干脆主动退下一阶，微微躬身，径直低头，猛地捏住了她的手腕！

男人宽大的手掌干燥温暖。

许平忧的身形骤然变得僵硬，余光下意识去追另一侧的工作人员。那边人影来了又去，非常繁忙，正在协调他们二人一会儿的路线，看起来没人注意到这边异样的动静。

她回过神，抬眼，视线所及之处，银灰色的短发随风晃动。

“快点。”费行云看着她的眼睛，不怎么耐烦，声音在初春染上寒霜。

他的指尖顺着她的腕骨下滑，皮肤接触的灼热间，把握的动作转瞬变作更为温和的轻托。他的拇指指腹滑过她的手背，溅起无形的火星。

引燃火星的人低头看她，身形再次被阴影淹没，高高在上。

许平忧强忍住瑟缩的动作，同他错开目光，镇定上台。

“哇哦，音乐制作人和演员，一黑一白，很新奇很般配的组合。”主持人在背景音中给出适时恰当的反应，音乐中的鼓声也敲出有力的节奏。

许平忧抬起头，挺直了背，耳膜被鼓点敲得震颤。她像站在云里，一身纯白也变成云中的一部分。

T台的尽头处，除了镜头还有巨大的银色主题花环，反射着打出的灯光，闪亮又耀眼。

身侧的男人没有刻意去看镜头，也没有将眼神留在身边。她也同样直视前方，迈步之前，隐隐约约听到一声：“按你的节奏来。”

“不要管别的。”他的声音又低又冷，落在地上。

许平忧没有给出回应。她渐渐放松肩背，对着前方的镜头扬起一抹笑意。

下台后，费行云头也不回，先行离开。

离开镜头，进入晚宴内场，豆豆已经抱着西服外套在入口处等候多时。她望见自己要等的人立刻小跑着过来，长长地出了口气。

“李老师还真有一手！”豆豆满脸笑意地来搀扶许平忧，体贴地给人支撑，也小声带来最新的消息。

今夜的T台万紫千红，百花争艳，许平忧这一身白衣如雪，配饰简约大方，T台上表现自然从容，算得上是今晚的佼佼者，好评如潮。

内场没有镜头直播，豆豆扶着她，两人一路跟几个熟识的演员打过招呼，顺着工作人员安排的通道往座位处走。

豆豆嘴唇几乎不动，用气声说着：“大家都在说没想到搭档这样安排，觉得有点奇怪……不过大家也说费老师气场很适合T台，网上那套他之前巡演的神图又被营销号翻出来，已经转了有上万条。你们俩个子都高，站在一起还挺合适。除此以外，就是剧播时的那批粉丝……”

她话音未落，许平忧不动声色地按了下她的手心。豆豆当即止住话头，同样显出一份泰然。

方沐从另一侧的通道往座位这边走过来，身后跟着两个眼熟的助理。瞧见她们两个人，他神色不改，笑容温和，很有风度地打起招呼：“晚上好。”

看来，曾经的搭档虽然没能一起走红毯，却还是要因为热度坐在一起。

“晚上好。”许平忧配合着点头回了个笑容，忽略掉周围明里暗里对他们这边打探的目光。

之后的晚宴平平无奇，请来的歌手和偶像们卖力表演，演员就给予适当的掌声和欢呼声。一群人没有商量却默契十足，把晚宴该有的气氛维持到最后。

许平忧在保姆车上换下踩了一整晚的高跟鞋，短暂地休息一会儿。

她刚到达酒店，就听到了豆豆惊讶的声音：“有修图博主修了你和费老师的定点截图！”

她将手机递过来，入目便是两张黑白分明的截图。男女携手，身高搭配和谐，样貌登对。两人直视前方，脸上都带着笑意。博主将截图修出老旧质感，辅以大荧幕的比例，冒充电影截图，台词配字仅有两行——

“归国浪子与大小姐，各怀心思的联姻夫妻。”

“他嫌她太冷，她嫌他太假，握手都是厌恶纠缠。”

转发评论看起来还不少。

截图的画面中，两位主角貌合神离，就连长相也是截然不同的风格。男士抬手牵扶着女士，站得稳稳当当。要说起动作，绅士足够绅士，淑女也足够淑女，眼神却连一丝纠缠都没有，只有衣角发丝被海风吹得翻飞，纠缠在一起，衬得双方的关系十分微妙。

有看客讨论的热度在，博主便聪明地再接再厉，发完两张修好的截图，又发出一段视频供人评论，继续按自己的风格配字——

“亲爱的，谁不是入了这场局的猎手。”

视频很短，他们都只是看着镜头，而未曾看过对方。

尤其是费行云，他身姿挺拔地站着，似笑非笑，只看了一眼镜头便又垂眸，目光却落在两人交握的手上。男士衬衫领口松松垮垮，使他看起来懒散又自在。他身边的许平忧身形纤细，目视前方，同样不在乎身边人的反应与动作，笑意停留在唇边、眼角，没有入心。

一对好看的人，身高差分明，装束黑白分明。光看眼前的情况，确实容易让人联想到婚宴。

豆豆给人看这两张图，没控制住笑声：“说实话，人好看，图修得也好看，就是配字怎么感觉有点像那个……那个什么……”

她想了一下，扬起声音道：“哦，对了，像大家最近一直在说的那个‘她逃他追文学’！”

许平忧面朝窗户坐着，任人拆掉她头发上的首饰，身形晃动，愣了愣，问她：“什么叫……”

她平时鲜少看社交平台的劣势暴露无遗。

许平忧没抓住对方词句中陌生的关键词，话问到一半就没了声响。不过，豆豆不介意她跟不上时代潮流，体贴地长话短说，将网络上总结的霸道总裁文学为许平忧科普一遍，又拿着修图博主刚刚的两张图说事。

房间内的所有人中，当数许平忧身边的造型师最忙。

他手上忙着卸妆的事，嘴上又嫌豆豆被互联网的畸形审美荼毒，凉凉地笑着：“不是我说……这位小美女，有工夫聊你的‘霸道总裁’，倒不如来搭把手，心疼心疼你的‘总裁夫人’这会儿还没整理完头发。”

豆豆当即撇嘴，毕恭毕敬去接造型师摘掉的首饰。凑得近了，她为许平忧小心地取下项链时，也一眼瞧见许平忧的手腕，当即惊讶出声，心疼道：“呀，这儿怎么红了一块？”

许平忧看过手腕内侧发红的皮肤，并不当一回事，回答得十分自然：“可能是今天候场时不小心磕到了，总会消的。”

等全部妆容卸完，已经是晚上十一点了。

活动到现在才算彻底结束，许平忧换上宽松的T恤和长裤，笑着送走同样疲惫不堪的造型师和助理一行人。她没有睡意，干脆将窗户彻底打开，任由风往室内吹，戴上耳机，面朝大海静坐出神。

无声中，今天红毯前同她聊过天的女演员忽然发来一条消息：“我们这边有几个人组了个局，准备随便吃吃喝喝。应该大部分是熟人，宝贝你来吗？放心，可以随来随走的！”

她们俩争夺过同一个角色，待过同一个剧组，对手戏都是剧中最多的，怎么也能算得上是圈子里的朋友。如果在几年前，许平忧一定会委婉拒绝。但现在，她也学会了松紧适度，并不介意在活动后出门散散心。

何况，如果一个人心里有事，单独待在房间内，不仅容易胡思乱想，也多半会失眠。

医生也说生活中转移一下注意力很重要……总不能抓着忙了一天的豆豆不放让她陪着自己，她考虑得很清楚。

“行啊。”她回了一条语音消息，从沙发上起身。

许平忧没过多打扮，只将头发扎成一束马尾，带上随身的润唇膏和护手霜，戴着口罩乘电梯直达酒店后门。

东子将她送到今天活动场地附近的一家会所门口。许平忧一路看着房间号，低调地跟着服务员到达房门口。她进去时，里面已经起了一阵阵笑声。

人群中心的女孩子身高不算高，圆脸大眼，很有种明艳娇憨的模样，她没有穿傍晚见面时的那一身黑色礼服。瞧见推门进来的许平忧，她主动跳起来朝她挥手：“今天竟然来得这么快，难得啊！”

陈辰与她通过一部戏结识，剧中女主角和女二号是从小一起长大的好友。她们俩演得顺利，剧中无话不谈的亲密状态也影响了部分现实关系，来往比其他角色多得多。虽然后来逐渐因为事业少了联系，但她们始终有一份情谊在。

陈辰没说错，在场的其他人也大多跟那部戏有关，要么就是她本人的好友，气氛自然很轻松。

方沐推门进来的时候，许平忧虽然有些意外，却面色不改，继续不声不响地充当忙着和人打牌的陈辰的靠枕，喝着手上的鲜橙汁。

大热剧集的当事人悉数登场，有人很自然地调侃：“哟，咱们的‘镇远将军’这是跟着郡主的步伐来啦。”

陈辰不理人，正为怎么出牌焦头烂额，说道：“谁叫他来的？还来这么晚。什么将军不将军的……来来来，继续打，别管他。”

她同方沐也有过几次合作，性格直爽，说话就熟稔得不怎么留情。在场有人主动认下邀人过来的名头，陈辰同样故作生气地哼笑一声，没有多言。

方沐还是平日里的那种翩翩风度，不提别的。坐下的时候，他从容提及门口的见闻：“刚刚在门口还碰见了几个朋友……”他将服务生送来的餐点推到女士面前，继续慢慢地说，“应该也是今天活动结束来这边聚会。”

他这是解释起了自己迟到的缘由。

陈辰并不觉得意外。她信心满满地扔出一张牌，倚在许平忧身上说道：“这有什么，酒店内没什么好玩的。附近就这么一家店，他们过来也正常。”

许平忧在这种聚会上一向是充当背景的角色。

身边人天南海北地聊，聊最近的剧集、今天的活动……她就静静地听，尽量使自己同样投身其中，被人问到了才会主动出声。

一个聚会总要有这样的人物。她能不使气氛过于浮躁，听人说话时也是四目相对，专心致志，给人一种沉稳的安定感。

这份安定感在娱乐圈人的身上并不多见。

方沐的目光放在她身上又移开。他注意到她摸出护手霜，慢慢地涂抹，发出些微橙子的香气。她的侧脸映在光影中，若隐若现，令他联想起剧杀青的那个夜晚，宴会上的人散尽了，她也是那么安静地坐着，凝望着某处出神，让旁人不自觉地猜测她心思在何处。

她其实很适合这种甜香，弱化了本身的疏离和内敛，显得更加柔和。

聚会结束前，陈辰挨个拉着在场的朋友自拍。有人起哄，要她单独给最近炙手可热的郡主和将军来一张合照。陈辰眼神一瞪：“我才不呢，要我跟他们一起还行。”

夜晚的海风，吹得人皮肤微微发干。

出大门时，陈辰挽着许平忧走在队伍最末，用她的护手霜慢慢地擦手。方沐侧身，没有说话，目光却往护手霜上落。陈辰看见了只当没看见，笑他道：“就几步路，你一个大老爷们儿还想借我们两个女生的东西用？”

许平忧习惯性安静地站着。陈辰趁着方沐转身同别人交谈，凑过来小声跟她说：“怎么可能让你俩合照？你有没有心思我还看不出来？”

“我跟你保证，我真的不知道有人叫他过来。”陈辰把话说得坦荡。

同为女演员，之前热搜上的那些事她心里有数，也对方沐过往的情感史有所耳闻。

许平忧笑起来，凑在她耳边低声道：“我运气不错。”

陈辰忽然自满起来：“那是了，有我这么仗义的朋友是该说运气好。”

夜深了，一辆一辆保姆车将在场的人接走。也有部分人是自己驾车过来，桌子上滴酒未沾，更加潇洒。最后剩下他们三个人，方沐的理由充足，他喝了酒，就得稍等一会儿，让助理赶来救急。陈辰左耳朵进右耳朵出，只是陪人等在最后，也不说其他的。

这个时间点，大厅里的人已经不多了。会所的人熟门熟路，茶点一应俱全地在等候区安排好。

另外一行人从走道里出来。三人抬头，还是方沐主动跟对方打了招呼，又转头为两位女士顺口介绍起他的朋友，方向自然而然地对着许平忧。

“原来是白天那些音乐人圈子的。”陈辰跟她嘀咕完，做事自来熟得很，不认识的也主动一一道过好。

许平忧跟在她后面，只需要隔着口罩不断地重复点头微笑的动作，倒也省事。

她没有往那一行人的最末看，但感觉到有视线在她脸上停留又移开。音乐圈的人做事也更加随性，他们有一个人没有喝酒，主动提出送其他人回去，就是要多出一个留守的……

“行了，你们快滚，我自己回去。”他们还没商量完，已经有人果断地出声，都懒得多听后面的话。

费行云从来都是这样，想到什么是什么。他仍然松松垮垮地穿着傍晚时的那件衬衣，一边将袖子捋至手肘处，一边散漫地笑着，又毫不留情地直接将人全部“踹”走。

这边的沙发上，许平忧目不斜视地低头看起手机上的新闻。

恰巧这时东子的信息发来，说是已经到了，正在外面等着。她缓缓地松了口气，自然地跟方沐告辞，携着好友要出门。才起身，她就听见有人慢条斯理地在旁边出声。

“许老师。”这次，对方换了个方式叫她。

费行云起身，目光落在她的身上，声音飘在风中，语气听不出好坏。

他不看她身边的人，神情淡淡的，问得很随意，很自然：“可以把外套还给我吗？”

大门处的空气凝固了几秒。

本就各怀心思的谈话中，忽然有了意料之外的人介入。除了介入者本身，其他看客大多无法第一时间给出正确对应的状态。

许平忧仅仅露出一双眼睛。她隔着一段距离和对方对视，不慌不忙，成了最先做出反应的人。

“当然可以。”

她没有回避对方的目光，答得十分果断，顺便在陈辰稍显惊讶的视线中给她投去一个安定的眼神。

费行云闻言，神色没什么变化。他看似喝过一点酒，精神放松，没什么认真迫人的架势，慢慢接话：“那就好。”

他的目光没有偏移，还是淡淡地落在对面人的身上。好像这会儿他终于意识到自己的话有些不合时宜，笑着说：“不好意思……我只是以为小许老师忘了这回事。”

内容挑不出错，可任谁都听得出微微涌动的暗流。

费行云被朋友们扔在这里，看着却没有要叫人来接的意思。方沐同他不熟，但和刚刚那些音乐人认识，因此主动问他是否有乘车的需求，也被他礼貌地笑着拒绝了，并用一句轻巧的“谢了”结束对话。

凌晨时分，会所门口暂时没有别的客人出入。

四个人中，方沐的目光似乎在双方之间来回了一下。他若有所思，最终还是接通了来自助理的电话。

“既然这样，那车到了，我也先走了。”临走前，他还记得维持八面玲珑的形象，戴上帽子向每个人点头道别，抱歉地解释，“明天还要早起赶班机。”

他走之后，陈辰犹豫了几秒，一时半会儿不知道该作何反应，只能无声地和身侧好友对视，得到安抚性质的搂腰示好。

许平忧唇瓣几乎未动，微微侧头，用气声在她耳边轻声交代：“放心。”

她本来还想简短地给出一句她与对方之间关系的定义，现实却没给她那么多考虑的时间。渐渐逼近的车前灯灯光下，她一边接通东子催促的电话，一边低声解释："是傍晚那会儿的事了。"

就是他们俩做 T 台搭档那会儿。

至少这个说法在时间点上还算靠谱，信不信全由听的人。

陈辰听得清清楚楚。许平忧那句"运气不错"当然不是白夸的，默契尽在不言中。

她同样选择亲昵地搂一下许平优的腰，主动告辞："先走啦。"

她笑起来时的那股娇憨劲儿更明显了。

在场只余二人，一男一女，前后错落地站着，静默无声。

费行云慢条斯理地戴上口罩，没有往她这边靠近。他看着亮着的手机屏幕，手指轻轻滑动两下，漫不经心地，好似没什么脾气，也没什么想要做的事。

可事实上，这个人打算做的事情，从来就没有未成的。

许平忧呼出一口气，侧头静静地看着他："走不走？"

雷克萨斯 LM 的私密性的确够强。后排车厢只有两个独立的座椅，前后排全部分隔开，形成两个完全独立的空间，互不干扰，极适合老友聊天。

上车前，许平忧问东子要来一顶男士棒球帽，准备回去递给站在等候区的人，并还记得简短解释一句："费老师跟我们回去拿上次忘了的外套。"

东子记起之前吃夜宵的事，恍然大悟地点点头，也就不多问，帽子也给得很爽快。

费行云等在原处，并不介意她的顾虑。面对面交接后，他动作利落地戴上帽子，将一头亮色头发全数罩住。

酒红色的帽子很适合他。

车门打开，许平忧坐进里侧座椅。即使稍微显得有些像废话，她还是很自然地向他确认入住的酒店是不是同一家，如果不是同一家又是否顺路。问答完毕后，她拿出手机低头一看，收到两条消息。

方沐："有需要帮忙的地方，可以联系我。"

陈辰："宝贝，我的电话不关机，你懂的。"

她的心情不比平时平静，对本就不乐意见到的前一位，当然不会有什么太多的耐心回复消息，只认真回复后面一条。回复完毕，她言简意赅地给豆豆发去一条信息。

密闭的空间中，有些微的红酒气息自身边人弥散而来，使得车内莫名多出几分热意。

可对于娱乐圈这样常年需要曝光度的职业来说，开窗透气显然是一件奢侈的事。

许平忧对此心知肚明。因此，她选择在红酒气息中静默地坐着，目光望着窗外不停闪过的霓虹灯。

费行云没有要说话的意思，他借着帽子和口罩的遮挡闭目养神，要说话时，问的也是能否放些背景音乐，看起来没有丝毫的不自在。他调低座椅，姿势状态都很轻松，只有在问话的时候，眼睛半睁不睁地看着她。

看得出来，他大概真的有些醉了，不过说话逻辑通顺，口齿清晰。见许平忧将眼神投过来，他也没什么异样，只稍带一点鼻音，继续轻松地说着："随便什么歌都行。"

一方坐得笔直，一方坐得自在，根本瞧不出谁是主谁是客。

"好。"许平忧从容自若，果真放起一首无人声的钢琴乐。

车行得平平稳稳，费行云安静了一会儿，又忽然微微蹙眉，问她："抱歉，有没有冰的……"

许平忧这回没有等他说完，直接从车载冰箱中拿出一瓶冰过的矿泉水，视线转往右后侧，落在他那双被人称赞的眼睛上。

微醉的人，大概眼里总是要多出点雾气，何况还是一个眼睛长得好看的男人。

相比她记忆中的形象，如今的费行云还是随心所欲，但多出一点成熟稳重。

他慢腾腾地伸手，接过矿泉水。

男人的指尖刚刚触碰到瓶身，许平忧便收手，未多等一秒。

"多谢。"费行云好似没有察觉，抬手接过塑料瓶，道一声谢，随意放在额头处。

他保持这样的状态，闭着眼睛接了一通电话，带着鼻音，不耐烦地回应对方的质疑："没闲工夫跟你装，各种酒混着来，喝得比较杂，就这样。"

"知道。"他的手指敲击着一侧的扶手，极有节奏，说道，"蹭了人家的车，马上到。"

车径直开进酒店的地下停车场。豆豆睡过一觉，按照许平忧的指示，提前从房间的行李箱中翻出一件男士外套，在负一层的电梯口候着。

许平忧在暗色中看见豆豆，从自己这边的车门下车站定。

她终于得以从不自在的热意中解脱，不声不响地呼出一口热气。身形放松后，她慢慢地绕至另一侧，将外套递过去。

外套叠得方方正正，味道清新，挑不出什么不对的地方。

豆豆意外于外套出处，更意外于与许平忧一同下车的人。但她还记得保持职业的态度，无声无息地跟着他们进入电梯。

三人一行，有点像第一次录制节目时的重演。

不过这回不是巧合，更不是正式场合。双方也算通过节目熟识，不再是当时那样，需要客套地问一声好。

这回，豆豆没有出声。费行云靠在电梯一侧，摘掉帽子，揉着太阳穴，一路养神，精神头终于好了些。

电梯的灯光中，他抬头看向另一侧站着的许平忧，主动打破沉默。

“大恩不言谢。”他举了一下手里的矿泉水瓶，轻松地开起玩笑。

第三人在场，许平忧比在车内从容许多。她与他对视，同样笑着接话：“没什么，举手之劳而已。”

费行云客套得很恰当，眼神带笑：“车上给你添了很多麻烦，以后有机会请你们吃饭。”

他用了“你们”这个说法，把刚刚拿到的外套披在肩膀上，似乎忽然想起什么，说：“不如换个联系方式吧。”

他说着眼神一亮，似乎有点懊恼起自己怎么才想起这回事，用的却是陈述句。

费行云非常擅长利用条件达成自己的目的。

《与恋第二次接触》首期播放当日，恰逢各大地方台纷纷开录五四晚会。

王延在乐队停止活动以后，就正式接手经营起了家里的娱乐公司，生活上也逐渐回归家庭。他不像传统的老一辈圈内人，看不上新媒体也看不上快流量。他去年推了两个新人参加选秀，战绩不俗，其中一个甚至位列前三。

为了延续这份热度，他专门挖来以前组建乐队时期就熟识的业界经纪人带新人，又委托费行云专门为其写了两首歌。他不玩流水线要酷那一套，填词热衷热血肆意的方向，在短视频上花大力气推送。今年，这位新人顺利作为单独的偶像代表登上五四晚会，不能不说是一次成功的尝试。

艺人个人的发展不错，小偶像的粉丝十分开心，以前的乐队粉丝却没那么平静。

停止活动前的最后一次巡演，台上台下哭作一团，只有费行云还算得上平静。那会儿，大家都开玩笑说他骨子里就是这么潇洒不羁。直到最近一段时间，渐渐有了不同的声音。

“真搞不明白了，两个人这是看不起朋克摇滚非得要去赚快钱？当时还说 Max 有个性，现在看是不是心思早就在其他地方了？”

“那肯定，让别人给自己打工和玩地下音乐，是个人都知道怎么选吧？”

……

当然，这种声音在粉丝里还是少数。

更多的粉丝还是庆幸费行云没有彻底在圈子里消失。当年乐队活动期间，他连社交媒体都懒得经营，空窗期说消失就消失。有时好不容易有个偶遇的消息，也跟找彩蛋差不多。粉丝之间经常调侃，碰见新粉问，都用“别问，问就是冬天在冬眠，夏天在横渡太平洋”来应对。

四号这天日子不错，天气晴朗。

小偶像要去电视台的晚会录制棚，费行云就蹭车去他们隔壁接受一家音乐杂志社的采访，省掉独自出行的麻烦。

小偶像本人是出道后第一次单独站上这么大的舞台，难免有些紧张，总要找同排的他说一两句话，“费哥、费哥”喊个不停，询问起各种各样的舞台经验和应对处理办法。

“能有什么办法？把大家想象成大白菜或者水果不就行了？”

他的经纪人听了不禁发笑，从副驾驶位转过头来笑他：“我说听起来怎么这么别扭呢，这么多年，你还是头一个叫他‘费哥’的。”

小偶像不好意思地请教大家平时的叫法，经纪人说道：“以前是 Max，麦哥，麦子，还有比较浮夸的麦神。现在嘛，不是大名就是费老师了……他在你这个年纪时，要狂得多。”

“那不一样。”小偶像是聪明人，说话挺谦虚，“麦哥是靠才华玩乐队，我是靠大家的喜欢才能有口饭吃。”

“哟，年纪轻轻的还有这种自觉呢，难怪你们老板看重你。”

车上漫无目的的聊天，费行云一开始还能听得下去，后来便没了耐心，思绪回到几天前那个深夜的电梯里。

也挺奇怪，最近一段时间，他好像总是和有些人相遇在电梯。

现在回忆起来，他也承认自己当时有些投机取巧。

在外人在的情况下，他借着人情的由头要联系方式，成功率根本不可能为零。

他之前因为工作，接触过几次许平忧的经纪人。对方是典型的事业型强人，瞧着也是圈子里混迹多年的资深人士，对于各种资源渠道都极看重。如果他想，要一个推送的联系方式的确非常简单。

可有时候一股劲儿梗在那儿，是不是当面、是不是亲自，就成了一件十分重要的事情。

许平忧在电梯内同他对视了一会儿，直到快到要去的楼层，她身后的助理瞧着都要憋不住打圆场了，她才平平静静地报了串号码。

费行云当时什么都没想，直到发去好友申请，睡前被通过才意识到，自己竟然没有上当受骗。

他懒得换下衬衫，光着脚坐在飘窗上，回完王延的消息又回工作室的人的消息，漫无目的地听着风声和海浪声。

许平忧的朋友圈非常干净，设定为三天可见，发的也都是最近的日程，就连简介都是“工作请联系 ×××”，就像个一心扑在事业上的工作狂。圈子里的人有两个微信非常正常，但至少号本身看着不假，人也是真的。

“你要请他喝酒？算了吧，小心你小命都赔上了，他都还没醉呢。”

费行云此刻抬头，其他的闲话没听见，刚好听到老熟人谈论他的酒量。

“当年我本来想签他们乐队，后来才得知耀行公子——哦，就是你现在的老板，他就是乐队键盘手，才不得不打消了这个心思。不过那会儿开始也不知道，就想饭桌上借酒套套近乎，说不定人一上头事情就成了。结果人家不声不响地在那儿坐着，看起来漫不经心的，却千杯不倒。二十岁出头的年纪，说话竟然也圆滑得很，滴水不漏。”

费行云心不在焉，但还是用膝盖抵了一下副驾驶座后背，声音拖得很长：“谁圆滑？”

对方说道：“褒义贬义你听不出来？”

一车人有一搭没一搭地聊天。车在电视台大门处停下。

费行云率先离开后座，从等待小偶像的粉丝群中穿行而过，一个人走得干脆。

他这样的个头，就算整张脸不露也很显眼，再低调也招来一大片粉丝的目光。有人低声议论，想起他的身份："哦，就是帮咱哥写歌的那个帅哥制作人……"

"你还没看？就是上《与恋第二次接触》节目的那个帅哥啊。"

费行云对此全不在意。他径直进入电视台，在工作人员的引导下进入一处录制棚。

房间虽然小，但场面不小。

采访的记者等候许久，一见他便眼睛一亮，笑着喊："Max。"

对方是很坦然的，大大方方地怀念起光辉岁月："别怪我，我就是有点想念以前的鬼才主唱……你们的黑胶唱片我可是一张没落都买了。"

近几年纸媒和卫视日渐衰落萎缩，各大电视台为了另寻出路，纷纷在不同的领域进行尝试。这家电视台最近举办的音乐人节目大火，耀行又有意在偶像和歌手上打造自己的招牌。双方一拍即合，便开始了深度合作，深耕音乐领域。这本杂志便是产物之一，主打国内前沿音乐人的采访，电子刊、实体杂志加短视频三管齐下，力图抢占音乐领域的权威地位。

有此背景在，费行云自然而然成了受邀的音乐人。

他在镜头前坐下，丝毫不怯场，很随意地答："都可以。"

记者坐下前跟摄影师确认过拍摄角度，没忍住开起玩笑："哇哦，好上镜的一张脸。"

费行云五官立体，面部轮廓流畅，笑起来和不笑时气质不同，却都赏心悦目。

记者是懂行的人，采访过程十分愉快。从喜欢的乐队、崇拜的偶像，聊到最近感兴趣的创作题材、对于朋克和摇滚的尝试，比较满意的创作曲目……双方你来我往，话题不断变换，连相对尖锐的一些问题他也能从容应对。

采访快结束的时候，记者忽然笑了笑，显得有些不好意思："其实今天已经聊了很多了，但我还有一个问题一直想问……"

费行云微微扬眉，用眼神示意对方继续。

"众所周知，'Max 自由形式'是一支非常喜欢在 Live 上演出即兴创作歌曲的乐队。我想问的是，当年告别巡演的最后一场，你在安可环节表演的那首《094》是不是有什么特殊含义呢？"还没等他回答，记者继续说道，"实不相瞒，当时我也在现场，也算是发烧友……大家一直很乐意去解读你们每一次的现场彩蛋，为此还发了不少分析帖。但唯独那一次，至今还没有一个人人都认可的结论。有人说，看歌词只是没什么含义的分手恋歌。也有人说，可能是想表达对所有在困境中挣扎粉丝的支持。”

“啊，不想回答的话直说也可以，后期可以直接剪掉的……”记者又补充道。

“没什么不能答的。”费行云的目光仍落在对方身上，瞧起来没什么异样，很简短地答，“只是跟一本书有关。”

他顿了一下，心中并没有起什么波澜，微微垂眸换了个表述方式：“跟当时想说的话有关。”

采访结束，电视台外面的粉丝仍未散去。

费行云不急着走，反倒像是临时想起台里别的活动，顺口问起电视台今天的晚会录制情况。记者有些意外于他竟然对这流程上没有新意的晚会感兴趣，但也很快有了安排，主动叫尚且空闲的工作人员带他过去。

与刚刚采访的地方不同，晚会录制场地大得惊人，座位都是楼上楼下两层。

场下只有最前面入镜的几排坐着观众，其余的都稀稀拉拉，坐在一层后面几排。

他于黑暗中在最末一排坐定，随手倒出两粒柠檬味的糖片。尝到意料之中的酸味，他把双手挂在前排座位的靠背上，下巴靠着手肘，看那状态就像这晚会的局外人。

今天随他同来的偶像在台上唱跳完毕，身边不少拿着相机的姑娘也都起身退场。她们还正是活力十足、自由自在的年纪，做什么都全凭一腔热情，尚未体会到喜欢的情绪并非万能。

台上，主持人流利地将一大串名字念完。费行云对其中的大多数都不太认识，但对于其中的一个名字却是刻骨铭心。

“掌声有请。”

一群俊男靓女慢慢地走出来，又慢慢地在安排的候场定点站好。

台上台下的距离说近很近，说远又很远。近到让人想起高中毕业时的某场晚会，远到想起大一时期一场各怀心思的 Live。

她的大学生活远比想象中繁忙，难得如约来看一次乐队现场表演。和无数次出现过的梦境一样，她安静笔直地站在第一排，仰着头，目不转睛。他拿着话筒，满眼是笑，毫不掩饰对于第一排观众的偏爱之情。

刚好，*Just Like A Fool* 的首演也在当天。

安可阶段，他抽出在话筒边插了一整场的玫瑰，在台下的惊呼声中一跃而下，无视掉阵阵惊诧，眼带笑意，像看星星也像看月亮，递给一个包得严严实实的清瘦身影。他的动作神情过于随性自然，观众也只当和以前一样是现场惊喜，响起足以掀翻房顶的尖叫声。

他从来都是认定了什么就是什么，懒得去多管其他的，也不会想象事与愿违。有人做了决定后，狠心起来当真能一面都不见，联系方式都删得干干净净。

现在想来，他还是有些容易冲动，做事不够周全。

费行云后来看过《在南方春日》。

那时，他对探究对错已经全无兴趣，对成员们时不时的试探全然免疫。

电影名字里虽然有“春日”，导演却把镜头处理得万分晦暗，全是灰白色的主色调。镜头中的女主角像一只彷徨的孤雁，无人可依靠，只能向曾经最瞧不起的不良少年倾诉心事。

影评人都觉得她既是孤雁，也是最容易让人产生破坏欲的易碎品。

只有他知道，她是一只被困的蝴蝶。

晚会录制还在进行。他听到她的歌声，很生涩，甚至开了提前录制好的垫音。可他仍旧举起手机，手肘放在前座，安静地抓拍一张照片。

费行云发出照片时没有多想。他想让谁看见，只有他自己知道。

费行云：“更近一点。”

第十章

兜兜转转

许平忧尽量自然地唱完自己需要演唱的部分。从台上下来，退到幕布后面时，她还有些眩晕。

人在注意力高度集中后就是如此，并非她一个人是这样。同场的男演员刚一下场，如释重负，长长地吐出一口气。

大家靠演戏吃饭，对唱歌在行的是少数。一场节目好几个人，也有些五音不全的朋友。可这种来自电视台的、难得的正式晚会邀约，要是拒绝也未免太傻。

“看来以后还得报个班什么……”那男演员拍着胸脯夸张地跟助理诉苦，逗得后台的人都笑了起来。

许平忧放松下来后，第一件事是换下鞋跟高得惊人的靴子。豆豆在一旁为她播报着《与恋第二次接触》在热搜榜上占据的词条，什么“高质量单身男女的恋爱”“谁说婚姻爱情不能重新开始”“成年人的推拉之法”……

节目组宣发不仅财大气粗，出手阔绰，还在词条上下了些功夫。他们没有直接将节目名字挂上去，更多的是贴了一些时下讨论的话题，将宣传的重点集中在被观察的众位嘉宾身上，也没忘记眷顾一下他们这些棚内的看客。

“性格差异下对感情不同的处理方式。”豆豆念着念着，开始还是笑意盈盈，一路追着她回到休息室，后来点进去看了视频，她渐渐皱起了眉，“这个节目片段的剪辑……”

许平忧在镜子前坐下，慢慢地放松肩背，拧开杯子盖儿喝了口枸杞泡的热水，问道："怎么了？"

今天她穿了一身的红色，红色短外套，红色短裙配蝴蝶结，脚蹬一双长筒靴，没有戴任何首饰，眼影也清淡得看不出妆感，青春可爱的风格。这倒很省造型方面的事，叫她莫名有种回到学生时代的错觉，穿着打扮尽是学院风格。

"我说不上来。"豆豆抬头确认了一下门是紧闭的状态，才犹疑着出声，"就是……就是感觉剪得有点像你和费行云老师在互撑一样，刚好每个问题都是完全相反的方向，跳过了主持人采访问题的部分。"

许平忧愣了愣，回忆起第一期录制的场景，认真思索着，说道："可是我们都是分别答的问题。"

豆豆有点愤愤然："对嘛，我当时也在外面看着的。所以我说，剪辑稍微有点搞事情的感觉。你们俩没那个意思，都是好好地回答个人问题，也给剪出一点火药味。"

许平忧没来得及出声，豆豆已经控制住情绪，很妥帖地给出方案："我给曹姐打个电话，然后联系一下节目组吧。当时合同是反复看过的，我们也有维护形象的权利。"

偌大的娱乐圈同社会一样，一向对女性要求极高。

她们刚刚在剧播期吃过一次亏，不能重蹈覆辙。

许平忧很少上综艺节目，上的时候也大多是内向少话的形象，这才免去了许多风波。

节目组如此刻意为之，似乎也很容易想通。

难怪第二期节目组忽然请来和主持人熟识的脱口秀演员，多半是在后期剪辑的时候，发现第一期有些沉闷，也没什么争议点，就只能在剪辑上动动手脚。

"关键是不能再来一次了吧。这次是小费老师还好说，人家主要是做幕后工作的。可要是再来一次，换成同节目的男演员或者偶像歌手呢？"

豆豆在窗边站定。许平忧知道她在气头上，忍不住笑了，顺手从梳妆台前拿起一瓶未开过的矿泉水拧开给她，拍拍她的肩膀。

"不是什么大问题。"许平忧在这种问题上一向想得很开，笑着为她顺气，"别为这个生气，保持开心更重要。"

其实，她同费行云之间没任何问题，再怎么剪也不可能凭空生出一堆实打实的矛盾来，顶多就是引发众人议论。节目的重点始终在素人嘉宾身上，何况他们俩连职业都不大相关……

许平忧决定放出撒手锏：“要不然，请你吃好吃的？”

今天的晚会录制完成后，她明天要飞往北京参与曹月之前提到的电影试镜。然后，最近就没什么比较重要的通告了，她可以慢慢地在录制综艺节目的间隙挑一下剧本。

近几年，曹月将不少事情的主导权渐渐交还给她，其中就包括看剧本的事情。许平忧自认不算极有天赋的人，她更愿意将自己的位置始终摆正在半途上路的新人上。这么多年下来，她对于剧本也逐渐琢磨出了一条思路——除去剧情，更重要的是要有一定的逻辑性和合理性。

过去，她对曹月承认过自己的小心思：“对于逻辑性比较强的角色，演员也比较容易抓到信念感。”

“其实是有点投机取巧了……”

“这种合理要求叫什么投机取巧？”曹月有点惊讶，但也不奇怪她这样将什么问题都归于自身的风格，很果断地说，“就按你想的来。”

结束了地方台晚会的录制，身边有人心情不佳，她也说到做到，干脆在回公寓前请豆豆和东子吃了一顿最近网络上正红的法餐。

美食总能消除所有烦恼，一顿饭吃完，豆豆又变得精神抖擞。东子笑她这是吃肉解千愁，她也没理，将许平忧送到公寓门口还不算，又跟她交代事情最新的进展。

“节目组那边说，以后不会这么故意剪辑矛盾，也会像第二期一样，请一些本身发言自带爆点的嘉宾过来。”豆豆沉吟了一下，认真地补充说明，“就是要跟费老师那边打个招呼。曹姐说她给耀行那边打个电话，你这边上次不是也跟他交换了联系方式，也可以直接跟他本人沟通一下……哎呀，其实不说也行，反正怎么都能处理好。耀行那边基本没什么演员，跟咱们连竞争关系都没有，这其实还挺方便。”

豆豆越说越觉得放松：“就这样说定了，明天一大早我来接你。明天的试镜更重要！”

她眼神闪亮，许平忧哭笑不得地应了一声，拿出家里所剩不多的小零食送走豆豆。

即将试镜的这部电影和她的出道作不同，类型是商业片，导演也是做出过票房五十几亿现象级爆款的商业大导。他这次公开为下部作品挑选女主角，已经出乎很多人的意料。

这种国宝级导演执导的电影，哪怕是其中戏份较少的“花瓶”角色也值得尝试。更何况，这次的女主角还有完整的感情线，和男主同甘共苦，有自己的武打戏。

曹月接到试镜机会也跟她确认过，在这些方面都没有问题。在她眼中，许平忧有多年的古典舞功底，做武打动作肯定没问题，唯独担心她的身体和精神状态。

谁料，许平忧答应得很爽快，也再三保证不会错过这次试镜机会。

她年纪小的时候不懂事，现在才明白曹月当年于她的知遇之恩。

公司和演员并非谁为谁付出的关系，而是互惠互利，携手并进。没有谁在圈内浸染久了，会不期望回报。

翌日一早，豆豆果真准时，带着东子来敲她的门。

许平忧给他们一人一份做好的三明治，自己却只吃麦片粥。

“今天的事情这么重要，”她笑着找出一个理由，“我怕我会有点紧张。”

她一旦紧张，就容易胃里翻腾不止，觉得什么都不吃简单管用。

豆豆拿她没有办法，只得一边劝人勉强吃两口面包，一边在她上车前给她调整好座位。

上海和北京一南一北，同为大都市，却在很多方面差异巨大。就算季节相同，时下的天气也完全不同。

时间尚早，机场没有粉丝送机，只有几个长期驻扎的代拍跟着。

豆豆给她护出一条路，陪她一起上了飞机。

飞机落地时，首都起了点春末的干燥的风，把人头发吹得乱飞。

许平忧坐进车内，一路已经养好神，很难再入睡，便开始琢磨曹月给她发来的一些内部消息。豆豆也不像刚来的时候那么小心翼翼，生怕一点动作就会吵到她，而是光明正大地看起手机。

“服了现在的网友了。”豆豆刷着短视频，说道。

“许平忧”三个字长年累月地驻扎在她的搜索栏，推荐的视频自然而然占据了一席之地。

许平忧的心思还在曹月的消息上，没有出声。驾驶座上的人好奇发问：“怎么了？”

“没有，我就是看到点儿东西，忽然觉得昨天的自己是不是有点小题大做了……”

豆豆说着说着，没忍住乐了起来。

“有人帮咱们忧宝和费老师剪了视频，用的就是之前晚宴红毯和《与恋第二次接触》第一期的素材。”她越说笑容越明显，只当是给人放松解压的笑话，“背景乐配的《血腥爱情故事》，还挺会剪的……”

“配字更大胆。”她看红灯还有十几秒，将手机屏幕在驾驶座前展示一秒，一字一顿道，“‘娱乐圈现役“离异夫妻”感天花板’……现在的观众们都好这口了吗？”

东子过了新人的阶段，从严格意义上来说，已经算是在娱乐圈见过风风雨雨。可此刻握着方向盘听人念着，他依旧觉得有些不可理解，眉头皱起，不敢相信地重复：“‘离异夫妻’？平忧姐和你偶像？”

感觉他抓错了重点，豆豆有些无语：“你怎么就只听见这四个字了……以前曹姐说你不懂圈子里的那套，原来是真的。”

她嫌弃他直男思维，语重心长道：“‘人与人的 CP 感是玄学’，你记住这句话就行。”

交通灯信号转换，东子反驳不成，干脆放弃辩驳的机会，专心开起自己的车。

豆豆则依旧兴致勃勃地翻看评论区的各种犀利评价。评论区还和之前的杂志晚宴那回一样，大多是关于两个人微妙气场和化学反应的讨论。只是这次加入了《与恋第二次接触》剪辑出的人为矛盾部分，配以恰当的背景音乐和歌词，竟然还真有了那么点儿半真半假的感觉。

有讨论热度在，自然就有《暮暮朝朝》的搭档粉出现，不时地和人吵成一团。

豆豆默默地看，也不去打扰旁边正在琢磨试镜的事情的许平忧。

他们到达面试通知上指定的酒店时，时间已是上午十点半。

相比电视剧和网络剧，大荧幕往往更看重演员的表情，追求真实的皮肤纹理。这位导演的试镜同样遵循这样的道理，特意强调不要演员上妆。于是，豆豆也就只为许平忧确认了一下发型和着装。

他们赶到的时候，还有几位演员已经等待许久。

或许是因为有明确的竞争关系在，也或许是这种机会实在难得，哪怕平日里有些交情，大家也是打了招呼就不再多说话，依旧停留在各自的保姆车上。再不然就是独自前来的新人演员，一看就处在比较紧张的状态，坐在大堂里单独等候。

许平忧想着曹月刚刚的说法：这个角色有单独的成长线，影片中又有打戏，需要演员吃得苦，愿意在剧组里下功夫，跟着工作人员上山下海。

“其实导演那边的消息说，他个人比较属意用新鲜面孔。可是几个高校选下来还是没找到合心意的，这才想到在圈子里做一次公开试镜选拔。”

这种机会，不仅仅是成名演员和刚签公司的新人有意。

这种紧绷的气氛之下，一辆低调奢华的GMC SAVANA驶过酒店大门，许多人的目光也就不自觉地跟了过去。

车门一开，下来一位打扮清爽的高马尾女士。她身材极佳，神色大方，正与自己的助理轻松地谈笑。

豆豆探头探脑，率先反应过来，惊呼一声：“蒋一蓉？这位竟然愿意来？”

东子的目光跟着追过去，思索半天，问道：“这是去年在海外拿奖的那位？我记得我还看过她的出道电影。”

蒋一蓉出道作就是投资巨大的武打动作片，和众多巨星合作。此后，她虽然更多地往文艺片方面发展，但依旧凭借当时出色的表现在观众心中留下了“职业女打星”的形象。网络上每每提到打戏利落、演技不错的女星，都不会落掉她的名字。

因为她的到来，大堂那边一时乱成一团。

“没办法。”豆豆趴在窗口看了一会儿，叹了口气，兴致索然地关上窗户。

许平忧倒没有为此紧张，也并不喜欢随意评判他人。她只是惊讶，这电影试镜或许比她预想的还要竞争激烈。然后，她又沉浸到自己的准备状态。

临近十一点，导演团队一行终于到达酒店。

“面试官”驾临，所有人都朝着提前安排好的楼层和试镜室行进。他们几个落在最后，走得不紧不慢。

许平忧同样是最后几个进入室内。整个试镜过程和从前差不多，单独试一段内心戏，和制作方找来的男演员搭一段戏，最后如果还有动作上的特长，也尽可以展示一番。许平忧做好每个步骤，在最后展示了一下自己的舞蹈特长。

导演留着一头长发，年纪四十出头，神色严肃。从刚刚面试过的演员剧透到现在，他始终保持着“瞧不出好坏”的神态。

“OK。”

制作方的人陪在一边，看不出有什么意见，面带笑意地冲许平忧做出“暂停”的手势，用稍带粤语口音的普通话跟她道谢：“辛苦了。”

许平忧呼吸起伏，还有些没从情绪中走出来，带着展示完基本功后的喘息，瞧人便带上一点习惯性的冷淡，只点了下头，没作声。

导演手中的笔转了又停，等她走到门边，忽然出声：“你等一下。”

“能说说刚刚你那段内心戏的处理想法吗？”

导演这个问话，显然出乎室内众人的意料。可他很无所谓，继续直白且坚定地问：“为什么没有掉眼泪？”

试镜是一件很耗费精神的事，要专注，要沉浸，还要为塑造自己所理解的人物性格，更要让自己产生信念感，说服他人。

许平忧在电梯间和豆豆会合，嘴唇发白。她一上车，立刻缩进座椅内，抱住膝盖慢慢地平复呼吸。

豆豆不为难她，也不急着问试镜情况，而是给她递来还是温热的随身水杯，同她说一会儿找个地方好好吃一顿，再休息一会儿，缓解早上奔波的辛劳。

“那就去上回那家餐厅。”

许平忧平时在吃上要求不高，这会儿也赞同豆豆说的，急需进行体力上的补充。

刚刚试镜时的最后一问，当真将她问得有些蒙了。导演那边给出的剧本不可能是全貌，仅仅是女主角对于童年时光的一段回忆，连台词都没有。

“请你作为‘她’回忆并不愉快的童年，作为孤儿被养父带大，在严苛万分的训练中成长，从未享受过真正的快乐。”

她读完那几行字，微微出神后闭上眼，脑海中浮现出一些形象，只觉得悲从中来，眼泪溢在眼眶，将落未落，沉静无言。

她只是认为，这个角色或许就是这样的一个人。

“或许，她的眼泪小时候就掉光了。”许平忧当时笑了一下，莫名回忆起一点童年往事，状态极放松，“当然，这只是我的看法。”

导演没说什么，神色没有变化，又问她以前是不是演过赵导的电影。她点点头，大大方方地应声。

至于试镜结果，如今也只能听天由命。试镜结果从不是简简单单的一方就能决定的事情，有时候几方意见不一致，等待许久也是常事。曹月应该会持续关注这方面的消息。

此后，果真连着几天毫无消息。她也只当是做完该做的，看起一些递到手边的剧本。

她再次回到《与恋第二次接触》的录制地，是一周以后的事情。

许平忧已经许久没有来这个录制棚，刚到的时候竟然有种既亲切又陌生的感觉。看着那些关系逐渐变得密切的嘉宾，她也有一种异样的、看待朋友的情感。

剧情正进展到二轮约会完毕的阶段，当其中一位男嘉宾开始尝试发一些对心仪女嘉宾有暗示意味的朋友圈时，棚内又响起一片尖叫声。

这期来的有一个以夸张反应著称的知名歌手，棚内气氛和上一回相比，完全不一样。

“这难道还不算恋爱进行中？”歌手双手抱住自己的胳膊，做出起鸡皮疙瘩的样子。

许平忧算是其中最淡定的，但还是适时地露出心领神会的笑容。

她认真地盯着屏幕上每个人的一举一动，收回目光时，猝不及防地与桌子对面的人对上。

一段时间不见，费行云的头发变长了，甚至染回了黑发，搭配他今天一身红黑街头风穿搭正好。他看她的脸色未变，眼神淡淡的。她却觉得有一股莫名的情绪朝自己所在的方向涌动，分明在笑，却又掺杂着一点薄怒、一点委屈……

委屈？

许平忧微微怔住，有些莫名，不动声色地移开目光，继续认真当起称职的观察者。

节目录制结束，她没有多停留，径直回了酒店。

第二天赶回去的早班机时，许平优竟然在机场候机室碰上费行云。他比她潇洒得多，一个人来，一个人去，根本不需要任何照顾。

豆豆早就一回生二回熟，竟然还主动跟他提起上一次剪辑造成的乌龙事件，解释时和曹月联系耀行的说法保持了一致。

“不过以后应该没什么了。”

她为在座位里补觉的许平忧拿来一盘水果，又端来一杯鲜榨果汁。

费行云用不冷不热的“嗯”搭腔，眼皮子不抬，慢慢道：“这儿的果汁很甜。”

豆豆没反应过来时，他已经起身，先一步准备去登机。

许平忧口罩未摘，醒过来时，只见豆豆仰头猛灌着一瓶矿泉水，夸张地指着茶杯道：“哇，怎么加糖跟不要钱似的……还好没让你喝。本来你也不喜欢甜的，齁死人了。”

即便这次回去有人在同一航班上，飞机上的无聊也不会有丝毫变化。

许平忧在回公寓前，特意去超市买了些新鲜的果蔬和肉。接下来的几天，她终于有了可以休息的时间，要在行程上早做打算。出来时，她路过一家网红甜品店，特意让豆豆帮忙买了一份泡芙。

“你还关注甜品店呢？”

豆豆办事从来利落，很快解决完所有问题，笑她竟不是对社交网络一无所知。

她没让豆豆送她上楼，独自提着塑料袋慢慢往家里走。进入电梯，在十二楼下，转过拐角，她一眼便看见自己摆在公寓门口的一盆植物——不到季节，没有开花，只有满目翠绿。

那盆翠绿的植物旁边，有人静静地立着，顺着窗户往外远望。听见动静，他回身看她，气息和之前对话时一样，有些冷淡。

他这次总算没有喝酒。

费行云望着她，领口敞开着，手扶在一侧，气势有些迫人。

许平忧静默而立，用指纹开了门，神情非常自然。

费行云的目光始终落在她身上。他跟在后面进去，她也没有阻拦。

门合上，两个人站着，空间一时变得极小。

许平忧微微低头，熟练地换好鞋，试图将手中提着的袋子放在玄关处的柜子上，却被人预知到了似的接过去。

狭小的玄关，呼吸交杂，手指难免交缠在一处。

很烫，力度不大，却刚好将人挟制得动弹不得。

她呼吸急促，身形微僵，半晌才在略显停滞的回身动作间听到男人的声音响起来，语带嘲讽。那双眼睛不笑也像在笑。

“我还以为——”费行云歪了歪头，扯了一下嘴角，笑容有些冷，“你现在真的什么都不怕了。”

许平忧静静地看着他，没有答话。

他们俩现在的身份不比从前，即便单独站在一块儿说话，都需要注意周围的环境。娱乐记者神通广大，哪怕隔着一栋楼都不算安全。她在这个公寓租住这么久，除了豆豆和曹月，再没有其他人踏进过这间房门。他是第三个。

费行云没有再往里走。

他应该是看出她的顾虑，所以跟着进了房门，却也只是停留在原地，该说的话也一同留在玄关处，神情淡然地扫过一眼，没做过多的停留。

整间公寓和预想的一样，极整洁，入目全是灰白色，居住的痕迹少之又少，一面巨大的落地窗是最显眼的存在。

费行云握住她的手，才说出一句狠话，又不自觉地放松了手劲。

许平优调整好状态，转身与他面对面，抬头直直地与他对视。

"你指什么？"

费行云看着她的眼睛，试图从中读出点什么。

她今天穿着平常，蓝色的毛衣外套将整个人包裹住，显得清丽又温柔，和记忆中一样，总是站得笔直，好似狂风骤雨也难以压垮。

几年前王延曾经说过，她这样的性子，看起来温温柔柔的，实际上有着决定了什么事情，十匹马也拉不回来的倔脾气。

他在酒吧请他喝酒，将许平忧当作他的一个寻常前任，说着说着看见费行云的脸色，惊异道："不是，你不会又念念不忘了吧？"

王延自认为是情场高手，费行云懒得听下去，抓起外套走人，一句评价都懒得给。

温柔的人狠起心来，比寻常人还要果决一万倍。

当初那场 Live，他在万众瞩目下为她唱情歌，又跳下舞台为她送上一朵玫瑰。他全凭自己的心意做事，在后台处没有得到预想中的拥抱和亲吻，却得到一句毫无意料的分手。

严格说起来，费行云都快忘了自己当时是怎么应对的，又是怎么愣在原地的。他只记得沸腾的血液还没冷却，就冻结成冰，像有人忽然按下时间的暂停键。

不大的空间中，许平忧的声音落在地上，如同一段冰锥，锐利伤人。

"之前我们说好的，有什么事情都要面对面地商量。所以我想来想去，还是觉得当面跟你提这件事比较好。”

费行云的呼吸尚且没有平复，只能听见她像一个没事人一样，理智地说明自己的希望。

“我想，我们两个人，还是分开比较好。”

费行云神色冷下来，要她再说一遍，她坦坦荡荡、毫不畏惧地重复了一次。

后台的灯光下，休息室里只有他们两个人。其他成员早就善解人意地提前离场，甚至为他们留下两杯酒。灯光晦暗，连带背景音乐都是柔和、暧昧的小提琴声，浪漫的光束都呈现出流动的姿态。

许平忧不能喝酒，却微微躬身，将整杯酒一饮而尽。她的下巴尖尖的，神情在黄色的光晕下有些刺目。

“我要说的就是这些，也不是一时兴起。”

她平日里稍微沾点酒精就会咳嗽，那时一整杯烈酒入喉，却毫无反应，真像是刀枪不入。

就和此刻的她差不多，眼神状态都很自然，从容淡定。

如果不是几秒之前，他主动伸手习惯性地接东西，一时称了自己的心意，发现她手臂微僵，他还真当她就是刀枪不入，不怕他忽然的逼近，也不怕追问。

许平忧仰头看着他，继续出声道：“这次想问什么？”

费行云忽然弯着眼睛笑了起来：“没什么。”他一贯对自己的情绪状态坦然，这回同样如此。转过弯了，他眼角的冷意渐渐散开，全部融进平日里松散的状态，“你就当我是节目上受了刺激，一时想不开，才想着要干蠢事。”

“打扰了。”他潇洒利落地转身要走。

许平忧微微静默，目光落在他的身上，骤然出声：“等一下。”

玄关处没有灯，比有落地窗的客厅暗得多。黑暗又总是让人陷入茫然。

她难得动作和话语都先于思绪，跑在前面。

“你……”许平忧略微迟疑，背后的手不自觉地慢慢握成拳头，问道，“你还打算回到舞台上吗？”

费行云望着她的眼睛，表情依旧，“嗯”了一声，声音不轻不重：“谁知道呢。”

因为没有要回答的意图，所以显得含糊。

“好好休息。”话音才落，他拉开大门，将这四个字留给她，转身将门轻轻合上，来去如风。

对话结束得比想象中快得多。

许平忧站在原地，好半天才有了动作。她提着满满一袋东西进了厨房，将瓜果蔬菜尽数放进冰箱。看到完好无损的泡芙时，她又不自觉地微微停顿，最终不动声色地放进最里侧。

这盒泡芙最终没有去到预想中的去处，还是进了豆豆的肚子。回到公寓的第二天，豆豆不辞辛劳，又专门为她送来几册剧本。许平忧的假期还剩几天，就干脆收拾好东西，跟曹月打过招呼，又跟李姿玉通过电话，临时带着剧本飞回老城。

这几天也没有工作要忙，她就给两位助理放了假。

今年的夏天，老城比想象中还要热。阳光炙烤，空气仿佛都在不停地翻滚。

李姿玉这几年又开始做起与舞蹈相关的教学工作，白天不在家。许平忧全副武装到家时，只有冉冉一个人窝在沙发上认认真真地看动画片。她被扑了个满怀动弹不得，索性就抱着冉冉，陪她看了一上午的《海绵宝宝》。姐妹两个人沉浸在动画的世界中，时不时还聊一两句剧情，和谐又默契。

午饭时间，母女三个人久违地聚在一块儿。

李姿玉开始还不欲多说，在许平忧的提问下，才渐渐说起一些工作上的事情。

“我朋友开的工作室，不针对艺考，来的都是年龄小一点的孩子，所以不需要像以前那么时时刻刻盯着。大多数家长是把这个当孩子的爱好培养。至于中学以后要不要走这条路，由他们和孩子商量好了再说。”

李姿玉说完这些，又顿了一下，看了眼低头认真吃饭的冉冉，知道许平忧想问的是什么。

“当年的事情没什么影响。大家记性没那么好，你放心吧。”

许平忧为冉冉换掉咬瘪的吸管，“嗯”了一声，并不想多说。

冉冉比寻常孩子更容易患上口腔溃疡。现在虽然不必像以前那样连食物温度都要样样注意，但养成的习惯不那么好改。

午觉时分，冉冉被她哄入睡了。许平忧起身，在玄关处与李姿玉撞个正着。

“要出门的话，我把家里的车钥匙给你吧。”

李姿玉很自然地与她交谈，像是逐渐适应了家里多出一个人，交代了一句。

当年离婚后，很多事情李姿玉都是从头学起，其中就包括考驾驶证这件事。

这么多年过去了，她们二人的相处始终维持在这样一个温度，不冷不热，不近不远，已经算得上舒适。

车内空调温度不高，两人无话可说。碰上红灯，副驾驶座上的人才仿佛终于做好准备，与她搭腔："最近工作怎么样？"

许平忧有些意外，握住方向盘答："还行。"

气氛再次陷入沉默，直到快到李姿玉工作的地点时，对方又忽然出声，这一次竟有种谈及正事的意味。

"家里也还行。所以如果有什么想做的事情，不要顾虑太多。"李姿玉语气平淡，到最后似乎有些不适应，一边下车，一边丢下一句，"我们都会支持你的。"

她走得极快，快到这句话也像轻飘飘的。

许平忧怔了一会儿，忽然失笑，重新发动车辆，将车开到了成东巷附近。

和曾佳林说的一样，片区经由市政多年的改造，已经彻底变成了当地知名的特色文化街。年轻人身着各种风格的服装，自由自在，散发着属于这座城市的独特魅力。她在这里的记忆不算特别好，但也被这种莫名的惬意感染，成为其中的一员。

她没有下车，趴在方向盘上，打起瞌睡。

豆豆的一通电话忽然响起。对方喘着气，听得出来情绪有些不稳，应该是刚刚调整好与她对话的状态。

"曹姐要我跟你说一下，最近几天先别上网，公司会处理好所有的问题……"她语速很快地说道。

许平忧耐心地听完，说道："我不看，怎么了？"

她这样平静带笑的语气总是很能安抚人心。

豆豆沉默了一下才继续说道："有人自称是你以前的同学兼邻居，在论坛上发了些有的没的。各个平台上都发了，应该是背后有推手……你别怕，当年的那些事究竟是什么样，我是清楚的。所以你也不要急，公司这边也会想办法保护你的隐私。"

同学？

许平忧微微一愣，也没别的想法。她小时候性格极其别扭，在不知道的情况下和人结仇也不奇怪。

这边与助理打完电话，曹月的电话紧随其后，不过她的消息要更加明确。

这些事情并非无缘无故被人挖出来，很可能是有人故意在某些资源定人的紧要关头要她好看，给她制造一些舆论上的麻烦。

“说实话，那边也只是说你在备选的最后三个人中。我没想到有人把这部电影看得这么重，连这种舆论玩法也抬到台面上来。你最近那部剧正热播，正是热度高、观众有兴趣的时候，他们那边下手不纯粹是冲着什么舆论，也有要引导你粉丝的意思。

“我们不是什么选秀出身，平时也不搞炒作那一套，粉丝黏度没那么高。

“当然，最重要的还是为了那部电影。大家骂不骂你都没太大的关系，只要能让制作方在对比候选人的时候多犹豫……”

曹月越说越严肃，到最后也没了耐心，勉强控制住情绪，同样叮嘱她暂时不要上网看评论。

许平忧“嗯”了一声，很听话。

社交平台总是跑在前面，大数据毫不留情地直指目标人群，只不过是挂断电话的过程中，立刻为她推送起某某女艺人背后不为人知的故事。当下最热的提问平台意有所指，连标题都十分隐晦——

“某女艺人当年怎么对自己父亲的事情大家知道吗？”

“我是某X女艺人的同学，应该算是小学同过班，高中又考到了一块儿，甚至大学都在同一座城市。我说的这件事可能大多数人不知道，但当年在我们本地是很有名的……所以我也很意外，某女艺人怎么就在圈子里混了这么多年，也没人旧事重提。扒出这件事跟人对上啊，明明当时的新闻也有人扒到真人。那会儿社交平台也发达了，我们这边传得到处都知道。新闻当事人就跟她同一个姓，我个人觉得算是人品问题了吧……”

“她和她妈当年狼狈为奸，不让离婚后的父亲见生病的小女儿，结果搞得她爸在路上出事没了。她爷爷奶奶没办法只能求助媒体……当年都有记者追上门了，大家不知道吗？”

许平忧没什么感想。

面前还是人来人往的巷子口，她一个人在车里待着，被迫接收旁人对她的看法和议论。不过现在回头看，她早没了当年那样容易崩溃的情绪。

她只是坐在座位上，莫名感到茫然。

冉冉被送进医院检查出病症的当日，她刚刚上完大学里的训练课，在小径上结束一通来自南方的电话，一个人慢慢地往宿舍走去。Max 乐队接下来要开始多城巡演，费行云这通电话，既有跟她交代的意思，也是提前说明练习时间增多，有可能出现联系不及时的情况。

冉冉得了病，并且是需要长期治疗的重病。

“你也别想太多，我就是想先跟你说一下情况……”外婆的声音在电话对面微微发颤，说完最紧要的，又告诉她不要担心，好好学习。

在家里出了大事的情况下，她怎么可能不担心，又怎么能安心学习?

许平忧那时已经经由老师和学姐介绍，偶尔做起一些带课或者礼仪的兼职，自己攒下了一点积蓄。她当即毫不犹豫地买了机票飞回老城，在医院只见到孤身一人的外婆。冉冉被查出重症，第一时间就办理了入院手续。李姿玉却因为精神打击太大，在看似平稳的状态下办完所有入院手续，安顿好小女儿后，在座位上昏迷过去。如果不是被路过的护士及时发现，她的情况只怕还要更糟。

外婆的身板虽然还算硬朗，却不懂现在这个时代的入院手续流程。看见许平忧的时候，她顿时像有了主心骨，神情惶恐，几欲垂泪。

“不用担心，您慢慢说……还有我在呢！”许平忧立刻伸手握住她的手。即便她心里还有些茫然，依旧强迫自己镇静下来，低声安抚后细细询问起情况。

冉冉的病并非产检期能检查出来的。

她幼年时的确非常容易感冒。但那个时候，家里也只当是因为当年出生条件特殊，身体比普通小孩子要弱一些，根本没人往免疫系统方面想。直到冉冉这次感冒引发肺炎，直接送进医院进行全面检查，才发现问题所在。

“你父亲那边我们也通知到了。冉冉现在还这么小，该做化疗一定要做，该做手术也要趁早。”外婆声音发颤，像在说服她，也像在说服自己，“小忧不怕……你妹妹年纪还小，小孩子治愈的概率也大。”

许平忧听着心尖发颤，目光落在病床上，只将外婆的手握了又握：“我知道的。”

她还不了解治疗需要的具体费用，但也能猜到不会少。

许平忧的思绪乱成一团。她慢慢抽丝剥茧，逐渐理出一条思路。

外婆去看护冉冉，她就主动留下来陪着李姿玉，并再三叮嘱外婆要保持手机的通畅。

李姿玉清醒过来，水没喝几口，却立刻哑着嗓子让许平忧将她的手机递过去。她明明精神才好，又强撑着与人通电话。

她要许平忧出去，许平忧同样照办。医院里的病房紧张，李姿玉感觉身体没什么问题了，自己也主动跟护士说明情况，坚持腾出床位。

许平忧隔着一扇门，听见她在走廊尽头的阳台处和人争吵。

“冉冉的病，我是一定要想办法治好的。许凡波，你但凡能拿出一点跟我争孩子的劲头，现在就不会只是坐在你那个新家里无动于衷地听着！”

“是吗？你犯了原则性的错误，孩子不懂事你还不懂事吗？我之前不要你见她怎么了，难道还是我的错？你也少说废话，别把自己当成什么情种。我们俩早已经不是当年的情况，装得这么像模像样算什么？冉冉现在情况特殊，医生也说要先把情况稳定住了，再谈其他。”

“冉冉是你们许家坚持一个家里总要有个孩子的结果。因为这个，我才坚持了那么多年。别以为我不知道，当年我怀孕之后，你爸妈那副盼着孙子的德行……”

两个人的通话，断断续续打了好几次才算完。

李姿玉从阳台上回来，嘴唇发白。看见许平优，她尽量使自己保持神情淡定，用仅剩的精力轻轻出声：“你也别急，等你爸……等他过来了，这件事会有办法的。到时候，你还是回去上你的学，不会有什么特别大的变化。”

许平忧“嗯”了一声，很自觉地去扶她。

但老话也说，天有不测风云。

许凡波自离婚以后，并未真如李姿玉所想，将新欢娶进家门。他带着人去了外地拓展生意，几年也没定下再婚的事情。许家二位老人原本也不将前一个孙女的事情看得有多重，但看许凡波这么犹犹豫豫的，就知道他心里还存着往事。无奈之下，二老也只能由着他在冉冉的事情上坚持己见。

春季很少下那么大的雨，高速公路上，一起特大交通事故登上本市晚间新闻头条：天气情况恶劣，有人违规驾驶，造成几车相撞，造成几人死亡，几人重伤……

当夜，许平忧陪着外婆坐在医院的等候区。她盯着前方的电视，尚且还没意识到这新闻与她们的关联。她只知道李姿玉又接起一通电话，回来精神便不怎么好了。

许凡波是高速公路事故中重伤的一个，经过几个小时抢救，仍旧没能捞回一条命。

太多的事情接踵而至，许平忧在其中随着沉浮，同样感觉不到真实，过了许久才调整好状态。

她忽然想起一些小时候和许凡波相处时的情形。一想，她就不怎么能吃得下饭。因此，她只能强迫自己把思绪放空。

李姿玉比她状态差得多，两天食不下咽。她既要照顾小女儿，还要和追上门的许家人周旋，连工作都不能再做，独木难支。

许平忧也不知道自己从哪儿来的勇气，将人全部挡在门外。她声音发颤，却还能故作镇定，喊那些熟悉的大伯、小叔……

“我知道，你们是为我爸……”她注意到对面几个人的神色，立刻敏锐地改掉话中的称呼，“为自己的亲人抱不平，想在这件事情上讨个公道。可是我妹妹现在还在病床上躺着，我母亲你们也看见了，状态不怎么好。”她不动声色地侧身，将一侧的外婆护住，“你们总要给我们一点时间，让我们一件事一件事地解决吧？”

许平忧直视对面的人，冷静地出声，丝毫不留情面：“我人在这儿。你们也知道我的学校，人是跑不了的。光是对着我外婆喊着要人偿命，找些莫名其妙的人来讨要说法，难道就能解决问题吗？”

她的目光自队伍最末的几个人身上掠过。他们带着相机，尽量隐去自己的存在感，状态专业，看她像看一块砧板上的肉。

一家人的闹剧，还是牵涉男男女女、交通事故等各种社会热点的闹剧，哪怕只是真假莫辨，也会带来极大的讨论度和关注度。

那几天，费行云的消息发过来，她还能表现得像个没事人，用网络不佳作为理由要他换成电话。他告诉她老城这站的巡演地点，她也像从前那样应着，一点异常都没表现出来。

许家是一定不会善罢甘休的。骤然失去家里的顶梁柱，就算其他亲戚愿意罢休，顶梁柱的父母也绝不可能。

父母、父母，又是父母。

她回到李姿玉的床前，静静地望着那张惨白的脸，忽然身心都涌出一种强烈的疲惫感。

这种疲惫感曾经因为高考结束消失，如今卷土重来，差点将她淹没。

李姿玉迷迷糊糊地醒过来，水也不喝，粥也不要吃。

许平忧刚开始还能控制自己的情绪，到后来身子忽然开始发抖。

“妈。”

她只是觉得厌倦。

“其实，我知道我和冉冉基本没什么配型成功的可能。但我肯定会去试试，”她死死地盯着床上的人，抑制住视线内渐起的水雾，把很多事情直白地讲出来，语气上尽量显得轻描淡写，“您确定您要这么颓废下去，什么都不做吗？”

“交通事故这种意外不是您能控制的，可是冉冉是真的需要我们。”

“您愿意就这么让人坐实我们家那些莫须有的罪名吗？”她顿了一下，语调发冷，“我是不愿意的。我不会就这样认命。”

许平忧从来没有像这样直白地说出心里想说的话。就像小时候那样，她为了喜欢的东西，连隐瞒家人的事情也毫不犹豫地去做。

她看见李姿玉渐渐反应过来，竟然莫名感到一丝痛快。可这痛快很快转瞬即逝，变作恼人的麻木。

高考完以后，她曾经以为自己的坏运气就要结束了。

许平忧不知道自己是怎么回的家，又是怎么在电话里和曾经的爷爷奶奶据理力争，做出一副成年人的坚决样。

她昏昏沉沉地在沙发上睡过去。外婆知道她辛苦，也没有多加打扰，留下餐食，替她盖好被单就又匆忙赶去医院。老人家一大把年纪，却还要为了晚辈的事情多方操劳，几天下来身形消瘦不少。许平忧默默地看着，将头埋进被单，想要落泪，却发现连落泪都是耗费心神。

她在深夜中拿起手机，终于有空想着给一些人发去一些早就想好的消息。可她打了删删了再打，意识到不够郑重，最终又坐回了书桌前。

许平忧记得自己上一次写信是什么时候。

她给室友打去一通电话，央求对方帮忙在书桌最靠角落的名片堆中翻出一张姓曹的女士的名片。然后，她又摊开纸张，几乎是下意识地凭本能动笔。

“我觉得，我们两个人以后的发展方向不一致，可能还是分开比较好。”

一连串重复的语句，她也不知道自己是怎么写的，为什么要写。她只记得写到最后，纸张湿透，笔尖划破纸张。

“费行云，我……”

“每一次我以为生活要慢慢变好了，现实都会变得更差，怎么办呢？我觉得自己特别矫情。我很想跟你说一些特别特别狠心的话，可是写出来才发现都是违心的假话。你告诉我做人要真实，要想着自己……其实，我现在特别特别想见到你，特别想跟你说说我现在的心情和想法。我想跟你像以前那次一样偷偷逃跑，想和你诉苦，想不管不顾做一个什么都不必理会的恶人。我想回到学校，想见到你。我想见你，我真的有很多话想对你说。我不想和你分开。我想和你在一起，想让你看到我在慢慢变好，想和你走到最后，想永远可以说真正的心里话，想和你在一起……”

她感觉思维混乱，不知所云。

“我为什么会出生在这里？”

许平忧扔下笔，将纸张揉成团，捂住眼睛，崩溃着大哭出来。

她到底没能做到曾经许诺的事。

老城巡演的当夜，李姿玉像是终于想明白了，至少状态上稳定，还记得要奔波了好几天的许平忧离开医院回家休息。

她连着几天都没怎么睡觉，原本的确想回去睡一觉。但她坐在公交车上，看着外面的夜色，忽然改变了主意。

出门之前，许平忧用帽子和口罩遮住了自己发白的脸。

今夜的天空中有一颗很亮的星星，但这颗星星不及舞台上的人闪亮。他比从前更加耀眼，彻底摆脱过往的束缚，离开不能发挥才华的封闭环境，哪怕是一身主色调的暗色，也压过话筒处鲜艳的玫瑰红。

明明从一开始她就应该知道，他与她完全不同。只是喜欢这种东西，太蛊惑人心，让她连这点都快忘了。

这个地方，人人为他疯狂。

费行云从舞台上跳下来，衣角和发丝飞扬。汗水打湿了他额前的头发，他神采张扬又肆意。他就像一簇始终燃烧的火焰，灼热又烫人，握住那枝玫瑰，毫不犹豫地朝她所在的地方跃过来。从过去到现在，她对于这簇火焰的希望从来不曾改变。

她希望他不管长到多少岁，都能做自己喜欢的事。

她希望他不受任何人的束缚，跑快点，再快一点，永远自由自在地生长。无论是生活的主线还是支线，都能受到上天庇护，闯过任何关卡。

她希望他难过的时候想哭就哭，永远不被生活中的任何人任何事拖累。

但她不想再和他见面了。

“我有时候会觉得你好像非常悲观。”一起拍戏期间，陈辰不止一次跟她说过。

“不是说你看事情悲观，而是你对于自己的生活好像没什么兴趣，对别人也没什么兴趣。”陈辰性格如此，毫不避讳地将自己的想法说得明明白白，“如果不是我们俩因为角色关系走得近，常常聊天，我可能也就认为你是个高冷自傲的人，不会多接触。”

“不过也没关系，正好我是天生的乐观派，总有能感染到你的时候吧。”陈辰笑着说道。

恰巧，许平忧当时演的角色也是校园剧闺密中沉默寡言的一个。导演常常笑着说，她几乎不用怎么演，只需要站在镜头里就是角色本人。

十几岁的年纪那会儿，许平忧还会有怨天尤人的情绪。但到了现在，她算是早早认了命。几年前，医生曾认真地同她说过这种倾向的坏处。她听在心里，却发现很难做到。

“那你有什么可以寄托情感的东西吗？人或者物……”

“有的。”她当时对这个问题回答得毫不犹豫。

彻底结束一段感情，并不是她一时冲动而为。那时，她的家庭情况乱七八糟，还有媒体登门纠缠，她的第一反应就是不要连累到他。和曹月的第二通电话中，对方同样雷厉风行，表示可以在舆论方面帮忙。但同时，她也提出了许多对于新人的要求，其中同样包括感情方面，并要求尽早签下合约。

客观问题和主观问题糅杂在一块儿，她并没有别的选择。

“你信任他吗？”医生问。

“当然，”她说，“除了他，这个世界上我应该没有更信任的人了。”

“但你又很想回避他……”

许平忧忽然笑了一下，说：“说起来应该会有点丢脸。但是那个时候，我确实认为自己可能算个灾星。他小时候拉了我一把，我总不能又一次成为人家的累赘。所以面对面的时候，我把话说成了那个年纪观念里的没有退路。如果换作现在，我至少会把很多利害关系说清楚讲明白……”

那个年纪的少男少女，自尊心都很强。她不想自己成为别人的累赘，何尝不是有这样的想法作祟。和以前的朋友联络渐渐减少，在大学里也失去了倾诉欲，她重新变成一个无话的闷葫芦。

“直到现在，我始终觉得说不定哪天还有更大的事情等着我。与其祸害别人，不如就这么一个人把日子好好地过下去。这样无论多艰难，至少都是自己的事情。如果不是因为家人，我可能会找个地方偷偷消失。”

网络上曾经说她是“忧郁角色特型演员”，鲜少演活泼乐观的角色。有时候她稍微表现得外向一些，都会显出几分违和感。

事实是，她的确成长在一个几乎没有被肯定过的环境中，甚至连选择权都曾经被剥夺。

没有她，所有人都会更好。这种想法不止一次地将她吞没，让她陷入强烈的自我否定情绪中。

她想了想，回忆起许多事，静静地说：“我那次去现场的时候，进场之前正巧碰上他们的成员。当然，对方肯定是好心，随意开了几句玩笑，提及之前他为了我的脚伤，立刻跑得人影不见，一群人在酒店找人的事情。但对于那个时候的我来说……”

许平忧稍微停顿，忽然换了话题，语调轻得像在自言自语：“只要听到他在做喜欢的事情，我好像也能坚持下去。”

“其实这点既自私又招人讨厌。他做事从来果断潇洒，这点和我完全不同。”

那时医生望着她，不知道她说的是谁，却一针见血说道：“精神支撑？”

医生的声音很温柔：“你已经很勇敢了。人无完人，不要苛求自己，何况是十几岁的年纪。”医生略作沉吟，又诚恳地继续道，“如果换成同年龄段的我，肯定做不到你那样，既解决掉全部的问题，又能照顾好家里人。”

“我想，在这一点上，你可以问问你的家人们。妹妹会那么喜欢你，也是因为你所给予的安全感。”医生努力开导她。

此刻的车内寂静无声。

她回过神，才发觉手机又响了起来，这次是微信电话。许平忧停滞片刻，最终还是按下了通话键。

“你不在家？”一个男声没有一秒停顿地从对面传过来，带着些微喘息声。

她没来得及答话，对方又是一声笑，透着凉意：“知道你没心思，不用答我的话。网上那些东西别去看。你的公司还算靠谱，发了公告。其他的问题都能慢慢解决……”

费行云的声音听起来有些咬牙切齿，内容却是平平淡淡的：“吃饭没？没吃给个地址。”

听到他问了这一句，许平忧才意识到时间流逝之快，竟然又到了晚饭时间。

夏天日照时间长，许平忧望着远处的日光，那股疲惫感莫名地消失了一半，变成了其他情绪，答非所问：“抱歉。”

片刻后，他呼吸节奏渐缓，声音更冷：“你什么意思？”

“许平忧。”他那股咬牙切齿的劲儿终于没有控制住，好像恨不得将她捏碎，肆无忌惮地喊起她的名字，将许多年前的话重新送给她，“你一天到晚到底在别扭什么？我真是脑子出了问题，才会想着等你自己醒悟，还老老实实琢磨了这么久。我上回就该当面好好问个明白……你到底有没有看那本书？”

她应当不知道那首歌。

“第九十四页。”他说完，叹了口气，认命一般道，“你是不是不在上海？”

《小王子》的故事从来不缺读者。

许平忧小时候第一次读到这个故事，尚不能用语言表达感触和情绪，却感觉到自己对这个故事的喜爱。因此，她连偷偷买的第一个素描本，都是以此为主题。可惜，这个素描本最终被人当面撕成碎片。

“我的生活很单调。我猎杀鸡，人猎杀我。所有的鸡都是相同的，所有的人也是相同的。我已经有点厌倦，但如果你驯化我，我的生活将会充满阳光。”

“小麦对我来说没有用。麦田不会让我想起什么，这是很悲哀的！但你的头发是金色的，所以你来驯化我是很美好的事情！小麦也是金色的，到时它将会让我想起你。”

狐狸久久地凝望着小王子。

“请你……请你驯化我！”他说。

“没问题。”小王子回答说。

……

“你要非常有耐心，”狐狸说，“首先，你要在离我有点远的地方坐下，就像这样，坐在草地上。我会偷偷地看你，你不要说话。语言是误解的根源。但你每天都要坐得离我更近一点……”

……

更近一点，因为，语言是误解的根源。

豆豆不明所以地念完，问道：“你要听这个干什么？”

她跟许平忧说完公司的公告，又在许平忧书桌旁的柜子里找到这本书。

中间，她还看见一个小首饰盒和几张纸，全都保存完好。

“对了，你在耀行是不是有什么认识的熟人？听曹姐说，那边的公关团队也帮了些忙……”

“更近一点。”

许平忧在夜色降临时见到了费行云，也看到了那条发了很久的朋友圈。

她的交际圈小得可怜，从不主动分享生活，也几乎不参与社交圈里的热闹事，更没有每天翻看朋友圈的习惯。

这条发出来的图片没有任何点赞，与费行云之前所有的记录截然不同，干净得就像无人注意过，自台下默默地往上，凝结在一个红色的人影上。

费行云驾车出现在她的视野中。副驾驶位空着，仿佛专门为谁准备。

许平忧拉开车门，才刚刚坐定，明明打好腹稿，出口却是一句：“你怎么知道……”怎么知道她家的位置。

费行云没出声。周遭车辆来来往往，只有两个人面对面说着话。他们好像经历过很多次这种场景，每一次都是不同的情境。时间过了那么久，他们俩也成长了许多。

成长吗？费行云不知道。

他只知道自己想做什么。王延问他是不是依旧念念不忘。他笑而不答。

这人性格纠结，看重别人远胜自己。为此，他可以不断地让步，不断地忍耐，甚至主动解决掉身为“麻烦”的自己……说一千遍，这也不是什么讨人喜欢的性格。

可是怎么办呢？这世上，就这一个许平忧。

只有一个人，送他一朵吉他弦做成的花；让他待自己的真心更胜惹人讨厌的回忆，将一张张旧稿仔细封存；写一封信，祝他无论任何年纪，都能做自己喜欢的事。

费行云语气不太好，没什么耐心，发动车子，说：“猜的。”

许平忧没问他要去哪里。

她的心神有些乱，有很多话想说，想解释，又想说些有的没的，又觉得不够真诚。

天慢慢地黑了。

费行云皱着眉，将车开得像他本人一样肆意，轰鸣声都沾染上气恼。他在遇到红灯停车时抬手撑住太阳穴，最终选择在一处地下车库停下。

他在黑暗中转过身，冷冷地出声："先说好，我从来没有跟你当什么朋友的打算。"费行云单手扶住方向盘，简短地跟她陈述起道理，"陌生人更不可能。"

"我的耐心也耗得差不多了，拖下去也没意思。"他的目光亮得惊人，直白地说，"而且，我是以为你知道我想说的，所以才能长久地当个没事人一样等着。"

上一次他不在，她几乎遭受人生第一次直白的挫折。等他反应过来，弄清楚情况，时间已经晚了。他平生第一次体会到别别扭扭的情绪，只得将一本书寄出去。

还是年纪太小了，自尊心在，认为一切总有机会。

换成现在，他绝不会如此。

"砰。"驾驶座的车门被打开又摔上，发出一声巨响。

许平忧反应不及，目光下意识追着他走。直到副驾驶座那边的门被人打开，费行云整个人如黑云似的罩过来，她才反应过来，躲避已经来不及了。

车内是暗的，车外也是。

她感觉到他的呼吸，愣怔地和人对视。她的下巴被人捏住，唇边一热，尝到一点淡淡的柠檬的酸味。

他早就想这么做了，从接下那个莫名的节目邀约开始，从见到她开始，从与她搭话开始。放下过往的契机早就出现了，他忍到现在，耐心已经远超任何时候。

"但我会作为朋友一直支持你……"分手的时候，她这样说。

什么狗屁朋友，谁要跟心上人做朋友?

费行云克制住动作和呼吸，又抬头，盯住她的眼睛，恶狠狠地道："给你三秒钟，要躲就快点。"

三、二……

乐队成员曾经在他分手后说，他完蛋了。可事实上，他早就完蛋了。

爱是什么？他不知道对于别人而言是什么。但对于他，一定是仅仅有那么一个，认定了就绝不会改变。他从来只做自己想做的，没人可以强迫。哪怕又爱又恨，不解过，失落过，可时间将一切都磨平后，就只剩下直白的欲求。

他俯下身，在很近的距离看到一双眼睛，思绪茫然，好像坚硬的外壳暂时融化些许，变得有些迷茫。

迷茫更好，他不介意乘人之危，趁乱动手。

“许平忧。”他与她四目相对，轻轻在她的耳际喊道，语气有些恶劣。

“小许同学。”他盯住她的眼睛，捉住她的手捏了又捏，让人无处可逃，“你能不能乖一点？”

哪怕就一点，他也会把剩下的距离全部走完。

费行云知道自己根本不需要她的答复和保证。

他要说的话已经说完，对方会有什么样的回答都不重要。

手机铃声适时地在车内响起，费行云大发慈悲松开手直起身，呆呆坐着的人指尖发颤。半晌，她才在他的注视下找回自己的声音，和人沟通起要紧事。

车库原本就是气氛微妙的地方。

豆豆在电话对面同她聊起事情最新进展：工作室关于保护她家庭隐私和否认传言的声明，起诉那位所谓高中同学的说明，忽然登上热搜的那部筹备中的电影的名字，以及蒋一蓉耍大牌的视频……

其中的各种关系已经不言而喻。

“各方都忍不住下场了，可以说是‘神仙打架’，就是有点便宜了这些平台。”豆豆有条不紊地说，“我们这边原本想的是，实在不行就再出一份工作室关于你个人生活情况的声明。但是曹姐看到这些就改了主意。她说公关直接顺着把有的没的全都引导到电影上，反而在某种程度上更能满足大众对于所谓娱乐圈黑幕的想象……”

更重要的是，也能避免对许平忧本人和家庭造成影响。

豆豆没将这句话说出口，但许平忧心里明白。

“电影的事情也不用急，你在家也好，好好休息几天。等事情差不多了结了，我和东子去接你。”

豆豆没听出她的不对劲，又笑着做起担保，听得出来心情轻松了不少。

电话挂断后，许平忧深吸一口气，忽然抬头，对着望过来的眼睛，轻轻发问：“是你吗？”

她认识的人中，只有他从来都是以牙还牙、绝不退步的做事风格。

费行云说完想说的，正是心情畅快的时候。他微微扬眉，托住她的手引她下车，继续不当回事地装傻道：“你说什么？”

他松松地捏住她的手指，看着力道不算大，她却很难挣脱。

许平忧的脑子里还是一团糨糊。她被人重新扣上帽子，戴上口罩，又稀里糊涂地被带进电梯，最终在一扇房门前停下。

大门打开，刚进玄关，她还没来得及扫一眼里侧，就感觉眼前一花，“砰”的一声，被人按在门板上。

两人四目相对，空间静得几乎能听见彼此的心跳声。

费行云一改刚才的温柔，重新托住她的下巴，轻轻摩挲一会儿。他的想法明明溢于言表，还要假装正人君子低低出声：“刚刚说过的，给过你机会了。”

许平忧微微愣神，目光渐渐有些恍惚，心尖发颤，手指也控制不住地微微颤抖，内心不自觉地生出一种预感。

他们俩已经很久没有这样亲近地对视。

她沉默许久，伸出手时神色不变，嘴唇绷直，没有做其他的，只是轻轻抚过他的眉眼，神情茫然。

费行云看不下去她这么小心翼翼的样子，干脆大大方方地将她的手掌握住，贴住自己的脸颊，轻轻蹭过两下。

全都是记忆里的习惯。

他喜欢靠近她，圈住她，蹭她。被旁人嫌弃造作，他也不管不顾，依旧我行我素。

费行云侧过头，狠狠地亲在她的手腕处，称呼她“麻烦鬼”。

许平忧根本没法反驳。

她没来得及说话，眼皮轻颤，听见他的声音继续低低地响起来，带着些微无可奈何的恼意：“可是，我如果没有‘麻烦鬼’会更麻烦。”

“要是以后又想躲起来，想跑，也没什么，”费行云稍微思虑之后，语调微微上扬，直白地说起以后的打算，“反正我总有办法找到你。”

就像他很久很久之前，语调得意地跟她说“自己总有办法”时的神态。

这个世界上，还会有像他这样的人吗？很小的时候，她羡慕好友的运气，想要一只永远忠诚的小狗……她未能得到，却收获了比这更好的。

没有比费行云更好的人了。

许平忧的视线渐渐有些模糊，脑子里思绪缠绕，内心各种情绪交杂在一块儿，顺着血液蔓延到四肢。片刻后，几乎是眼泪将要滚落的一瞬间，她轻轻地踮起脚，靠近青年的脸，近乎虔诚地亲在他的薄唇上。

她像是一个对神祈祷忏悔的宗教信仰者，诚恳地喃喃着，不敢稍有亵渎，所以说话的声音都有些发颤："抱歉，我……"

声音全被凑过来的人的亲吻淹没。

费行云不听她的忏悔，他对别的事情要有兴趣得多。

大门处的阴影将他们笼罩得亲密无间，好似一对交颈鸳鸯。

"抱紧一点。"他的指尖顺着手腕滑落，若有似无地轻碰，将她的手引导至自己的肩膀处搭好。他将她抵在门边，咬她的嘴唇，亲她的眼角，让她不能再出声，只能顺着他给出适时的回应。她下意识地想后退，立刻便被人按住动弹不得。

他喜欢追求刺激，所以会不断尝试各种新的运动；喜欢音乐，所以才将全身心都投入其中；喜欢自由，所以从不在意别人的看法。为此，他曾在大洋彼岸的射击场握住枪械，也试过驾驶赛车与人竞速，或者和同伴潜进海里与鱼群做伴。这些，无一不是因为自己的欲望。

费行云一向擅长直面自己的内心。

刚谈恋爱那会儿，他做过许许多多乱七八糟的梦，想象如何将她碾碎又重构。梦境到后来两人分开也没有停止出现。他那时正是年轻气盛的年纪，懊恼又愤恨，平生少有这样狼狈的时候，只能试图尽量不去看她的作品。结果，这些梦出现的次数是少了，但越来越过分，对象从头到尾都是一个人。

人最怕得偿所愿。

此刻，他压制着人，一开始还装出耐心温柔的样子，托住她的颈侧，细细地轻吻。到后面他便原形毕露，没了耐心，将人一把抱起，顺势放在一侧的柜子上，落下的吻又湿又重。

人太轻了。

"嗯。"许平忧浑身发抖，还要学着渐渐适应地回吻他，凭借本能做事。

"不要说废话。"回应的是她刚刚没必要的一声呢喃。

有些话不用说第二次。

费行云将她困在可掌控的范围内，丝毫没有闭眼的意思。

他的眼睛好看，是整张脸最具有东方韵味的部分。此刻，他的眼睛被水光浸透，直视着被困在双手之间的人，像只巨型的狼犬，连游刃有余都懒得再装，似要将人看穿。

许平忧浑身发软，躲避不得。她把手挂在他的肩头，缓缓地喘了口气。然后，她又被人强硬地抱住。

费行云似乎将她当作一盒牛奶冰激凌，尝过后意犹未尽。他的气息全被渡给心上人，黑色的碎发微垂，竟然显得有些乖巧。

“嗯。”她莫名也不想分开，选择用仅存的气息应声。

少年变作男人，掌心滚烫，绷起的线条尽显力量感。费行云高个宽肩的优势在此时显露无遗。她比不得他的体质，感觉渐渐开始缺氧，手也没了力气。她被人善解人意地握住手，填满指缝，丝毫没有松开的意思。

费行云总是习惯随身带一盒柠檬味的糖片，直到怀里的人终于不能顺畅呼吸，求救似的捶打起他的肩膀，他才闷笑着去咬一口她的耳朵，饶有兴趣地摸出糖片分给她。许平忧眼神迷蒙间，被他送进口中的酸味惊得一抖。她蹙眉喘息，埋头在他的胸前。

酸味最容易让人清醒。

许平忧的耳朵和脸红透了，整个人都发烫。

“饿不饿？”他捏捏她的耳垂，不用问就知道她肯定因为心里有事没吃晚饭。

许平忧摇头又点头，诚实地交代完毕。他就笑眯眯地“哎哟”一声，轻轻松松地将人抱下柜子，又将人放到客厅的沙发上。

“等我一下。”

费行云亲了亲她的手背，起身朝公寓大门走去。两座城市之间的来回奔波，仿佛没有耗去他一点心神，这会儿他还能想到来之前打算做的事。

舌尖的柠檬味越来越浓，许平忧终于恢复了一点力气。她在门响声中侧头看去，看到一面巨大的落地窗。

从这高远的角度望去，整座老城尽收眼底。

她从来没来过这里，却莫名地感到有点熟悉——摆设十分简单，到处都有音乐元素，看得出主人喜好的风格。但除此以外，还有画架和巨大的地毯……

许平忧平复好呼吸，身上的热度终于消退了不少。她站起身，习惯性地往玄关的方向走，试图将刚刚被两个人搞得一团糟的柜子收拾一遍。她才站定，费行云已经重新开了大门，提着几个袋子进来。

他双手不空，偏偏还在经过她身边的时候，嘴巴在她脖颈处亲昵地蹭过。

即便他们俩刚刚亲吻过，许平忧依然感到自己此刻比刚刚还要紧张。

费行云隔着一堵墙，很自然地问她最近是否有忌口，又问她吃不吃得下肉或者虾。

她在厨房门口站定，望着里面人的背影，沉默许久，忽然主动上前，将头靠在他的背上。

费行云不说话，很镇定地关了火，擦干净手，转身威胁道：“怎么，这是不想吃饭了？”

许平忧就顺势靠在他的胸口，渐渐沁出一片湿意，摇头又点头。

“你……”

傻得要命。

他想问你什么意思，最后也作罢。

天色晚了，谁也没有吃成这顿晚饭。

许平忧的眼泪不受控制地流着。费行云就在沙发上自后面抱住她，用手托住她的手，慢慢地说着一些近日听到的笑话，哼两句歌曲，兴致一起，便吻在一处……九分缠绵，十分默契。

就像两人从来没有分开过。

南方老城的温度渐渐上升，在这种天气下，选择和人亲密无间地挤在一块儿显然不怎么明智。

许平忧浑身发红，眼泪好不容易止住了，人又软绵绵地起不了身，只能蜷缩在沙发里一边休息，一边调整呼吸。

费行云给她倒了一杯水，半蹲在她面前，眼睛笑眯眯地弯着，语调跟哄小孩儿似的：“头抬起来。”

她听话地抬起下巴，他就慢慢地给她擦额头和脸上的汗。两个人刚刚腻歪忘了时间，空调刚刚才打开，谁都没比谁好到哪里去。

男性的体温本来就偏高，他额前的头发湿了，随性地往后一抓，露出额头和眉骨，脸上带着盈盈笑意和她对视。

许平忧愣怔地看他，看着看着，又把额头贴到他的肩膀处。

“哎，”费行云故意显得受宠若惊，“现在这么会撒娇了？”

她不动，他也不嫌烦，保持这个姿势将她揽住，安抚似的拍拍她的背，又用脸颊去贴她的额头，跟哄小孩儿一样。

“你累不累啊？”许平忧声音沙哑，轻轻地问。

他马不停蹄地飞回来，整个行程匆匆忙忙，肯定没怎么休息。

费行云就简短地交代，他不仅不累，甚至去她家之前，还有空回阿婆那里取车，接了王延的电话，处理了事情，又顺便送了点东西，这才将她接来这儿。

他毫无杀伤力地批评她："你这是以己度人。"

许平忧听完只是闷声点头，乖巧地靠在她身上。

费行云微微叹了口气，没办法，只能让她坐到自己的腿上，又握住她的手低声说话，慢慢地摩挲着她的指缝。

就算是两个人从前感情最浓的时候，许平忧也从没对他流露出这么强烈的依赖感。

刚刚分手的第一年，乐队正儿八经有了些名气，产量、质量都高得惊人，引来一些乐评人和乐迷的推崇。其他成员却没有为此高兴，都骂他是不是有点疯了。

"大哥，你没事吧，就算是天王巨星，这么不吃不喝没日没夜地泡录音室，也会死人的好吗！"王延指着他的鼻子说道，充当起所谓的过来人，"如果不想看乐队跟着你上社会新闻，就少在这儿玩情圣那一套，化悲痛为动力不是这么化的！"

他当然是为了他好才故意这么说。

费行云那时写东西写到几乎失去时间概念。除了考试，学校他也不怎么去，整个人比以前更加肆意随性。他好像不打算在任何地方停留，闲下来的时间就把全世界跑了个遍。在圣地亚哥潜水的时候，他们因为一些误会结识了一位高才生同胞。对方上知天文，下知地理，仿佛无所不能，却也在酒后提过一个人。

一群人中就他们两个人酒量最佳，其他人闹腾半天就倒在了座位上。后面聊了几句，他们才发现对方提起的这个人算是暗恋对象。

他那时就想，人的情感寄托方式总是多种多样。

到处飞的时候，他写了很多明信片，却一张也没寄出去。也不知道哪天，他忽然想明白了，将明信片换成一本《小王子》寄了出去，又恢复了从前的生活节奏。

《在南方春日》首映的当天，他们巡演的城市下了一场大雨。

Live 开始之前雨仍没停，来的观众却比预想中要多。

他又唱又弹，拿出百分之百的热情应对。等结束了最终的安可，他提前跟其他人告别，走得匆匆忙忙，直接驾车上高速开往老城。路上，只有车厢内不断重复的歌曲陪着他。他开着车在成东巷看了一会儿，又开去一中，最终开去了以前她家所在的地方。他就那么坐了一个小时，最终无声地开车走人。

世界没有想象的那么大，要关注一个人也很简单。

他知道她家后来搬去了什么地方，听说了她参演的电影票房很高，偶尔也看到网络上对她的一些评价……二十几年的人生，他从来没有这么耐心地等过什么。

他倒不觉得有什么浪费不浪费值得不值得，只是他想做，就这么做了。

当然，倘若他知道她没有领悟其中真意，也不会真就犯傻地等到现在。

这会儿，他给她不带歌词地哼了很多歌。除了 *Just Like A Fool*，这些歌大多是分开后写的。

费行云看见她的目光落在不远处靠近阳台的画架上，他低声从容地解释："当时刚刚装好落地窗的时候我就想，这里肯定很适合你画画。"

他甚至在这里留了一间专门用来练舞的房间。

此刻的许平忧就像一只猫，乖巧地坐在他的腿上，认认真真地看他。她的眼角泛红，听完许多歌曲后，温柔地亲在他的嘴角，轻轻地说着真心话："谢谢。"

费行云就是这样的人，看起来随心所欲，实际上非常懂得包容，也非常细心。

她不知道要怎么表达自己的感受。和他比，她既没有创作能力，生活也无趣，找不出那么多可说的。除去对熟悉的人和家人，她更不会主动与人肢体接触。但从刚刚进门开始，她却像患上急性的皮肤饥渴症，只想和他靠得更近，全凭本能和直觉往他身上凑。

她亲在他的薄唇上，又抬手环住他，靠过去亲他的一双眼睛。

许平忧没别的意思，只是近似感叹地喃喃着："好漂亮。"

她说的是他的眼睛，费行云却会错了意，微微讶异："谁漂亮？"

费行云刚刚还知道克制自己，这会儿被她的话语刺激，又开始变得肆无忌惮，让人连顺畅呼吸的空当都找不到。

迷蒙间，许平忧被人原话奉还："好漂亮。"

看他的表情漂亮，神色漂亮，什么都漂亮。

"为什么没听歌？"

不然也不会阴差阳错这么久。

他忽然一把将她抱稳，托住她的脸颊，恶狠狠地发问。

许平忧呼吸不畅，老老实实地攀住他的肩头说道："不敢。"

她想一个人孤零零地活着，就不敢去听惦念的人的声音。

光是知道他在继续前进就好了。这样已经足以支撑她应对那些时不时冒出来的消极念头。

“胆小鬼。”他又给了她新的称呼，并在她的肩头发泄似的咬了一口。

乖巧躺着的人今天穿了一件薄薄的蓝色衬衫，纽扣松了，滑落在一侧肩头。费行云深吸一口气，抵着她的锁骨，无可奈何地闷笑：“我去洗个澡，你一个人待一会儿，好不好？”

他又开始哄小孩儿了。

许平忧这会儿比刚刚进来的时候清醒不少，轻轻地点了点头。

洗手间的门关上，听不见水声，天也黑了，她却不舍得开灯。

许平忧抱住膝盖，坐在靠近落地窗的地方，静静地眺望远方，才发现这公寓极高，不仅能俯视老城，甚至能看见改造后的成东巷。

就像梦一样。她想。

身后的人携着热气靠过来的时候，她很自觉地去拉他的手。这会儿两个人肩并肩，十指紧扣，仿佛又回到两个人还在院子里的小时候。

“刚做演员的时候，我是很茫然的。”许平忧慢慢地说起一些过往，难得地产生倾诉的意愿，“我进圈子不是因为自己想。拍完出道电影，我才知道原来演员有那么多的事情要做，不仅要扮演他人，还要学会应对媒体和同行，还有家里的许多事情。所以我每天都觉得很累，经常消极地想到要不要干脆……”

她没说完，顿了一下才继续说：“哪怕那个时候知道医生跟我说的道理都是对的，我却依旧沉迷在自己的世界里，不愿意跟人交流。我想着得过且过算了，至少要为了家人坚持下去。直到拍第三部戏的时候，我接到一个活泼的角色，许久都入不了戏，笑得也就不怎么真心。当时导演特别生气，直接在片场指着我骂，说：‘你知道这个圈子里有多少人想出头却不行吗？你明明可以做到却不去好好做，是对不起工作人员，也是对不起发现你的伯乐，更对不起你自己。’

“我那个时候非常幼稚，下意识想反驳他的话。既不能画画，也放弃了坚持了十几年的舞蹈，对不起自己又有什么？可他前半句说得很对，我不能对不起他们。就这么两句话，又让我提起了精神，认真去揣摩角色性格。”

时至今日，她已经能很客观地看待自己，她说道：“网络上有人说我冷淡，也有人说我可能骨子里是个自傲的人，我都有些惊讶，他们竟然能隔着屏幕看出一个人的本质……后来，他们又说我样貌普通，只是运气好。我想这点倒是很对，却也并不怎么在乎。直到今天，家里的那些事情被人拿出来讨论，我才发现，自己并没有想象中那么不关注他们的评价。以前能渐渐适应下来，无非是我一直在告诉自己，要专注，要认真……实在不行，可以想想你会怎么看这些人。”

费行云侧头看她，听得很安静。

“我的确运气很好，能遇见曹姐、豆豆……”许平忧和他对视，仿佛卸掉这么多年来的压力，第一次真实地面对自己，“最重要的，还有你。”

她不好意思地笑笑：“我刚刚的意思是说，你的眼睛很漂亮……”

人在要说一些真心话的时候，总会因为内敛的情绪先找些无关紧要的话。许平忧微微顿了一下，在很近的距离停下，轻而郑重地出声：“费行云，我常常在想，如果没有遇见你的话，我会是什么样子……可是直到现在我才知道，这都不重要。”

“重要的是我喜欢你。”她非常真诚地看着他，换了个说法。她想起许多年前的一个夜晚，他向她直白地表达爱意，说会一直待在她的身边。她却错过回应的时机，直到今日才如惊醒的梦里人。

此刻，恰好月光落进窗内。

“我只爱你，”许平忧眨了眨眼，在月光下去亲他的眼睛，“不会再有别的可能了。”

夜更深的时候，他们在房间里说起悄悄话。

费行云时隔许久重新体验这件事，同样慢慢重新忆起其中让人熟悉的、折磨人的感觉。

今天许平忧没带衣物，洗过澡后只能穿上他衣柜里的一件T恤，黑金色暗纹，领口宽大，完全是费行云的风格。

他最擅长看清一个人的状态——这时候的许平忧很脆弱。

她不擅长表达自己，却一口气说了那么多真心话，这么多年来难得精神高度放松，对人没有防备。

因此，费行云刚刚听了一番坦诚的告白，心尖滚烫，在落地窗前就没忍住捉着人慢慢地吻，这会儿反而纯情起来。鼻尖蹭过鼻尖，额头贴住额头，即使侵略欲作祟，也只是长臂揽住她，正人君子似的试图把心上人哄得入睡。

她抱着他，不仅不抱怨他拙劣的哄睡方式，竟然还真的渐渐产生一点困意。她睡眠浅，睡到中途又醒来。她睡眼蒙眬地看着他，再次被他哄睡过去。

整个夜晚，他在亲吻这件事上一点也不吝啬。

天光渐亮，许平忧醒过来的时候，才意识到床头的手机已经响了许久。

这么多年以来，她很少有睡得这样安稳的时候。

身旁的人一整夜费心费力，此时还安然地睡着。他的手护在她的腰背处，睫毛很长，很像在看护什么宝物的兽类，与平日里的状态截然不同，格外安静。

她拿着手机认认真真地盯了片刻，才小心翼翼地起身，出了房门，在走廊处接通电话。

晨光中，曹姐的声音隔着屏幕传来："媒体那边处理得差不多了，就是还剩一些个人运营的营销号比较难办。不过我看了一下，大多数人，包括最先发布的论坛和提问平台，都开始讨论电影资源的事情。和你一起候选的另外两个人也都有动作。蒋一蓉那边开始针对你，估计也是想先解决掉最大的竞争对手，没想到反而被热搜旧事重提，说起曾经耍大牌不尊重工作人员的事情。"

"除去真说不通的一些人，大多数网友也都觉得，就当年翻出来的新闻来看，交通意外不能算到你的头上……所以我个人觉得，你的个人隐私没必要暴露给大众，这才让豆豆通知你什么都不用做。"曹月在电话对面停了一下，问道，"和医生联系过没有？"

许平忧回答得很诚实："不用联系医生……我这次没什么事。"她在洗手间的镜子前停下来，愣了愣才轻声道，"放心吧，曹姐。"

镜中人变成所谓的证据，逼迫她生出一点对于昨天经历的真实感，耳根不受控地发烫。

她挂了电话，只能带着发烫的面颊，一边调整呼吸，一边在公寓里慢慢地转了一圈。

走到最后，许平忧很自然地在最靠里的一间房里停了下来。整个屋子全是按标准打造的练功房，巨大的镜子将她整个人映照出来——比她少女时期所拥有的训练空间大得多。

旁边的书房内，架子上摆满了各种唱片 CD，墙上挂着一件乐队 T 恤衫，上面有每个成员的签名。居中的位置笔迹随意，龙飞凤舞，最为显眼。

许平忧想起这个签名的由来。大一那年，她顺口问了一句以后签名的事情，他忽然诚挚地叫她“小许老师”，诚挚地央求她用她那所剩不多的美术知识为他设计一个个人符号——说到底，英文名和姓氏连在一块儿，根本谈不上什么创意不创意，他竟然用到现在。

录《与恋第二次接触》第一期节目时，豆豆欢天喜地拿着他的签名来给她看，她也尽量让自己显得冷酷客观。那会儿估计谁也想不到，她和那个签名的主人缘分未断，再次……

“饿——死——了。”

许平忧没来得及想完，就感觉肩头一沉，一股烫人的热度朝她耳侧袭来。

费行云懒洋洋地倒在她的肩头，先靠再搂，一套动作如行云流水。他的声音带着晨起特有的鼻音，说话时瓮声瓮气。

他们俩的确从昨天晚上开始就什么都没吃，光顾着……

许平忧没把后面半句想完，脸上温度更高了。她强迫自己尽量正经，说：“那我去……”话没说完，被人接过去。

“随便卖卖惨而已。”另一方当事人没装多久就破了功，低低地闷笑，笑的是她太容易心软。他侧头亲上她的脸颊，说道，“先去洗漱，东西都给你拿好了。”

费行云做什么从来效率都很高，在做饭这件事上也不例外。

对于胃不好的人来说，早餐就宜清淡宜简单。许平忧吃下烤好的面包片和煎三文鱼，已经差不多饱了。她才有要起身收拾的动作，身侧的人已经顺手接过，干脆利落地堆叠好碗碟去厨房里收拾起残局。

“胃什么时候开始不好的？”他在哗哗的水声中出声，要她帮他挽一下袖口。

许平忧想了想，坦白道：“刚出道那会儿开始的。那时候要拍戏，还要回去看冉冉，两头跑三餐便不怎么规律，也吃不下什么东西。”

她认认真真地为他挽好袖口，说道：“不过最近好多了。”

费行云微微扬眉，“嗯哼”一声，不急着答话。等手里的事情全部忙完，将手擦干净，他才来捏她的脸，严厉发话：“这原来已经叫‘好多了’？”

许平忧眨眨眼，不答这句，转去说他：“早上的时候，发现你睫毛好长。”

费行云的视线射过来，目光灼灼。

她镇定自若道："肯定很适合上睫毛膏……"

"网上明明说许平忧这个人内敛少话，我看花言巧语不少。"他若有所思，将右手握成拳头，充作记者的话筒，问道，"又是眼睛漂亮又是睫毛好长，能采访一下当事人都是从哪儿学的吗？"

过去，许平忧一直觉得浪费时间是件难事。直到现在她才发现，和一些喜欢的人在一块儿，这件事就成了世界上最简单的事情。

难得的休息时间，几天之内，费行云带她跑遍了老城里各处熟悉的地方。他是觉得很可惜的，今时不同往日，不然摩托车载人、来去自由才是他的风格。许平忧自觉在这件事上大多是她的问题，很愿意主动承认错误。

费行云原本不打算带她去成东巷，用他的原话来说，只有值得回忆的地方才值得多看。她在那儿辛苦多过快乐，去了反倒伤神。还是许平忧主动提出，就算其他的地方不值得去，以前的那处老院子却是值得的。

人来人往中，他们两个人都裹得严严实实的，肩并肩站着，在墙外望着熟悉的榕树。

城市改造规划中，区政府也没舍得连这棵老树一同改掉。现在的商家租下这家铺子，就依照原本的装修风格重新修缮，做起了一家特色清吧，来的全是穿着时髦的年轻人。

许平忧看着看着就笑了，踮脚凑在他的耳边说道："跟你说实话吧，我其实最不喜欢这种地方，也特别怕见到打扮得很潮的年轻人，偏偏杀青宴或者聚会都是选择这样的场合……每到这种时候，我都不知道该怎么办。不收拾自己会觉得格格不入，收拾了又觉得自己是不是用力过猛……"

她坦诚地说道："其实，我小时候看你也是这样的心态，觉得自己土里土气的。你毫不费力就能让一群男生跟风模仿，女生喜欢……"

他耐心地听完，凑在她的耳边，坦坦荡荡地回答："可是我一直认为我和小许同学才是同一派。"

费行云又带她去看了一中。

后街和上次回来时一样，街景不变，超市不变，但人形立牌已经换成了一位知名度极高的歌手。

许平忧隔着一扇窗户，忽然笑起来："你是不是带过一只萨摩耶来这儿？"她很坦然地问道，和驾驶座上的人对望，"那天我也在。"

她不仅在，还静静地待了一会儿才走。

费行云答得冷静："也不奇怪。"

他在她的微讶中继续开口，难得有那么点臭屁的意味，神采奕奕："我本来就是故意的，要是有人路过随便发点什么，你怎么知道那会儿谁也回来了。"

最后一天，他们俩一同去见了邓阿婆。

许平忧太久没有见过邓阿婆，骤然见到老人的老态，忍不住有些鼻酸。邓阿婆不惊异于他们俩在一块儿，反而惊异起许平忧的身形。她拉着许平优的手，心疼道："怎么比电视上看到的还瘦？"又说她这些年一直有在看她的剧，称赞她还像小时候一样，做什么都能像模像样。

许平忧陪老人家聊了好一会儿。午饭时候，邓阿婆非常热情好客，要她尝这又尝那，最后还要她尝尝她做的果汁。许平忧无法拒绝，已经塞了满满一肚子的菜，实在撑得慌，就只能将果汁杯端在手边，小口小口地抿。

邓阿婆回房午休，费行云端着空餐具进入厨房。他出来时目光一扫，几乎没有任何停顿地从她手里接过果汁杯，一口饮尽。

"看我干什么？"

他又让她帮忙挽袖子。许平忧笑起来，低低出声："没什么……"

她老实交代："刚刚突然觉得，你好像会读心术。"她沉思道，"好像也不是……其实高中那会儿就是这样了。"

"神算子的基本素养而已。"他用起高中时候的说法回应她。

费行云得寸进尺，又要她帮忙理一理领口。他躬身低头，对视之间眼睛弯弯的，说话轻飘飘的，继续刚才的话题："我只是知道你想做什么。"

他要她要么打下手，要么就在旁边看着。许平忧无所事事，一时兴起，主动用手机搜索起费行云的名字。第一条竟然是转发颇多的一条营销号的评价。号主截了《与恋第二次接触》最新一期的许多图片，总结出一条评论——

"说实话，按我阅人无数的眼光来看，无论是样貌还是性格，至少在这几年的娱乐圈，没有比你们麦哥更适合'渣苏'人设的男艺人了。怎么会有人不停换发色还一点也不'非主流'的啊？哦对了，制作人应该也算艺人吧？"

号主大概是为了确保这番话有说服力，还专门在评论区放上了费行云做乐队主唱时的抓拍照片。

其中，大多数都是粉丝随手拍下的生图。各种发色造型，各种角度齐全，几乎每一张都是不同的表情姿势。有的甚至看不清脸，却就是让人觉得这是个毋庸置疑的帅哥。

这条评论直接被点上热门第一，引来不少网友的附和。

此时此刻，“苏”男艺人正在认真地收拾厨房的残局。

许平忧将评论区翻了个遍，有些想笑又忍住了。豆豆发来一条消息，谈到自己和东子马上就要登机。她忽然反应过来，今天已经是假期的最后一天，再想要继续浪费时间也没有可能了。

她面上出神，心中怅惘，握着手机对着那个背影发呆。等回过神，“渣苏”男艺人已经到了她的面前，躬身与她平视。

费行云对于网络上的评价分毫未知。他要带她去接上午被邓阿婆送去洗澡的萨摩耶。话说到一半，他忽然又微微挑眉，敏锐地道：“心情不好？累了？不然我一个人去，你在家休息也行。”

许平忧把头摇了又摇。直到两个人到了小区门口，她才做好说肉麻话的准备。

“豆豆他们下午就到了……”她沉吟了一下，才克制住心神轻轻出声，“可是我不想和你分开。”

人说一句话，是否发自内心是很容易辨别的事情。

费行云骤然停住脚步，目光里情绪不定。他手上还牵着一只雪白的毛茸茸的宠物，似乎咬了咬牙。

从店面到小区门口步行一趟，不过五分钟时间。

毛茸茸的宠物闷头就跑，先于他们两个人跑进电梯。密闭的空间内，费行云将她的手紧紧握住，声音低低地同她交心：“好听的话之前不说，专门挑在外面的时候？”

许平忧隔着口罩和帽子，表情无辜地望着他，耳根发热，眼神微闪：“我不是故意的。”大门打开，牵引绳刚刚解开，萨摩耶便不管不顾地往自己惦念许久的窝奔去。剩下的两个人谁也没了往里走的心思。

时间过了一点，主卧里休息的人准时醒来。邓阿婆心里还惦记着许平忧，隔着一堵墙叫起“小忧”，又叫“小麦”。半晌没得到回应，她不得不慢慢地起身。

客厅里，萨摩耶看她出来了，立刻摇着尾巴兴奋地叫唤起来。一男一女立在玄关处。女生躬身换鞋，男生同她笑眯眯地打招呼。分明两个人都在，刚刚却没有声响。

许平忧心跳剧烈，腿脚发软，从没有过这样惊心动魄的体验。一面要担心休息的长辈，一面还要保着最后的理智，身体颤抖着同既动手又动口的某人作斗争……

“送你去机场。”他主动提出送她一程。

十几分钟后，机场出口，豆豆一行人按约定时间到达。她还带来了一个行李箱，一份表单。

接下来的行程中，许平忧需要先飞去首都，为某品牌拍摄一组宣传照，再直接飞去东京，拍一些接下来营业用的写真照片，最后再飞去《与恋第二次接触》节目录制现场录制节目。身为从业有些年头的职业助理，在来之前，豆豆就在微信上跟许平忧交代过。按理说，这会儿应该一切如常，没有任何意外……

然而，一切都只是理想状态下的“按理说”。

豆豆不意外许平忧被人送到机场口，唯独意外送的人。

一辆低调的黑色轿车，除去驾驶座和副驾驶位，后座容纳两个人绰绰有余。

东子算是两个人中相对比较镇静的一个。豆豆无声地调整了一会儿呼吸，强迫自己镇定下来，尽量自然地寒暄。等到车走人散，她带着许平忧重新往机场里面走，才有空表达自己的震惊之情，偏偏还不能大声，不能张扬。

公共场合，她想说又说不得，问又问不了，硬生生地忍到下飞机，上了由东子掌控的保姆车，她才一把拉住许平忧的手。

许平忧全程注意着她的反应，面上从容，心里觉得有趣，这会儿很坦然地道：“你问。”

“我问？我都不知道问什么了我！”

豆豆脑子里一团乱麻，想到什么说什么：“网上乱组的 CP 成真了，难道要我问这个？”她冲着驾驶座上的人说道，“大哥，你来问！”

东子没想到她会这么干，无语道：“我又没你那么惊讶。”

“你凭什么没我这么惊讶！”

“不是你上回跟我说的吗？平忧姐和你偶像在网上被称为什么‘离异夫妻’……”

豆豆的脸涨得通红：“你少来，我当时是这个意思吗？”

她渐渐冷静下来，千头万绪当中，灵光一闪，说道：“之前怎么没想到呢，

Max 和你老家是一个地方的啊！”

许平忧弯着眼睛点头：“是。”

豆豆到底在记忆力方面有些天赋，想起之前陪她跑私人行程时，在许平忧所谓的母校门口买过一份午饭，试探性地问：“哦……第一中学？”

“是。”许平忧终于没憋住笑，夸道，“小侦探的反应这么快。”

她本来就没打算对身边人瞒着这件事，不过还没来得及当面说明，先遭“曝光”。

豆豆渐渐地冷静下来，从混乱到兴奋再到纠结不过几分钟时间。

许平忧明白她这副愁眉苦脸的样子为的什么。她拍拍豆豆的肩，话说得更加直白：“不用担心，等见到曹姐，我当面跟她解释。”

她的话从来不作假。

豆豆跟随她几年，鲜少见到许平忧这样情绪外露的时候。她愣怔了一会儿，想到许许多多的事情。

当年，她刚刚开始跟着许平忧的时候，就觉得她不像大多数演员那样健谈。五官端正，人安静话又少，也没什么生活方面的怪癖，整个人的气质很特别，落在人堆里非常显眼。等到后来，她听说了一些许平忧年少时候的事情，才明白其中的各种曲折和隐情。

许平忧的家庭需要她承担重担，小时候更经历过一些乱七八糟的事情。甚至没有进娱乐圈之前，她就吃过媒体的苦头。这使得她不仅没有什么怪脾气，还容易做什么事情都先想到别人。之前那次回老城，她提醒她不要贸然前往医院，也是忽然想到了这些往事。

几年前，许平忧第一次跟她提出要看心理医生。在提出来之前，没有任何预兆，在跟她说的时候，豆豆还记得安抚她几句，说不是什么大事。

豆豆那时就想，如果能有一个性格热烈的人与她交心，兴许会有意想不到的效果。

如今这个人终于出现了。人选出乎意料，但仔细一想，竟然也和她几年前的想法不谋而合……

豆豆点了点头，又摇头，又点头，最终选择真心答她：“我不担心。”

过了新人演员期，有了作品傍身，很多事情就有了选择。

保姆车在一处大楼边停下。

品牌方的工作人员做事专业，早早就等在门口，将人直接引进休息室。

许平忧闭着眼睛任人装扮，换上品牌方提供的衣裙，十分专业认真地配合镜头对面的摄影师。中途去洗手间的时候，她听见有人谈及最近在网络上掀起风雨的那部电影，又提到她的一些传闻，情绪也比较平稳。

自从同费行云推心置腹地聊过之后，现在的她对于各种各样的评论已经真正能做到发自内心的不在乎。

和摄影师确认拍摄效果的时候，许平忧盯着屏幕上的自己，忽然提出："能让我拍几张照片吗？"

她知道品牌合作的规则，转过头很认真地说："我不会发出去，只是自己留存一下。"

工作人员笑着答："如果是这样的话，那没问题。"

连续几个小时的拍摄，很耗费体力和精力。

一行人出了大厦，直奔曹月所在公司的总部。路途当中，豆豆突发奇想，忽然问："那你们看过网络上那些……"

许平忧有些疲惫，在微信上和屏幕对面的人发照片。她回过神来，说道："哦，你是说那些什么'离异夫妻感天花板'的视频？"

豆豆想说对，又觉得很奇怪，蹙起眉头说道："怎么我看的时候不觉得，现在真相大白了，听你说什么'离异夫妻'，我觉得别扭得很呢？"

豆豆立即抓住重中之重，瞪大了眼睛问道："你们俩在一块儿还真会看这些视频啊？"

"看啊，怎么不看。"许平忧笑起来。

两个人四处跑累了，窝在一处的时候，费行云还特意将视频投到大屏幕上反复观看。看完了，他还要重复人家给配的一些羞耻感满满的字幕台词。

他盯着屏幕，凑在她耳边，轻佻地扮演起视频当中的浪子，台词说得极顺畅："'宝贝儿，你想跟我了断，可没那么容易。'"

"不然怎么叫孽缘呢？"

她那时才明白那些人说他"眼睛多情，天生的渣男相"是什么意思。

许平忧开始还好，后来臊得去捂他的嘴。偏偏费行云的歪理一套连着一套，顺势强硬地圈住她的手腕，盯着她的眼睛，手若即若离地摩挲着："重点在称呼，又不在台词。这位演员，你是不是有点不专业了？"

费行云的个人字典里没有纠结忍耐之类的字眼。他想说的话一定要说，想叫的称呼一定要叫。所以，把称呼重复一次也不是问题，配合“不专业”的演员也不是问题。

这会儿，保姆车从地面驶入地下停车场，夏日艳阳天变作一片阴暗。

车停了，许平忧在黑暗中回过神，对上豆豆疑惑的目光，咳嗽一声，尽量使自己的神色自然，不怎么熟练地转移话题：“走吧，先去找曹姐。”

去了曹月的办公室，谈完该谈的，在录制新一期《与恋第二次接触》之前，她的行程只剩下安排好的东京行。

电梯内，费行云靠一侧站着，忽然想起这件事。

早些年，乐队全世界乱跑的时候，因为有一位成员是资深动漫爱好者，安排的行程中总是不会漏掉这个地方。这里诞生过很多他欣赏的音乐人，小时候又跟着费女士旅行经过几次。他对东京的感受谈不上有什么特别的，只记得樱花开的时候，还算有地方可看。从上野公园到皇居，能让人有点写些东西的灵感。

出了电梯，入目就是颇具个人风格的浮夸的办公室大门。

办公室的主人刚刚挂断一通来自公关部的电话，心情不佳，朝进门的他随手指了指对面的屏幕。

费行云瞥过一眼，看到了之前接受采访的那本杂志的图片。编辑方显然花了些心思，标题之下就是他们乐队的标志性符号。

“对话当红帅气音乐制作人 Max：‘音乐不是为了他人而作’。”王延慢慢地念，故意歪曲他这句话的意思，揶揄道，“看来想念 Max 的人还不少……话说得这么好听，前些年你没少为别人写歌吧？”

譬如当时那首《094》，这人花了一天就写完了，再直接带上告别舞台，怀的是什么想法都不用多琢磨。

费行云心不在焉，歪进沙发里懒得跟他争论，开门见山道：“有话直说。”

他现在的生活说忙不忙，但说清闲也不清闲。除去日常创作和一些行程，还有各种各样的邀约。王延也不限制他这方面的自由。虽然名义上是工作伙伴，严格来说，两个人的相处模式和之前在乐队时差不多。

费行云随手捞过茶几上的打火机慢慢地转动，不走心地听桌子后面的人大吐苦水。

说来说去，还是为的最近当红的那两个选秀艺人的事情。

耀行最近在力捧名次靠前的那位小偶像。本来这也是无可厚非的事情，可架不住同公司的另一位的粉丝不干，非说他们区别对待，只给一方发 EP（小型专辑），又送去晚会现场刷脸，另一方连通告都少得可怜。

王延心里有苦说不出。他哪里是区别对待，实在是后面这位远不及前一位聪明。他才从选秀现场出来，就瞒着公司跟一个小姑娘谈起了恋爱。如果不是特意聘请来的经纪人老到，刚刚发现就让人立刻断了，再将小偶像本人冷处理一段时间，估计这些粉丝还能闹得更大。

如今冷处理的时间过了，就要发歌。这才是重点。

费行云明白自己要做的事情，对前半段多出来的没有营养的消息毫无兴趣。他点点头，左耳朵进右耳朵出，中途又听见王延给公关部打去电话。

“这是不是就叫，年轻人不搞点事儿就不叫年轻？”王延挂了电话，感叹道。

他现在是生意人，看待很多事情自然跟年轻的时候不一样。他还没有鲁莽到刚刚涉及快流量这块，就试图改变行业内的什么规则，只是有感而发。

他谈到这里，忽然笑了一下，咳嗽一声，说道：“时间过了这么久，现在总能问问吧。”

费行云拿起遥控器，琢磨着将屏幕上的采访图换掉，用“嗯”答他。

对方继续贱兮兮地出声道：“我是想问，之前被节目组搞了一手，跟那位一起上热搜是什么感受……”

“不许装傻啊。”王延嫌弃他那副散漫的样子，反正也忍不住，索性就问了个明白，“我指的是那位你念念不忘的前女友兼女演员……”

王延自认为在这件事上有些发言权。当年，他目睹两个人开始恋爱，同样清楚两个人分手分得不愉快。后来，他又眼睁睁地看费行云好像是弄清楚了人家要分手的原因，我行我素地单身等着，还时不时看人家出道后的作品，弄得跟个和外表不符的情圣似的。

他那时就知道，这小子在这件事上铁了心，估计两人还有后续。所以，他才能当作玩笑话提起——不然，忽然接个综艺邀请是为了什么？

然而，此刻费行云的手放在沙发背上，瞧着屏幕上随便翻到的樱花街景，根本没把这当作什么难题。

“不是。”

王延嗤笑了一声，说道：“你不会还要嘴硬说这不叫‘念念不忘’……”

“不是前女友。”

费行云起身，瞥见手机上的消息提示，根本不给对方反应的时间，潇潇洒洒道："走了。"

他到了车库，才骑上摩托车，手机就跳出微信消息提示——两条好友申请消息，一条备注"经纪人曹月"，一条备注"许平忧的助理，豆豆"。费行云大概能猜到是什么情况，立即点了通过。

更晚一点的时候，他在公寓的合成器前收到许多张以樱花为背景的照片。

前面几张照片里没有人，纯粹是各种角度的风景。直到翻到后面的照片，才开始渐渐有人出现。这些照片很精美，景美人更美，看得出来是出自专业人士之手。

费行云把"双标"执行得很彻底，存是都存了，却更喜欢前面那些某人亲手所拍的风景照。通过什么角度啊，滤镜啊，全都看得出是新手。

许平忧："差不多是今天的行程。"

她总是习惯先做再说，在聊天中同样如此。

许平忧的粉丝与一般的女演员不太一样。她是拍非商业化的文艺电影出道，最先聚集的一批粉丝，大多沉迷于她身上的那股忧郁气质。早些年，曹月第一次为她接下一部网剧，还曾遭到过这些粉丝的反对和质疑，闹过一场后走了一半，留了一半。这些年慢慢发展，其中有不少人重新关注到她。只是在运营社交平台的模式上，曹月还是做出了迎合这部分受众的区别化。

每个月定时定点拍一些无偿的写真和视频，也不同于现在女星流行的精致美，更多的是传达许平忧身上的故事感，造型也比较随意。

屏幕上的消息回复很快。

费行云："还在忙？"

许平忧穿上豆豆拿来的外套，没来得及盯着重出江湖的颜文字多看，又看到最新的一条问话："吃饭没？"

他好像特别关注她是否按时吃饭这件事。

许平忧很诚实地答："吃了。"

她吃的烤肉，还逛了附近的百货。

许平忧习惯了简单生活，并不喜欢奢侈品。可今天在那些奢侈品店中逛，看到那些精巧别致的男式钱包、袖扣，她第一次生出挥霍的冲动，幸好理智尚在才未下手。

他们俩你一句我一句地聊着，豆豆也很有眼色，跟她说清楚明天应该就能发今天拍好的视频，然后就带着摄影师离场。

许平忧转身冲她点头，回头趴在床上，忍不住摸了摸自己的耳钉。

她今天的装束完全是个人私服的风格。摄影师要把她当成失恋后的个人旅行去拍，她也真将自己当成角色入了戏，只是细节处花了些小心思。摄影师很有自己的一套拍摄思路，并举出大量的影视作品佐证自己的观点。

来东京怎么能不失恋？这是他当时的原话。

心态跟从前不同，许平忧当时听到这话，想笑但最终还是忍住了，只是一本正经地点头。

眼下豆豆才出去，她没来得及翻身，视频电话就打了过来。

自从分开工作后，两个人明明已经视频聊过几次，她还是莫名有些心跳加速。许平忧想了想，主动将头发绑成马尾，才按下绿色的通话键。

视频对面的费行云对着电脑坐着，一看就知道待在自己创作用的房间，蓝紫色的背景灯很醒目。他身上只穿了一件短袖，先凑在镜头前仔仔细细地盯了一会儿，又退开。

“明天还要拍一天？”

许平忧慢慢地绕着头发，说道：“不算吧，下午就能拍完，然后直接过去录《与恋第二次接触》。到时候……”

她说完这句顿了一下，特别傻地“嘿嘿”了两声。

费行云被逗得没忍住笑了，笑得肩膀轻轻抖颤，被人狠狠地敲了两下屏幕后才主动诚恳地认错。

两个人没聊什么，但时间过得比预想的要快得多。

许平忧在男声中迷迷糊糊地睡过去。第二天醒来，她摸到耳垂上忘记摘掉的耳钉，回忆起睡前零星的对话，莫名感到有些失落。但这失落感并没有持续多久。夏日的上午，一行人陪着她在街头取景。午饭时间，豆豆看了一眼微博，又很自然地提醒她记得看看。

热搜榜上赫然出现费行云的大名。他什么也没干，只用万年没有登录过的社交软件发了首歌——《天鹅耳钉》。

Max：“等回来再填词。”

照片是一棵樱花树，连个滤镜都没有，根本不是他的风格。

第十一章

很久以前

偌大的娱乐圈永远不缺新鲜事。

当许平忧主动向曹月谈到自己的感情问题时，曹月脑子里闪过了许平忧过往合作过的男艺人，最后却得到一个完全陌生的、意料之外的人名。她从没将这两个人想到一起过，自然也没如预料之中的一般，立刻给出合情合理的建议，只是很吃惊地重复起了对方的姓名：“费行云？”

曹月从业这么多年，更亲手带出过一位一线女演员，却还是第一次碰到这样的情况。她属于不能免俗的那类人。因为对音乐圈子不算太了解，她第一时间想起的是对方不断更改的发色和最近总被热议的脸。

这就好比乖乖的优等生突然跟自己说爱上了浪子。她心里自行找出的类比不太贴切，但心情大差不差。

许平忧没打算在自己人面前再隐瞒什么，因此很简洁地提了一下两人认识多年的事实。

曹月脑子转得也快，当即得出一个结论，问道：“就是你大学那会儿那个？”

那会儿，她对许平忧签约时的个人情况有所耳闻。但断掉的关系，追究起来也没什么意思，只要结果是她要的就行。

许平忧神色认真地点头。曹月看她正襟危坐，明显一副打定主意的认真样儿，无奈地笑了笑：“你别误会，我就是有点意外。”

当时办公室内就她们两个人，曹月说话也就很直接。倘若从许平忧口中蹦出的名字是她所熟知的，甚至当红一些的，那的确会产生很多麻烦。

“但麻烦也不是不能解决。我之前和你说过。”曹月顿了一下，又道，“现在不比从前，你的事业渐渐稳定了，我也没必要再限制你各方面的自由。而且，并不是说做了这行，我就要当一个苦行僧，长年累月地监督你。除了认真工作，如果能有一些相对轻松的插曲，也不是什么坏事。圈子里每天都有新鲜事，观众也不可能盯着你一个人挑剔来挑剔去。”

“何况，你这几年没让我在工作上操心过。”她继续理性地说着，“抛开其他的，你现在有个能经常说说心里话的人，也挺不错。”

曹月单身多年，对爱情有一套自己的看法，却并不强求他人保持跟自己一样的观点。她做事雷厉风行，当天就跟许平忧谈了许久，又要了对方的联系方式，让豆豆一并加上，说方便以后两边沟通，避免产生误会。

“话是这么说，但该把控的还是要把控。不过这跟你没什么关系，我直接跟耀行那边说就好。”

现在想起来，曹月有一点看得很透——费行云的确是许平忧可以无所顾忌倾诉的对象。

这倾诉对象做事从来都很随自己的心意。譬如昨天，他随便分享了一首编好曲的伴奏，分明只是给有心人看的，结果却连带那张拍得实在不怎么样的樱花树一起上了热搜，明显和所有热搜上的图片画风不同。

点进热搜的多数看客，虽然以前或多或少地听过一些乐队的歌曲，但几乎都是最近才认识费行云本人。这部分人喜欢他的外形，听说过他神乎其神的经历，关注点当然也在这个所谓“鬼才”亲自发的歌上。大家不是专业人士，听不出什么风格类型，只听得出旋律悦耳，大致有种甜滋滋的味道在，很给面子地给出“等帅哥发完整版”“坐等全曲”之类的评论。

许多乐队粉丝惊讶的点就跟围观路人完全不一样了——能听点像模像样的非商业化新歌是很好，但是……Max 这个对自己高要求的人也能容忍自己的社交平台出现这种质量的照片？

去机场的路上，许平忧盯着手机屏幕反反复复地看，反反复复地翻着消息。豆豆看她对于社交平台的使用不太熟练，当即热心地科普起每个平台的不同风格、不同受众，以及如何在热点中提取感兴趣的信息……

东子嫌她瞎操心：“你这是当平忧姐是脱离时代的老古董了。”

豆豆认真道：“不是老古董不老古董的问题，是上司有这个需求，我这个助理自然要及时出手。”她还不忘记回击，“谁跟你一样没有眼色？”

她虽然名义上是助理，但自从曹月的业务发展得越来越好，不能再时时刻刻只跟着一个人后，她现在干的活几乎同经纪人差不多。借着上回两个人面对面，曹月顺便向许平忧提了一下给豆豆升职的事情。小姑娘虽然年纪小了点儿，但做事认真可靠。包括上回电影的事情，她也及时把各平台的风声和动向情况都整理好提交到了公司，免去了不少麻烦。豆豆升职基本上只差正式的一纸通知。

许平忧一边听他们俩斗嘴，一边虚心求教，两者兼顾。每个人都有事可做，等到达机场上了飞机，他们都没了多余的精力再讨论什么。

她每次去录制《与恋第二次接触》，都会在机场碰见一些老熟人。

熟男熟女的爱情不同于之前所有恋爱综艺节目里的爱情。质量在，讨论度在，每一集的播放量都在往上攀升。节目组在请嘉宾这件事上出手大方，也是某种意义上的趁热打铁。

这么多年来，许平忧对偶遇同行的事情已经相当习惯，也不觉得有什么难应付的地方。

只是她没想到这次碰到的不仅仅是“老熟人”的程度。陈辰在机场里穿得低调，通身的黑色，做事风格却很不低调。在助理的跟随下，她追上来拉许平优的手。

“许平忧！”她喊她的名字，大大方方，没什么顾虑。

许平忧刚下飞机，还有些困倦，被好友拉住手腕，第一时间的想法十分离奇：还好某人的行程临时有变，要晚点到，不能直接在机场碰头，不然……想完她又不自觉地感到歉疚，认为自己这是对朋友不真诚的体现。

“惊不惊喜，意不意外？”陈辰还在笑，挽着她的手低声道，“他们都劝我提前跟你说一声，我觉得还是这么直接见面比较有意思……而且，我也有点事情想亲眼确认一下。”

她后半句卖起关子，也不多解释，只是眨眨眼。

在剧组的那几个月里，两个人形影不离地待在一块儿，两边的助理自然也都很熟悉。

双方一商量，第二天干脆就共用一间休息室。

陈辰消息灵通，一时兴起，提了几句方沐的事，压低声音八卦道：“我听说他苦熬了这么多年，终于想尽办法搞到了一个电影男二的角色。我就想，哎哟，好不容易等到这么个机会，那他肯定是没时间再来骚扰你了。”

豆豆在旁边听，深有同感地点头，但也不多掺和，继续麻利地帮着造型师的忙。

陈辰的助理听了哭笑不得，劝也不是，不劝也不是，只说道：“辰姐，你这张嘴真的是……”

陈辰动了一下，头上的蝴蝶结也跟着动，娇憨又明艳：“怎么啦，我又不是心里没数。这不是说给我们忱宝解气嘛。”

一行人说说笑笑地来到了录制棚。

许平忱今天穿了一件淡蓝色的礼服裙，简单梳了个公主头，妆容也全是自然挂，走起相对柔和的淑女风，整个人显得温柔得过分。她坐在座位上低着头，乖巧地任由造型师补妆，再睁眼，刚巧看到一道人影从大门处进来。

这人一身纯黑色穿搭与桌子上其他所有男性都不同，头发小小扎起一束，俏皮又随性。

他向工作人员点头后，迈步直接到了桌边，倒也没显得狼狈，带着一种肆意凌乱的意味。

女主持调侃道：“哟，最后一位帅哥终于到了，我说棚里怎么突然这么亮呢，好闪！”这话惹得一桌人都笑起来。

费行云从容地搭腔接话。有造型师过来帮忙，他就坦然闭眼配合，并跟身边搭话的男演员聊几句跟摇滚相关的话题。

回国后她见到他的第一面竟然是在录制棚里。

许平忱托住下巴，盯着屏幕，尽量使自己不显出异样。

屏幕上的嘉宾深夜聊天环节，一个男嘉宾忽然拿出了吉他，弹起一曲伴奏，轻轻地唱起一首时下流行的小情歌，非常坦荡地表达对之前那位内向女嘉宾的好感。众人激动地惊呼，原来还有三角发展在这儿等着！不愧是熟男熟女的恋爱！

有此情景，就很难不聊到棚内仅有的一位音乐人身上。

“有专业人士在，我们就不去评价人家唱得好坏了。”主持人娴熟地控场，大家也跟着笑。

“小费老师有过跟他类似的经历吗？”

“算有吧。”费行云微微扬眉，答得坦诚。

许平忱心尖一颤，绷直了嘴角看过去。对方没有看她，很自然地接着女主持的问题说话，又很自然地将另一位聊过天的男演员也拉进话题中。

那男演员笑起来："我不知道小费老师会不会，但我对着喜欢的女生是会有一点卖弄情绪。可惜我是演员，演员总不能跟人家演戏。我可能会想办法跟人家聊聊电影电视……"

他之前坐在许平忧的身侧，今天才给新来的陈辰腾了位置，依旧不改面面俱到的做事风格，聊得在理。

女主持眼睛一亮，自觉借题发挥，要代表最近的部分女网友问起两位男士一些问题，譬如对有好感的女生会如何如何……

"写歌。"费行云笑了一下，神情有点散漫地托住下巴，稍微停顿后接着道，"当然会写歌吧……跟他说的一样，人总要发挥一下长处，展现一下自我。"

许平忧认真地看着他，试图让自己冷静，不去想那些乱七八糟的事，正儿八经地当一个观察嘉宾。

费行云没有再说话，话头递给了另一位男嘉宾。聊完这个问题，大家都很自觉地将视线转回到大屏幕上。

许平忧抿了抿唇，不动声色地抬头，在对面停留一秒。

不过是眼神从主持位到屏幕的工夫，对面的人托着下巴，视线从她这边自然地掠过。

四目相对，费行云托住下巴的手微微松开，落在许平忧的耳垂处，状似无意地碰了下自己的耳垂。他的视线不算强烈，眼角还挂着若有若无的笑意，目光停留在屏幕上。

那首《天鹅耳钉》。许平忧品味出意思，觉得唇瓣发干。

屏幕上的男嘉宾准备了一束玫瑰。他说，玫瑰要送给"小玫瑰"。录制棚内不少人都反应强烈。陈辰更是夸张地抱住双臂，转头寻求她的赞同。

"太肉麻了……换我的话真的有点受不了这个，你呢？"

"我也有点吧。"她回答的声音轻飘飘的。

分明不可能，许平忧却感觉自己嗅到了一股熟悉的皮革白檀的气息。

这种错觉甚至一直持续到了节目录制结束。

许平忧自从入行以来，无论完成什么通告都极认真敬业，只在今天这一场稍微有点走神。好在她平时话就不算多，也将几个小时顺利平稳地度过。

豆豆拿着水杯在镜头后面等她。两个人目光一对，都没说什么多余的话，和来的时候一样同陈辰那边的人会合。

一行人回到休息室，陈辰还是反应最直接的那个。她长出一口气，倒在沙发上捶起小腿，神情疲惫地来拉好友的手。

“没想到连续八卦几个小时也挺累。”

她靠在许平忧肩头说得真心，被助理好说歹说，拉了又拉，才不情不愿地起身去卸妆。

女主持特意来敲门，笑着问她们一会儿是否要去聚餐。两个人没有商量，却一前一后极有默契地婉拒了。

陈辰还对节目上一女两男的三角关系念念不忘，说一会儿想去工作人员那里碰碰运气，看看能不能打听到点剧透，今晚两个人好好捋一捋。

许平忧有所预感，只能在微信上发去一条解释：“晚上或许也不能见面，要陪朋友聊天，脱不开身……”消息发过去才几秒，她就收到了对方的回复。

费行云：“哼！”

费行云：“唉……”

情绪转换之自然，很有点可怜巴巴的意味。

可隔着保姆车的车窗，她看到“唉”了一声的帅哥面色如常，依旧气质洒脱，被人拦着要签名，全然没有聊天时的愤愤，状态自如得很。

豆豆看看她，又看看外面，不禁感叹着：“这个默契。难怪之前网友就喜欢把你们搭在一块儿……”

东子笑着引用一句话总结：“还是老话说得对，‘群众的眼睛是雪亮的。’”

眼睛雪亮的当然不会只是群众。

当夜的女生聚会，陈辰点了一堆吃的喝的到许平忧的房间，还专门没让自己的助理跟着。她是有心要聊一些私密的话题，就只留下了豆豆。开始的时候，她还借着酒精畅聊起最近的圈内事。话到最末，她才像是想起上一回的事，颇有分寸地开口道：“差点儿忘了，上回你和那个……到底怎么回事？你们现在不是还一起在录这个节目……”

她的话没问完，许平忧的脸已经有些红了。

不是因为害羞，只是因为许平忧不是特别能喝酒，稍微沾一点就要上脸。不过此刻她的思绪还很清明，没等对方把话说完，就先点了下头，言简意赅地说：“就是你想的那样。”

她圈子里朋友不多，能说上话的更少。曹月不主张现在就将关系公开，但对于值得信任的朋友坦白了也没什么。

陈辰瞪大了眼睛："哎，我就说嘛！上回看你们俩之间那个暗流涌动的样儿，我就猜肯定有内情，可是也不好问你……"

她指的是费行云要衣服那次。那会儿，他们两个人还别别扭扭的，隔层纱似的你来我往，旁人看出点儿苗头也没什么奇怪的。

听闻性格内向的好友如今感情有了进展，陈辰是很兴奋的。一兴奋，她就忍不住将自己接节目时的内心想法主动剖析一番：什么节目邀约接得毫不犹豫，也有想趁机当面确认一下猜测的意思啦；最近热搜那么热闹，她看了过后心里的想法啦；这种大喜事，她一个人消化了也就算了，保证不会说出去，其中也包括自己的助理。

陈辰不去评价别的，沉思了一下，说道："不是我说，这么一比，你家这位帅哥赢得很彻底。"

"嗯？"许平忧一整罐啤酒下肚，人已经不怎么清醒了，还要努力抬眸去听她说话。

陈辰继续说着："比才华赢了，比样貌赢了，比其他方面的吸引力也……"

豆豆在旁边老老实实地喝着一罐低度数鸡尾酒，骤然听到最后一句话，呛住了。

陈辰大大方方，说得很不留情面："实话实说而已啊。乐队主唱，人长得帅，又年轻，这种人不比有些只会算计的老男人强百倍？至少，现在还算能配得上我们忧宝，交往一场也不亏。"

豆豆哭也不是，笑也不是，也不能解释他们两人过去的渊源，只能继续老老实实地开口道："辰姐，真的不是我被吓到了，是有人都要醉死过去了……"

她抬手一指，许平忧眼神迷蒙，缩在沙发上，一副不知人在何处的茫然样。而且她在茫茫然间，还要试图接话。

"他是很好。"她醉得往陈辰的肩膀上靠，舌头都捋不直了，嘟囔着，"在我心里面，没有比他……他更好的人了，谁都比不上……"

她说着说着声音渐弱，最后变成轻微的呼吸声。她说的话天真又幼稚，和平日里大众视线中内敛冷面的形象截然不同。

陈辰同豆豆对视一眼。两个人微微愕然，最终都没忍住摇头笑起来。

第二天，陈辰还有通告要赶，当然不能继续昨晚的"女生之夜"。

许平忧昨晚醉得彻底。到了机场，她好不容易在休息室见到了想要说话的人也没什么力气。费行云从豆豆口中得知她宿醉的情况，也不为难她，只帮忙倒了一杯热水，就看起随身带的一本书。

飞机上有人睡了一路，直到坐上车才算恢复了不少。

许平忧迷迷糊糊地睁眼，迷迷糊糊地看向旁边，坐的却是豆豆。她再将视线移向右前方，副驾驶座上同样空空的。

豆豆看她一副对着空座位发呆的样子，了悟道："你都忘了？刚刚机场有你的粉丝接机，费老师看见了，就说他自己回去。"

"哦。"许平忧心想，这没什么不对，还是他惯常的妥帖周到。可她依旧忍不住有点异样的情绪波动，想来可能还是酒精作祟，不太清醒。

豆豆没看出她的内心波动，继续尽职尽责地转达曹月那边的消息："之前的电影正式落了空，但同样没有落到蒋一蓉身上，而是给了第三方的那个新人。"

许平忧并不觉得奇怪，也并不感到失落。豆豆却痛快地道："敌人的敌人就是朋友……大明星搞了那么多手段，不还是一场空？"

许平忧笑起来，内心那点儿波动也渐渐消失了。

在公寓的车库，她坚持一个人下了车。这一回，许平忧已经确定了那辆黑色凯旋 Bonneville 的主人。她摸出手机，看着微信上停留在昨天的聊天记录，在电梯间内发起呆。出了电梯门，她正要一通电话打出去，动作又停下来。

她的公寓大门处，有人安静地捧着书站着，莫名有种收敛的冷感。

男人抬眼看她，微微挑眉，没有说话。他合上书本，从容地抬起手。

许平忧抿了抿唇，心跳得飞快，动作却很诚实。她几步跑过去，扑进他的怀抱，整个人被稳稳当当地搂住，被人低声蛊惑着开了门。

玄关处还是老样子，空间狭小，干干净净。

"我……"她没来得及出声，两个人已经紧紧地贴上。

费行云顺手放下了书，嫌她这时竟然还有话可讲，微微低头将她按在大门处，故意正经地批判道："醉鬼上午不理人就算了，现在竟然还有闲心说话？"

灼热的气息钻进她的鼻孔，许平忧感觉到腰间的力道，腿脚渐渐有些发软。她想要垂头，却被人捏住下巴。

"没良心的。"费行云闷闷地笑，很凶地吻了过来。

夏天的温度，最不适合两个人交叠在一块儿。可花前月下时机正佳，难得与心上人待在一处，什么都不做不想，根本不叫谈情说爱。

大学的时候，他们俩一南一北，每每在一块儿都极难得。他们窝在一块儿看过月亮，看过雨，浪漫的时候有，腻歪的时候也有，更多的是无法言喻的纠缠，掌控底线全凭一丝良心。后来分开后，看月亮变成了一个人，连雨声也是形单影只地听，趣味全都变成了怅惘。

上一回在老城时，许平忧还在心神不定的状态下。比起渴求的亲密，他们更多的是说不尽的心里话。有人极有耐心地等她想明白，就像大型野兽护住宝藏，温柔妥帖都藏在一举一动中。

此时此刻，公寓里只有他们两个人。大门紧闭，没人开灯，只有落地窗外的光芒透进来。

窄小的玄关空间刚好够一些有心人借题发挥。

费行云越吻越深。开始，他还只是纯粹的侵略占有。越到后来他越没有耐心，稍微觉察到她的退意，立刻又强硬几分，让人只能乖乖听话。

柜子上的书本跌落，发出一声脆响也无人在意。

此夜才是情人夜。

天光渐亮的时候，他又来咬她的肩头，慢慢地说些天南海北的趣事。

许平忧忍无可忍，她声音沙哑，叫："费行云。"

她现在只想好好睡一觉。

"在呢。"费行云回应她，似乎看不到她眼里的愤怒，亲昵地用鼻尖蹭过来，眼睛闪闪发亮，捏住她的指尖慢慢地亲，"要不要喝水？"

许平忧没有办法。

她可能这辈子都不会有办法了。晨光中，她只能声音沙哑地、缓慢地跟他说些内心所想。

那株樱花树开得有多漂亮，有多少来来往往的游客行人被它折服。她看到的时候，摄影师却要她显得悲伤痛苦。她本来最擅长演绎这类型的角色，那时却折腾了许久才掉泪。

"因为……我想到了你。"

她看见费行云笑了一下。对方好像看透了她想说什么，那点儿肆意的帅气又显现出来。

他亲在她的眼角："下次一起看。"

他的下次从不作假。

许平忧以前很少虚度白天，也很少睡觉睡得浑然不知。

但今时不同往日，她昏昏沉沉地睡过整个上午。昨夜出了一身的汗，洗过澡后，她才躺下再次蒙眬入梦。

费行云不觉得热，将她紧紧搂住还不满足，恨不得两个人的每一寸皮肤都要贴在一起。他的指尖落在她的耳郭，颇有闲情逸致地研究起许平忧的神情。

她睡着的时候很乖巧，呼吸也极轻。他去亲她，她并不反抗，只是下意识地退缩。迷迷糊糊地睁开眼将人认清了，她又不再动弹，老老实实地保持着姿势任人折腾，撑住他的肩膀稍微借力。

梦终于做完了。

许平忧觉得嗓子干痛，再醒过来几乎全凭本能。她要喝水，自然有人将她要的送到唇边。

她被人半扶着，捧着杯子喝过水，小憩一会儿后精神恢复得差不多了，便彻底清醒过来。她侧身睁开眼，刚好对上一双等待许久的眼睛。

费行云换上了新的T恤衫，头发重新扎起一小簇，坐在地毯上托着下巴瞧着她。看她醒了他也不慌张，从容不迫地摩挲起她的手背，微微扬眉。

“再睡会儿？”他的问话不仅自然还很妥帖，自觉地将她此刻的处境归因到自己身上。

许平忧多多少少还有些恍然。她的脑海里浮现出一些场景，面颊发热，轻轻地摇头。

这是她的房间。她一向重视个人隐私，因此连豆豆都只来过一两次。结果，他才来第二次就任意妄为，半点都没有要客气的意思。

她注意到地毯上的纸张和电脑，才瞥过一眼就得到对方的解释。他以为她还要休息很久，索性将要做的事情搬到那里做，整理一下填词，确认后续编曲……

费行云不认为这些事情有多重要。他笑着捏她的脸颊，问道：“要不要吃点东西？”

“嗯。”她下意识点头，又立刻摇头。察觉到他有起身的意思，她当即将他的手握住，唇齿微张，意图还没有说出口，已经被人看穿。

费行云坐回来的动作很从容，答得也同样从容。他重新握住许平优的手，了然地说着：“放心，不走，陪你。”

她脸上更红了，眼神却不闪躲，诚实坦荡地点了点头，又往他在的方向靠近了一段距离。

许平忧想到什么就是什么。她看着他的头发，出神许久，说出口的话十分实在："我以后不会再这么喝酒了。"

费行云等她接着说下去，她就有点不好意思，将自己酒醉就容易失忆的毛病说了。

他们俩还在一起的时候，她从来没有喝醉的必要。偶尔尝到酒精味，也全是情侣纠缠间的事情。

"我还记得第一次跟曹姐一块儿喝酒的时候也是这样，"许平忧慢慢地说，"但那个时候我还比较幼稚，觉得喝酒是成年人应酬中必要的一部分，所以非要装作什么事都没有。实际上我一回到租的房子里，就什么知觉都没了。醒过来我才发现自己就那样在地毯上躺了一晚。还好那会儿是夏天……后来我就不怎么喝酒了，杀青宴上也不喝。"

"昨天我是有点昏了头才喝多了。"她轻轻出声，耳根发热。

为什么昏了头？不是为的节目，不是为的好友，为的谁不言而喻。

费行云受得住她讲真心话，但受不住她这么乖巧地握着自己的手讲话。她开玩笑的间隙轻轻松松地讲起一点不容易。他一贯是很直接的，狠狠一口亲在她的手背上，起身又来咬她的耳垂和脖颈，捧住她的脸，哄骗似的撬开她的牙关。

许平忧这会儿恢复得差不多了，还配合着去揽他的肩背。她稀里糊涂间被人抱到客厅沙发上，坐在他的大腿上，愣怔地望着人。

"你慢慢说，"费行云看着她的眼睛，和高中时一样，认真又坦荡，"我都想听。"

如果不是门铃适时地响起来，许平忧觉得，或许整个白天就这么打发过去了。

费行云起身去开门。她不得不匆匆回到房间，随手拎出一套家居服换上。

许平忧隐约能想象得到门外的场景。出去的时候，她果然看到豆豆提着一个行李袋，人被安排在沙发上坐着，看得出有些意外。

豆豆职业素养好，又要忙着回复手机上的消息，才没有显得不自在。

许平忧倒不觉得有什么。她探头看了一眼厨房，笑着问她行程安排。

豆豆抬头看着她，将行李袋中的夏季新款衣服和鞋子都拿出来，有条不紊地交代着。某品牌有意请她做一次推广，衣物早早就寄了过来，让她挑选尝试……

费行云切好一盘水果放在桌子上，并不加入她们谈及的正事，回到厨房做起手里的工作。

豆豆这会儿也看出自己出现得不是时候，把话说完东西放下就赶紧告辞。她宁愿换成电话和微信的方式跟她交流。

录完下期《与恋第二次接触》，她就可以考虑正式进组了。之前，许平忧亲自选过的几个本子，曹月都说还行，拍板全看她自己的喜好。不过一进组可能就是三四个月……

“你们能多待就多待一会儿，我就不打扰了。”豆豆说道。

她的事业处于上升期，两个人聚少离多都是常事。演员这份职业收入令人艳羡，时间却没有那么自由。

许平忧站在日历前，打开电视，微微愣怔才意识到一件事——进组几个月，刚好要把他的生日错过了。

她心里的念头才起，就被电视机上巨大的一声雷鸣拉回来。

视线之内，闪电带起一道白光。

电视台最喜欢在白天播一些经典剧集，以赚取收视率。然而今天的电影频道不知为什么，忽然播起一部不算特别热门的文艺片。

屏幕内，许平忧还是不到二十岁的样子，身板单薄，面容苍白，在大雨中蜷缩在厂区外的长凳上默默流泪。雨势稍小，一辆摩托车忽然从她面前驶过又折返停下。车上的人扔下一件外套，骂她是个彻头彻尾的懦夫，侧头嘲笑她的软弱。

电影中，骑车飞驰离去的男主角说话毒辣，声音在雨中跌碎。

电影外，她被摩托车发动机的声响惊得回了神，终于想起换频道这回事。可惜她的动作慢了一步，费行云自厨房出来，将满满当当的碗碟放在桌面上，抬头才招呼出声，直接就对上了屏幕上特写镜头下的婆娑泪眼——少女抬头看向重重乌云，眼神脆弱又忧郁，实际是与镜头外的观众对视。

费行云有点意外，看了几秒，若有所思。

错过补救的时机，许平忧无奈之下，只能按照原本的意愿，撕下一页日历，侧身，尽量让自己神情坦然。

“来了。”

可光是一句“来了”，显然不足以成为换台的理由。

结果，他们俩坐在餐桌前，莫名其妙地看起背景沉闷晦暗的《在南方春日》。

许平忧不喜欢甜的，饮食清淡，桌子上摆的也是符合这两条的家常菜，还有一道汤。

屏幕上的电影剧情还在向前推进。见费行云看得有些兴趣，她就只能放弃换台，主动开口找可说的话题。

“演这个的时候，我入门还没多久……很多方面全靠代入和想象，也靠导演和工作人员的宽容。”

她话说到一半，费行云的目光果然从屏幕移到她的身上。

她同他对视，解释说：“这场雨中的戏算是为数不多拍得比较顺利的，一条就过了。”

这是真心话。

对那个时候的她而言，哭戏实在是最自然的事情之一。女主角的性格与那时的她的真实性格很像。赵导看中她，也多半是因为这一点。

电影每放一段，许平忧似乎都有一些背景和故事可讲。但她的眼睛就是不往屏幕上看，很抗拒观看自己那会儿的演技。

费行云看出她的不自然，干脆把电影当成背景音，主动顺着她的问题发问，很有耐心地听。

许平忧说着说着，最终还是选择投降，自暴自弃道：“其实也没什么，主要是这一部电影真的拍得太早了，现在看来到处都是缺点。”她顿了一下，声音渐渐变弱，“我还是更想让你看到相对比较成熟的我。”

谁都想在心上人面前显得尽量完美。她忽然品味出自己这份不自在的由来。

费行云从她手里接过空杯子，微微扬眉。他不说自己早就看过这部片子，而是主动提起自己仅有的几次 MV 出镜经历。

人在镜头中演绎他人的故事，的确是一种新奇的体验。譬如写歌填词需要灵感，二者虽然完全不同，但都是为了创作出令自己满意的作品……三言两语，话题就过了许平忧不太想提的部分。他顺手将频道调换到一场重播的球赛，和以前一样，从不叫她难堪。

两个人的心思都不在球赛上。饭后，他又要习惯性起身收拾餐具。许平忧看着他修长好看的手指，知道从他手中抢过任务没有可能，便提出以后买个洗碗机，享受现代科技带来的便利。

两个人肩并肩坐在茶几前没几秒，费行云又尝试着换了个更舒服的坐法——他还跟从前一样，对于所谓的“充电”方式情有独钟，将下巴靠在她的肩头，把软绵绵的人搂个满怀。这客观上来说不能叫舒服的坐法，可许平忧无法拒绝，他总能想尽办法达成目的。

费行云得偿所愿，重新打开笔记本，手指放在键盘上，继续顺着刚才的话题问她有没有兴趣尝试填词。当然，她不想也没什么，也都是他的一时兴起……

他一如既往将选项摆在她的面前。

“填词？”许平忧愣了愣。

费行云来捏她的手。她反应过来，立刻主动解释：“啊，我的意思是我以前没试过，不是不想尝试。”

费行云大概能理解这种对于新鲜事物的忐忑心理，“嗯”了一声，右手控制鼠标，左手慢慢揉捏起她的指尖。

“可以随意一些，想写什么都行，先不用考虑押韵之类的问题……”

“旋律本身的风格会引导你表达自己的内心感受。”

话音刚落，他很自然地放起一首Demo，附耳凑过来，低声道：“试一试？”

钢琴配吉他，旋律凄楚，但有鼓声点缀。

许平忧抿了抿唇，脸微微发热。她强迫自己不被指尖处的微痒牵走心神，很快得出这是首伤心情歌的结论。

费行云似乎没察觉到她的反应，又亲在她的指尖，说道：“对也不对。”他笑起来，还莫名有些得意，“其实这是我在一个深夜写的。那个时候，我忽然想到你大学的时候深更半夜可怜巴巴地给我打电话，说想吃炸鸡不能吃。我刚好一个人在录音室里待着，本来就饿……”

又饿又伤感，这是这首歌的本质。

许平忧万万没料到答案是这个，瞬间被逗得笑起来，眼睛弯弯地看着他。

费行云开始还能控制住自己的思绪，继续出着题目。越到后面，他越是深感这是折磨。

许平忧一旦乖起来，他就不太能受得住，何况还是这样笑意盈盈，虚心听讲的样子。他察觉到自己那点儿强硬占有的心理又在偷偷作祟，歌曲放着放着也感觉有点没意思，只剩理智让他尽量维持着成年人该有的稳重。

许平忧还在专心致志地求教，侧头时对上他的眼睛，终于像是反应过来，微微一顿。

一首背景乐还在响，拉丁爵士，萨克斯声调低缓，氛围有些暧昧。

她看他的眼睛，看他锋利的下颌线，看他突出的喉结，脑袋渐渐发热。呼吸凝滞间，她着了魔似的轻轻出声："有点像有情人的热吻。"

许平忧眨了眨眼，还没来得及行动，却被人捉住手腕亲了过来。

"放心，"他似乎善心大发地想起她昨天的不容易，今天的疲惫，一只手摁住她的腰，声音低低地道，"只是'有情人的热吻'。"

实际哪儿来的正经？哪里来的放心？

"你要进组几个月，我就要独守空房几个月。"费行云听到了刚刚豆豆同她的对话。他撑住她的肩头，目光湿漉漉的，发着热，语调和神情不同，柔软得过分，"小许同学，你得可怜可怜我。"

六月初，《天鹅耳钉》完整版发布的当日，恰逢综艺节目《与恋第二次接触》最新一期正片上线播出。

节目上线播出当日，各大社交平台的热搜，再次在节目组宣发的努力下呈现出与之前相同的盛况。这一期爆点颇多，又是有人借花表白，又是有新人掺和进原本女追男的故事中，形成新的三角关系。光是站队的问题，就够网友吵十个来回。

对于这位初登场时内向少话的女嘉宾究竟会选择谁，不同的观众在不同的平台热烈讨论。凡是有《与恋第二次接触》话题的地方，必定就会形成战场。甚至录制棚内嘉宾的一些话，都会被用来作为是不是有意剪辑的证据。

许平忧心不在焉地看了会儿评论区，抬头与镜子中的自己对视。半晌，她才突发奇想一般出声道："我能换个发色吗？"

造型师手里的动作一顿，答案还没出口，又听见她慢慢地说："就是一次性的那种，不用漂……"

"你原来还想漂呢？"造型师的毒舌本性不改，提高了嗓门说道，"亲爱的，你能想象西施妹妹染一头金毛吗？我肯定是不行。所以你也不行。"

他将她的耳坠挂上，满意地道："带点古典味儿才是适合你的风格。"

最后一期《与恋第二次接触》节目录制，许平忧是老香港味道的衣着打扮，秀发乌黑，红唇耳坠，衣服是修身的纯黑色礼裙。她这一身装束，也不知道是怎么想到换发色的事情。

许平忧眼见着说不过对方，就习惯性地笑，虚心听起批评。

手机蹦出几条消息，有来自曹月的，有来自品牌方的，还有来自某位入住同一家酒店的男士的，她一一回了。回到最后一条时，她看到陈辰发来的一串叹号。

陈辰："笑死我了，宝贝，速看。"

她发来一个链接。

许平忧点进去，赫然是一条营销号的微博。《与恋第二次接触》正是大热，她同费行云的第一期剪辑乌龙再次被拿出来说道。不过这一回，评论区的画风与之前截然不同。除了一些曾经跟风搞过无良凑对的观众，热赞中的第一条最为犀利——

"不会吧不会吧，难道就我一个人发现这件事吗？他们俩是节目观察嘉宾里唯一没有互关的一对儿啊！"

回复这条的评论也同样犀利。

"竟然还真的有认真搞这对的粉丝？我以为大家都是凑热闹看看剪辑……没记错的话，许和费上回红毯过后就再也没大的互动了吧？"

有营销号引导，引来双方的粉丝也不奇怪。而原本双方的受众就不同，吵两句更不奇怪。

也挺神奇的，自从他们俩在网络中第一次与"貌合神离"这四个字沾边后，好像再也没有摆脱过类似的形容。

陈辰是热闹的发现者，同时也是真相的知情者。和当事人分享完后，她自然也将重点牢牢把握，主动提问道："不过，你俩真的没有互关？"

许平忧当然没有料到，在这个时代，两个人的微博没有互相关注也能成为大众的讨论点。愣怔过后，她趁着乘电梯的时间认认真真地想了一会儿，却是等到出了电梯门也没得出结论。于是，她本着实践精神，迅速拉了一下自己的关注列表，确认过后才慢吞吞地打字回复。

许平忧："好像是没有。"

陈辰稍顿片刻，发来一句："哇哦。"

她是许平忧的朋友，说话自然也是站在好友的角度，但也有自己的分寸，点到为止，并不窥探她的隐私。

许平忧不太介意这些。她不属于喜欢将个人私生活暴露在镜头前的性格。

再加上听了曹月的一些建议，他们俩的恋情暂时没有公布。但她也没有刻意隐瞒，几个好朋友还是知道。

许平忧是很坦诚的，慢慢地打字："你知道我们职业的情况。他对公开不公开没有意见……"

陈辰敏锐地道："没有意见？那就是公开也无所谓咯？"

她明显十分意外，再次坦率地道："哇哦！"

陈辰在圈子里消息灵通，在这方面亦有一套自己的理论，"哇哦"完才反应过来，立刻做出补救措施，解释说："男人这种生物，尤其是娱乐圈里的男人，多的是喜新厌旧的人，隐婚的都不在少数。真要谈一段恋爱了，反而得学习这种心态，享受享受恋爱的美好……哎，我刚刚不是故意的。我是关心你，见过什么所谓的音乐圈才子脚踏几只船，所以……"

她很自觉，话说到最后，干脆破罐子破摔，认认真真地说明自己的心态。

许平忧笑着安抚她，抬头时，恰巧看见一头显眼的金发。

费行云的个头、穿搭、发色和做事风格独特，无论在哪里，他都是最先被注目的对象。

他今天穿得尤其简单，黑T项链配拼色牛仔裤，头发扎成一簇，文身依旧贴上一层薄薄的肉色。进入棚内，他向工作人员点头示意，自然而然地坐到自己的座位上，只来得及和她对视一秒，就被身旁那位男演员拉着聊起了新歌。

"我刚刚来的时候在车上听了，"对方大方地表示赞赏，并继续请教，"这首歌是不是属于R&B风格？"

费行云在跟人来往上一向很自如，为人解惑也很从容。

《天鹅耳钉》的完整版和上次一样，依旧被费行云直接发布到社交软件上，并上线到音乐收听平台。

但是严格说来，如果不是许多粉丝和路人催歌曲上线都催到了耀行官博下，这首歌也不会这么快上线到各大音乐平台。动静之大，就连耀行的老板王延都被逼得不得不发出一条微博，说道："保证上线！怎么一个个不去催本人，跑我这儿撒野！"

"说实话，那还不是王老板你从以前就好欺负，麦哥不好欺负吗？而且说白了，要不是我们这些老乐迷过来，你的微博可能还要被人家小偶像的粉丝们用各种诉求刷屏一段时间吧？你想这样还是那样，选一个呗？"原本就关注他的乐队粉丝一针见血地指出。高赞回复更是被王延看见，他回以长长一行省略号。

许平忧不知道其中有这么多曲折，但还是积极地做起新歌听众。

歌词写的是一对异地恋人的通话内容。虽然都是些日常聊天的话，但一改很多异地恋情歌伤感的常态。她来来去去反复听，连豆豆都没忍住，笑说她的心思好猜。不然，她刚刚在休息室的时候，怎么会突然跟造型老师提换发色的事情？

许平忧被看穿后有些脸热，但也坦坦荡荡，只是笑。

此刻，对面的两位男士聊得正愉快。她就慢慢悠悠地翻起节目组今天发的连线表格。

最后一期节目，所有观察嘉宾都要在最后一次约会结果公布前，给出自己的预测结果。

陈辰刚刚还在聊天对话中表露出对上一期节目内容的念念不忘，央求她今天在录制完最后一期节目后，给她剧透一下三角关系的最终结果。

由于受人所托，许平忧看节目看得格外认真。到最后公布每位嘉宾预测结果的环节，女主持手里拿着台本，看着镜头外导演的提示，像是发现了什么惊天秘密一样，惊讶道："等一下……我们当中竟然有两个人的预测结果完全相同？"

话音才落，许平忧心有所感，抬头对上一双笑眼。

费行云托着下巴，漫不经心地与她对视，手指间的笔慢慢地转着，带得她的心也跟着慢慢地转，莫名想同他说点什么，做点什么。

"小费老师和平忧啊。"女主持卖完关子，慢慢报出两个人的名字，又在他们俩之间开起玩笑，"你们俩现在可是算作一个阵线的。那就让我们拭目以待吧，看是你们俩对，还是我们其他人对。"

对于这两男一女的三角关系，他们俩的预测结果是那位女嘉宾会坚持自己第一期的选择。

结果公布之时，除了他们俩，录制棚内其他人都是一片哗然。被追求的男嘉宾没有接受女嘉宾，但也算真诚，说自己中间不是没有过动摇，最终还是觉得已经经历过一段婚姻，对于建立亲密关系更加慎重，不能只是因为有好感就贸然行事。

女嘉宾在最后接受采访时同样十分释然："我只是认为，爱而不得也是正常的。很感谢大家一直以来的支持，也谢谢另一位嘉宾愿意对我直接表达好感……真的感谢。”

节目录制完毕，豆豆如常将水杯递给她。等上了保姆车，她忍不住感叹：“你们俩哦。”

一切尽在不言中。

今天的节目录制完毕，她第二天就要飞往北京，最后跟曹月确定一次本子的事情。确定了她就直接去试妆，准备进组开会。许平忧回到酒店的房间里坐着，顺手调出 Max 乐队的歌单，一首一首地外放。豆豆一向对社交媒体的消息掌握得及时，这会儿聊到两个人的粉丝争吵也是自然的。

“不过你俩都算好的了。我记得之前一对年轻演员私底下恋爱，刚巧两个人还进了同一个组，粉丝光是为了谁的名字排在海报前面，都吵了差不多八百个来回……”

许平忧没品出来意思，豆豆就将名字在海报上顺序的重要性耐心地解释一通。

东子将行李箱送进来，恰巧听见二人的对话，忍不住皱眉给出自己的评价：“这都什么跟什么，情侣之间也要争这个吗？”

“要不然怎么叫娱乐圈呢，这不是很正常？”

豆豆见惯不怪，帮忙收拾起今天的礼裙。

他们俩斗嘴实在太正常，许平忧穿着 T 恤，靠着沙发坐着。她刚好能看见窗外的海岸线和成片的蓝绿，心情也跟着变得格外轻松。

第一期节目录制时，她看这片景象时完全不是这种心情。可见，人的经历与情绪的确足够影响其对各种事物的看法。

她不算饿，索性放他们两个人去海边的摊上吃夜宵。

许平忧一个人留在房间里，顺着乐队歌单惬意地听着。下一秒，她的耳机中骤然传来聊天的连通提示音。

费行云的头像不知道什么时候换成了一张哭脸，电话接通了，对面客气地说道：“您好，您的外卖到了。”

许平忧虽然知道自己没有点外卖，却立刻从沙发上跳下来，拖鞋都没来得及穿好，跑着去开房门。

大门一开，个子高挑的“外卖小哥”唉声叹气，望着她道：“许小姐，麻烦您收一下，刚刚敲门都没人应，现在已经超时了……”

许小姐眨了眨眼，问道：“这种情况我能投诉你吗？”

她伸手去接他手里的袋子，却被人拽住了手腕。

小哥还要装模作样地朝里面探头张望：“不打扰吧？”

许平忧笑着踮脚去摘他的口罩。他就微微躬身，任她去摘。

她一时也不知道自己哪儿来的冲动，打算做节目录制时的“做点什么”。门关上了，她踮着脚去捧他的脸颊，想来个突袭。奈何身高差实在是大，她偷香未能成功，先被人紧紧地箍住腰，用鼻尖来蹭她。

“能不能不投诉？”费行云为语气贱贱的，眼睛发亮，“许小姐想做什么，我都可以配合。”

许小姐要拍戏，他同样也要配合。

不出意外的话，下一步新戏应该是在南方的某座城市开拍。许平忧想尝试一部事业线为主的现代戏，已经预先看过剧本，自己觉得没有太大的逻辑问题。她又将本子递到曹月那里审核，流程和以前没什么差别，如果曹月同样觉得可以，就要进组待几个月。

几个月……唉，这也是人的理性与感性的对峙。如果可以，谁不想时时跟有情人待在一块儿呢？

“那就不投诉吧。”

许小姐心中惆怅片刻，又想得很透彻，善解人意地表示不需要他做什么。她只需要他先将带来的东西卸下，轻轻松松地休息一会儿。

这个年龄段的男性，大多数都有干吃不胖的体质，食量也大。费行云同样不例外。

夜宵时间，他带来的袋子里装着各种水果和零食，身上比录制节目时多背了一个黑色的单肩包，里面装着笔记本电脑，脖颈处挂着黑色耳机，装备齐全。

他这几天正忙着敲定手里给别人写的歌。来录制这一期节目前，他熬了一个通宵。跟艺术创作挂钩的职业大多如此，如果灵感涌现，那么吃喝都可以暂时搁置。好在费行云本身就精力充沛，这么折腾也跟个没事人一样。

但没事是一回事，关心又是一回事。

他们俩如今每天都有联系，许平忧对这些知道得远比旁人清楚。因此，这会儿她很自然地同人面对面坐下，慢慢地拿叉子吃起西瓜，看他打开笔记本电脑，并不去打扰。

费行云拆开一颗水果糖扔进嘴里，微微蹙眉，对于这样的座位顺序不怎么满意，歪着头盯住她的眼睛。

许平忧不明所以地眨眨眼，“嗯”了一声。她看他下巴一抬，看看自己，又看看身侧。两个人经过一番无声的眼神交涉，最终还是共坐在同一边。费行云坐在地毯上靠着沙发，手肘松松地靠着她的膝盖。

“挺好。”暗示的人心满意足，对着茶几继续干起活。

这个角度，倒是刚好够许平忧看见他的发旋儿。

费行云大概有些强迫症，发根处也是新染的金色。这让她忽然想起许多陈年往事，譬如高中那会儿他刚刚转学回来的时候，被班主任亲自押去修剪头发……她想着想着，到底没忍住大着胆子伸手，小心翼翼地用食指掠过眼前的发梢。

费行云从容不迫，一边检查着最终版的曲子，一边懒洋洋地朝她这边垂过脑袋，任人宰割：“手感怎么样？”

“很好。”

他要这么问，许平忧就认真答。答完她又笑，实话实说道：“好吧，其实我想到的是高中那会儿你被押送去改头换面的事。”

费行云右手还在键盘上敲敲打打，左手干脆挂在她的膝盖处，垫着下巴静静地听：“那是老师做事严谨。”他打了个哈欠，也没觉得丢脸，大大方方地继续道，“就是理发师傅技术不过硬，我就回去自己动了手，剪成了个‘四不像’……”

夏日炎炎，他本来就嫌这样的头发长度打理起来有些麻烦，转头一时兴起道：“试试？”

许平忧“啊”了一声，反应过来他指的什么，有些惊讶：“我吗？”

他总是提出各种各样的事情让她尝试。

夜深了，费行云敲下播放键，吉他声便开始静静地流淌。

趁着直起身坐稳当，他转身咬掉她叉子上的半块西瓜，却因为刚刚吃过硬糖，尝不出甜味儿，心里有些失望，十分顺从地等在原处。

对于一个长年累月有造型需求的演员来说，要找打理头发的工具也很容易。

许平忧就算没吃过猪肉，也见过猪跑。

她本来做事就细心。在梳妆台找到工具后，她就把人招呼过去坐下，拿着剪刀专心致志地忙活了半天。成品不说有多出众，至少还算能看。

费行云耐心地等到舌尖没味儿，才拆开一颗糖扔进嘴里，借着许平忧手里的镜子对头发进行打量。

长度合适，竟然还有点层次，刚好露出他灰棕色的眼睛。

她还很有操作经验，用刷子细心地刷去他脸上的碎发，反复端详，这才正式收工。

许平忧长舒一口气，手伸到他面前，一本正经地道："这位先生，办卡还是现结？"

吉他声还在响着。

费行云思索片刻，为难地说："不能赊账吗？"

"不能。"她眉目带笑，说道。但她还没来得及直起身，就被人锁住手腕，跌落在他的大腿上。

费行云懒得跟人说好话，对任何人都不例外，她早该想到的。酒店房间里的冷气开得很足，与人待在一块儿却很热。许平忧习惯性地揽住他的肩头，却没等到预想中的热度，只觉得脖颈和锁骨处一凉。

"那就只能用这个结账了……"他在她耳边低低出声，声音渐沉。

她疑惑地睁开眼，目光刚和人对上，低头注意到锁骨处的蝴蝶状坠饰，还没来得及琢磨，就被扑面而来的热意打了个措手不及。

费行云总能看懂她的想法，也最擅长欺负人。

许平忧彻底放弃了挣扎，更忘了自己是怎么睡过去的。

晨光中，她缓缓地醒过来，看到有人刚巧放下笔记本电脑，凑上来亲她的眼角，轻轻地问："要什么？"

许平忧恍惚一阵，想了半天，竟然只想出一句："把窗帘拉上。"

她慢慢地起身，摸到锁骨处的蝴蝶坠饰，看见手机上的好几个未接电话，几条留言信息。

豆豆善解人意，发来一条："我吃完就直接回自己房间了啊。明天你醒了直接给我打电话，我再过来。反正航班是下午的，不急。"

时间是昨天晚上。

她除了"好"字也不能回什么。许平忧喝下一口放凉的白开水，慢慢地敲出回复文字，这才又给李姿玉回电话。

电话接通了，两边一问，都有些愕然。

“我没给你打电话啊。”

李姿玉语调略带疑虑，可弄明白打电话的人是谁也很容易。

冉冉上学很早，拿到李姿玉的手机也不是什么难事。许平忧想了想，决定等学校午休的时间再拨一通电话回去，与冉冉说上几句话。

她刚要再出声，费行云隔了一堵墙，朗声问她：“早餐你要豆浆还是要牛奶？”清晨时分，男人的声音清朗地响在她耳边。

许平忧听得出电话对面的停顿，略微思索之后，慢慢开口道：“妈妈，是我的男朋友。”

电话挂断，她愣怔地握住手机，想起很多往事。莫名出了会儿神，她慵懒地缩回被窝，无所事事地看起朋友圈。

有人春风得意，炫耀他的好运气。

费行云：“遇见了世界第一的 Tony。”

费行云很少在社交平台上分享音乐以外的东西。

这样一个人，忽然发了一条与创作完全无关的日常生活分享，评论区也自然真有人上当受骗。许平忧没有看到对方的回复，但至少能从费行云言简意赅的“秘密”“滚蛋”中猜到评论内容。

她正是疲惫的时候，只是顺口一句，没有追问的意思。费行云却很大方，点完早餐外卖后，干脆利落地将手机放到她的手中。屏幕上的评论很有意思，甚至有远在欧洲深造的安桓凑热闹要地址的身影。唯有王延不给面子，在评论区破口大骂——“你丫夸就夸，配张风景图干吗，不如放自拍让大家看看是不是真的，或者给个地址让大家支持支持人家的生意！”

“滚蛋”就是针对这一条发的。

费行云很有自己的道理。他握住她的手懒洋洋地分析起其中的诀窍：“都是世界第一了，那肯定能算商业机密嘛！”

“我小气得很。”他背对着窗户，眼睛弯着，很坦诚地承认自己的缺点。

正式进组当天，这位宣称找到世界第一 Tony 的小气男士同样业务繁忙。他不能赶到现场，只能通过手机向身处南方城市的许平忧发来问候：“顺顺利利。”

这回的问候十分实在，与朋友圈的作风完全相反。

开机仪式举行现场人山人海，许平忧站在队伍最前面，十分熟悉地走完全部流程。回到保姆车的路上，她忽然被担纲男主演的新人叫住了。对方是业内大公司力捧的新人，初出茅庐，尚且没有名气。在经纪人的热情引荐下，他忐忑地问她，在之后的拍摄过程中能否空出一些时间，提前对对台词。

“放心，肯定不会耽误您太多时间的。”新人小心翼翼的，神情却很认真。

身为已经具有一定知名度和热度的演员，公司一般不会接另一方是新人的剧。但这部现代剧的剧本出色，逻辑线清晰，更因为题材有上星的可能，曹月考虑再三，还是同意了她的个人选择。

来自合作搭档合理的请求，许平忧当然不会拒绝。她同样有过一段艰难的新人时期，对这样的状态很能理解，笑着和对方交换了联络方式。

剧组的生活从早到晚都是围绕着剧本进行。如果是第一次经历，可能还会觉得疲惫。但对许平优而言，常年下来已是家常便饭。困了累了，她靠咖啡茶饮也能撑过去，因此也没有什么不适应的地方。

第一天的戏不算太满，剧组的人也还在磨合期，傍晚就收了工，刚好腾出了为电视台周年录制视频的时间。

越到后面，整个剧组的人磨合得越好，状态也越佳。

拍摄进入到第十天的时候，《与恋第二次接触》最后一期再次登上了各大社交平台的热搜榜。

观众讨论得很热烈，有震惊于三角关系一对没成的，也有感叹自己眼光好，看中的一对虽然热度不算高，但两个人情投意合双向奔赴，实在是一股清流的。还有各大影视博主抢占热度，认真复盘全线剧情，为观众答疑解惑……

夜戏加餐时，许平忧不能吃别的，只能坐在保姆车内，慢慢地吃着一份沙拉。

她原本并不贪恋口腹之欲，但最近一段时间胃口转好，胃病也少有再发作。规律饮食和平稳的心态明显起了大作用。

豆豆在旁边看她可怜，主动要分给她一口手中热气腾腾的泡面。她却想着明天早上的戏，端过来闻了闻又放下了，决心要把敬业坚持到底。

豆豆便换了个话题尝试转移她的注意力。

“请问，脑回路完全重合的人不做情侣合理吗？”

看到这个问题时，许平忧还没有意识到这句话的含义。在豆豆的眼神暗示下点进评论区后，她才意识到这指的是谁。

除了费行云，不做他想。

豆豆觉得自己当了一回预言家，颇有些得意，将东子评价的“马后炮”直接忽略掉。

许平忧原本还有些拍完夜戏的疲惫，看着看着，却要豆豆将这条微博链接发给她。她截图将其中的评论扔给另一方，同样也将面前满满当当的桌面拍下来发过去。

桌子上吃的东西明明很丰富，她也为了看豆豆的最新分享，没有坐在沙拉的一侧。费行云却能抓准重点，直率地回她：“这么可怜。”

他可怜过了，又问她要地址。

许平忧知道他的意思，立刻笑起来，说了句不用，同样直率地回复许多道理。譬如就算叫了外卖也吃不了别的，不然上镜可能水肿，第二天胃不舒服影响状态……

费行云便也发来自己那边的照片。他出差在外，陪着王延在大洋彼岸谈音乐合作的事，眼下正是白天，与国内刚好错开时间。

“那等我回来打个电话。”

他没解释这句话的意思，看她发来的截图，继续道：“有句评论还算没说错。”

他没说明白哪句，她已然懂了，笑着放下手机下车。

等到隔天白天，许平忧才算明白费行云那句“打个电话”是什么意思。

中午剧组休息的间隙，曹月百忙之中将电话打到她这里，问了半天拍戏的事。末了，她忽然叹了一口气，可能是觉得好笑，也可能是觉得惊讶，感叹地说：“说实话，我还没在圈子里见过这种人物。”

直来直往，绝不拖泥带水，要问什么都是坦坦荡荡的事情。

她十分感慨地说道：“最近公司这边尝试签了个网络歌手，想看看能不能借着短视频的流量把人给推出来。我正想着怎么开口问耀行那边要个合作机会……”

耀行在音乐市场很有些能量，还有当下正红的知名制作人坐镇。曹月说着说着，又有点无奈：“没想到他倒先找上门了。”

片场内人来人往，许平忧听得不太清楚，只听到电话对面的人无奈地笑起来：“小费老师直接问我他能不能探你的班，有什么要求尽管提。”

对于这样一个从未面对过的问题，如果直截了当地说能，那未免有点不合规矩。可如果说不能，又显得不近人情。

曹月左思右想，还是决定将皮球踢到当事人脚下，至少也算提前打个招呼，处置妥当。

她也有一番自己的逻辑，继续与人隔着屏幕分析起来："我的确是想和耀行那边合作。但如果要走你的关系，那性质就变了。如果用上了你的人情，以后但凡有些不愉快的牵扯纠葛，这些都能摆出来说道……"

曹月没把话说得太直白，也有不想扫一对有情人的兴的意思。

这个所谓的娱乐圈，说大也大，说小也小，更多的是在其中陷入感情旋涡的人。

所谓公众人物，那就注定要在旁人的点评中活一辈子。尤其是涉及感情问题，就算再不红的边缘人物，同样也有人乐得关注。而在这流量至上的时代，一段感情怎么走都有可能。但走的结果不同，很多事情和影响也都不同。她虽然并不觉得许平忧现在的状态进入一段感情有什么不妥，但不能不为她多做形象上的考虑。

许平忧听出她话里的意思，慢慢地喝一口水，笑着说："没关系，他肯定想得比谁都清楚。"

费行云说过的话从来不会作假，更不会勉强自己。他但凡要说什么，那一定都是考虑妥当，想明白了的，不会出现一时冲动的情形，他从小就是如此。

"真提的话也没什么。"她听明白曹月的意思，依旧很自然地答复，果断的态度反倒让电话对面的人一愣。

拍完最后一场夜戏，许平忧一个人在房间里拨通视频电话。

视频接通后，对面的人顶着一头湿发出现。

她缩在桌子边捧着剧本慢慢地读，抬头说出的第一句话很直接："你要来探班？"

费行云穿着白色的T恤，头顶一块毛巾，湿了的碎发柔顺地贴住额头和鬓角，变作暗金色，整个人难得有那么点儿乖巧的味道。

他刚刚戴上耳机，手指在键盘上敲了敲，"嗯哼"了一声，抬眼瞧她："不愿意？"

许平忧哪里会不懂他的意思，立刻道："我是想，你要是过来，就商量一下时间……”

事实上，曹月跟许平忧提的第一时间，她立刻就想到了二十九号。她之前就有所考虑，不可能事到临头了，反而忘了重点。

为了这个安排，她早早地看过剧本，提前问过导演。按照剧组安排，那天白天就能拍完全部的戏份，刚好能空出一点时间。虽然时间不多，可她订好生日蛋糕，两个人哪怕只是一起吃一顿饭也是好的。

费行云哪里还会不懂她的意思，抬手敲了敲屏幕，肯定地道：“那天我晚上到。”他说，“哪怕生日那天你不想跟我在一块儿，我也肯定是要勉强的。”态度颇霸道。

可霸道完了，他并没有乘胜追击，即刻向她讨要礼物，而是盯着她看了一会儿。

许平忧正习惯性地拿着护手霜慢慢地涂，鼻息间嗅着橘子味儿，脑子里过完最后一句台词。她抬头一愣，反应过来，立刻端正了坐姿，使锁骨处的蝴蝶坠饰更加显眼。

“喏。”她指了指，笑容发自真心。

他也跟着扬眉笑了一下，从一侧的椅子上抓起吉他拨了拨，打了个哈欠。

“还没倒过来时差？”许平忧问。

他刚刚陪人去美国出完差，应该正是疲惫的时候。

“还行，刚刚睡过一觉。”费行云懒懒地答道，他正在找什么东西。

屏幕当中的人影骤然一空，变成他长年累月面对着的桌面。之前的好几次视频，大多是对着他坐的方向，鲜少出现这样的角度。蓝紫色的灯光下，各种音乐器材齐全极了，有显示器、合成器，远处还有架子鼓、电钢琴……许平忧瞧见一只黑色笔筒，没来得及看清楚花纹，先对着里面装着的东西一愣。

她的心跳莫名停了一拍。待费行云抬头，与她重新对视，许平忧的心情才稍微平复，犹疑地问：“你还留着呢？”

费行云顺着她的目光一扫，注意到桌上的笔筒。他从容不迫地从中抽出一支录音笔。笔身不沾分毫灰尘，看得出使用者长年精心爱护的痕迹。

“某人那么认真选的东西，”他态度坦荡从容，并不嫌弃这东西早就过时，也不去说两个人之间的阴差阳错，只慢慢悠悠地擦起头发，盯着她的眼睛，理所当然般说道，“我肯定得好好珍惜。”

费行云还说起一些还能用到这支早该被淘汰的录音笔的场合。

他的态度很自然。许平忧同他对视，却说不上心里的情绪，只能抱住膝盖，认认真真地盯着他的脸。

费行云摸了摸脸颊，又取下头上的毛巾，似乎想找出她突然这么认真的原因。他还没琢磨过来，先听到耳机里的人软绵绵地叫起他的名字。

“费行云，”她低低地说，一点也不像新闻上写的冷淡内敛，“怎么办，我好像有点……”

许平忧有点不好意思地说道：“有点想见你了。”

费行云生日当天，天气晴朗，艳阳高照，一丝风也没有。

白天拍了一整天的户外戏，许平忧刚一走进开着空调的酒店，就感受到“如蒙大赦”这四个字形容的心境。她倒在床上休息了片刻，立刻又起身，跳起来去问东子自己订的东西是不是已经放到了房间。

“早办好了，放心吧，平忧姐。”

东子在这些事情上一向靠谱，十分肯定地向她打包票。

将近八点的时候，豆豆拎着一盒蛋糕走进她的房间，小心翼翼地放在茶几上，陪她一起布置起外间的装饰。

两个人研究了许久，用气筒打了气球，挂了彩带，一同做迎接寿星的准备。

拍戏一拍就是几个月，为了方便平时来人谈事情、聊剧本，许平忧便长期订下一间套房。这倒是方便了这会儿容纳几个人，也方便挂些气球装饰，办个生日派对。

一小时后，寿星还是一如既往的风格，背着单肩包到场了。

人到了，该准备的东西也都准备妥当了。豆豆和东子主动要退场，也被寿星留了下来。

费行云一贯擅长跟人打交道。

虽然他同两个人的来往不算多，可才聊几句，便用音乐和游戏两个话题分别和两个人聊开心了。两人的状态肉眼可见地从紧张到放松。东子的称呼更是从“费老师”不知不觉地变成了“行云哥”，什么情绪转变都写在脸上。

许平忧没听到有人这样叫他，还觉得有些新鲜，也跟着喊了几声。

豆豆一开始还坚持毕恭毕敬地叫着“小费老师”。四个人聊了一会儿后，她本性毕露，开始打探起当年的乐队小故事。不过谨慎也还是谨慎，她说不方便的话也可以什么都不答。

费行云应付这种场面总是如鱼得水，答得简短，并不涉及乐队成员的隐私，却也能满足粉丝的好奇心理。

明天还要拍戏，许平忧听他们天南海北地聊，跟寿星碰过杯，想着抿过一口酒就算了。费行云扫过一眼，从她手里接过打开了的易拉罐，慢慢地喝，慢慢地答，看不出有什么不适应的地方。

豆豆提到 *Just Like A Fool* 的首唱 Live，当然也没漏过他当夜一时兴起，跳下舞台给歌迷送花的小插曲……费行云气定神闲地瞥了一眼许平忧，扬眉笑了笑。许平忧左看右看，当即拿过一旁早就准备好的花束，恭恭敬敬地送上，一副知错就改的样子。

“玫瑰送给她了。”

费行云抬了下下巴。

重点不在花，而在玫瑰送人之后发生的事情。她同他在后台相见，狠心得很。

许平忧顿时大感不妙，当即要将身边装礼物的箱子挪过来。

一台价值不菲的 Technics 唱片机。

至少从客观上看，这应该是拿得出手的送给音乐制作人的礼物。她研究了一段时间，对于这样的礼物不说有百分百的信心，但至少比起第一次送他礼物时要自信许多。

但她没想到会被人旧事重提。

半个小时后，送走豆豆和东子，她回过身，看费行云慢悠悠地拆箱子的动作，抿了抿唇，想起第一次送他礼物时的情形，心中忐忑不安。

费行云拆开箱子，没说好，也没说不好。

她很自觉地坐到他身旁，却见他将东西看了看，慢慢地叹了口气。

许平忧心头一紧，盯住他的眉眼认认真真地看。

费行云似乎被刚刚的聊天对话勾起一些伤心往事，转头不欲与她对视。这样的情况，立刻让她心中警铃大作。

她非得要和他的目光对上，身体也跟着追过去。

沙发就这么大，一个人扶住扶手，她再怎么追也只能勉强到他的胸口。

许平忧没了办法，只能喊：“费行云。”

没人回应。

“小费老师。”

依旧没人回应。

“Max。”

什么称呼都喊了个遍，许平忧没了办法，只能上手去转他的下巴。她铁了心一般，表现出视死如归的模样，温柔出声：“行云哥哥，你看看我。”

费行云到底还是没忍住笑，肩膀微微抖颤。

真的太好骗了。他想，怎么能有人十几年如一日地容易上当。而他也像以前的每个时刻一样，心被人揉得发软，只想顺着自己的心意，将她牢牢地锁在自己的掌控范围内。

直到这会儿，他任人将下巴转过去，同时顺势将人手腕一拉，让她不得不趴在他的胸口，动弹不得。

“你看看，不长记性的下场。”费行云望着她，目光闪亮，得意得很，还要抬手捏她的脸颊，“又自投罗网了。”

他捏完她的脸颊，又按住怀中人的嘴角，将嘴角往上推，哄骗道：“笑一笑？”

老话说，关心则乱。

许平忧这会儿终于意识到自己又中了招，面颊渐渐发红。她不仅不笑，还恨恨地去咬他的手指。可惜动作做到一半就被人猜到了，热意扑面。他躲得及时，趁机同她的鼻尖抵了抵，顺势俯身去亲她的嘴角。

薄唇轻贴，却没有即刻变得缠绵，而是轻轻说起话。

“你送什么我都开心。”他说道，“这不是一直在看你？”

费行云的手指掠过她锁骨处的蝴蝶，想起很久以前的一个夏日雨夜，他同时得到了世界上最好的两样东西。自此以后的生日，再也没有那么叫人难忘过。

这次出差的时候，王延骂他现在像个刚谈恋爱的愣头青，恨不得天天腻歪在一块儿，连出个差也记挂着之后的安排，也不知道以前怎么会对着那么多姑娘的追求无动于衷。他左耳朵进右耳朵出，抓着一本书朝他扔去，闭上眼睛养神。

“难道你谈恋爱不想见人？”他问得很轻巧，态度直率，反倒让王延哑口无言。

如果在一段恋情中不与所爱的人在一块儿，不表达自己的想法，那又从哪里找恋这个字的说法。每个人都有每个人的方式。只是在他这里，从来都是直接和热烈，认准了一个就是一个，想要和她待在一起也是本能。

许平忧第二天要拍戏，做什么事都不方便，他觉得挺可惜。

临睡前，许平优才洗漱完，擦干净脸，就被人伸出手自上而下地揽住腰，亲在耳侧，又埋头在肩头。拍戏时，演员总要对自己的状态多加在意。许平忧没办法，就这么“背”着一个人进入卧室，坐在梳妆台前慢慢地擦脸。就这么点工夫，他也要凑在她身侧，将人抱在膝上埋在颈侧。

“热。”许平忧对抗不了，只能晓之以理。

他看着她的眼睛，只说了三个字：“生日啊。”尾音拖得很长，可怜又强硬。

费行云真的很像一只占有欲强烈的大型犬，英俊的外表最能唬人。

她虽然一直有这样的想法，但直到今天才能确定这件事绝对不假——真神奇，她怎么会觉得这样一个人可怜又可爱的？

此时此刻，费行云静静地闭上眼，自鼻腔里“嗯”了一声。她也没办法，只能意会过来，将自己的护肤品往他脸上招呼一遍，全按流程步骤。

因为职业原因，她从来没缺过这些东西，这会儿也很大方，说等拍完回去，将家里同品牌的东西分给他。以前经常看到网上说，情侣当中男方有很多东西都是接手自女方的，她还不以为然。没想到时至今日，她也会有同样的经历。

最后躺进被窝里，两个人从上到下的香味都是相同的。

费行云回国没多久，还在调整时差中，又千里迢迢来探班，这会儿也是真的有点累了。他单手捉着她的手控制在她身后，另一只手托着她的下巴吻了一会儿，眼神蒙上一层迷离。

许平忧很少看到他这样，眨了眨眼，盯得专心致志。费行云头垂了一秒，又慢慢地睁开眼，与她对视。

“啊。”许平忧忽然想起什么，自灼热间挣脱开，问道，“你刚刚是不是没有许愿？”

费行云这会儿正是疲惫的时候，用鼻音慢慢地答她。他把人搂在怀里，迷迷糊糊地就要亲过来，被人捂住唇瓣才慢慢地说：“我没什么愿望。”

而且，依靠老天这种虚无缥缈的存在去实现欲求，这根本不是他的作风。

他小时候的愿望是能与音乐相伴，现在这愿望早就实现了。如果不是种种因由影响，或许还能更早实现。

“真要说的话，”费行云握住她的手腕往自己的颈后带，轻轻翻身，便让人躺在了他的胸口，学着她刚刚的称呼，无奈地说，“‘行云哥哥’想在走之前多充会儿电……”

“可以吗？”他半眯着眼睛，盯着她笑。

怎么可能不行？

后半句消散在唇齿间。

“回去再算账。”

胡闹一阵之后，他到底还记得自己的初衷，故意做出凶样看她，抱着她叹了口气，起身往洗手间去冲第二次澡。许平忧隐隐听见水声，到底还有一点拍戏的疲惫，睡意渐渐涌上来，很快沉入梦乡。

第二天她按时醒来，一桌热气腾腾的早餐迎接她。

豆豆看她醒了，松了口气，说道：“今天也这么准时。”

许平忧光着脚踩在地上，盯着外间的气球。豆豆立刻说：“费老师赶飞机走了。他不让我吵醒你。”

怎么说像一阵风，就真像一阵风一样。

许平忧心里想笑又忍住了，冲豆豆点点头。

许平忧一整日心情颇佳。中午休息的时候，她在保姆车上收到一大盒玫瑰，一张卡片。

她坐在车内将卡片翻来覆去地看。

有人无论写什么，总是肆意潇洒，龙飞凤舞。

“Some day I shall sing to thee in the sunrise of some other world,I have seen thee before in the light of the earth,in the love of man.（总有一天，我要在别的世界的晨光里对你唱：我以前在地球的光里，在人的爱里，已经见过你了。）”

时间过得飞快，许平忧的电视剧拍摄已经进行到收尾的阶段。自《与恋第二次接触》节目结束后，沉寂已久的著名帅哥制作人，忽然又携着最新消息登上热搜。

这次不是什么杂七杂八的消息，而是关于乐队重聚 Live 的传言。

乐队的吉他手游学归来，贝斯手也解决好了家里的事情，可能要重新聚在一块儿巡演。以前的乐队老粉丝总是消息灵通，他们作为最先获得消息的人，尚且无法完全确定消息的真假，却知道要从哪里找最准确的回复。

耀行老板王延的微博再次被刷了屏。

部分是过往地下时期的死忠粉，另一部分则是费行云出镜上综艺节目以后，莫名招来的娱乐圈新粉。

最后，王延在众多传言中给出回应。

王延：“是真的是真的，总要趁着年轻留点影像给我崽看嘛。专场，会发碟，也会上线视频平台。”

乐队成员家有新生儿降临，这自然值得恭贺。可粉丝们讨论得更热烈的不是这个。

“发、碟。”

“真的假的，我不是在做梦吧！！”

他的微博尚且如此，更不用提费行云冒过泡的社交软件了。

经由之前各种营销号的宣传，他现在也算是有路人关注的娱乐圈人士。除去乐队粉丝和以前的听众，甚至有一些凑热闹的路人和国外粉丝刷屏。

Maxxx：“嗯。”

他仅仅发了一个符号，附上一张海报。

天光破晓时，日夜交界处，海报上赫然是他的字迹，写着这次巡演的主题——Other World，别日世界。

第十二章

别日世界

“别日世界”城市巡演经由官宣提上日程。另一边，许平忧的新戏拍摄也同样按部就班地往下进行。

这部戏算是她的第一部现代职场剧。

剧中主线主要记录了身为主角的新人记者如何在职场中一路成长，又是如何在经历种种困难后，确定下自己未来坚守本心的方向。编剧写的许多台词很能让人产生共情。她的主角在种种事件中逐渐成长，从天真到迷茫再到坚持自我。她几乎是在读完剧本的当日，就即刻做下决定，无论如何要将本子递到曹月那儿。

男主角与其说与她的角色拥有感情戏，不如说两个人更像是一开始互相看不顺眼的战友，在许多事情中逐渐理解对方，最终达成了十分隐晦的感情默契，算是她接到的难得不着力刻画人物爱情的剧集。

拍摄从夏到秋，历经几个月的时间，许平忧也像是渐渐跟随这个角色成长了。

秋天的最后一场戏是室外落水戏。主角遭遇他人的陷害，导师的背叛，朋友的不信任，正是对职业产生怀疑的情绪低谷期。

天气寒冷，许平忧自水中慢慢地出来，眼睛发红，根本分不清脸上挂的是她的眼泪还是水珠。但她坚持让导演确定一遍拍摄效果。导演反反复复地看。她就在一旁裹着浴巾躬身等着，像是感觉不到周身的寒冷。

“很好。”半晌，身侧的人终于笑着坐下，转头与她搭话，“这一条就很好，不用再拍备用的了。”导演见多了演员走不出情绪的时候，很自然地接着祝贺她，与她握手，说，“杀青快乐，这段时间辛苦了。”

她想笑，但没能成功。好在剧组的人大多身经百战，知道这是没有出戏的状态，纷纷为她腾出一条通往保姆车的路。

在车上换好衣服，哪怕情绪依旧有些消沉，许平忧也没休息，主动下了车。

“许老师，杀青快乐啊。”组里的工作人员体贴地送上鲜花。

许多人围着她鼓掌，神情都很轻松。

对待别人的好意，总不能因为自己情绪状态不佳就神情冷淡。于是，许平忧尽量使自己维持着平稳的情绪，同每个人打招呼。等拍完杀青照再回到保姆车上，她真的是一点精神都提不起来了。

她抱着膝盖愣怔了一会儿，眼睛又有些不自觉地发红。

豆豆在身边陪着她，适时送上热水。她将人抱着拍拍背，并不多说什么。

回到酒店房间内，许平忧洗了个澡，坐着缓了一会儿，终于调整好了情绪，拨通电话，声音却是哑的。

电话对面，她隐约能听到一些音乐声和人声，还有有节奏的鼓声。

费行云的声音响起来，她才彻底从剧情中的角色里脱离出来，心情渐渐平复，轻轻“喂”了一声。

“感冒了？”他一向很敏锐，大概是跟那头的人说了些什么，换了个更加安静的地方接电话，问她，“还是心情不好？”

许平忧仰头看着天花板，过了一会儿才慢慢地说：“不是的……就是今天电影杀青，还有些在戏里的感觉，没缓过来。”

她自认为算不上聪明的演员，自出道开始，经由几部作品磨砺，才渐渐摸索出属于自己的表演风格。每每拍戏，她都要竭力将主角的经历想象到自己身上，再借助自己过往的经历和情绪，进行台词上的诠释。当她拍摄到作为记者的主角，被迫面对流量至上，以前的同僚对于新闻的现实看法，很难不回忆起一些不怎么愉快的过往。

之前遇到网络上有人恶意爆料过去的那些事，她都只是有些麻木，没有产生今天这样的感触。

许平忧以前只能同心理医生说这些。现在换了身边的人，她发现坦白这件事也并没有预想中的那么困难。

她慢慢地讲起自己的感受，到最后，忍不住自我剖析：“我是在电影拍完的那一瞬间，才意识到自己角色的理想化。她能永远坚守本心，是一个完美的形象，而我不是。”

人往往最怕这一时间的顿悟。

主角能够坚定地将要做的事情坚持下去，她却截然相反。

当年冉冉生病，许凡波出了事，各种麻烦接连不断。好不容易耗费时间和精力解决完各种麻烦，她也渐渐在工作上站稳了脚跟，偶尔回老城时被迫跟当年的那些长辈碰面，看着他们如今对她不敢轻视的神态，许平忧也意识到自己终究还是免不了俗，内心竟然也会产生莫名的痛快。

时至今日，她也终于愿意承认，平时休息时很少回家，尽量减少同李姿玉见面，也有一些同样的私心在。

“我不是自己想象里的那种人。”许平忧望着窗外，很坦诚地说道。

她的成长经历塑造了如今的她，但也成为她无法回避的并不愉快的回忆。

电话对面的人很有耐心地听她说话，略略思索，又很有耐心地给出回应。

“角色的完美，是因为角色本身会承载创作者和表演者的期望。”

费行云并不评价她的这种情绪，只是客观地用自己的经验分析：“就像写歌创作一样，因为创作者自身很多事情做不到，才会寄希望于通过歌曲表达，获得认可。做不到的事情还非要苛求自己做到，那也不好。”

他们俩以前聊大人眼中显得幼稚的烦恼，现在聊生活中的其他感悟。

费行云从来不会居高临下地劝告一个人。就像现在，他自然而然地将自己与她的烦恼放平，而不去嫌弃她还没出戏的状态过分多愁善感。

“小许同学，严以律己，宽以待人啊。”话到最末，他为难地说，“我得学习一下。”

许平忧听着他的声音，不自觉带上一点笑，心中也渐渐开朗。

房间门传来响动，她擦了擦眼睛，起身去开门，刚好与门外的豆豆对上目光。对方提着一大袋热气腾腾的食物进了门。她拍摄期间几乎没吃到什么好东西，现在安排上一顿大餐，的确是值得开心的事情。

“要吃饭？”费行云听到她这头的动静，不禁哀叹，“我这边人都还饿着，出都出不去。”

许平忧是真正意义上的破涕为笑。她趁热打铁，拍了两张照片发过去，诚恳地道：“排练辛苦了。”

“辛苦倒是不辛苦，就是饿，”他哀叹，“有人不安好心啊。”

她郑重出声：“等我回来探班。”

有来有往，才算有礼貌。

结束一段剧组行程，总要留下一些东西作为纪念，也算是给自己和粉丝的交代。

恰巧之前去东京拍的视频照片都用得差不多，刚下飞机，许平忧便从手机中挑出一些这段剧组生活的照片，并附上一句感谢所有人，发了出去。曹月那边反应迅速，同样按照以前的做法，联系剧方，双方在营销上加以配合，一同放出剧已杀青的消息，也算是为之后上平台做铺垫。

许平忧的大名在热搜上挂着，自然也就有以前的话题跟着发酵。之前那档电影的事又被拿出来说道，那些所谓的问答网站和论坛的校友爆料也成了不可避免的一部分。

《暮暮朝朝》剧播过后，又有《与恋第二次接触》上比较讨人喜欢的表现，她的人气更胜以前，也多了一些人帮忙说公道话。争执之下，自然就有人深扒起她中学时期的一些经历，试图佐证己方的观点更加正确。

原本到这儿，事情都还算正常的讨论。直到有人登上第一中学官网，在知名校友栏翻了半天，反复确认，发出一张截图。

“这个第一中学的知名校友栏怎么是男女分开的啊？要不是我点开每个人的照片看，还真的差点露了这个料……不过这料算大吗？这两个人是同一届的同学。”

话题最末，附上了两张资料截图。

照片中的两人样貌青涩，但照片下的毕业年份赫然相同。

发出这张截图的微博博主原本只是一个追剧博主。

她之前沉迷过《暮暮朝朝》主剧情线，也跟完了《与恋第二次接触》的每一期发展，属于个人经营的专跟热点的账号。前段时间，她因为对《与恋第二次接触》常驻观察嘉宾之一的混血音乐制作人一眼荡魂，还曾带着众多同样欣赏帅哥的网友一起“考古”了许多费行云的照片和 Live 视频。

这次杀青热搜，她原本只是想帮最近有些好感的许平忧说几句话。结果无心插柳柳成荫，她顺着当年的一篇新闻报道找到第一中学官网，跟之前“考古”的记忆一比对联系，才发现还有这么个巧合。

评论区也都是一片震惊。

“啊？许平忧和Max？真的假的啊，我去看看，博主你这都扒得出来？”

博主也挺纳闷地回复：“我就是点进官网才想起来的啊，心想这学校网站界面我肯定见过，想了一会儿就想起来了。然后再把两排男女照片一对比，就找到了他们两个人的证件照。年份相同，那肯定是同一届的同学了嘛。”

……

评论区的评论条数越来越多，甚至引来许多乐队粉丝和许平忧粉丝的疑问和转发。

博主本人也算是自媒体行业的人，见这料还算有热度，当即将其搬运到自己运营的短视频账号上，并且联动了一些认识的娱乐博主好友。

如今的视频平台市场下沉更加明显，各个年龄段的受众都不在少数。眼下娱乐圈正是风平浪静，没乐子可看的时候，博主带上《与恋第二次接触》的节目标签，立刻便引来一群人讨论。其中更有一些当年第一中学的人现身说法——

“我做证。我之前看节目的时候还跟我家人说呢，没想到现在才有人扒。他俩比我高一届，是高三的学长学姐，真的还挺有名的。许平忧当年艺考联考是省内第一，我还去凑热闹看了她的毕业晚会表演。她当时就是很出名的冷美人。”

“我现在在一中读高二，之前《与恋第二次接触》播出的时候，我们学校确实很多人都知道这个的。那个很帅的制作人和许平忧是我们的校友，当时校园墙都刷屏了。不过我们都不知道他们是同一届。”

几方平台的消息一汇总，至少有一个结论在八卦群众中达成了共识——他们俩是同一届的学生，很可能以前就认识。而且如果爆料靠谱，说不定曾经还有过说不清道不明的关系。

对此，反应最强烈的当然是之前看过《与恋第二次接触》，又跟过红毯直播的一批观众。

“上回那个跟我说他俩不是一个世界的人的大评论家呢！出来，我看看你的脸到底有多肿有多红。都一所学校一个年级了，这还不是一个世界？我看比咱们都要像是一个世界！”

“我本来都要忘了以前关注过他们俩了，现在给我来这个，啥意思啊！”

“Max高中和美女同校不是很正常？说实话，以他的女人缘，就算跟我说美女那个时候单恋他我也不会觉得意外啊，无语。”

……

网上讨论得热烈，当事人反而成了落后的一方。

许平忧知道这个消息的时候，人正在去往费行云工作室的路上。豆豆将这一消息分享给她。她竟然没感到很意外，反而有些怀念。

“那个时候我还一心在舞蹈上，很多方面都不太懂事。”许平忧小心翼翼地抱着袋子，很自然地和身侧人提及过往，“他做事情要成熟很多，也教了我很多东西。”

饶是豆豆本人曾经是乐队粉丝，此刻也忍不住感叹：“你的这个滤镜是不是有点……”

“真的是实话。”许平忧笑了笑，试图显示自己的真诚。

费行云的个人工作室并不与耀行总部在一块儿，从机场过去，大概一个小时的车程。路途中，曹月来过电话，向她确认是否需要处理一下网上的那些事情。两个人又在下车前很快达成一致，都认为不用多管。

曹月的重点在他处。

“上次上《与恋第二次接触》的效果，公司这边都很满意。所以我觉得，这回同一个节目组的综艺邀请，你也可以考虑一下，尽量打通这层关系。”

曹月体贴地为她总结出节目类型，分析利弊：“是个做餐厅的慢综，嘉宾可能需要干点活，但也不会特别辛苦……不用常驻。你去第一期帮忙带带人气就可以。确定了的话，就是最近这几天的事情。”

“我没问题。”她答应得很爽快。

许平忧举着手机，同车上的二人组告别，一个人进入大厦。

她乘电梯直达对应的楼层，提着满满一袋慰问品，在门外深吸一口气。结果，她还没多站几秒，大门便像有所感应一样忽然打开了。

里头的人顶着一头乱糟糟的头发低头看她。他看着她手里的袋子“嚯”了一声，伸手接她手里的东西，又笑着抬手将她揽进去。

他将袋子放在柜子上，很自然地看过一眼，里面全是各色水果和甜品。许平忧不喜欢吃甜的，甜品是为谁准备的不言而喻。

工作室总共有三间，最里面一间最大，放置了各种各样的乐器，也是乐队这些天排练的地方。

两个人这会儿在最外间。费行云一边将袋子里的东西往外拿，一边朝她所在的方向歪头。

许平忧想笑又忍住了，踮起脚，刚要亲在他的脸颊，被人迅速转头，变成唇瓣间浅浅的接触。

“还在说呢，你要是再不回来……”费行云坦率地叫起苦，没说完后半句，又笑着来捏她的下巴。

所有的东西都按照乐队的量准备。许平忧一个人提上来，耗费了不少体力。

王延从里间的排练室出来，错过亲昵的场面，看到的正是两个人肩并肩站着，盘点慰问品的默契模样。一方要做什么，好像根本不需要语言表达，另一方立刻意会，将装有水果的包装盒放在一处。

“哎哟喂！”他很夸张地惊呼，引去两个人的目光，又夸张地抬手遮住自己的眼睛，“伉俪情深啊！”

王延经历了这么些年的磨砺，已能从过来人的角度从容地得出一个结论——感情这件事，的确从不讲道理和规律。

他自己二十岁左右时，自诩非长腿美女不谈，根本没想过会栽倒在如今这位夫人手上，更对她死心塌地，非她不娶。

费行云分明不是个多有耐心的人，样貌多情，看起来漫不经心，却认准一个后就再没改换过，好似对其他人兴趣全无。

他自己也是出过馊主意的。

当年费行云和人分手，他本着多年的朋友交情和大人家好几岁的身份，本来还想着要不要走一走所谓旧的不去新的不来的套路，帮忙找姑娘牵线搭桥。结果，他在接下来的一个月内都没再见着人，只能主动认栽又认错，最终在某赛车场把人给逮住了。

费行云的个性，一旦与速度挂钩，那就没个什么限度。

自那以后，他就再也不敢瞎掺和什么事儿了，并且悟出一句：感情是自己的，朋友之间同样不会例外。

此时此刻，对于眼前这对曾经相恋的金童玉女重新走到一块儿的事实，他也不算有多惊讶，唯独惊讶这效率太高。王延找了半天缘由，只能认为《与恋第二次接触》这个节目的名字取得实在是恰当。恰当到不仅能撮合嘉宾，还能影响到棚内的看客。

“王延哥。”许平忧冲他点头笑了一下，看起来也没什么大的变化，比以前还要从容大方一些。

乐队的人对许平忧其实都挺熟悉。毕竟，费行云少年时谈恋爱谈得在熟人中足够高调，种种行为酸得人牙都要倒了。可对如今已经成为演员和公众人物的许平忧，他们也不敢断言还跟当年一样熟悉。几年过去，大家各自经历了一些大大小小的事，相处的气氛完全回到从前也不太可能。

不过有费行云的场合，谈话不可能尴尬。

两方见面，对着一桌子吃的聊了会儿天，都觉得有点矫情。矫情这点还是王延最终忍无可忍直白地指出来的。

“真是受不了了，哥儿几个还装什么呢？又不是第一次见面，怎么搞得跟大场面一样凝重？”他大手一挥，指着在旁边咬着叉子、慢慢收拾茶几残局的费行云，心中畅快，说道，“走啊，还等什么，吃饭去，这小子埋单！”

一群二三十岁的年轻男性，食量加在一块儿约等于无底洞，再吃一顿正餐当然不是问题。

费行云订的餐厅离工作室不远，一行人却仍是分了两辆车。他载着许平忧，本来看位置还能多捎上一两个，也被其他人当即谢绝了。吉他手还跟记忆里的一样，那身板一看就是常年健身的，说话没个把门的，非常直接：“有些人的白眼就差没翻给人看了，谁敢当电灯泡？”

许平忧若有所思，坐在副驾驶座上盯着人看。

路遇红灯，费行云单手握着方向盘，扬眉瞧她：“看我干什么？”

“没有，只是忍不住想了一下……”许平忧坦诚得过分，“我在想，你翻白眼会是什么样的。”

费行云眨了眨眼，看得她一愣。意会到他的意思，她犹疑着问：“这就算翻了？”

这哪里算得上白眼，非要说的话，甚至更接近于 Wink。

“嗯哼。”费行云懒洋洋地搭腔，还很泰然地解释道，“许平忧女士特供版。”

车驶入一处会所大门，在餐厅的专用停车场停稳。他离开工作室时忘记带发圈，车上也没有，干脆大大方方地摊手向她借。许平忧从包里翻出备用的递过去，盯住他的碎发，有些疑惑：“你头发这长度，应该不……”

她话没说完，手腕被人轻轻一拽，脸颊被人托住，余下的声音都消失在“嗯”的一声中。

她早该想到，有些人不讲道理的时候就是格外不讲道理，什么话都是托词。

费行云懒得说话时就当真一句话也不说，行动大于一切，全凭做的，而非说的。比起刚刚在工作室外间，这里才更像真正的两人的私密空间。他有恃无恐的本性毕露，有人就猝不及防遭了殃。

窗户紧闭，车内空间密闭，最适合热意蒸腾。

他喜欢甜品，连吃水果都是挑甜度高的吃。西瓜和蜜瓜味儿交杂，甚至有一点点奶油的腻，逼得人几乎连喘息都带着甜味儿。

许平忧终于得以解脱。她喘着气，双手扶着他的肩膀缓了会儿神，忽然想起什么似的，哑声道："你低头……"

她从包里翻出湿巾，看他被唇膏染上嫣红的薄唇，不仅不觉得狼狈，反而品出一点莫名的美感。豆豆那句话没说错，现在的她看他，可能还真的是带了滤镜，没一点不好。

可是，她是出于善心替他打理，没料到他恩将仇报，"嗯"了一声也不作数。

费行云哑声答话，赏玩似的看着她的眼睛，拇指指腹顺着她视线所瞧的方向擦过，乖巧不到两秒钟，便对着她的唇瓣重重一抚，化被动为主动，又吻了过来。

结果自然而然，两个人成了最后到达包间的。

停车场到包间这段路，许平忧走得轻飘飘的。她被带到位置上，听见此起彼伏的招呼声，才笑着找回知觉。

服务生穿着经过改良的汉元素服装，端来一盘又一盘色香味俱全的中餐创意菜。

她尝来尝去，仍觉得唇齿间的甜味不散，菜没吃几口，先连喝了两大杯柠檬水。

一桌子做音乐的人齐聚，或多或少有些故事可说。

许平忧从来都不算健谈，也习惯于当倾听者。在这个场合中，她却因为他人的体贴没有受到分毫冷落。可她单单听他们聊天也觉得有趣。比如以前巡演到某一处时，一群人饿得大半夜出去吃夜宵，又都是显眼夸张的发色和穿戴，把人家老板都给吃迷茫了，犹疑地问他们大半夜去干了什么大事，差点要报警；又说在斯洛伐克采风，地广人稀，有人迷路后半天找不到一个当地人，全靠费行云凭着记忆找回去和人会合。

这些只言片语，也够她渐渐地将一个自己曾经错失的形象拼凑起来。

他对朋友做事很妥帖。贝斯手的家人去年查出重病，家庭条件比不上乐队其他人。他在人家开口求助之前就不声不响地给了援助，连姓名都没留，结果人家查了半天才得知真相。不是被逼问的话，他可能都不会认账；他独处的时候，不喜欢待在房间里找灵感，更倾向于四处散心，对极限运动很擅长；他在某家拉面店挑战魔鬼辣度的拉面，看起来跟个没事人一样，却在吃到第三口时故作镇定地起身，说出去接个电话。其他人后知后觉他借故跑路，人影都没了……

话题越说越广。

聊到他之前发在社交软件上的樱花树照片时，许平忧有些不好意思，默默地与人对视一眼，静静地举手认领。于是，不知道是谁批判他做作，话说到一半，硬生生变成："难怪，我就说嘛，他那个风格，怎么可能这么用心地拍一棵树？"

饭总是越往后吃得越热闹。

除了许平忧，桌上的人都喝了些酒。临到结束，吉他手很直爽地问她："弟妹，巡演你来吗？"

"你这话问的……她来不来得了，可不是她一个人的事情。"

王延端着酒杯摇头，自诩生意人精通娱乐圈的生意经，适时出手，替人打起圆场。

晚上八点，他们分成两拨，坐上王延秘书和司机开的车。

秘书看起来不过二十出头，似乎跟乐队的所有人都很熟悉，叫的是麦哥，也很聪明地并没有对许平忧在场表露出任何惊讶的神情。

费行云将车钥匙交出去，少见地在行程中成为一名乘客。许平忧滴酒未沾，两个人并排坐在一块儿。开始，他们是松松地手拉着手。后来拉着拉着，就成了身侧人靠在她的颈侧，发丝蹭来蹭去，微微扎人，也不知道以他的身高是怎么做到的。

许平优觉得费行云没醉也肯定微醺了，不然他不会将自己的棒球帽忽然戴在她的脸上，像打扮什么洋娃娃，捏着她的耳垂，有一下没一下地轻揉。

车开到公寓的地下停车场，她向秘书道谢。费行云跟着她下了车，两个人一同进入电梯。

"去我那儿？"他盯着她提出邀请，目光清明。

她这才意识到觉得这人微醺也是自己的错觉。

他们俩在一块儿的时候，总是在她的个人空间居多，让她觉得更加自在。

许平忧还在琢磨，跟在他后面进门之后便看到一束玫瑰花。

他把花塞进她的怀里，将她抱起来放在柜子上，亲吻她的眼角，祝她电影杀青快乐。等他起身去洗手间沐浴收拾好了，许平忧就独自坐在沙发上，将花慢慢地拆开，一朵一朵放进茶几上的空花瓶中，留下最后一枝细细修剪。

她态度认真，心神专注，仿佛对有人带着一身水汽从后方探头的动作毫无知觉。

费行云索性也不出声，托着下巴看过花，又颇有耐心地看她的手。

许平忧趁机回头，将手中的花别在他的耳侧。她分明耳根发红，却坚持着与他对视，手指从他还带着水汽的眉眼滑过。

红与金色呼应，极耀眼。

“和我想的一样，”她轻轻出声道，“很适合你。”

难怪都说，鲜花应当配美人。

许平忧想，自己不过是借花献佛，竟然得以大饱眼福。

与她面对面的人眉骨和鼻梁偏高，整张脸的轮廓显得深邃又锋利，衬得一双眼睛很好看，看谁都多情。费行云是大众眼中的潮男酷哥，鬼才创作人，少有与花挂钩的时候。一旦挂钩，没想到会比预想中的更加适合，多了一点氤氲的柔和，和平日里的肆意有余杂糅在一块儿，馥郁一片。

此刻潮男酷哥微微挑眉，不去摘耳边的花，反而松松地握住许平忧的手，顺着她的手指一路滑到手臂处，摩挲过后渐渐用上力。然后带着她不得不转身面对他，跪着靠在沙发上，扶住沙发背。他俩就这么四目相对，十指相扣，仿佛隔着一扇窗户彼此凝望的有情人。

她依旧戴着那条蝴蝶项链。这也挺巧，蝴蝶与花总是不可分的。

许平忧看着他的眼睛，只能听到自己的心跳声。

费行云搂住她的腰，让她跟自己贴近。许平忧身上的衣服渐渐发皱，腿脚发软。

“在我的地盘还敢这么造次。”他眼里都是笑意，将花原封不动地奉还，有样学样挂在她耳边说道，“我的了。”

也不知道他说的是人还是花。

既然如此，就该时隔好几个月好好地诉衷肠。

一夜过去，天光还没有彻底放亮。

费行云的房间和预想中的差不多，灰黑主色，还有点骚包的紫，同他隔壁的工作间差不多。

许平忧原本就不是爱计较的性格，折腾过后，这会儿也要跟他计较。什么网上她同他高中的传言，同学的推测，大众的看法，谁有没有真的喜欢谁。

费行云亲她的手指，很有耐心地认错："是我心怀不轨，拐带了小许同学。"

他的歪理一套跟着一套——如果没有他，许平忧同学或许今日已在TOP2读大学，全是因为他这个一天到晚四处鬼混的不良少年从中作梗。

"费行云……"她喊他的名字。

费行云"嗯"了一声，懒懒散散，眼带笑意地凑过来，认真听讲。他问她要不要吃早饭，许平忧也立刻摇头。

与其吃早饭，不如就这么躺着说说话。说说她拍摄过程中的趣事，他与乐队老友相见的乐事。

说着说着，许平忧感觉有些困了。她在困意中安然地又休息了片刻。醒过来时，她才发现房间的床铺已经变了个样，换到了对面的房间。恰好费行云拿着她家的钥匙去楼下拿了衣服，打完一通电话，要来叫她吃点东西。

她缩在被子里摇头。费行云抱她起来，她也捂住耳朵不听。

于是，有人只能怅惘着叹了口气："好一个撒娇高手。"

这原来就叫撒娇？

许平忧从小到大都没有跟人撒娇的经验，一时间愣愣的。等反应过来后，他已经拿着梳子，揽着她坐起身，她开始享受专人发型打理服务。

"你接了《寻梦餐厅》？"费行云顺手帮她扣上内衣扣，顺便发问。

她背对着他反应了一下，终于想起和曹月的那通电话，于是说："也不算，只是帮忙做一期飞行嘉宾的节目。"

许平忧说道："难道节目组也……"

"是。"费行云的心思在她的头发上，答得有点敷衍。

之前的《与恋第二次接触》在国内大火，节目组自然也很乐意在新节目上邀请以前合作过的老嘉宾，借热度互惠互利。而且节目录制时间刚好卡在正式巡演之前。去参加一期，其实也算一个宣传的机会。

不过王延刚刚打过来一通电话，并不是为了这么个普普通通的节目邀约，而是收到许平忧这边经纪人的消息，说她们那边一早就接了这个通告，两边最好商量商量，留个空间。至于空间留给谁，那也是不用想的。

许平忧慢慢坐起来，接过身后人贴心递过来的镜子，同里面的自己对视——这位发型师竟然还懂得给她侧边留了点碎发，头顶扎得蓬松，像模像样。再一转头，她还能看见发型师手腕上显眼的刺青。这么一个人，总是在一些小事情和细节上出人意料地细心。

“你不用考虑我，”她心里满意，刚刚那点儿非要对着干的劲儿也消散了不少，套上T恤去揽他的肩，说道，“想接就接，不想就算了。老话不是说嘛，‘亲兄弟明算账’……”

费行云用很微妙的目光看她：“兄弟？”

他扫她一眼，看到她脖颈上的印记，皮肤残留的红，慢慢道：“我们俩做兄弟的话，恐怕不太适合。”

亲兄弟当然不会像他们两个人一样，几个月不见，一句话不说，全靠默契就能在行动的时候找准各种空闲腻歪在一起。

许平忧顶着专属发型师绑好的马尾，窝在沙发上收到许久未见的老友的信息时，她的这位兄弟已经再次遵照指示，任劳任怨地前往她的公寓去取一些生活必需品。

曾佳林问道：“亲爱的，最近工作怎么样？忙不忙啊？”

末尾附赠一个“猫猫探头”的表情包。

屏幕上的问话很正常，看不出有什么情感上的倾向。不过正因为如此，许平忧也能猜到曾佳林今天为什么要发这条信息。

她的中学生活原本就算不上多精彩，然而从前段时间开始，忽然被人假借爆料之名生事。这几天又因为赶上娱乐圈无其他人的瓜可吃，她又被拉出来讨论，热度更甚爆料那会儿。曾佳林哪怕只是日常看看短视频，误入讨论现场也是很有可能的事情。

许平忧一向对来自朋友的善意很坦诚。对方小心翼翼的，她就选择以能让对方放心的方式开门见山，主动开启话题。曾佳林本来也不算多么沉稳的性格，开始还能在聊天中保持一个成熟的倾听者形象。

直到听到之前电影试镜的那番纠葛的真相，她终于保持不住自己试图维持的稳重，愤愤地出声道：“不是，你们圈子的水深大家都知道，不过蒋女神那边的人是不是有点太毒了啊……这种手段也用得出来？”语音中听得见几声“汪汪”声，声音也压得很低，可见曾佳林人在岗位，心却在为她打抱不平。

老朋友之间话匣子一旦打开，自然而然就不会再有那么多顾虑。

当聊到最近许平忧那些四处疯传的高中八卦时，曾佳林刚开始还试图将某个人名尽量以打码的方式提及。后来情况也越聊越明，她就发出一长串的省略号，又是一长串的问号，最后才了然一般，在语音中和许平忧推心置腹。

“我后悔了。”她颇有点感慨，“早知道你们俩旧情难忘，当时婚礼我就用不着专门避开帅哥乐队的歌不用，也不用为收人家的礼金而寝食难安。”

对此，许平忧格外诚恳地发去红包以表诚意。曾佳林不要，只说回去的时候让许平忧请她吃饭，再好好聊一些可谈的圈内八卦。只选不那么重要的，绝不多为难。

“没问题。”许平忧笑着应声。

昨天来得匆忙，又有其他更要紧的事情要做，昏昏沉沉了一晚上，她今天才在费行云的公寓里慢慢转了一圈。

这里和老城的那间公寓完全不同，四处都是主人的生活痕迹。客房无人，工作间在门口看过一眼就算了。他的专属衣帽间里挂满了收集来的世界各地的纪念品，墙上也尽是一些极具风格的装饰。不论贵贱，只论风格是否独特，足够抓人眼球。

许平忧熟悉了一会儿环境，最后靠在落地窗前的沙发椅上，随便放了首背景乐，一边远望放空自己，一边等人回家。

午饭时间，豆豆专门发来消息，告诉她今天不会登门。下午，她光着腿窝在被乐队人叫上线打游戏排位的费行云身边，翻起手边的剧本慢慢地看。击杀声和音效搅和在一起，她竟然也不觉得烦闷，只觉得安心舒适，还能从那堆以前看不明白的小人中看出乐趣。

费行云要她上手。她很有自知之明地选择拒绝。两边聊天的间隙，有人诧异地出声：“弟妹也在啊。我以为当演员的每天都有很多正事要忙。”

费行云从她的叉子上咬走西瓜，戴上耳机，气定神闲道：“我不算正事？”

那头的几个人纷纷搓着鸡皮疙瘩怪叫，嚷着拔网线得了。

感情稳定，人在工作上难免就要多一些动力。

许平忧在公寓里休息了不到两天，就不得不揣着这份动力，带上豆豆和东子，坐上飞往首都的班机。

之前的新戏顺利杀青，片子审核虽然还没过，但上星的事情已经谈得差不多了。这种前提之下，当然不缺想要押宝的品牌方找上门。曹月将筛选品牌合作的事情交给豆豆，同样也正式宣布了豆豆的升职通知。多了工作动力的，就不再只有许平忧一人。

两人乘着东子的车在总公司和拍摄场地之间马不停蹄地跑了两天。两天过后没有休息，又即刻赶往《寻梦餐厅》的录制地。

上回录制《与恋第二次接触》的时候，节目组选择的地点是海滨城市。这回选在了内陆江边，依山傍水的好地方。

常驻嘉宾中的大多数许平忧都不算熟。但听说《与恋第二次接触》的女主持在，那和大家渐渐熟悉起来应该也不是什么难事。

到达当夜，节目组的编导带着节目台本上门，和她在酒店外间对流程。双方已经合作过一次，聊天氛围就更像朋友，而没有公事公办的意味。

“这次流程可能比之前复杂一点，”编导很好说话，依旧记得宽她的心，“不过我们的定位是慢综艺，不会有什么追逐战，也没有竞技项目的环节，只要配合开店的常驻嘉宾一起接待客人就好。”

许平忧认真点头：“没问题，我就争取多干活，少说话。”

编导忍不住笑道：“也不用这样，放松就好，只当兼职，顺便旅游嘛。我们第一期来的客人都是年龄比较大的长辈，到时候陪他们聊聊天，听听故事也是个很好的选择。”

他们慢慢地聊。中途编导接了一通电话，坐回来时，跟她交代第一期和她同去的飞行嘉宾的姓名。

在这个过程中，许平忧和豆豆两个人丝毫没有显出任何异常。等人走了，豆豆关上门，才长出一口气，捂住脸哀叹：“唉。”过了一会儿，又道，“算了，问题不大。”

许平忧很愿意听她“唉”的理由。

豆豆如今升职成为经纪人，在舆论掌控方面有自己的思路。

夜深休息时分，两个人窝在一处，她慢慢地分析道：“你们俩最近的热度不低，节目方不知道真实情况，单纯想要找这方面的噱头很正常。只是之前在棚内，你们俩都能录出讨论度。何况这种棚外景，还是要有交流沟通的外景……”

豆豆说着说着，当即翻出手机，给她看一张截图。

这个微博账号用的是许平忧精修的红毯照片，ID 也与她相关，粉丝数量还不少，显然是她的资深粉丝。截图上的一条微博没有转发，开的是粉丝可见的权限。

微博内容是：“我回去翻了一下，确定之前那条营业视频里她戴的是天鹅耳钉。怎么说呢，我觉得我女儿百分百栽了。”

评论区留言条数不多，留言的人也似乎是在打哑谜。

“原来不止我发现了啊？之前那谁发歌上热搜，我之前都没敢说来着。”

……

几条评论中，博主选择回复了其中一条，两人还聊了几句。

“我其实也没什么意见。主要就是没想到气质偏冷的女神原来喜欢的是这种类型，稍微有点意外和震撼。”

“哪种？”

“看起来挺野挺浪挺多情……唉，说白了就是‘好像看起来哪天就会带着我女儿私奔从圈子里消失后对女神始乱终弃，留下她伤心欲绝就此一蹶不振宣布息影’的强烈的渣男气质啊……”

豆豆将手机收回去，感叹道：“这下明白了吧？不过这条微博，博主也是发了一会儿就自己删了，留言的也都是你出道以来就喜欢你的粉丝。”

许平忧点点头，忍不住笑道：“我明白的。”

网络上从不缺各种各样的人。有每天对人恶言相向的人，同样也有对他人抱有真心和善意的人。她们喜欢她，欣赏她的作品，忍不住为她考虑得多，是关心则乱。

“只是这么看的话，费老师在大众眼里的形象，可能还真的有点刻板固化了。”临走前，豆豆说道。

豆豆说笑心起，顺便忍不住与她剖析起网络上时下流行的一些什么渣男渣女穿搭鉴定手册。单从外表看，费行云几乎是每条都能对上。再加上他还有个乐队主唱的身份，流传的视频里收放自如，四处挥洒荷尔蒙的台风……

什么时候台风也能成为一个人的判断标准了？许平忧仔细听了半天，决定为他喊冤：“他只是从小就比较有自己的想法。”

话没说完，豆豆没料到她竟然当了真，很诚恳地凑上来拉她的手：“哎，我知道你们俩感情很好。而且，你的状态我也一直看在眼里……”

她说得很真挚，声音越来越低，颇为率直走心：“如果能有一个人让你越变越好，那我一定是第一个支持的，并且还会一直支持下去。”

演员这个行业，一个人状态的好与不好，往往能通过镜头判断。而作为其中负责承担大众审美重任的女演员，受到的关注度只会更高。稍微有一些不对，便很容易被人抓住话题发酵。许平忧入行之初到现在，虽然样貌不变，气质不变，甚至敬业稳重的做事风格也从没变过，精气神却可以说是焕然一新。

她送走豆豆，慢吞吞地翻着手机与人聊天，脑子里却久久回荡着刚刚的对话。

如果豆豆说的是真的，那其中的原因也十分明了。

费行云对她的影响，远远不只是寻常人所说的感情方面。他在生活中的为人处世，做事情上的心无旁骛……还有许许多多的特质，自很多年前起就在影响着她。

她成长在一个不那么幸福的家庭，但还好能遇上这样一个好的人。

是遇上吗？她想起和他在小院中的那一面。那个时候谁也不会想到，他们会变成现在这样的关系。他成为她的心上人，永远不吝啬于直白热烈地向她表达爱意。他也是世界上仅有的可以让她完全信任，倾吐烦恼的对象，与任何人都不一样。

许平忧心有所动，躺在床上与“原因”道完别就睡了。第二天一大早，造型师借着窗边的自然光看来看去，有点惊异。

“状态这么好，亲爱的？”

他这样毒舌的人，能说一个好字，那就没有半点勉强。

慢综艺不需要嘉宾有太惹眼的打扮。许平忧穿着轻松的便装，妆容也尽可能往清淡裸妆的方向走。她的皮肤和精神头好，那自然也是工作人员乐得见到的。

造型师为她扎了一个高马尾，确定了一下妆容的完整性，便两手一放，送人出门，并当着众人的面很开心地联络起朋友：“哎，今明两天倒是省事，都能出门逛街淘淘货了。”好似过往被压榨得不行了，逗得其他人都笑了起来。

编导在酒店大厅等候多时。两边一会合，她便为许平忧介绍今明两天要绑定在一块儿的合作嘉宾，给他们一台赞助商品牌的手机。

“二位一会儿上了车，节目就会开始录制。如果中间接到电话，那就是餐厅那边的嘉宾打来的，你们直接接，随便聊聊就行，不用太拘束。”

费行云穿一身黑色的运动装，低调的运动鞋。如果不是染了一头显眼的金发，看起来倒像是一副学生样。

上了车，两个人在后座坐稳。两边的工作人员都被暂时留在酒店，准备一会儿再一同前往拍摄地，车上只剩节目方和他们两个人。

摄像机一开，许平忧开始还没觉得有什么不对。直到镜头后的编导用手势示意他们俩可以随便聊聊找找话题，她才像身负任务一样，没话找话。

“休息得怎么样？”她看着他的眼睛问道，看不出异样。

费行云似乎没料到许平忧会主动搭话，“嗯”了一声，懒懒散散地回答：“还行。”

许平忧转头去看他手腕上那层肉色。他也很大方地抬起手，对她说：“是文身。”

聊完这些，他们又聊起两个人最近的工作，好像昨天压根没谈过此类话题，每天的联系也全都是假的，格外顺畅友好。

一路过去都是高速，中途餐厅的电话打来，费行云才“喂”了一声，说了一句话，电话对面的女主持立刻夸张地叫起来：“我知道你是谁了。可以啊节目组，第一期就给我找了个熟人过来。”

许平忧很配合地凑过去，同样笑着“喂”了一声。

女主持显得更加惊讶：“是你们俩啊。那我不管，今天谁都别想逃脱干活的宿命了！”

“没问题。”

许平忧没意识到她一应下，费行云也没有什么异议，好像真由她说了算。

两个人顶着秋风到达目的地。一处白色的餐厅渐渐显现，中式风格，如想象中一样依山傍水。常驻嘉宾中最小的妹妹已经在门外恭候多时。她踮着脚冲他们两个人挥手。因为性格外向，她很快就来拉许平忧的手。

“这里就是我们的餐厅，后面是员工宿舍。”

摄像机追着三个人，一路从大门到后门。又有一个青年男演员出门，主动要帮他们提行李，安排今晚休息的地方。他看费行云一个人拖着两个人的行李，慢悠悠地走在后面，前面两位女士轻松地四处转悠，忍不住说：“太绅士了吧。”

《与恋第二次接触》节目的女主持人姓项，在这个节目里也担任主要 MC（主持人）的位置，见到谁都能轻轻松松地打成一片。

两个人放下行李到了后厨，项姐同他们都拥抱了一下，很快便专业地变了脸，恐吓道：“我们这个节目可不是吃吃喝喝，你们也得拿出点本事才行，不然员工宿舍也不能白住。”

她话说得狠，安排却没那么狠。

许平忧心里早有准备，却没想到自己被安排在前面，做起服务员的活儿。而费行云则因为男士身份，二话不说，直接被拉去缺人的后厨当洗碗工和切菜工。

今天来接待他们的那名男演员，作为早已上手的前辈，不禁感叹说：“真是绝了……之前跟我说，会有朋克乐队的主唱跟我一块儿洗碗，我肯定是打死都不会相信的。”

他们俩上手工作甚至比常驻嘉宾中的不少人都快。临近晚饭时间，餐厅准备正式营业。项姐前后忙活一阵，专门腾出时间给他俩做工作：“这么能干，你们俩怎么就没给我空个档期出来，让我好好折磨一段时间？”

在他们来之前，餐厅已经接待过两次客人。第一次的效果极差，到第二次时众人才算慢慢适应，可谓是吃足了苦头。

许平忧在做服务员的事情上得心应手。经由已经有经验的嘉宾指导，她立刻将重点放在记录出餐的事情上。偶尔客人中有小朋友或者老人，她还会主动提问对方，是否需要一些设施设备。端菜她也同样做得有条不紊，一点也不见错乱慌张。

“太厉害了。”

摄像机之下，大家分工明确，各忙各的。主机位捕捉到最小的妹妹偷偷摸摸的感叹声。

碰上前台的交接班时间，一行人讨论着许平忧接下来的去处。她也不嫌弃后厨工作劳累，很自然地表示可以去帮忙。

后厨内灯光明亮，远比餐厅内安静，只能听见不断的流水声，还有餐盘撞击声。

许平忧瞧着对着洗手池的高大身影，原本早就想好的台词，到了跟前了，目光从费行云泡在水池中的手指扫过时，忽然全部变了样。

“费老师，我那里有护手霜，你要用吗？要用的话一会儿晚上给你。”

费老师抬头看她，微微笑了一下，在身后进来的嘉宾的注视中从容接话：“那就先谢谢小许老师了。”

营业时间几个小时，说长不长，说短不短，但足够将一群新手折腾得筋疲力尽。

一行人互相配合着收尾。客人走完之后，他们终于有空把一顿夜宵当成晚饭。

不过节目组只是要他们经营一家餐馆，而非真的要人吃尽苦头。补光灯照着餐桌，饭后的聊天时间最适合谈一些真心话。常驻嘉宾们这些日子已经熟悉得差不多了，主要的拷问对象便成了新来的这两位。

项姐在圈子里待了多年。她即便知道他们俩最近的传言，也避而不谈，直接问起两个人的一些经历故事。

许平忧并不遮掩。她是古典舞出身，以前差点吃上专业的饭。而费行云从小就学习音乐。两个人倒是很适合用来作为艺术生的范本采访。

“你们俩都很厉害。”项姐一贯擅长将主题升华，“虽然我没有这方面的经历。但我知道，要想在这两条路上做出成绩，坚持那么多年，一定都很不容易。这跟把这些当成爱好，完全是两回事。”

“刚刚我光是听他们俩说，就觉得自己肯定受不了这个苦。什么坚持十几二十年的，”男演员摇头，接话道，“反正我肯定是最不行的。”

大家都笑起来。接着，就该收拾晚饭残局。

编导适时拿来一张任务卡，交到项姐手里。她打开后，看着一愣，旋即很职业地转身，向大家念起明天的任务。

“餐厅经营的第五天，你们将会迎来一群特殊的客人。他们有的来自敬老院，有的来自家庭，但都是在社会中辛勤奋斗了几十年的长辈。请你们为他们准备一场特殊的晚宴，能让他们吃得开心，看得尽兴。”

项姐盯着摄像机，反应很快，问道：“吃得开心没问题，看得尽兴是指？”

编导和导演均不出声。还得是年轻人反应快，妹妹立刻举手，说道：“我知道了……不会是要我们准备节目吧！”

“完了！咱们肯定猜对了。”

没人搭腔，在场的男演员已经哀叹出声，压着费行云的肩，抬手指向镜头：“你看他们那眼神和表情！”

补光灯一侧，编导重新举起提示板。项姐依旧率先凑到最前面，念道：“以单人或者组队的形式准备节目，但每个人必须参与。”她显得很震惊，与镜头后面的人对视，“我一把年纪了也要参与？”

提示板又翻过一页。

“‘给报销’，”项姐倒吸一口凉气，表情微妙，良久才悠悠发话，“行，你们说的啊，我这老胳膊老腿出了问题你们负责。”

节目发展顺利的情况下，导演和主持人互动间的“小矛盾”也是看点的一部分。

两边对峙，嘉宾们劝架的劝架，拦人的拦人。但每个人脸上都挂着笑，气氛异常热闹。

回员工宿舍的路上，小道沿途被路灯照得透亮。

秋夜远望餐厅后的群山，静谧又惬意。

许平忧从行李箱中翻出橘子味的护手霜，如今天白天说好的，在摄影机的跟拍下和人于走廊尽头会合。走廊灯下，费行云的手略略抬了一下又收回。她仰头与人对视，大概猜到他是习惯使然，想捏她的脸而未遂，于是忍着笑主动出声：“明天的节目你有想法吗？”

费行云的手拐了个弯，变成慢慢开盖挤压的动作，问道：“有何高见？”

“高见谈不上。”她朝着从不远处过来的项姐点头，显出十分的诚意，认真道，“可以考虑合作一下。”

他们俩有这个觉悟，当然也是节目中其他人喜闻乐见的。

第二天一早，许平忧作为最先起床到厨房的两人之一，在美好的晨光中主动向项姐交代了昨天邀请的结果。对方果然眼睛一亮，分给她一半三明治，点头道：“可以啊，当然可以啊！你们俩专业出身的凑一块儿，至少能给我们镇个场子！”

项姐还主动提出：“下午的活儿你俩都少干点儿，先把节目排好，免得对不起到场的长辈们，说辛辛苦苦来一趟，只看了一群人耍宝一样的唱跳。”

许平忧当了许多年工作繁忙的“空中飞人”，自认早就疏于练习。对于对方说的“专业”二字，她并不敢主动认下，只说尽力分担任务，怀念过往的时光。

其他几个嘉宾，除了还有一位是歌手准备吉他弹唱，几乎都与唱歌跳舞毫不沾边。妹妹脑筋动得快，很快主动请缨，要独自表演当下短视频正热的偶像舞蹈。剩下几个人商量来商量去没有头绪，只能在项姐的鼓舞下上了合唱这条贼船。

“真唱《难忘今宵》啊？”

项姐原本只是玩笑话，聊到最后，听见费行云一边整理餐桌，一边说可以帮忙重新编曲，就一咬牙拍了板："行，唱就唱！都有专业人士助阵了，不怕！你们也别怕！"

"我上回准备节目，都是小学时候的事情了，哪里能想到十几年后还会为了晚会发愁。"

男演员发自肺腑地喊出自己心中的苦恼，同样引来不少人的赞同。

许平忧在一边慢慢地整理菜单。听见这话，她也有种恍如隔世的感觉。她的目光掠到桌子的另一头，根本没有任何多余的动作和声音。刚刚顺手接下编曲活儿的人，却像有所觉察，微微扬眉，抬眼与她对视了一下。

他们俩的缘分，好像也是从所谓的准备节目开始的。只可惜，当时碰上费行云家里出事，表演不了了之，遗憾也只能随着时间的流逝慢慢被抹平。想不到时隔多年，又等来这样一个机会。

她心中鼓噪，内心却极平静。

因为常驻嘉宾中有当下正红的歌手，节目组也在员工宿舍准备了专门的琴房，考虑十分周全。今天午后的阳光正好，也没到备餐时间，于是这里便从琴房变成许平忧和搭档的排练场地。

她要热身，费行云就随便挑了一首肖邦的曲子慢慢地弹。弹着弹着，又从古典转向爵士，各种风格的曲子都演奏得如行云流水。妹妹过来凑热闹围观，从窗口探出个脑袋看了半天，最终以一个短视频冲浪人士的身份适时给出评价："本来只是来凑个热闹，没想到突然被迫换上晚礼服，端起红酒杯……"

何况是一对俊男美女，忒养眼。她嘴甜又会说话，逗得摄像师都笑得镜头抖了抖。

因为预先通知的台本中没有提及有节目表演环节，许平忧没有带正式表演的服装。她这会儿穿的也是豆豆翻来翻去，临时找出的练功服。

她太久没有登台，说不上紧张，但内心的兴奋是有的。

"曲子你定。"费行云还如从前一样，把选择权直接扔到她手上，从容闲散得过分。

许平忧想了一下，蹲下身来，从手机里翻出歌单中保存许久的一首递到他面前。四目相对，她没主动说话。他也气定神闲不出声。最后还是许平忧咳嗽一声，打破这平静。

"是这首。"她干脆坐在地上，显得极虚心极认真。

许平忧选的正是中学时期，两个人没来得及表演的那首钢琴曲。

当年小众的电视剧配乐，如今经由音乐平台的推送，已经变得不再小众。评论区写满了听众各种各样的听后感和小故事。作者作为业余的音乐爱好者，也在平台的邀请下入驻留言。

“当年写这首曲子的时候，我的事业和感情都不太顺利。曲子交给剧方后，我就转了行。没想到这么多年过去了，还会受到大家的喜欢，用在各种视频和舞蹈上。虽然后来我没再走音乐这条路，但现在回头看，即使有点遗憾，失去了所谓的梦想追求，但也保留了一份对音乐的热爱。我至少曾经留下过足够让自己骄傲的痕迹，谢谢大家对这首配乐的喜欢。”

许平忧翻到这条评论，趁着摄影老师转头拍跑远的妹妹的空当，轻轻出声：“真好。”

费行云朝她眨了下眼，慢悠悠地道：“是挺好。”

没有比现在更好的了。

他随手按下一个和弦，琴声在房间里回荡起来。

音乐人的表达方式，总是离不开音乐本身。他说完这句话，手指一抬，很快便有钢琴声顺着播放的背景音行进，跟上节奏和旋律。

许平忧站起身，深吸一口气，慢慢地展开手臂，弯腰。

阳光透过窗户落进来。摄影机捕捉处，一双人影相携，静得没有任何多余的声响。有人路过，也只敢静静地伫立，而未曾出声打扰。

夜深的时候，豆豆好不容易替她搞来一条近似于许平忧形容中的裙子，吊带贴身，偏黑的蓝色，方便做各种舞蹈动作。

被节目组邀请来的长辈们好吃好喝后，又享用上后厨众人细心切好的水果和泡好的热茶。

气氛比想象中的要好得多。

他们所有人一同忙碌过，接下来自长辈们的点餐，又在餐后聚集在一起，安静地听他们讲起自己年轻时候的故事。其中有人参与过抗洪救灾；有人早年丧妻，一个人努力抚养孩子长大，至今仍未再婚；还有阿姨被诊断出癌症，却在家人的支持下坚持走到今天，远远超过了当时医院给出的预计寿命……

许平忧眼眶发红，想起冉冉，又想起许多往事。

“没关系，日子总是要朝前过的嘛。”阿姨看着他们这一群来自各行各业的年轻人，格外温和地传授人生经验，“人这一辈子就只有几十年，几十年中大大小小的事情都会有，没有必要自怨自艾，抱着一件难过的往事不放。”

阿姨笑着说：“要做勇敢的人，做生活的勇者。”

节目单以歌手的自弹自唱开头，以众人的《难忘今宵》合唱结尾。

许平忧和费行云的节目被排在压轴的位置。前面的流程走完，费行云上台，很绅士地摊开手，将台下的女伴请上台。他笑着扶起话筒，主动大方地向台下的观众们进行自我介绍。长辈们很给面子地鼓掌，还有老爷爷盯着他的一头金发感叹着：“呀，这外国小伙儿中文这么好！”

坐在一侧的项姐也不解释，反而顺着长辈的话说：“可不是嘛！”

其实如今再上舞台，许平忧的心态已经和从前完全不同。

高中的时候，她留下了人生中最没有遗憾的节目。可是自从放弃舞蹈后，她也曾一度不太敢回忆这件事。但就像阿姨所说，生活要朝前过。至少她不曾后悔，也很感激现在的工作给了她当年度过困难的机会。

她算是阿姨口中的勇者吗？她不确定，但至少还有一个人在她身边。甚至不在的时候，他也极有耐心地等着自己。

她不再只讲述她的故事了。

她想要讲述的，是对于未来的期望。

钢琴声如流水一般倾泻。秋日的月光下，数台摄影机的镜头下，她深吸一口气，在许多人的注视下，慢慢起舞。

至少他在。

至少他们两个人在。

无论何时，在观众面前跳舞都是一件应该做出百分百努力的事情。

时间正好，气氛也正好。月光与灯光交织，再没有更恰当的场地这样尽兴地展示自己。

许平忧做不到曾经在台上专业表演时那样完美的技巧，但由于全身心的投入，依旧出了一身的汗。热烈的掌声中，她鞠躬也是认认真真的九十度。结果因为过于认真，她下台时差点站立不稳，被身后的人不动声色地抬手扶好。她在台阶边站了没一会儿，又被强行拉进《难忘今宵》的合唱队伍中。

“可以小点声摸鱼。”

因为设施问题，话筒也是两个人合用一个。身侧的人抬手将话筒举在两个人之间，免去了她的麻烦，很自然地低声同她交流起偷懒技巧。

费行云比她高很多，和她一起站在第二排最外侧的位置，刚好能够挡住最侧边的摄像机，留给她休息的时间和空间。

许平忧在唱歌这件事情上，算是彻头彻尾的外行。由于刚刚经过大量的体力消耗，她几乎是看着提示屏慢慢地哼，偶尔才能跟上几个节奏和音调。不过因为预先有准备，她极好地控制了自己的音量，所以也没有破坏合唱效果。

“谢谢帮忙准备晚会的节目组，谢谢我身边的嘉宾们。当然，最应该感谢的还是到场的来自各行各业的前辈们。”

“谢谢你们几十年来一直坚守岗位，热爱生活。因为有了你们，才让我们的社会能够平稳发展，让我们的年轻人能够从你们的身上学习到宝贵的精神财富，并一代又一代地传下去。”

晚会结束前，项姐带着所有嘉宾，一同向到场的所有老人鞠躬，献上感谢和祝福。

“希望我们所有人，今后有缘还能再见。”

越来越亮的月光中，所有人鞠躬完毕，抬头时却都像还沉浸在讲述故事的氛围中。他们肩并肩站着，没有将手松开。

许平忧牵着身侧人的手，迎着补光灯安静地站定。她的心跳微微加速，没有和人对视，依旧能感觉到炽热的温度。

第二天一早，节目组允许所有嘉宾在忙碌过一场后，暂时享有奢侈的睡懒觉时间。他们两个人达成不打扰他人的共识，在熹微的晨光中，各自安静地收拾好东西走人。走之前，他们在节目组的安排下，单独在餐厅的纪念墙上留下想说的话，然后并肩消失在摄像机的镜头中。

他们这回坐上同一辆没有跟拍的车。豆豆提着两份早餐恭候多时，原本想说的话也在两个人的交谈中默默地咽了下去。

还有什么好说的呢？

他们俩相处的氛围并非简单的提醒就能控制得了的。与其这样遮遮掩掩，不如同他们一起坦荡大方面对，顺其自然。

何况，录制完《寻梦餐厅》，两个人又不得不暂时分隔两地。费老师要直接飞回上海准备巡演，许平忧要去北京拍摄一部微电影。她总不至于次次都去当一个将有情人拆散的角色吧？她看一对总能把恋爱谈出趣味的妙人看久了，不免也有些意动，想要稍微为自己积攒一些桃花运。

……

《寻梦餐厅》第一期播出当日，正好也是“MAX 自由形式”乐队的首站 Live 开演日。

原本，在这个各大平台综艺策划内卷的时代，一档以经营餐厅为主题的慢综艺，本来也没有那么引人注目。但因为节目组还有《与恋第二次接触》的金字招牌，又兼有王牌主持人和各位嘉宾坐镇，第一期还是有不少老观众冲着之前的综艺好口碑去看。

没想到，这一看就将《寻梦餐厅》送上了热搜，也将播放量直接送上了视频平台的榜首。

慢综艺和恋爱综艺的定位不同，自然在很多方面都有不同。这回节目的宣传走的是口碑路线，而不是采用之前那样的热搜轰炸方案。即便如此，仍然有嘉宾的名字从各种各样的娱乐新闻中冲出来，飞速跃升到前列。

“费行云许平忧”“寻梦餐厅双人舞台”——包括短视频和分享平台在内，各大平台上都有粉丝们自发创作的视频新鲜出炉。配上一双巧手剪辑，愣是搞得好像有什么专门的线。由于看过的观众强烈推荐，竟然就这么另辟蹊径，吸引了不少暂且还不知道这档新播出慢综的观众去看。

网友的讨论热情不减，更有人直接去提问平台开帖：理性讨论，《寻梦餐厅》第一期到底好看在哪儿，为什么会有这么高的热度？

答案之中，一条高赞非常犀利：说实话，节目本身好看，立意也不错。但我还是要说，在这个大众都被“工业糖精”淹没的时代，有些人就是天生有“CP 感”。就算部分观众不承认，但第一期的热度这么高，绝对跟许平忧和 Max 有关。生活够苦了，观众看看俊男美女还不行？

节目组有眼光，选对了飞行嘉宾，选对了主持人，但节目也不可能靠着这个一直火热下去。我了解到他们俩只录了两天，节目后期的热度还是要靠内容本身。

总而言之，第一期成功了，后续如何，再看节目组的能力呗。

其他平台尚且如此，微博和视频软件上的看客们当然讨论得更加激烈。

尤其是之前扒出两个人中学时期渊源的那些人。那个最先扒出两个人是中学同学的追剧博主反应迅速，直接截了各种各样的小片段放到自己的账号上，千言万语最终化为一句：我服了我自己。

评论区纷纷回复：“我也服了你深度扒料的能力，姐基金股票买的啥，借我抄抄作业呗。”

“是不是节目班底和《与恋第二次接触》相同的问题啊，我没感觉他们有刻意在营造气氛还是怎么的，顶多是镜头配乐缠绵悱恻了点。但我就是能看出满屏幕的粉红泡泡……”

“同感啊！我真的也不是说节目怎么了。客人的故事很感人，第一期节目最后所有人鞠躬那场景，我看得特别感动，抱着我老公哭了一会儿。不过二刷的时候，我就发现自己很难把目光从那两个人身上挪开了……”

……

大家讨论得热火朝天，也有部分粉丝表露不满。

许平忧担纲记者主角的新剧已经开始正式宣传，Max 乐队也已经开始进行“别日世界”的正式巡演。两个人领域不同，连续一起上过两档节目后，怎么看都不像会再有交集。不过即便不满，粉丝的语言也十分克制。

“欢迎大家多多关注我们小许的新剧，而且不出意外的话，可能还会在电视台上相见，大家不要错过哦！”

乐队粉丝就说得更加干脆。他们无所谓什么绯闻不绯闻的，反而直接拿巡演做起宣传。所谓不给钱的热度不要白不要。

这也是意料之中的结果。演员和音乐制作人，各自在本职工作上小有成就。有作品立足，粉丝群体的大部分还是要成熟许多。

《寻梦餐厅》第一期小爆。但节目也就是节目，始终都有一定的时效性。圈子里各种新消息层出不穷，讨论度一过，也只会留下少部分娱乐圈看客继续深挖两个人的交集。

眼看着热度渐渐地就要归于平静，“别日世界”巡演的最后一场当天，却有常年跟拍明星的娱记忽然爆出一条小视频，并将其直接发到了短视频平台上。

“我本来是去拍别的圈内情侣的，今天才发现还有意外收获呢。这是几个月之前的视频，要不是你们最近老问，我都不会去回看。在许平忧早前拍摄新剧入住的酒店门口，拍到了意料之外的人。我是认不出来，你们帮我认认呗！”

视频本身很短，画面光线偏暗，看得出时间是在晚上。唯一的光也是从酒店大门的方向透出来的。有人从车上下来，行动利落地甩上车门，一身干净的黑 T 黑裤搭配单肩包棒球帽，肩宽个高，没有多停留，一步跃上台阶。

镜头甚至没有特意对着他，而是对着一辆要停进酒店的车。一身黑的人在画面左侧走进大门。人影倒映在透亮的玻璃上，隐约能看出帽檐下的浅色头发，高高的鼻梁，耳朵上还挂着耳机。

评论区当即被经由《寻梦餐厅》关注上这一对的视频受众们刷了屏。

“看这标志性的浅色头发，不是Max还能是谁？我不是粉丝我都认出了。”

“我觉得博主现在被大家问了，才发现这个就有点成问题。说明他根本没拍到两个人的实锤证据呗。放这个模棱两可的视频，也得要粉丝去扒行程确认。”

“偷偷跑去微博上许平忧的粉丝那里翻了一下，酒店应该就是同一家吧……而且还有人的‘粉丝可见’发了朵枯萎的玫瑰花，嗯，不用谢。”

“说实话，一点都不意外。他们俩连着一起上了两档综艺就很能说明问题了吧。而且我也慕名去看了《寻梦餐厅》第一期，那个相处氛围还能作假？谁会关注到一个毫无关系的男人的手是不是干燥粗糙了啊。提前恭喜这对的粉丝了。”

“麦神竟然喜欢冷美人……许平忧竟然喜欢野的……我不知道先应该感叹哪个。当然，感觉般配还是般配。至少从基因美学来说，他们的下一代无论是儿子还是女儿，都有极大的概率很好看。”

……

这个视频短时间内迅速发酵，很快在其他社交平台上传播开来。

耀行的官微评论区炸了锅。许平忧的经纪公司也没好到哪里去。曹月弃用社交平台已经两年了，最新的一条依旧被吃瓜群众占领了高地，热赞飞速从以前的催营业和提意见，变成了求核实绯闻八卦。

相比起来，王延的微博评论区，画风就有些奇特了。

最新的一条宣传巡演的微博下，原本是各种各样的巡演反馈和照片。这个视频一出，有老粉丝忽然旧事重提，翻出八百年前的乐队旧事。

“乐队刚刚组建那会儿，麦有女朋友大家都知道的吧？我想说的是，本来我没多想的，只是最近一段时间好奇心作祟，跑去看了一下那边的情况和资料，也知道了许平忧和他是同学。那，大家知道麦当时的女朋友也是他的同学这件事吗……”

“我怎么不知道？我只知道他那会儿有女朋友。后来有人说分了，也有人说没分，反正麦后来没谈过是真的。乐队圈子就这么大，稍微有点风吹草动都能暴露。”

“的确是同学……最早的那批粉丝都知道的。那会儿乐队还把王老板的酒吧当驻地，经常过去表演来着。我朋友就是那个时候开始追现场的，跟我说麦有个异地读大学的女朋友，还伤心过。”

“等一下，你们说的是什么意思？许平忧就是他当时的女朋友？”

“别这么联想吧。而且就现在各种杂七杂八的传言，他俩到底是不是真在一起了也没个准的，只能说有很大的可能性在一起了，对我们这种乐迷也没影响。而且，就算在一起了也最好不要讨论麦的前女友了。是一个人还好说，如果不是一个人呢？麦尴尬，女方也尴尬，就这样吧。”

……

两边的粉丝有信息差。可既然有热度，就难免有有心人将两边的消息汇总到一块儿。

尤其《寻梦餐厅》第一期的热度高，当时那些看热闹的观众中，也有认为两个人真产生了感情的，他们认认真真开设了超话，谐音“幽默 CP”。

“根据各方的消息，至少有一条大家是承认的吧：他们俩现在有百分之九十的概率在一起了，百分百的概率是同学，百分之八十的概率有过前缘。至于这个前缘具体是什么情况，暂且没有达成共识。”

“这么说乐队不也是？我‘考古’的时候就发现了，前几年这么勤奋，作品不要钱似的一首接一首地出，还能甩 Live 当彩蛋。我觉得大家如果真的想要保护他俩，最好就别提什么前缘不前缘的。乐队粉丝那边说得有道理，万一没有呢？尴尬的只会是我们忧和我们麦。”

“有道理……那我回去听《就像一个葫芦》冷静一下。”

“今天是麦哥巡演 Live 的最后一站吧？有人去现场吗？”

“我，我准备入场了！一会儿就给大家汇报情况！”

“我入场了！”

“好奇怪，这场巡演有歌单，上面还有乐队的 Logo……之前的场次有吗？”

现场的博主好奇地拍下一张照片后就没再出现，任由评论区怎么呼唤也没有回复。

“大家不要催博主，Live 现场的魔力就是能够让人沉浸其中。先耐心刷刷广场，蹭蹭乐迷的反馈吧。”

有人善解人意地为博主解释，自然也有人举着显微镜，快人一步发现关键所在。

“急需一份小许最近的行程！航班也行！有没有人知道她今天在哪儿？”

“怎么了？”

“有点不能呼吸了，但我觉得我的理解应该没错吧……这次巡演的第一首都是新歌《世界晨光里》，非常贴合‘别日世界’的主题，最后一首安可曲是《就像一个葫芦》，这个流程我们都知道的……我刚刚一直盯着博主拍的歌单看，怎么这最后一场没前几场巡演时的老歌了。原本一些英文歌名也用的中文，‘forever’还要专门用手写体写成‘永远’，现在我懂了！”

“你们仔细看看歌单啊！虽然花里胡哨的，一看就跟某人发社交软件的海报风格一样，但是不要被什么Logo啊背景啊排版啊带得跑偏了！每首歌的歌名都有一两个字是手写体！和海报上的笔迹差不多，把它们连起来，连起来！”

“刚刚去找了一下朋友。嗯，确认小许今天飞到那儿了，也不意外。”

“我也懂了！你是神吧。大家把每个歌名里手写体的字连起来读啊！”

“感觉不意外，果然还是那个Max。”

“连起来怎么了？让我看看，连起来的话，是……”

“‘世界晨光里，我想永远都能见到你’。”

最后一场巡演的前一天，许平忧刚在欧洲拍完一个香水广告。

品牌方欣赏她的气质，认为她的形象与品牌贴合，主动找上门联系的合作。最开始，品牌方只是尝试性进行产品推广。后来效果不错，加上她自身的热度越来越高，品牌方满意，便有意让她担当代言人，广告直接投放到视频平台和卫视，只是拍摄过程要在欧洲待一段时间。这么好的机会，许平忧这方当然不会错过。

她最近正在势头上，有剧在宣传，人也像有用不完的精力。拍完广告，她没有多休息就直接飞回国内。在公寓短暂停留后，她迅速换了一身便服，坐上车赶去巡演现场。

秋日末尾，刚好是温度适宜的时节，哪怕戴着帽子和口罩，不需要开空调，也不用开窗。

豆豆转头盯着她看了一会儿，若有所思地说：“我感觉，你穿这一身一会儿去上台表演都没问题。”

许平忧愣了一下。她今天穿了一身黑色衣服。其实都是顺着自己的想法随意搭配的，经由别人一说，她才发现的确能从中品出一点费行云的风格，待会儿混进乐迷粉丝的队伍中也不违和。

至少以前，许平忧私底下很少穿这样只带一抹色的黑T。她更偏爱白色，也不会特意搭配着穿球鞋。而巡演过程中，某位主唱也穿过一件许平忧手买的T恤登台……

豆豆琢磨着，叹了口气："我有一种预感。"

她不说预感是什么，许平忧却懂，冲她眨眨眼，笑了笑。

自从《寻梦餐厅》播出以来，社交平台上各种传言不断。他们这边没有反应，耀行也像是一时间失去了公关这个概念，极有默契地保持沉默。反正真的成不了假的，就算出手也不可能堵住所有人的嘴，不如静观其变，看看大众的反应。结果，反响竟然还不错，粉丝也没有特别排斥。

而继娱乐记者翻出费行云探班的视频后，又有路人因为偶遇晒出他们两个在《寻梦餐厅》录制地的机场并肩的照片。两个人倒是没有多余的动作，只是站在一起说话，气氛就非同寻常。

这不就是要什么来什么，要同框照片就来同框照片？有人起头，就不缺紧随其后的。

不过两位当事人都是飞来飞去的忙人，没有那么多时间关注外界的舆论。

更重要的是，他们俩难得有一次通告可以正大光明地坐在一块儿。回程的班机上，许平忧无所事事，从费行云那里借来平板看了一会儿电视剧。她无意间点进视频缓冲栏目，没想到还会有意外收获。

她忍了整个行程，直到下飞机，坐上车了，才看着身边人伸懒腰的动作悠然出声："没想到啊……"

没想到他竟然保存了她高中时的晚会表演视频。这行为作风拖泥带水，极不费行云。

这次表演是她第一次出名的源头，上传的人应该也是她的粉丝，因为对方用的标题朴实中又透着一点矜持的自豪，"许平忧高中毕业晚会出圈视频"，一目了然，赫然出现在他的平板屏幕上。

她这么问，实际上也有调侃的意思。

没想到费行云打了个哈欠，很自然地来拉她的手，十指扣上了，方抬眼懒懒地看着她，同时扔出四个字："睹物思人。"他又说，他对她余情未了，旧情难忘，这很正常。

他把“余情”两个字说得非常坦然，好像用厚脸皮形容都是自己的错。许平忧只能耳根发红地败下阵来。

两个人之后都有许多事情要忙，各自飞往工作地。

在欧洲拍摄广告期间，她破天荒地出去购了一次物。不过，她挑的东西大多与自己无关。她买了一个男士随身包，又买了一条项链，全都精心打包进行李中。

另一边，乐队巡演运气不佳，碰上过好几次大雨。最后一次，他们终于遇到了秋高气爽万里无云的好天气。她每每都能最快地接到线报和照片。

费行云在这件事情上有点像小孩儿，什么话都不说，先发来颜文字表明心情。

譬如今天，舞台上拍到的天空，后面就只跟了一句“晴天”。

之前几场，她人不能到，就学他的作风，从网络上收集各种各样的视频存下来，临睡前见缝插针地看。她又跟王延提前说好，要买碟。现在，她终于坐上了去往现场的车，心情不能说有多激动，但肯定不算平静。

她下车前，豆豆还很有经验地跟她说要喝足水吃饱饭，一会儿估计会看得筋疲力尽。东子闻言，立刻啃了个面包以防万一。他们三个人说说笑笑地到了偏门。耀行出手大方，直接给他们安排了正对舞台的包厢。引路的工作人员应该有所察觉，好奇地盯着许平忧看了一会儿，到底什么都没说就退了出去。

豆豆顺手拿起歌单，盯着手机才看了两眼微博，立刻塞到许平忧的手上。

“绝了。”

她经由热搜上网友们的指点，弄清楚了其中关窍，感慨出声。许平忧正好奇地对着舞台观察，被塞了个满怀。她低头时，其他的没看清楚，只看到最显眼的“永远”两个字。

她对费行云的字体很熟悉，看了一会儿，便开始有些脸热。

恰巧手机上跳出两张照片，给了她暂时低头不说话的机会。费行云在自拍这件事情上很有天赋。他今天的头发略略往后梳，露出全部面部轮廓，故作面无表情，背着手比了个“yeah”。第二张没什么变化，只在指缝间多了一张纸，明显和歌单是同一个颜色。可能是临到开场，他来不及说什么，只在照片后发来一个得意的小狗表情。

许平忧知道他要下场才能看到，依旧微微侧身，乖乖道："看见啦。"

她不仅看见了，还认认真真地放进包里，打算保存下来。

露天的现场，四色灯光率先从全黑中开场。

费行云在整场的尖叫声中从升降台登场。他的脸刚刚在大屏幕上出现，现场的尖叫声就变得更加热烈，直冲云霄。

观看过程中，许平忧的心跳渐渐加快，秋日里也开始出汗。她忽然想起曹月曾经对她讲的那一番理论：有些人的确天生就是做明星的料。这种人，哪怕你只是在台下看过他一次，也一定终生难忘。

她上一回看他的现场表演，还要追溯到大学甚至高中时期。

时隔多年，费行云的台风比那时更加稳。除了肆意自由，他还多了这个年龄收放自如的洒脱，沉淀的性感。

他将话筒抽出来，整个舞台就变成他的天地。他四处奔跑着呐喊，兴起了就将外套一脱，随手扔到台下，对响起的尖叫声毫不在意。

世界是他的主场，音乐也是他的主场。除此以外，全都不重要。

演出进行到一半，费行云浑身都被汗水浸湿了。

头发是湿的，身上被汗湿透，人却丝毫不见疲态。他笑得很自在，唱到摇滚主打时知道不为难观众。唱到慢板情歌时，他却非要从这头跑到那头，指挥整场观众跟着唱。哪怕是新歌也不例外。

"麦哥，太为难人了啊！"

台上成员喝水休息的间隙，终于有坐在第一排的男生代表广大观众喊出心声。话音刚落，很快便有山呼海啸的赞同声响起。

费行云拿着塑料瓶，内心似乎波澜不惊。他惊讶地眨了下眼，从容地举起话筒，说道："你们不是说喜欢我？喜欢我的应该都不是普通人吧。"

他顺手抓了下头发，懒散地挑眉，说得十分自满。下面立刻响起比刚刚的赞同声更加热烈的尖叫声。喊话的男生被摄影师放大到屏幕上，神色愕然，很快又扯着嗓子大声用"对"回应。

与之前几场不同，*Just Like A Fool* 这次没有被留到最后的安可环节，而是被放在了压轴的位置。

费行云暂时退场。他重新出现在舞台上时，舞台上比刚才多了一个凳子，一把吉他。

“这是最后一场的特别版本。”他动了动话筒架，不给所有人反应时间，似笑非笑地瞥了一眼正前方，压低声音道，“刚好今天人也到了。”

谁到了？

音乐慢慢响起来。比起原版，这一版的*Just Like A Fool*编曲更加甜蜜抒情，仿佛娓娓道来。

最后一首歌，是当年他出道时演唱的*Freedom*。

“当年第一次在台上唱这首歌的时候，我说千里之行始于足下。我们从这里开始，”费行云慢慢出声，声音略显沙哑，“但也没想到真的会走到这里。”

从那时到现在，表演的场地越变越大。

“这首歌就是我一直想跟大家说的话。”

希望所有人自由。不是别人定义的自由，而是每个人心中自己定义的自由。想要的就去追，不想要的就统统扔掉，不必犹豫太多。

他少有在演出场合这么推心置腹过，台下鸦雀无声。直到灯光重新从正中央慢慢漫延开，最后的音落下之后，掌声热烈，人声重新变得沸腾。

原来豆豆说得没错，认真听一场Live，的确比想象中还要耗费体力。

安可环节，许平忧也变成观众的一员。她举着荧光棒，不顾湿透的后背，高声喊起“返场”。

豆豆同样没好到哪里去。她原本就是乐队的粉丝，这会儿跟唱起来几乎可以说得上是得心应手。她缓了一会儿，有点犹疑地搭话：“不过该唱的都唱了，安可曲难道也是新歌？”

许平忧将水递给她，被一句话问得同样陷入思索中。

在场的人中，只有东子还在旁边盯着歌单，直白地与豆豆感叹其中的重点：“以前光听你说费哥厉害，没想到这么厉害，整场的词曲都是他一手包办。”

“那不然呢？”豆豆人在现场，好像找回了从前作为粉丝的与有荣焉。她晃着手里的荧光棒，称呼一时间都变了回去，“百分之九十都是Max写的，剩下的部分也全都是乐队其他成员创作的，不然当年怎么能在地下闯出来？”

许平忧眼皮微微一跳，心中忽然生出一点灵感。

词曲一手包办，不会是……

她还没琢磨出答案，台上的灯重新亮了。

安可环节，乐队成员全部返场，费行云也换了一件更舒适方便的短袖。

他抓过吉他，站在话筒前，直直地正视前方，好像地在与什么人对视。

每个人头顶各有一盏灯直直打下灯光，营造出舞台上的一处神奇的空间。

“刚刚听到台下讨论，的确是新歌。”费行云定定地出声，语气中有种掩藏不住的飞扬。他的目光渐渐藏不住笑意，流露出痞气和性感，声音微哑，“词作者是我特别邀请的一位编外人员。可以的话，我希望大家都能认真地听，一会儿的掌声也最好能热烈一些。”

费行云拨弄了一下吉他，离话筒靠得更近，笑意更浓，直视摄像机，说道：“就当是帮我多多鼓励一下这位老师，OK 吗？”

“算了，不 OK 也得 OK。”他颇霸道地说道，朝鼓手的方向微微点头。

费行云第一次提到让许平忧尝试作词，其实是在许多年前的酒吧后台。

当时的她陪在他身边，昏昏欲睡。他临时拿出一沓白纸和笔，让她借着夜半时分的灵感写写画画。后来第二天再去，桌子上就多了各种各样的美术用具，写日记用的笔记本，准备周全，全部供她选择。

至于重逢后，他将写词这件事正式提上议事日程，则是她刚从东京录完视频回来。

那时的他们用通俗的语言来说，状态上和小别胜新婚没什么两样，正是情深意浓时。她被翻来覆去地折腾，以为他在作词的事上只是顺口一提。后来拍完《寻梦餐厅》，各自奔赴工作地。许平忧人在欧洲，两个人休息时隔着时差通话。他看她拍的各种各样的风景照，又重提旧事，让她试着随手写些词句。

“你不是从小就喜欢写点东西吗？”他隔着屏幕看她，托着下巴怂恿道，“大胆一点嘛，反正也不亏。”

她这才意识到，他已经细水长流地铺垫了许久。

许平忧虽然从小就偏爱文字类的科目，但由于工作忙碌，已经很多年没做过这方面的尝试。小的时候，她写一本日记尚且要想方设法擦干净躲过他人，费行云却很有耐心地等她。他不评价她文字内容的好坏，但一定会认真阅读，跟她交流一些最近的创作感想。他根本不介意她是否专业，是不是彻头彻尾的新手，只看她是不是喜欢。

他总是这样。

但即便如此，许平忧依旧想不到自己那些稚嫩的作品会这么快登上舞台。

渐浓的暗色中，舞台上下慢慢归于寂静。他轻轻笑着，低声报出最后一首歌曲的名字：“《我与你的故事》。”

台下是所有观众组成的荧光海，费行云站在舞台最前面，与话筒为伴，轻松地与什么人对话，成为所有人中最特殊的一个。

电吉他和鼓声构成最主要的旋律。

“天空染上昏黄，海浪沙砾相拥。”

“我却想要和你沉溺在初春的风中。”

他目视前方，整个人被灯光勾勒出一层铂金色的轮廓。

十几岁的时候，他们都以为自己是世界上最特殊的那一个。因此，他们对对方总要多一点特别，愿意别别扭扭地说那些大人眼中不值一提的烦恼。不知不觉这么多年过去，费行云依旧将她当作世界上仅有的一棵树，从小芽慢慢地成长，从寒冷的冬日熬至初春，慢慢绽放出属于她的光彩。

费行云慢慢地拨动着吉他弦，脸上笑意越来越浓，万般感情融进声音里。

许平忧差点忘记自己身边还有旁人。她听见自己的心跳，听见悦耳的歌声，整个人仿佛落进深海，目光所及都是五彩的泡泡。

许多年前，台上的人在录音室中问她是否想听他唱歌。时至今日，她的回答仍然只是那一个字。

“我与荆棘一同走在风中。”

最后一个音落下，观众还沉浸在情歌的余韵里，现场并没有立刻按照刚才安排好的那样，响起掌声和尖叫声。

“接下来，我想说点心里话。”费行云抬起头，在所有人都在失神的时候低哑出声，眼神灼热地盯住正前方。

“其实，还是和很久以前说好的那样，无论以后你想做什么，我都会一直待在你身边。”

“而且不出意外的话，”他忽然抬手，看起来十分认真地比画了一下，强调道，“也永远是你所有粉丝中，最最最喜欢你的那一个。”

“这件事我是很有自信的。”

费行云一连用了三个“最”，说完又笑了，但没有半点寻常人说心里话时的害羞，带着点骄傲自得。

话说到这里，许多人已经迅速反应过来，跟着看向某个方向。

正中央的包厢窗户透明，虽然看不清人脸，但足以看见一道靠近窗户的身形。

“啊啊啊，不要啊！！”

“大家快看微博！”

台下沸腾成一片，尖叫声和起哄声混杂，台上的灯却已经灭了。

费行云进入后台，放下吉他，和乐队其他成员一一击掌。他不走心地应下王延一顿饭的强烈要求，径自跳下舞台，朝着一道门的方向跑去。一路过去的走廊上没人，工作人员都没来得及反应。他在明灭的灯光中穿过楼道楼梯，直接闯进一处包间。

许平忧转身。豆豆极有眼力见儿地什么话也不说，拉着东子点头告辞，空出一片私人空间，并带上了包间的门。

他们俩又有一段时间没见了。

许平忧和他对视几秒，静默片刻，扑进他的怀抱中。

她直白地表露心绪，费行云就把人接得稳稳当当紧紧地按在怀中。他像哄小孩儿一样拍了拍，附在她耳边问道：“这次不嫌热？”

他不仅温度高，甚至出了一身的汗。

“不热。”许平忧贴着他的胸口说道，“而且，还有更重要的事情。”

她顿了一下，冷静地说：“今天豆豆和王延哥应该挺忙的，之后得想点办法……”

“更重要的事情是指这个？”

许平忧说道：“当然不是。”

她眨了眨眼，浑身发热，眼眶也发热：“费行云，其实我不知道要怎么说。”

许平忧曾经在网络上看过一段话：如果一个人在他的成长中总是感受着来自家人和朋友的支持和爱，那么他无论进行任何尝试，都会有足够的自信。她曾经有一段时间将自己封闭起来，只因为固执地将自己划进不属于这部分人的范围中。

可事实上，有人从一开始就在鼓励她去做自己喜欢的事情。

怎么办呢？她原本以为自己表达得已经够多了，却发现情绪和喜欢不讲道理，远非人的言语所能及。

费行云亲在她的额角，“哎哟”一声，声音低低地说：“这又不是什么大问题，想好了再说，反正我时间多的是。”

他顿了一秒，捧起她的脸，纠正道：“不对，说错了，是我们俩时间多的是。”

当天晚上，各大平台的热点被一场巡演刷了屏。

很少关注娱乐圈的人也被迫认识了这两个名字。

有人羡慕嫉妒，说从没见过这么大的官宣阵势，也没见过这么不留后路的坦诚；也有人说娱乐圈的人就是浮夸，不过你情我愿的事，搞得像什么“世纪告白”一样，哪里有那么重要？还有人啧啧感叹，如今的炒作手段层出不穷，怎么还兴为了自身热度，跨界合作了？

所有的讨论声中，两个人曾经各种各样的推测交集，也从粉丝圈浮现在大众面前。

众说纷纭，更有人自诩几十年的感情前辈，凭一条唱反调的言论登上评论区热赞。

“现在闹得这么大，分手怎么办？”

粉丝有附和的，也有反驳的，还有路人本着自己的道德底线质问：人家喜庆的日子你说晦气话，放我老家是要被人打出去的！

……

许许多多的讨论声中，当初最先发现他们俩高中渊源的博主却只有一句话：“我觉得挺好。”

她选择将更多的话放在了自己的评论区。

“这个时代流量为王。从明星到博主，从营销号到个人博，所有人都以这条原则为上。可在这个所谓的规律怪相里面，总要有那么一两个人吧？总有那么一两个人是鲜活的，充满色彩的，能让看客在繁忙枯燥的生活中，光是注视着他们，就足以产生一些正向的感情波动。许多人怀念过去，认为以前的娱乐圈生机勃勃，现在一潭死水。但他们没有看到发生在眼前的美好。不论他们俩以后如何，至少此时此刻，我很为他们高兴。”

……

曹月和耀行选择了同样的做法，发出一条声明支持自己旗下的艺人。

秋日末尾，初冬时节，许平忧的电视剧正式上星。Max 乐队的巡演碟也正式发售，登陆各大音乐平台。

他们两个人在一段时间繁忙的工作后再次相会在公寓。这一次，他们忽然聊起买房和搬家的事情，又聊十几岁时的一些小插曲，还有之前和双方长辈吃饭时，一些可以进一步提升的注意点。

李姿玉比预想中要轻松得多，她早就重新开始从事舞蹈工作，在感情的事情上并没有对许平忧多加干涉。她有再多的建议，也只是私下跟许平优说过几句。

“只要你想好了，我也没什么好说的。”

她们俩许多年都没有推心置腹地聊天，那天却聊了很久，甚至谈起了一些从前家里的纠葛。时过境迁，两个人现在都能十分客观地看待一些事情。外婆观念传统，高兴她有了人照顾，告诉她一定要回去吃她今年亲自灌的香肠。

冉冉只当自己多了个会常去看自己的大哥哥，很开心地让他们两个多来看看自己。

邓阿婆对他俩的关系早有觉察，所以最让人紧张的是费女士。

“她不会说什么的。”费行云开始说这句话时，许平忧还只当是宽慰自己。没想到后来吃饭时，她发现真如他说的那样，费女士不仅没说什么，甚至很自然地问他们预备多久订婚，买房是否需要资助。吃完饭，她又匆匆赶回大学，踏上繁忙的研究行程。

费女士的工作单位没人知道他和她的关系。

费行云陪她送走长辈，还装模作样地分析着：“她一直比我们都要忙，热爱事业，值得年轻人学习。”

“你们俩现在已经是家喻户晓的神仙眷侣了。”陈辰一通电话，曾佳林一通电话，核心思想其实就是这么一句。

这么坦坦荡荡地直接公开，反而是一件好事。

许平忧很少主动登录社交平台。费行云也是不怎么关心外界评论的类型。于他们而言，省去了许许多多的麻烦。

巡演结束，制作人重新回到幕后。而许平忧投入新剧拍摄中，两个人都处在与媒体隔绝的环境中。时间越往后，越有更多的事情替代他们成为大众谈论的主角。

几个月的低调，也会有人时不时想起他们两个人。更有人幸灾乐祸，问着：以乐队主唱那么高调的个性，最近怎么一点消息都没了？不会是分了吧？

于是，他们俩的“CP粉”如雨后春笋般出现，向这位心怀不轨的评论人士说起两个人如今感情的稳定：探班是常事，有人出现在词作中更是常事。某个人哪天穿的衣服，哪天背的包、拖的行李箱与谁同款，是谁的风格审美……

“不会还有人不知道吧，给费行云写词的‘胡蝶老师’是谁的笔名？”

更有知情人士不小心说漏了嘴，说他们两个已经住在一起了。只是这种事太私密，说出来又有什么意思呢?

这个圈子不是每个人都毫无分寸，要让恋情时时刻刻曝光在大众视野中。

有那么一次众人皆知就够了。而且就连做到这个，也不是每个人都有足够的勇气和信心。

新家还是拥有一面巨大的落地窗，一间音乐工作室，一间放置画架，铺设了练舞用的地垫，设施比老城的那间公寓更加齐全。

许平忧工作之余，经由邓阿婆介绍，认识了一位美术老师。她偶尔会重拾画笔，当成爱好。

他们俩一块儿坐在地毯上。她放下笔抬头，像是忽然想起了什么，去卧室里拿了一个盒子。盒子里面收纳着他送她的书，装过耳钉的首饰盒，还有几张纸。

“其实我在医生的建议下偷偷给你写过信，”许平忧顿了一下，说道，“只是没有寄出去。”

她很坦荡地把信交给他。

费行云微微挑眉：“要我现在读？”

许平忧点头，弯着眼睛与他面对面坐好。

她给他写过不止一次信。第一次是很久以前，被当成了他的生日礼物。之后的全都成了她的秘密，被偷偷藏进盒子里。

你好啊。

我没想过会有这样的机会给你写信，也没想过还能这样偷偷摸摸地跟你说一些心里话，一点也不够坦荡。

就像第一次给你写信时说的那样，我不擅长表达自己，也知道自己是个不讨人喜欢的人。所以对于现在这样的情况，我其实不算意外。人都有痛苦的根源，我痛苦的根源来自家庭。可笑的是，当初的我充满雄心壮志。可现在，我不仅没有和曾经预想中的那样从中解脱，还陷得更深，成了它的一部分。

还会有解脱的那一天吗?

我想就算有，那会儿我可能也不会感到特别开心了。

因为老天就是这样喜欢开玩笑，我以为我走完了一条支线，总能变得幸运一些。事实是，总有意想不到的各种风波等着。老天总能想出一些新的、为难人的办法。

既然如此，这样也挺好的——

这样远远地看着你，偶尔接收一下你的消息。

你变得越来越耀眼，我好像也能多一点勇气。

你会一直顺利地闯过每一个关卡的。这一次不是祝福，是我知道你就是这样的人，远远比我勇敢，比世界上的其他人都勇敢。

……

几封信都是这样。她远远地看着，像一个旁观者，连想说的话都静静沉进海底，不再试图麻烦任何人。

费行云认真地读完，抬头，刚好对上她的眼睛。他想说的有很多，可到了此刻，也都没有必要说了。

他们心有灵犀，是世界上仅有的，能够完全懂得彼此的人。

“别把我想得太完美了。”费行云抬了抬下巴，手指从她的脸颊抚过，轻声叮嘱。

“我知道。”许平忧感觉到他的意图，主动将手指与他扣紧，笑着说，“我都知道。”

如果人生是一场长达几十年的RPG（角色扮演游戏）游戏，拥有一条主线，无穷无尽的支线，那么遇到的所有困难与挫折，或许都是游戏中的一部分。

这样看的话，会不会感觉轻松一些呢？

不将它们看作痛苦的来源，压力的根源，只将它们视作主角成长的经验值。你所做的每一步，都会成为这个世界变革的蝴蝶翅膀。

失败不要紧，重来也不要紧，因为关卡总有通关处。

那就祝你，闯关成功。

番外一

公开

在娱乐圈公开恋情是一件奢侈的事。

许平忧再次领悟到这个道理，还是上一回同陈辰见面的时候。

那时，她们俩出席同一场颁奖晚会，进场的剧组是前后顺序，座位也被主办方安排在一块儿。陈辰擅长交友为人又大方，仅凭随身携带的补充体力用的巧克力就轻而易举赢得在场许多同行的心。

当然，那次晚会也有些情况特殊。正值冬季，天气严寒，主办方突然出了什么岔子，许多提前到场的演员没能按时入场，白白在场外多等了一两个小时。出于上镜需求，有不少人进场前坚持饿着肚子，顶多只敢喝上一两口矿泉水。陈辰的巧克力迅速成为极受欢迎的东西，也多半是因为这一点。

她们俩坐在一排的边侧，最开始只与身边的同性同行搭话。后来不知道怎么回事，男演员那边忽然有个十几岁的男孩子静静起身，奔着巧克力而来。这个年龄的童星，说话也是很有技巧的。他先说自己实在是饿得有点扛不住，再一口一个姐姐把陈辰叫得心花怒放。陈辰索性把剩下的巧克力全给他了，小声和许平忧说悄悄话。

“还好来的是弟弟……不然的话，我还真有点不敢给。”

她的理由也很充分。

这个时代，人人皆可出镜，人人皆可对出镜人进行公开的评价。如果异性演员之间在镜头下稍微有一点亲密，哪怕只是说些话，也很容易被人借题发挥。

怪的是，那场晚会虽然状况不断，但被邀请的网红摄影师拍下的观众席照片却莫名在各大平台红极一时，成为所谓“浮华名利场”的写照。

“确实有点那味儿啊。各种风格的帅哥美女凑一块儿，大部分还说说笑笑的，加上这个取巧的角度，很难没有剧情感。”

“大家发现没，一群人扎堆，人的气质要么就要艳丽，要么就要够冷，这才显眼。”

“偷偷说一句，许平忧坐在里面冷着脸，好像那种民国剧里对荣华富贵毫无兴趣的大小姐哦……本来还说最近不想去健身房了。行吧，看到她我又有动力练肩背了。”

各种类型的博主出马，分析妆容的分析妆容，分析造型的分析造型，这张照片便又成为近期的娱乐热点。

照片中的许平优穿着白色抹胸礼服裙，头发披散成大波浪，面无表情地仰头注视着台上，姿态优雅，气质绝佳。可事实是，当时她连着饿了几个小时，正是饥寒交迫的时候，看起来一脸冷然的神色，其实只是精神放空，远没有大众所说的那么深不可测。

晚会结束，她在半夜和人吃上了热气腾腾的椰子鸡，心里才觉得算是活了过来。

事情总是一件接一件地来。四溢的香气间，曹月远隔千里给她下达晚会后的任务：拍摄一个日常生活 Vlog。公司前段时间推出歌手的业务效果不如预期，经高层讨论决定，终于愿意放下架子，将好好运营视频账号的事情提上议程。为了积攒初期的热度，旗下演员不得不全体出马。她作为目前的招牌之一，当然是最不可能逃过的。

“日常生活？”许平忧有点蒙。

电话对面的人应声过后，也不忘补充：“你应该有分寸，我相信你。”

相信什么？

接电话前，她右手边的茶杯还是空的。挂断电话后，已是满满当当的一杯。许平忧捧着慢慢地喝，心思早就因一通电话飞往别处。

吃完夜宵，她随同桌的人一起回家。进门窝在沙发上闷了半天，她苦思冥想，终于一把抓住路过的人。

费行云不意外，微微挑眉看她：“总算忍不住了？”

他蹲下来同她平视，握住她的手，显得十分耐心，故意长叹着道："不枉我等了一晚上……说吧，什么事儿？"

于是，许平忧将自己刚刚接到的任务和盘托出，顺便不忘将自己的短处交代完毕。

"但是你知道的，我不太会自拍。"

岂止是不太会，用她粉丝的话来说，宁愿让工作人员帮忙记录，也最好避免她用连光线好坏都做不出判断的技术自我记录。

她显得很虚心，抬眼看见他头上仍未取下来的夹子，拍了拍身边的座位，空出一截，准备给人重新打理出一簇马尾。费行云人高肩宽，眼睛一眨不眨地侧身坐过来。

"而且还有一点，就算会，我也不知道要说什么。"

许平忧慢慢地说，手上小心地梳着头发。

费行云懒懒散散地帮她出主意，逛逛街，聊聊美食，怎么也能混过一些时间。

许平忧知道他说的有道理，但仍然有些纠结，沉吟着低声道："可是我不太想敷衍过去。"

她的性格就是这样，本身不太会表达自己的内心世界，骨子里又有一些完美主义。如果是其他的情况还好，这种明显需要展现给粉丝看的场合，她那点强迫症就开始作祟。

她说着说着，便有些泄气。打理完了，她把下巴靠在他的肩膀上，总结道："还是因为我在生活中比较无趣吧。"

不拍戏的时候，她活得一点也不像大众观念里所谓的明星。比起出门四处转悠或是购物发泄，她更喜欢一个人安安静静地待在家里，画画或者写东西就能打发一天时间。

在这种纠结之下，就连豆豆也只能给她苍白的建议：不妨就拍拍自己的爱好，不过也要记得尽量一个人出镜，不要暴露住址。最好也不要在家里拍摄过多，避免任何风险……几条列完，条件顿时变得更加苛刻，让人头大。

好在任务下达的第三天，正是一筹莫展时，她忽然接到一个通告，前往海南出席之前代言的香水品牌的新旗舰店开业仪式。

正瞌睡有人递来枕头，在机场落地的那一秒，她心中第一次产生这样的感触。

毕竟，记录工作过程也算记录日常，而且内容更加充实，更能满足粉丝的好奇心。许平忧的心态一向放得很平。她干脆邀请毒舌造型师和豆豆一道出镜，连同妆容一起简短做了个介绍。

镜头一关，造型师便立刻直击重点："上回那张集体照片事件过后，网上正琢磨着分析你的风格呢，也没见过这么不藏私的女明星。"

造型师也有自己的八卦来源。譬如一年前，许平忧老香港风广泛受好评的那次，私下就有女星偷偷跟他打探，还要求做类似的造型。但人家只要求气质相同，不能完全一致。效果要达到，还不能给网友留下模仿的话头……

许平忧一边检查拍下来的片段，一边无奈地笑："老师，你才是太实诚了。"

哪有将其他同行的底交代得这么彻底的？

不过她听过就算了，不问姓名，只多问一句，是不是能在脖子上添一条首饰。

"当然可以……哎哟，我不是当咱公司的都是自己人嘛，"造型师收拾起手里的东西，剖析起自己的心态，"在外那都是职业打工人，不掺其他感情的。"

他看着许平忧对着镜子让豆豆帮忙戴一下项链，本来想出声，话说到一半反应过来，怪声怪气地叹息道："得，差点忘了你现在的身份不同于往日，早就跟我们这些单身贵族不一样了。"

什么不同于往日？无非是生活中多了另一个人的影子。

"我上回上微博，无意中看见不少人扒你家那一位的生活……哎哟，我怀疑她们这些小姑娘是用了显微镜还是什么，怎么这样能扒出情侣款，那样能扒出风格是你喜欢的，给的论据还看起来是那么回事。我十几岁时还追过几个天王，放现在不是连做粉丝的资格和能力都没有？"

造型师叹息着八卦完毕，潇洒地提着箱子出门，留下房间里的两位女士。

他说的这个情况的确存在。

制作人的工作主要还是在幕后，只是为了耀行在音乐市场的影响力和接触更多合作对象，偶尔到台前露个面维持热度就行。乐队现在保持的状态也比较随心所欲。几个成员的个人生活优先，闲下来再忙乐队的事。他们时不时聚一下，远离各种利益和商业纠纷，反而保持了当时玩音乐的初心。

许平忧对于公开后的生活状况适应良好，部分程度上也是受到了费行云的影响。他是属于对外界一切讨论毫不在乎的性格。如果有试图越界的不良分子，他也会毫不犹豫地想办法迅速解决，游刃有余地把握好工作和生活的边界。所以，外界哪怕再用心努力，也很难进一步探知到两个人生活中的状态。

今天的工作比出席晚会或者杂志晚宴都要轻松得多。

许平忱上一部都市剧的成绩出人意料地好，平台播放量和上星收视率都不错。更重要的是，她在年轻人以外的群体中提升了知名度，得到了一部分新受众的认可。

“哎哟……是不是最近电视上的那个小陈记者啊？”

旅游热门地从来不缺全国各地的游客。

她刚刚下车站定，就有年纪稍长一点的长辈用记者角色的名字犹豫地称呼起她。她一一笑着回应，顺着最中间的路朝商场走去。

等到店门口临近上台，豆豆朝她比了个手势，控制着镜头转过来。她就点点头，说道：“等一下工作就要开始了。”

许平忱挥挥手，主动分享道：“一般活动开始之前什么都不能吃，只能等忙完了再找地方好好吃一顿，大家待会儿见。”

等她配合品牌方做完该做的，从商场出来再次登上保姆车时，已经快晚上六七点了。她人也疲惫，换下衣服卸完妆就不想再出门，干脆就把想吃的通通叫到酒店，和豆豆、东子凑了个三人夜宵局。动筷子之前，经由豆豆提醒，她拍了好一会儿的美食镜头，心想又是一段可用的片段。

三个人都喝了点啤酒，状态微醺。

门铃响起来的时候，许平忱起身光着脚去开门。她的一只手上还戴着沾满油渍的一次性手套，猝不及防被人单手揽了下腰，即刻一动不动，嘴上急忙提醒道：“有油，有油……”

“我又不嫌弃。”费行云看着她的眼睛，很坦荡地接话。

他们俩才说两句，沙发上的两个人已经很识趣地腾出一个位置留给这位“不速之客”。

酒没有多余的了，费行云拿过许平忱喝过的易拉罐灌下一口，也不去动他们点的海鲜小龙虾一类东西，顺势加入三个人刚刚聊到的某个演员竞演类综艺节目。

这个节目最近的讨论度颇高，许平忱是出于学习的心态去看的。其他两个人则更看重节目组剪辑出的各种各样的故事线。

等其他两个人很有眼力见儿地带着一袋子垃圾告辞，留下房间内的两个人，许平忱才用手肘捅了捅他，不问他怎么突然过来，惊讶地问起其他方面：

“你竟然也会看其他综艺节目？”

费行云跟着她进了洗手间，借口要帮忙，自身后捏着她的手指慢慢地用洗手液揉搓，又慢悠悠地解释：“上次在家里有人看得饭都没吃几口，我找点共同话题而已。”

他说得许平忧有点脸红，换了个话题很直接地问：“你的Vlog怎么样了？”

网络上，费行云的形象是全能的音乐天才，性格又酷又炫，被粉丝吹得无所不能。现实中，他却黏人黏得不行，偏偏还能把这种事做得格外自然，也挑不出有什么不对的。

两个人到床沿坐下，许平忧没有办法，任由他把玩物件似的擦手指，老实道：“也只多了今天一天的工作内容。”

他又问她明天是不是急着走，有没有工作安排。得到答复了，费行云依旧不松开手，慢慢地揉捏着，抬眼想也不想地应声：“嗯，明天陪你去拍点儿能用的素材。”

许平忧：“嗯？”

她眨了眨眼，即刻解释：“我不是质疑你的能力，主要是你工作很忙……”

“你不是为这个纠结吗，还说上自己无趣了？”费行云托着下巴，打断她的理性论述，歪头看灯光下她的脸，歪理一堆，“Happy wife happy life，早解决早快乐。”

他眯着眼看她，把她看得以为自己脸上有什么东西了，才亲在她的唇边。

“顺便约个会。”

约会实在是个很妙的活动，可以让暧昧的双方拉近距离，热恋的情侣感受乐趣。

许平忧虽然演过各种各样的角色，体验了各种各样的人生。但她暂时还没能在现实生活中感受到爱情这样东西叫人不快的地方，因此很果断地应声。

人在涉及主观情绪的时候，总是容易矛盾的。比如，她分明为他从来将她的事情记在心上雀跃，但还是不能免俗地担心起他的工作。

冬季海岛的天气不冷不热，商定第二天的行程之后，他们俩便靠在一块儿谈天说地，随便聊聊最近的见闻。

费行云借着揽人的动作，探身将给她擦手的餐巾纸揉成团，扔进床头柜旁的垃圾桶里，问道：“困不困？”

许平忧还在琢磨他说的约会的事情，正要摇头，忽然眼睛眨了眨，隐约猜测到一点意思。与他对视几秒后，她小声道："如果明天要出门拍东西的话，最好还是早睡早起。"

早上人少，适合他们这样的情况出门，还可以四处逛逛，享受一段奢侈的自由时间。这是她通过一段时间的同居生活，得出的结论和经验。费行云应该在这方面和她有同样的默契，用不着多解释。

"说得很对。"

于是，对面的人放下他自己的那套歪理，大大方方地放她先去洗澡。

等夜深了，他也是洗完澡后先进入梦乡的那一个，长长的睫毛微垂，心无旁骛。许平忧侧身看着他的俊脸，一时间还有些不太适应。如果按照以往的情况，她多半还要费些口舌和心思，与他斗智斗勇……

"真睡不着？"寂静的室内，费行云的语气幽幽的，嗓音低哑。他原本老实地给她当枕头的右手长臂一捞，将人牢牢锁进怀里。许平忧仰头看他，这时才明白所谓的进入梦乡根本就是假象。可惜挣扎已经来不及了，因为理由既然摆出来了，就不得不顺势而为。

第二天早上，她醒过来后，在海边吹着风享受公主般的待遇。她被骗子哄骗着起身，哄骗着洗漱，穿衣梳头也都有人伺候。

费行云在很多方面都很细心。和她一起待久了，他对于女演员出于职业需要必须走的一系列日常流程十分熟练，早就走在时代前沿，不仅摆脱了网络上十分流行的"钢铁直男"的称号，还要什么就有什么，防晒霜和润唇膏之类的都细心地抹好。

许平忧人清醒了，报复性地要他原地坐下。她拿过他手里的防晒霜，狠狠挤出一坨，用力地往他脸上招呼。

他皮肤白，但不像她那样娇气，晒晒就变红。被折腾过后他也一点事情都没有，皮肤一如日常光滑白皙，实在是让人羡慕嫉妒恨。

费行云的脸颊明明被揉得跟面团一样，仍然坚持着同她搭话："车钥匙我跟东子拿了，想去哪儿？"

许平忧捧住他的脸，不许他假借正事脱身："随便你……坐好了，不许跑！"

他说到东子，倒让她想起今天也给豆豆他们放个假，在这里四处逛逛。

许平忧虽然嘴上说得随便，并不代表手上如此。费行云的浅色头发实在是过于惹眼，她因为之前的经验，这回帮忙修剪已经十分顺手，长度刚好够藏进棒球帽中。

许平忧戴一顶黑色的遮阳帽，脸藏进口罩下。再三尝试后，她不得不放弃最开始选的吊带连衣裙，改换成方便行动的T恤和短裤。

两个人坐上车，出了酒店顺着沿海公路开了一会儿。许平忧盯着后视镜看了看，忽然笑起来。

费行云看她一眼，她就主动解释说："我只是想起刚刚公开那会儿的事情。"

那个时候，他们俩的场面闹得很大，自然不缺嗅觉敏锐胆子又大的人跑来跟车。她那个时候人在剧组，其实也没有觉得有困扰，顺口向他提了一嘴，过了几天再没有可疑车辆出现过。她事后问起，也只得到言简意赅的威逼利诱四个字。这风格很利落，很费行云。

许平忧将车窗稍微按下一点，伸了个懒腰，慢慢地说："真难得啊。"

难得能约一次会，难得能这么没有顾忌地四处转悠，像学生时代一样。

车在一处沙滩上停稳。她本来在网上搜过一些介绍，正要下车，忽然被人拦住了。她疑惑地转过身，视线对上驾驶座处的相机镜头。

"不急，你刚刚查的，介绍一下。"

费行云显得很专业，要她暂时摘掉帽子和口罩，引导她留下Vlog的素材。

午饭时间，他们俩随便找了一家本地菜馆，坐在最不显眼的位置，成为普通游客的一部分。饭菜好不好吃不评价，但拍摄一定是要的。

许平忧经由指点，状态越发放松，自己也有了一些想法。在爱好者的指点下，她一路对着花树风光拍了许多，水平远比在东京拍樱花树时高出不少。下午的时候，两个人再次进入昨天她到过的商场。只是这一次，她的身份截然不同，一身轻松。没有人的注意力专注在他们身上。他们除了个头身形，也都是寻常得不能再寻常。

他们俩在审美上一向不是一个风格，但都很擅长为对方挑选东西。

她要选一顶帽子，他就选好一枚胸针。本来只是纯粹的挑选活动，后来变得好像竞赛。许平忧不得不主动提出条件，不能超过三样，东西在精不在多。

出门时，费行云临时接到一通电话。一个女生似乎认出了站在一边的许平优，神情有些激动。许平忧比了个"嘘"的手势，答应了对方的签名请求。最后，两个人轻声挥手告别。

她坐上车交代完毕，又忍住笑，继续道："不过，她好像没认出你……也可能认出来了又不太确定。"

费行云牵过她的手摩挲一下，说道："说明你新设计的造型很成功。"

车自停车场重新驶入沿海的柏油路面。

"还想去哪儿？"费行云问。

她想了想，最终决定再去看看海。白天的时候限制颇多。这会儿天色暗了，人渐渐地散了，反而才是最自由的时刻。

海浪翻涌，蓝白交接，她和他牵着手光脚走了一会儿。费行云忽然松开手，很专业地到前方举着相机对着她，充当起摄影师。

"笑一下，对，就这样。"

"抬手指指夕阳……朝我跑过来，嗯，很好。"

他那一套艺术思路放到拍摄里好像很成功。

两个人站在浪花中，人影融进夕阳里。四周偶尔路过的三三两两的情侣和独行人，大家一同构筑起这片小世界的宁静气氛。

他们在酒店房间和豆豆、东子会合，晚饭时一同前往酒店餐厅。费行云检查着白天拍摄的素材，忽然对豆豆说："Vlog 的剪辑能交给我吗？"

豆豆刚和餐厅确定完座位，不由得一愣，说道："可以是可以。"

她看一眼许平忧，明显有些忧心，试图找一位说得上话的援兵。

没想到许平忧说："他要免费打工就让他去嘛。吃亏的是耀行，不是我们。"她眨眨眼，同费行云对视。他微微挑眉，两个人一切尽在不言中。

东子乐了，拍拍豆豆的肩，坦然地说："你看看你，又操心操错地方了吧。"

豆豆叹了口气，反省道："是我忽略了情侣之间的默契。"

当时他们俩演唱会公开不也是这样？要说胆子大吧，偏偏还能有个度，留给他们做各种后续反应的空间。唉，不如就随他们去吧。曹姐那边之前也是这么说的，公开了会有一些麻烦，但能省掉更多的日常麻烦。这就是这个圈子的道理。

四个人出了电梯。费行云走进包间，自然地先为身侧的许平忧拉开座椅，继续交代道："剪完了我让她直接发给你们。"

"明白。"豆豆点头，心思已经放到了菜单上。

今夜不同昨天，明天要飞回去，不适合再做亲密的事情。等回到房间，许平忧干脆选择一边看电视剧，一边围观费行云玩了会儿游戏。中间困倦了，她就倒在他的肩头，晕晕乎乎地打起瞌睡。

她的意识渐渐模糊，只记得中间有人帮她抽走手机，带她躺进被子里，和队友交代了几句什么话。

“你们玩儿，我陪家里那位先休息了。”

昨天他称呼她“老婆”，今天是“家里那位”。

许平忧沉进梦乡，却感到自己脸上不自觉地挂着笑意，将头埋在他的肩膀处。

Vlog 发布当日，刚开始还是一片风平浪静。

许平忧每个月都会发一些营业用的小视频，只不过这个月换成了一个Vlog。评论区无论新粉老粉，大家都很高兴，也很给面子。

最开始注意到背景音乐的人并不多，大家更专注在画面和人物本身，讨论着许平忧的私服，以及她的一些可爱的小习惯。比如，她时不时习惯性地出神，遇见喜欢吃的菜不会说，只会默默地专注在那道菜上，不注意的话根本看不出她挑食……

不过相比还心存疑问的许平忧的粉丝，微博上“幽默 CP”超话的人更加敏锐，迅速给出一条分析思路。

“你们难道不觉得，Vlog 里小忧闲逛那段，特别特别的……男友视角吗？”

“说实话，有一段镜头，自上而下那个视角，我就心想，我本人一米六终于也有机会体验到一米八五以上的视角了吗？谁是这个身高不用我多说吧。”

“朋友们，我确定了，这背景音乐网上真的搜不到，也不是什么国外作曲家的曲子。”

“那，那真相不会真的是我想的那样吧？”

“嘘，我觉得就是那样。而且可能不仅仅是你们想的那样。”

“无语了，我之前还在抱怨说，他们俩平时太低调了，搞得只有我们这帮人品得出他们俩细节的秀恩爱，一堆路人等着看他俩分手的消息。今天这Vlog 反而给我看气顺了。他们爱议论就议论去吧，我们小情侣连拍个 Vlog 都分不开呢。”

“BGM 连个署名都不留，真舍得啊，这就是真爱吗，麦子……”

“情况远比这还要夸张。”

……

因为这些猜测，许平忧的 Vlog 没有登上热搜，但仍在许多关注娱乐圈的路人中引起了一定程度的讨论。

休息室后台，豆豆和发现了这些讨论的造型师坦诚交代，什么拍摄剪辑由人一手包办，她这边其实只做了个中转的工作啦……

造型师开始还嗑着瓜子，后来瓜子也不嗑了，瞪着眼讶异道：“费行云看起来长着一张四处留情的脸，本人是这样的性格？”

他不知道两个人更多其他的曲折，会这样想也难怪。

“也不算吧。”豆豆想了想，盯着屏幕上的人说道。

临近跨年的节目，许平忧作为青年演员的优秀代表，今年终于凭借上星的都市剧，和另一位男演员担纲了朗诵节目的中心位。

屏幕上的人像一朵清丽的百合，远远看不出生活中点滴的生动。

他见证这些生动的由来，也见证她的一路成长，越发变得成熟。

“费老师只是分人。”豆豆想了想，忽然笑了，“而且要这么说的话，其实我们平忧也分人的。”

她想起许平忧开玩笑说让他免费打工时的神色，与电视上的大明星完全不同，有的仅仅是许平忧这个人的可爱处。两个可爱的人在一块儿谈恋爱，总是让人不自觉地受到感染。

她能做的，显然只有认真工作，做好该做的。

“少看网上的营销号，多看看平忧平时的表现啊，李老师。”豆豆清了清嗓子，认真地说。

晚会过后，许平忧换下礼服，直奔家里而去。

快到跨年的日子，她先和冉冉通电话，确认自己要带的东西，和电话那边的费行云说：“你要吃的甜品我都买了。”

费行云直接发来两张照片，真巧，怎么他也不忘打包一份她爱吃的椰子鸡。她望着窗外的霓虹，脸上的笑容非常真诚，低声说：“我马上到了。”

“OK。”

费行云用语音回她，这次换了一张照片——是他对着镜头的自拍，状态挺酷，懒懒散散地坐在地毯上。可他身后的屏幕，是她在晚会一群演员中站在前排，也算合照。

许平忧想了想，重新发了一条语音过去：“我马上到家了。”

她看见窗外商场一闪而过的红色装饰，不禁笑起来。

“到时候我们再正正经经地合照一张。”

番外二

吃糖

“最近刚好有兴趣研究了一下娱乐圈官宣过的情侣们，也打算专门做个主题。本来前几对都还行，结果研究到许和 Max 这儿的时候，看了半天，还是有点没弄懂他们两个人的感情时间线……我对他们俩这种完全不是一个圈子里的情况还挺有感趣，有没有粉丝能帮忙介绍一下？”

这条微博是在一个深夜出现在“幽默 CP”的超话里的。

那时候，距离两个人公布恋情已经过去了一段时间。

看热闹的人散了大部分，但还有一些残存的大众热度，大概能算处在所谓的温和期。

提问者是一个影视娱乐博主，平时主要做各种各样的圈内八卦复盘视频。因为写稿措辞风趣犀利，视频从来都是用证据说话，和营销号喜欢夸大其词的风格完全不同，在各大平台都拥有不少粉丝。这样一个人，做情侣主题自然也很讲求真凭实据。在评论区迅速聚集了大量粉丝的情况下，他不仅很有耐心地回复了好几条直接给视频和细节分析的网友评论，还在看完之后，很认真地继续发问。

“想来想去，主要还是《寻梦餐厅》第一期给我带来的困惑。根据我的观察，节目上他俩的状态如果要说处于暧昧期也说得通，说热恋期也说得通……”

要说多亲密也不是，可要深扒，也能发现许多不同寻常的细节。

“博主这就不知道了吧？”

此话一出，超话中常年活跃的粉丝们当然不会错过为人答疑解惑的机会，纷纷再次出现在评论区。

“他们俩的妙处就在于，你永远无法知道他们确切的感情时间线。而且真要说的话，粉丝群体里几乎每个人的看法都不同，也没有确切的结论。可以说是《与恋第二次接触》，可以说是杂志晚宴，可能是探班被拍到，可能是《寻梦餐厅》，甚至可能是高中时期，是传说中麦哥刚刚组建乐队的时期……这一切都是因为，他们俩做事的默契度太高了。何况如果说难听点，这俩兔崽子不管什么时候，什么地点，都能很自然地演到一块儿去，为难的只有我们这些粉丝。”

“当然，也有部分可能是因为他俩在 Live 搞事过后，都专注地搞自己的事业了，没什么曝光度，没有给人继续研究的空间。”

“唉……如果能再在公开平台看看他们俩相处的模式该多好，可惜现在公开了，感觉再一起上一档节目应该挺难的。”

粉丝们哀叹惋惜，玩笑话说过了，大多数也都是苦中作乐。他们自认为对两个人的性格了解颇透，当然不会料到几个月后，这样不切实际的愿望，也有阴差阳错实现的一天。

那天正好是冬天里难得的好天气，时间也不过刚到二月份。

密闭的办公室内，只有王延和费行云两个人。

前者如今家庭事业双丰收，在办公桌后面坐着，先是颇为高调地拿出手机炫耀了一番女儿的照片和视频，一家三口的合照，然后盯着大屏幕哀叹半晌，最后长吁短叹地说着：“唉，我的日子倒是好过……可惜啊，有些人今年的年应该不太好过。”

他是娱乐圈中的商人，商人自然就有最准确的消息来源。

被下结论的费行云看着手机，头也没抬，对他那番炫耀左耳朵进右耳朵出，干脆利落地挂上耳机，继续心无旁骛地敲打着键盘。

手机在桌面振动，他扫了一眼跳动的萨摩耶头像，接通微信电话。他没在耳机里听到预想中习以为常的“喂”，而是开门见山的一句：“你现在忙吗？”

许平忧语气平淡。

费行云手上的动作一顿，朝办公桌后的人比了个“暂停”的手势，悠然道：“还行。”

“哦……”电话对面的女声拉得更长。

费行云笑起来。他一笑，语调就不怎么正经，懒懒散散的：“是直播还是采访？”

他刚刚问出声，立刻就听到电话对面传来一声没控制好的惊呼声：“太厉害了吧，小费。”

通话中忽然出现素未谋面的其他人称呼他“小费”，费行云也不介意，一概应下。接着，对方问他怎么发现的情况。他的目光从办公桌后瞪眼闭嘴的王延那儿滑过，十分从容地说了四个字：“随便猜的。”

许平忧说话的语气是否有和平时不一致的地方，一般人分辨不出来，对他来说却像吃饭喝水一样简单。可这显然没有说出口的必要。

这通电话虽然来得突然，但好在只是一档美妆节目，策划内容也很寻常。

队伍比赛的环节，许平忧抽到给微信中排名最前的一位异性朋友提一些美妆小问题。如果他答对了，许平忧所在的嘉宾队伍就算获胜。

于是，在接下来的聊天中，一系列的图片问题纷纷砸过来。

“请在图片中指出哪个颜色是死亡芭比粉？”

“以下哪个唇色更接近所谓的 MLBB 色？”

“现在流行的‘早 C 晚 A’护肤概念中的 C 和 A 分别指的什么？”

诸如此类的选择题被摆到正在沙发上摸鱼的他面前。他的声音和语调听起来不在状态。可答到最后，费行云听见许平忧强自忍笑，同样也听见提问人犹疑的语气。

对方慢慢地说话，深吸一口气，很有点拷问的意思。

“虽然这样问很冒昧，但我还是想问一下……平忧应该没有跟你透露题目吧？”

他还假装沉思了一会儿，答得极坦荡，极直接：“她一直和你们在棚里，应该是没有那个条件的。”

假如没有透露题目，那他的这些知识来源于谁，也有点不言而喻。说者无心，听者有意。到了这会儿，但凡有点娱乐敏感度的编导都能立刻反应过来，迅速抓住这份送上门的热度，在节目录制结束以后向剪辑师叮嘱了一番。

结果，就这么一档普通的美妆节目，新一期上线当日，迅速被慕名赶来吃瓜的群众占领了评论区和弹幕区。

节目中涉及的美妆技巧和护肤知识无人讨论，反而是两个人通话的那一段，被许多有心人截出去迅速传播开来。

“不是我说，短短几分钟的答题时间，信息量真的很大……而且，这还是建立在节目组可能有所剪辑的情况下。”

“第一，Max为什么能在接到电话的第一时间就反应过来可能是节目环节；第二，这还是两个人自从官宣以来第一次在节目上互动。说实话，模式挺出乎我的意料的；第三……好吧，为什么他比我懂行啊！！我都是看了八百个美妆视频才记住了这些。无语了，女大学生做选择题不如音乐制作人！”

“那还能是被谁影响的？只能说他们俩平时在一起相处的时间应该很多，一起看些视频也很正常，根本不是很多人揣测的聚少离多的异地恋。就算异地，至少也是每天交流，才会发现对方电话中的语气不对。”

“谢谢楼上的朋友。”

“我也有点没想到，他们俩原来是这种细水长流式的情侣模式啊。麦哥Live现场那么高调，搞得我脑补两个人也跟电视剧里一样，不是浓烈的爱恨情仇不算谈恋爱……”

“有很多想说的，但想来想去，发现都不如一句质朴而纯粹的‘祝长长久久’。”

……

热度渐渐升高，关于这期节目的讨论，两位当事人却没有那么多的精力去关注。

托上一部上星职场剧的福，许平忧今年的春节假期很有可能泡汤。各大卫视纷纷向她这样一位身处上升期的青年演员抛来晚会的“橄榄枝”。其中甚至包括全国瞩目的除夕夜现场直播。她即便再想把生活过得轻松随意一些，也明白这样的机会千载难逢。

冉冉在电话中显得十分兴奋：“今年能在电视上看见姐姐？”

许平忧给的是肯定的答复。

冉冉小声说道：“其实……应该也挺辛苦的吧。”小孩子从来直率，想到什么说什么，“辛苦的话，就不能不去吗？”

那肯定是不行的。

她自首都飞回上海，才在机场坐上车，脑子里浮现的又是冉冉稚嫩的声音。

电话中，李姿玉最后沉静地说道：“小费家那边，我想找个机会……”

确认关系已经过了这么久，李姿玉早就听说了邓阿婆同费行云的关系。

她有自己的考虑，话说到一半没说完，最终还是沉默片刻，说等她不忙了再谈。

许平忧其实明白李姿玉的意思。

就网络上最近热议的，所谓两个人的感情时间线而言，其中有部分已经可以说相当接近真相。只是再接近真相，也不可能算到他们俩从那么小的时候起就认识了。

时至今日，谈及这件往事，许平忧心中仍会不可避免地生出一种复杂的情绪。

既不是纯粹不想回忆的逃避，也不是彻彻底底的释怀。这种情绪很难用词语准确地概括，也并非简简单单的一句正面或者负面情绪就可以总结。

她有些出神，对着窗外的霓虹看了一会儿。车子一路行过，最终霓虹变作熟悉的楼栋灯火，定格在视线内。视野内的景色变得格外熟悉，许平忧不禁心中一定，收回思绪，主动在门口同豆豆告别，约好后天一大早再见面。

为了保证生活不受外人打扰，他们的新家选址在了靠近城边的别墅区，环境清幽，独门独户，最适合没有工作时凑在一块儿打发时间，放松心情。

费行云比她先一步到家，已经准备好了晚饭。这段时间以来，他在烧菜这件事上进步比她大得多。从西式简餐一路进步到中式家常菜，他做决定也更加果断，不需要像她一样在行动之前先犹豫半天菜单的选择，轻而易举就能满足两个人不同的口味。

门内场景和预想中的相差不大。他们俩都不喜欢特别华丽的装修风格，当时就决定极简风，舒适为主。

玄关处摆着的花换了新的，饭菜也像刚刚车上聊天时说的一样早早上桌，桌布也是崭新的，一切都井井有条。可这些她进门时都没来得及细看，一眼便瞧见了沙发后背处脱下上衣的身影——有人大剌剌地背对着她。

费行云精力充沛，常年在各种运动上花费时间与精力。他是天生的衣架子，肩宽腰窄，肌肉恰到好处，线条薄而紧，肤色偏白，在灯光下看起来赏心悦目。饶是她早就在各种情况下见过许多次，仍不可避免地心跳漏掉一拍。

“嗯，回来了？”

他的家居T恤刚刚套到脖颈处，换到一半，听见门口的响动，转过身抬眼看她，丝毫不介意自己当下的状态，神情坦荡又散漫，声音隔着布料显得朦朦胧胧。

许平忧敛神点头，故作镇定地将包挂好。回身时，她刚好看见他胸口处的T恤花纹，神色一怔，立刻眼睛发亮。

刚刚那点儿因男色产生的悸动迅速消退，她即刻加快脚步凑过去，很认真地给出一句点评：“好看，很适合你！”语气格外坚定。

这是前几天录制综艺节目时，她顺便在当地购置的家居服，款式上没什么特别的，唯独正面有一只巨大的可爱版杜宾，眼睛水汪汪的。许平忧看过一眼就记下了。节目录制完毕，她去买下的时候，也没想到这位男士竟然真的会这样十分配合地主动穿好。

那时的费行云头发还有些湿，发型乱糟糟的，全然没有平日里我行我素的潮男模样，穿这件T恤很适合。

她刚要踮脚，对方就有所意会，“唉”了一声，弓着腰乖巧地供她上手，有种实在没办法的感觉。

许平忧分明是想揉两把他的头发，还要装作帮忙整理发型。得偿所愿后，她强调：“真的很合适！”

“知道了知道了。”

费行云不戳破她选择这件衣服的小心思，一开始还比较认命地答话。两个人的眼神一对上后，气氛又不自觉地开始发生变化。

网络上对他们俩的关系定义有千种百种，但至少有一个共识非常正确，那就是默契。既无论场合，也无论时间点。

就像这会儿，许平忧的直觉起了作用。她心中警铃大作，同时往后退一步，正好错过他揽腰的动作，认真地说：“有点饿了，先吃饭。”她现在已经很会软硬兼施，说完这句，又十分诚恳地道，“我今天拍了一整天，只吃了一顿早饭。”

话都说到这个份儿上了，听者也不能不讲人性。

餐桌上，费行云准备的两菜一汤对两个人来说绰绰有余，温度也正好，不需要再热一次。

许平忧最近时不时就有直播上镜的需求，索性放弃吃主食，菜也不敢吃得太多。费行云就将她盛汤的碗很自然地接过去。打扫完残局，两个人一同将餐具收进洗碗机。剩下的米饭也有用处，明天可以用来炒饭，软硬程度也很贴合他们两个人的喜好。

填饱了肚子，也就没有了借口。

等许平忧漱完口，换好睡衣从主卧出来，才到客厅，就被人一把圈住手腕按在墙角，故作凶狠地亲在唇边。他心满意足后，将她被引到沙发边坐好。

身着家居服的潮男要她坐在他的腿上，甚至特意将头发彻底吹干，贴心得很。

许平忧身心放松，并没有不适，自然而然地圈住他的脖颈坐稳。思虑片刻后，她才主动问道："一直想问……这样你不会不舒服吗？"

"又小瞧人。"费行云眉头一扬，下巴抬了抬，把头摇得如同拨浪鼓，又示意她将电视打开。

临近过年，电视上传来往届晚会重播的声音。

因为接下来的工作安排，许平忧最近格外挂心与晚会相关的一切。她刚要顺着声响转头，就被人捏住下巴，四目相对了一会儿。她还没说什么，他的手指已经从她眼下轻轻抚过，显出和平时神色做派完全不同的爱怜。

作为一名职业女演员，许平忧已经算是比较注重自己的状态，也很重视护肤。但这几天，她仍不可避免地因为休息不够眼下出现一点乌青。

"累？"他问得言简意赅。

许平忧刚要摇头，又顿了一下，靠在他的肩膀处，默不作声地点了点头。

"累也没办法……"她任由他摆弄她的手指，闭着眼喃喃道，"机会这么好，总不能放弃。"

节目还在筛选过程中，她也不是百分百确定能登台。但她很渴望舞台，毕竟每个人都希望事业往高处走。

许平忧便又聊起今天接到的冉冉的电话。小姑娘虽然在最后乖巧地宽慰她，但明显更对有可能在屏幕上见到她而高兴。她也问及他们两个人今年什么时候回老城，要到机场接他们。

费行云没有出声，安安静静地听着。直到许平忧抬手捶了他一下，示意他说话，他才慢悠悠地道："我肯定听你的。"

他的话没说完，即刻转了个弯："王延之前还在说呢。"

"说什么？"

他卖了个关子，拿了个橘子递到她手边才继续道："说我这个年可能会过得不太好。"

许平忧愣了愣，眨了眨眼，手上动作没停。她立刻表明真心，将剥好的橘子放回他的掌心，将橘子皮放到他的另一只手上，说道："要是节目选上了，时间也应该很靠前。到时候，我肯定会尽量连夜赶回去……"

可能是因为两个人曾经因为误会错过太久，现在她总是在解释这件事上极为认真，尽力避免一切误会。费行云看着她的眼睛，将橘子掰开，选看着最甜的一瓣塞进她嘴里，说道："他那是以小人之心度君子之腹……真要说的话，我是担心你。"

今年春节，他们最开始计划一同回老城。除夕夜陪着家人过了，他们再考虑见面或者两边聚一聚的事。不过计划赶不上变化，许平忧的工作安排一出，很多提前做好的计划就都得作废。

"担心我？"许平忧嚼着橘子，唇齿间酸甜四溢。她舌尖尝着甜味，心头也是甜的，说道，"我还好吧，其实也就是忙几天，忙完了也能休假……"这会儿不用太讲究，吃着东西说话，吐词不清也没什么，毕竟是对着自己人。

费行云却没急着回答。他继续着手上的投喂动作，宛如投喂一只乖巧的猫咪，耐心十足。到最后他才慢慢地开口道："我的意思是，你总是为自己以外的人想得更多。"

他擦过手指来捏她的脸，慢悠悠道："我更希望你能为自己考虑多一点。"

许平忧瘦了不少。

可能是因为她自从出道后，身材长年保持在一个状态，自己也有很高的要求，一般人看不出。他却能从方方面面感觉到她的疲态。譬如说黑眼圈，譬如说更加纤细的手腕，更薄的后背……

他忽然问："你除夕夜就要赶回去是因为什么？"

许平忧没绕过弯，还在琢磨他的意思，想也不想地答道："家家户户团圆的时候，总不能家里就只有她们两个人在。而且，第二天还能提前见你……"

他无奈地捏她的下巴："你看看。"

他不说要她看什么，率先揭晓答案："每次要安排什么，一定都会以别人为主。"费行云一改往日的不正经，认真地说，"你应该学得自私一点。"

许平忧没想到他指的是这个，本想用一句自我保证来回答，结果沉默片刻后，倒回他的肩头。

她是想起了回家路上的那通电话。

许平忧当时还有些迷茫。被他这样一说，她反而搞清了自己当时的复杂心绪从何而来。

她在少女时期心中确实留下了无法完全释怀的心理阴影。因此，哪怕知道李姿玉后来的不容易，她仍然不愿回忆过去的生活。这点在她与费行云在一起后越来越明显，影响了她的生活态度，却还没有渗透进她的做事风格。

许平忧想得通透了，将回家路上的那点怅惘吐露了出来。

“可以多尝试说‘我想’。”

费行云若有所思，听完后建议给得也很实际，并不要求她即刻面貌一新。

许平忧主动从他膝上下来，和他并肩坐好，倒在他的肩膀上。她想来想去，想到最有可能在当下实现的，说道：“那我还想吃个橘子。”

于是，这天晚上的一切都变成酸甜味。

费行云在不久前完美通过了各种护肤美妆小测试。她说她不想动，他就负责了全部的后续工作。趁着敷面膜的工夫，两个人坐在地毯上拼了会儿拼图。许平忧渐渐有些发困，也就任人带去收尾。

她被人抬着下巴吻了一会儿，唇瓣接触间迷迷糊糊地说一句“我想睡觉”。没想到她当真受到优待，被人抱至床上躺好，调整成最适合入梦的姿势。

这段时间以来，许平忧每天不是在拍摄，就是在赶赴拍摄地的路上。她只有路上的时间可以用来补觉。她沉沉入梦，费行云就拍着她的背，像哄小孩子。

许平忧第二天醒来，入目就是她亲自挑选的那只可爱版杜宾小狗图案。

她反应了一下，立刻将人靠得更紧，嘴里含糊地说：“我还想睡一会儿……”

许平忧睡眼蒙眬，拉了拉他的衣服领口，补充道：“你陪我吧。”语气近乎撒娇。

费行云哪里有不从的份儿。他吻她的耳郭，吻她耳朵后的肌肤，只用动作给予回应。

等两个人终于下床，时间已经临近中午。

炒饭和葡萄汁应付过一餐，许平忧身心处于最佳状态。她进到房间里摸出画笔，费行云就抱着笔记本跟进去，不知道又从哪儿拿出一只盒子，说是给她前段时间写词的稿费。

“也是提前给你的新年礼物。”

他是很潇洒的，坐在地毯上，托着腮瞧她。

一只胸针。他显然考虑得很周到，样式也是合她心意的。

“除夕就让它替我陪着你。”费行云将手靠住她的膝盖，仍穿着那件杜宾家居服，得意地眨了眨眼，“我可难得这么大方。”

更晚一点的时候，他开车陪她出去兜风。两个人漫无目的地走走停停，晚饭在一家意大利餐厅解决。

她再次早早地躺在床上，本来望着面前的男色还有心要做点什么，他临时起意，说要给她讲故事。

故事本身只是再平常不过的童话，但费行云另辟蹊径，放了首他写的轻音乐做背景音乐。他也不讲王子公主幸福美满地生活在一起，而是让骑士骑马持剑带着公主私奔，四处闯荡冒险，路遇各种奇人逸事……她听着听着，面上带笑，心中也笑，不知不觉再次沉进梦乡。

除夕前一周的时候，电视台那边传来节目正式过审的消息。

因为早有准备，许平忧听到这个消息内心很平静，只给豆豆和曹月打了个电话庆祝了一下，又向身在老城的李姿玉略作交代。

“对，我除夕就不赶着回来了，”她心里很轻松，“嗯，我休息好了再回。”

豆豆跟着她四处奔忙，是陪她最久的人。看她重现最佳状态，豆豆感叹道：“还好你中间回去休息了几天。不然，我真的担心这个强度的工作会不会……”

“这得谢谢小费老师。”许平忧说道。

豆豆对此也颇为习惯，只当她这是客套话，说道：“是是是，多谢费老师。”

几天后的电视台彩排，许平忧遇见一位以前合作过的女演员。对方对她最近的感情状态有所耳闻。两个人聊了两句后，对方就没忍住提及之前那段流传甚广的美妆节目视频，羡慕起她家那位音乐人没有一点不食人间烟火的样子。

不食人间烟火？她想，费行云跟这个词距离太远了。他远比她更懂得如何发现人间烟火中的趣味。

除夕夜，许平优的造型是一身简洁大方的红色，衬衫短裙，头发束成丸子头，胸口处别着一枚胸针。她和其他几位演员一同站上舞台，配合地展示起这些天的歌舞成果。

节目结束，刚从电视台回到酒店，许平忧就让豆豆和东子即刻回家。她自己简单冲了个澡后，倒头就在床上睡了过去。

第二天，许平优只身一人拖着箱子回家。才开门，她就注意到了餐桌上摆着的一些礼物和特产。

“姐姐！”冉冉从沙发上跳下来，欢呼着扑进她的怀里，又主动揽住她的脖子。注意到她的视线，冉冉悄悄说道，“是小费哥哥昨晚送过来的。他说今年你不能回来，他也不方便久坐，就带了这些东西过来……”

冉冉说着说着将声音压得更低：“妈妈和他还聊了几句。”

原来如此。

许平忧也不觉得奇怪，并不接话，而是笑着将她抱起来，说道：“哎哟，真好，我们冉冉又长高了。”

初五这天，两家人在一起吃了一顿饭。

饭桌上的双方基本都是女眷。包间内，冉冉专心吃饭，费女士从来做的比说的多，不是特别爱说话的性格。李姿玉也像有什么心事，也不多说话。反而是乐呵呵的邓阿婆，成了最主动说话的人。

在这样的情况下，费行云依然从容不迫，在其中担任了引领话题的角色，并没显出任何的不自然。

一顿饭吃到最后，李姿玉终于没有忍住，主动起身，向邓阿婆和费女士道了歉。她说的是当年小卖部发生的事情，也不找什么借口，态度诚恳，送上一份带着的礼物。

双方有心和解，这些就都不是什么大事。邓阿婆脾气也温和，笑着道：“没关系。事情过去这么多年了，早就忘了。”

她顿了一下，叹息着补充道：“虽然老话说苦尽甘来，可平忧这孩子这些年也挺不容易的。”

李姿玉动作僵了僵，到底没说什么。

一顿饭毕，费女士让费行云驾车送她们回去，自己则开车载上邓阿婆走了。

一路上，李姿玉重新变得无话。费行云将她们送至楼下，并没有提出上楼。

三个人到了家里，冉冉嚷着去开电视，李姿玉就将许平忧叫进厨房帮忙。可说是帮忙，李姿玉也没让她做什么事，只是和她在阳台上面对面站着，深吸了一口气。

“其实小费说得对。”她的肩膀忽然放松了许多，说道，“我最应该道歉的不是别人。”

阳光下，李姿玉看着她的眼睛，缓缓道：“对不起，是我太自私了。”

“虽然现在说这些不仅晚了，也有亡羊补牢的嫌疑，”李姿玉的站姿难得不那么刻板僵硬，神色逐渐柔软，声音微颤，“可我的确应该跟你道歉。

该说的话，早该说个明白。”

许平忧想，她分明知道这个世界上没有完美的人。

没有完美的人，费行云也说过，要她不要将他想得太完美。可她仍会不自觉地给他贴上一些没有缺点的标签。她在李姿玉的默许下出了门，跑进电梯，到了小区门口，隔着帽子和口罩，一眼就看见了丝毫没有挪动的黑色轿车。

费行云隔着车窗看见她，主动将车窗按下，挥了挥手。

等她上车，他还没来得及说话，就被人扑了个满怀。

“哎哟，难过了？”他揉揉她的头发。

许平忧摇头，声音闷闷地道：“你在这儿是怕我心情不好吧？”

所以他才等在这儿，好像早有预料。

费行云笑了，低声道：“是也不是。”

他们一同驱车回到老城的那处公寓。

在公寓中，她在练功房里收到了他送的新年礼物——一本素描本。

除去彻底撕碎的部分，素描本的每一页都被补好了，封面完好如初。他放在这间公寓保存了很多年，从不曾给人看过，在一切都有结果的今天正式交还给她。

许平忧不知道要说什么。

或许，其实什么都不用说。

网络上关于他们的情感时间线有很多种版本，唯独漏掉了可能性最大的一种——她从一开始就将他看作特殊的那一个，不知不觉地喜欢上他，然后靠近他，最终被他接纳，被他包容。

仅有两个人的公寓，在他们重归于好的地方，费行云捧住她的脸，热烈地亲吻她的眼角、睫毛、泪珠……

“费行云。”她主动叫他的名字，吻他的唇，“我真的很爱你。”

“真巧。”他低低地笑，声音很沉，语调轻柔，动作却不温柔。因为她的话，因为这个终于得以空闲的时间点，他变得更加肆无忌惮。

“我比你多一点。”

爱你，就多一点。

番外三

特别

我是一个很喜欢对别人的关系下定义的人。

在意识到自己的这个缺点之前，我已经在社交平台上经营了几年娱乐账号。

这也很巧合，我经营这个账号，最初只是因为自己的八卦心和追剧爱好，加上大学时学了些修图和剪辑的技术，用在和别人分享娱乐圈相关的消息上正合适。只是没想到，这几年娱乐事业蓬勃发展，我也乘上这股东风，渐渐拥有了一定数量的粉丝。慢慢地，这竟然也成了自己的一份副业。

当然，我曾经有一段时间为自己的独具慧眼自满过。

不仅仅是因为能敏锐地嗅到娱乐圈的风口，还因为旁观了太久娱乐圈各种各样乱七八糟的事情。久而久之，我总结出了一套自己的思维逻辑。

譬如，所谓一对娱乐圈的地下情侣，不一定当真就是情侣，还有可能是为了配合炒热电视剧，双方联手放出来的消息；一对在综艺节目上显得恩恩爱爱彼此尊重的夫妻，也不一定就是真正相爱，还有可能是爱已经耗尽，只是为了维持公众形象，不得不“演”下去；一个形象完美、风度翩翩的偶像，很可能在生活中是完全不同的另一个人，总喜欢借助明星身份耍大牌……

所以，最开始看《暮暮朝朝》的时候，我其实已经对其后的发展有所预料——一对事业上都需要发展的男女演员，如果爆出一点所谓的绯闻，那都是很正常的事情。

毕竟，我喜欢这部电视剧，喜欢其中的男女主角，喜欢编剧所构造出的这个艺术世界。我为角色之间的绝美爱情心动，却没必要成为他们扮演者热度中的一部分。

角色是角色，演员是演员。

许多一同看《暮暮朝朝》的博主已经开始执着地探寻许平忧和方沐的私人关系，甚至开始进行所谓的批判和站队。我却仍旧专注在剧中的郡主和将军角色上，哪怕后面一时半会儿走不出来也没关系。这个圈子拥有完整的剧集产业链，很快就会有新剧出现在观众面前。我也可以顺顺利利地将大家的注意力转移过去。

果然，之后的过程虽然和我想的不一样，但结果是相同的。

《与恋第二次接触》作为平台的重点综艺节目出现在了我的每一个社交平台上。热度如此，我哪怕是为了维持我副业的欣欣向荣，也必须走在粉丝前列先去探探路，容不得继续执着于上一部古装电视剧。

后来想想，这可能也在事实上成了我第一次了解许平忧本人的契机。

在这个节目之前，我虽然已经看过许多有关她的采访，但对她的形象仍不可避免地感到模糊不清。她是一个很敬业的人。但与此同时，她似乎并不乐意对公众展示真正的自己，话少又内敛。即便是问及她本身的问题，也会被她巧妙地绕过，重新回到她的工作上。

巧合的是，《与恋第二次接触》作为一档素人恋爱综艺节目，本身与许平忧相关的内容不多，却让我第一次听到了她个人许多比较主观的观点。

譬如第一期时，她在主持人的问话下，不自觉地显示出对于爱情的悲观。这刚好与节目上的另一位男嘉宾截然相反……

男嘉宾？我几乎是在看到这个男嘉宾的第一眼，脑子里就立刻蹦出一个想法——这个人最近肯定要大红特红一段时间。

至少，他的脸会红上一段时间。

我这样肤浅地想，也这样顺从颜控的本能，即刻肤浅地在搜索框里先后输入了他的中文名和英文名：费行云，Max。

大量的资料映入我的眼帘。

没想到，这样一个我从来没有关注过的、算得上娱乐圈帅哥中遗珠的存在，人家早就有另一片闪闪发光的天地。什么地下乐队，朋克摇滚……也是了，会在节目上穿得那么有个性的人不多，除非是我行我素的音乐人。

许平忧，费行云，这两个人的名字第一次并列出现在我的稿件当中。不过那个时候，这也仅仅是作为一档节目的争议之一，作为我要探讨节目内容本身的材料之一。

节目组不安好心，故意将第一期的他们剪得火药味十足。我将其中的弯弯绕绕看得很清楚，但也知道这个热点的价值所在。

两个看起来成长环境不同、事业方向不同、性格不同、性别不同的娱乐圈人士，似乎正好可以代表当下年轻人中的两类感情观点，正好可以成为典型代表供人讨论……

唉，要不怎么说，娱乐圈里节目组总能比观众想得多。

我这样想着，看完了《与恋第二次接触》第一期。

节目组将一群有过离婚经历的男女聚集在一块儿，他们都是感情场上的老手，加上各种引起话题的剪辑手段，看点已经有很多。我却不知道为什么，忽然在写完稿件的当日来了兴趣，“考古”起最让我感兴趣的两位男女嘉宾的过去。

许平忧身为演员，可以让人“考古”的作品有很多。我从她的出道作品看到最新一部，对她的形象也渐渐从模糊变得具象化：一个性格内敛，形象高冷，处事淡然的悲观主义者。

与之相对的，是我从费行云粉丝提供的，好像无穷无尽的 Live 视频中提取出来的形象：自由自在，随心所欲的荷尔蒙炸弹。

和第一期面对主持人的问题一样，是截然不同的存在。

挺有意思。

我得以从《暮暮朝朝》中走出来，也多亏了那段时间以来，坚持不懈私信我的 Max 乐队的粉丝们。他们说得的确不错，没有人能在看完费行云的 Live 后，还能宣称对他没有感觉，不想和他发生点什么的。

至少，欣赏的感觉肯定会有。至于喜不喜欢，那要看你好不好狂野男子这一口。

呃，以上言论出自我的好友之口，并不是我本人的。

我本着欣赏的态度和对副业的执着，迅速走上了另辟蹊径的“考古”路：譬如粉丝说的他的国内国外的成长经历，Live 上的彩蛋歌曲和发言，母校官网上的照片，小时候的一些传言……

果不其然，和我最开始看见他的脸的直觉一样，那段时间以来，他各种各样的照片和视频，近乎刷屏一般，无数次地出现在我的每一个社交平台首页。

可奇怪的是，即便这样，他本人也没有趁着这个热度再有别的什么代言活动，更没有打广告，甚至没有重新启用Instagram以外的社交账号。他仅仅是持续在《与恋第二次接触》节目当中露面。这与之前许多通过综艺节目爆红的人完全不同。

这样一想的话，他这样的人，会接下一档恋爱综艺的通告，本身就足够稀奇了。其中一定有些原因是我们看不见，也猜不到的。

我这样想着，迎来了《与恋第二次接触》节目后的一次杂志晚会。

从时间上来说，肯定只是巧合。

身为一名职业的娱乐博主，我自然也很职业地一边开着Photoshop，一边不断地服务于各家粉丝，源源不断地为人们提供各种各样的美图截图。

只不过，当费行云握住许平忱的手出现在T台上的那一刻，我敏锐的直觉又开始不断地提醒我，让我不得不暂且放下鼠标和键盘，欣赏片刻，感叹道："'CP感'是玄学，这的确没错。"

《与恋第二次接触》第一期时还被节目组当成讨论点的两位俊男美女一同走到镜头下，一黑一白，一静一动。虽然神色都看不出什么不对劲，形象也是足够赏心悦目，但他们看起来似乎根本不打算看对方一眼。

即便如此，他们身上仍旧透着旁人不可介入的神奇气场。

"哇哦。"当天晚上，我在朋友圈发出这样一句感叹。

我的编导朋友远比我厉害。她也成了首批剪辑他们两个视频的预言家，只不过标题看起来很扯淡，"浪荡子和大小姐""离异感天花板"，哪有公开恋情都能干得那么惊天动地的"离异感天花板"呢？

直到这个时候，我对他们俩渐渐生出了所谓的"好感"。

正因如此，当许平忱的一些家庭往事通过论坛爆料出现在我面前的时候，这份"好感"也让我持有一份保留和怀疑的态度，迅速求证起当年的一系列新闻报道。结论也很显然，她的家庭不过是在短时间内遭遇了各种意外。虽然我不能求证到她母亲的相关内容（后来我想应该是她有意要保护家人），但关于她的那一部分，我肯定是不信的。

娱乐业本身就有它独特的一条产业链。营销号转载狂欢时，当然也有公司那边的人接洽。只不过在一个群里，还是有人匿名地提供了一些消息：许平忱似乎正在和有港资背景的J女神竞争某部电影里的角色，而且情况已到白热化……

原来如此。

我顿时领悟过来，也对这样的圈内手段司空见惯，哪怕觉得不适也无能为力。很快，在有心人的推动下，这条消息顺着产业链上的每一环迅速传播开，盖过了许平忧的那些家事。

这也能算好事吧？

我觉得没什么意思，与其加入其中，不如翻看评论区的消息。

我的置顶微博被我设置成一条类似于树洞信箱的存在。有人在这里倾诉，有人在这里交友。更多的还是大家聚集在一起聊八卦，谈谈最近的热点……

“许平忧和费行云没有互关，而且是《与恋第二次接触》嘉宾中唯一没有互关的，宝贝你知道吗？”

我盯着这条评论，又“哇哦”了一声。

这句话的重点不在“互关”上，而在“唯一”两个字上面。

于是，我迅速从好友列表中找出我的那位编导好友，将消息截图发了过去。这样私密的聊天场合，说点什么狂妄的话应该也没什么不对，嘿嘿。

“主要是，他们俩真的感觉有点刻意了。”

我敲出一句话：“不看对方，不互关，嗯……”

她回我一句：“你也这么想？不愧是我姐妹。”

她非常谨慎地道：“不过不要出去说啊，我怕被打！”

不过想是想，说是说，我们俩总不可能就抓着这么两个人探究。

娱乐圈这么大，我要吃饭，也要找寻新的爱好。

迎来转折的那一天是个好天气。我会记得这么清楚，完全是因为那天我居然中奖了，收到我最喜欢的美妆博主寄来的奖品。我在阳光中拆开奖品，放进梳妆台，重新坐回电脑前，一眼就看到热搜上和其他话题画风截然不同的四个大字——“别日世界”。

我点进去才发现，原来是有人要重新出山，和乐队成员重新集结，在舞台上露面。

巧合的是，热搜上又有许平忧的相关消息。

“许平忧新剧”，好苍白的一个词条。词条当中，仍旧有一些杂七杂八的关于她家庭的传言。

我想起许平忧在采访中的一丝不苟，不知道怎么回事没忍住笑，干脆双管齐下，一边转发“别日世界”巡演的官博表达兴奋之情，一边重新点开我当时为了许平忧的家庭事件专门新开的文档。

时至今日，我不得不承认，我已经是他们两个人的粉丝了。

不是粉丝，怎么会这么辛辛苦苦地主动干起活儿？

既然是粉丝，那主观上做点事也没什么不对。我再次点进许平忧的个人资料和新闻词条。看了半天，我没想到还有一个意外收获等着我。

这个所谓的第一中学的官网，我绝对不是第一次见。我很笃定，迅速用关键词巡逻完自己的微博主页，没想到结果比我想象中的还要巧合。

不是吧……

我心跳如擂鼓，再次点进第一中学的知名校友专栏。

看着两张比现在稍显稚嫩的脸，我被其下的毕业事件震撼到一时半会儿说不出话。呆坐良久，我颤颤巍巍地截下两张图，发布在自己的博客上。

俗话说，众人拾柴火焰高。

这条消息一出，有比我行动力更强的看客加入进来。他们搜寻网页，搜寻视频，还搜寻到了学生时代最红的社交平台——贴吧。

第一中学的贴吧中，有人用千丝万缕的联系颠覆着我的认知。

“他们是高中同学，而且，还可能是有点什么的高中同学！！”

我的那位剪辑好友，更如病中惊坐起，给我发来一句：“哇哦——”

什么叫造谣成真？这或许就叫造谣成真。

不过，也不叫成真，可能叫半成不成更加合适。

我这样想着，忐忑地于当夜入眠。我的朋友更是在周末直接找上门，和我探讨起他们两个人的可能性。

在她的潜移默化（或许也可以叫强词夺理）下，我竟然也渐渐因为自己无意中的发现，对他们俩的关系产生了不可言说的期待。这份期待，在我朋友偷偷摸摸地给我发来许平忧粉丝的“粉丝可见”时达到了顶峰。

“短时间内不要在我面前提‘天鹅’‘耳钉’这几个关键词，”她对我强调着，态度认真，“我怕我当场发疯，引来众人的围观。”

“也、也不至于吧……”

“怎么不至于？”她坚持道。

“你不懂！”

眼看朋友情绪激动，我也就忍住了当时想要说出口的感言——其实，截图上除了粉丝发现的所谓“实锤”，其他的一些评价不能算没有道理。Max，或者说费行云这个人，怎么看都像具备了多种多样的渣男条件。至于渣不渣，全看他想不想……

我盯着屏幕上光芒四射的费行云的照片，心情复杂。

所以，日记的开头我说，我是一个很喜欢对别人的关系下定义的人。

这并不好。而教会我读懂这份不好的，正是我前文中不断提到的两个名字。

当网传的《寻梦餐厅》第一期飞行嘉宾中出现这两个名字时，我就明白，这一期注定会在短时间内掀起巨大的热度和讨论风潮。在这个娱乐圈中，没有人不爱与感情相关的八卦，也没有人会不热衷于对此进行讨论。

他们是真是假？是真谈了还是暧昧？是粉丝的想象还是真事？

众说纷纭，每个人都有每个人的观点。我想着许平忧悲观主义者的身份，竟在一定程度上影响了我。

就算是真的又如何呢？有太多的人分手，有太多的人走不到最后。尤其是这个热度至上的圈子，向来就有各种各样的悲惨故事。

我的私心让我不想见证他们成为故事之一，理智却也让我保持了一份客观的心态。

分裂至此，倘若这还不算他俩的粉丝，那我未免太欲盖弥彰了。

我松了口气，倒在椅背上，认命地将《寻梦餐厅》的第一期看了一次。

第二次看时，陪着我的变成了我那位更喜欢他们的朋友。

第三次看时，我们已经能很自然地幻想起他们日后公开关系时的盛况。即便老油条如我们，都知道这可能性微乎其微。

Max 乐队进行“别日世界”的巡演，我只去了在我所在城市的这一站。

费行云本人和我想的一样，不，还要超出我的想象。仅仅站在舞台上，他就是与所有人不同的发光体。他顶着一头浅色头发，全然没有违和感，话筒和吉他都变成了他的武器，连头发跃动的弧度都格外引人注目。

最后一站巡演的票价被炒到极高，我和我的朋友也不得不认命。比起花高价去看这个，我们更愿意将钱花到周末的朋友聚会上。

看到歌单的时候，我们俩各自端着一杯鸡尾酒，在吧台上稳稳当当地坐着，讨论着又让某些人做作成功了；听说许平忧今日行程的时候，我们还互相碰杯，感叹着恋爱真好，可以让我们见证美好；直到看到现场传来的视频，我们俩四目相对，彻底坐不住了，当即埋单走人。

回家的路上，我们两个人笑得像花儿一样，惹得司机师傅频频回头，以为我们俩有什么天大的好事，问是谁拿了 Offer，还是谈了恋爱……

“都不是，”我说，“但的确是天大的好事！”

我喝了酒，但依旧保持着清醒，摸出手机，在朋友圈发出“嘿嘿嘿嘿”四个字。在微博上，我却装得正正经经。

“我觉得挺好。”

我想，除了祝福，我好像并不能做到更多。但我比任何人都欣赏他们的坦荡和真诚。

这个世界上，终究有人不是为了热度而活，也不仅仅是为了关注度而专注于表演。

之后的发展就像我预想的一样，公开后，他们重新归于平静低调。这就是他们，也是我认识和了解的他们。

我的日子还是要过，博主还是要做。但这并不妨碍我将他们难得的一次美妆节目互动场景小心翼翼地存进硬盘，和我的那堆“考古”资料躺在一块儿。

几年之后，他们的订婚消息传出来时，我也已经走进一段恋爱中。男朋友和我通过乐队 Live 相识，都能算得上是他们的粉丝。

“这肯定是许平忧愿意才公布的。”

我说得很笃定，给我那位朋友发去消息。她比我动作更快。虽然她也有了伴侣，但仍旧保持着与我相同的喜好。

“那肯定啊！”她回复我，一切尽在不言中。

我放下手机，哼着歌去浇花。哪怕知道一定会有如曾经的我一样，孜孜不倦地给他们关系继续下定义的人存在，我也依旧保有不知从何而来的、无穷无尽的信心——

毕竟，我会是他们永永远远的，天字第一号粉丝嘛！没办法啦！

番外四

更新

费行云认为自己骨子里应该算是一个相当怕麻烦的人。

他第一次有这样的想法，是小时候刚刚随费女士回国，第一次到邓阿婆家久住的时候。

一个群体之中，某方面稍显特殊的人总是容易受到特别的对待。他那会儿个子还不高，发色和眼睛的颜色都比成年时期浅得多，性格又受到他那个不靠谱的父亲影响，骤然作为一个新面孔被扔进陌生的群体中，就像往装满葡萄的果盘里扔进一只橙子，哪怕什么都不做不说，也不可避免地成为特殊的那一个。

当然，说是特殊，其实就是一些毫无意义的冷嘲热讽，有意无意的排挤欺负……

真的挺没意思的。

费行云不算是居高临下的心态，只是冷眼以对。他清楚地知道，这些对待无非出自那个年龄段的小孩子不成熟的好奇和从众心理。他也因为觉得没意思，对于做出所谓的反击没有丝毫兴趣。

他是比较叛逆，但不是为了叛逆而特立独行。

与其花心思在这方面，他还不如多听几首喜欢的歌，带着滑板和耳机多找几个地方游荡，做做感兴趣的事，甚至单纯地和花花草草一块儿待上一天……

时间是很宝贵的，就算要浪费，他也要浪费在自己喜欢的东西上。这是他通过四处转悠悟出的道理之一。

他从有记忆开始，就不太依赖长辈，性格和言谈举止都十分早熟。又因为家庭，他常年处在被放养的状态。他被带去各种各样的地方游历，见过各种各样的人，很少会在一个地方长久地安顿下来。他知道这群同龄人的情况大概能用“身在福中不知福”形容。因此，他也知道与其和他们较真，不如选择直接解决问题。

忍没必要，动手更没必要，那就速战速决，选择最能从根本上解决问题的办法。他选了一个风和日丽的白天，抓住时机，状似可怜地、“无意”地求助一下路过的大人们。

很显然，只有怕麻烦的人，才会以省事作为做事的原则之一。

不过领会到自己性格中的这一点后，他觉得这也很正常。

他本来就喜欢自由自在的生活。对于一个自由至上的自我主义者而言，怕麻烦并不算什么缺陷。何况，就这么一个人简简单单地过，反而更接近于他作为一个或许算是早熟的小孩子对于所谓未来的想象。第一时间产生要做什么的想法就去做什么，并不需要瞻前顾后。譬如，他第一次见到“行云”这个词，马上就向费女士提出要用它作为自己的名字。这中间没什么复杂的缘由，仅仅因为喜欢。他想这么做就这么做了。

几年后，青春期来临之前，他再次从四处游历的生活回归到邓阿婆身边生活。这回他又有了新的经历和感悟，后来的生活比起上次要平静顺利得多。他有了新认识的朋友，有了更加安稳的生活环境，还有他更加热爱的音乐做伴。但是，人生总有“从天而降”的意外。

这个意外甚至改变了他此后的生活。

很像一只猫。他在见到那个女孩的第一眼就这样想。

在小卖部的院子里，他见到故意装作成熟的她也这样想。哪怕时至今日，他仍然时不时会有这样的错觉。

只不过，这只猫咪现在会乖巧地缩进他的怀中，远不是那时候那样，好像始终对其他人存有一份隔阂，尽可能一个人缩进角落，远离所有人的关注，自顾自地舔着自己的爪子。

她变得柔软，也变得与他密不可分。

如果爱仅仅是对于一个人的欲望与怜惜，是不足以让从来想到什么就做什么的他拥有那么多耐心的。

这个世界上，有且只有当下这一个人完完整整地属于他。时至今日，说属于或许也不完全准确用彼此占有征服应该更加合适。

她在这样一个宽广的世界，用自己的理解和爱恋征服了他，将他变作纯粹的渴求者。

好比此时此刻，费行云在深沉的夜色里醒过来，睡眼惺忪间对上那双认认真真注视着他的眼睛。虽然心神还有些迷糊，但他几乎是第一时间就本能地垂首贴了过去。

他从不吝啬于表达自己的内心世界，其中当然包括爱意。

乖巧的猫咪倒在他的怀中，大概是因为没有料到他的动作，愣了一秒。可旋即她腰背一软，很快配合地靠过来，任由他在她唇齿间攻城略地。她温柔地揽住他的肩膀，交换起缠绵的吻。

这是有情人的默契。

“紧张了？”费行云的声音响在房间无边的夜色中，刮得她耳膜发痒。

许平忧从无边的热意中解脱出来。她感觉到唇瓣间若有若无的触感，脸颊被人捏了捏，只是安静地摇摇头，低声老实作答：“不是。”

算起来，离他们俩的婚礼只有两天了。她在这样一个夜里莫名其妙地失去睡意，从常理上看，应该能算正常吧。

她慢慢地想，指尖不自觉地在他的肩头画了几个圈圈，同样凑在他的唇边，小声地解释着：“我刚刚梦到了大学时候的事。”

和以前不同，现在的许平忧总是格外诚实。她的诚实让她变得更加擅长自我表达。她也不再把什么都藏在心里。

“我梦到大一的时候，你专程坐飞机过来看我，突然要我给你设计签名。而且，你也不嫌弃我后来交出来的设计毫无新意，甚至跑来专门当面吹捧……”

其实远远不止这个。

大一的时候，因为做事认真，从不偷懒，许平忧自然而然地成为军训教官屡次表扬的标兵，获得了许多在院系内露脸的机会。但凡是艺术院校，一定不会缺少外表出众的人。所以，她也没想到自己会因为这些露脸的机会，在入学之初就收到一些男生的好感暗示。

那时，她的拒绝理由既直白又简短：不好意思，我有男朋友了。

男朋友，费行云。

在那之前，她从来没有领略过所谓的“恋爱”和“喜欢”，所有的一切感情体验都由一个人带来。她当时说出这样一句话，转身走远后不自觉地回味，不知道怎么了，竟然因为这份悸动而脸红。结果是，她有一个异地男朋友的消息就此在院系内不胫而走。她也成为宿舍内著名的“非单身贵族”，总是会在假期或者周末忽然消失，又忽然出现，引来室友的艳羡和调侃。之后的各种曲折困难暂时不提，到了现在，这位与她从最初到最末的男士，即将成为她的另一半。

这是多么奇妙的一段经历啊。

那个时候的费行云就好像会变魔法，总是能在她意想不到的时候出现，大大方方地教她情侣之间应该如何相处。她要去看什么，做什么，他总是有所回应。刚刚的梦里，他也是如此。醒来后看见他本人，她看着跟梦里人比起来只是变得更加深邃凌厉的轮廓，忽然生出一种莫名的感叹。

“你还在梦里请我吃了炸鸡。”许平忧详细地说完刚才的梦，没听见回答，先听见对方的笑。

他听完她描述的梦境，懒散地打了个哈欠，将她往怀里带，但态度渐渐开始变得认真：“那怎么能算吹捧？”

费行云看着她的眼睛，单手将她揽得更紧，只是还是有点睡意，慢悠悠地开口：“这么多年，我一直是实话实说……”

这也挺对。这么多年来，他的名气越来越大，签名却从来没有变过，行动远比语言更诚恳。他前一天才忙完工作赶回来，这会儿哑着嗓子说话，眼神迷蒙没什么精神。但他依然不客气地压住她的腿，八爪鱼似的靠过去，和她贴在一块儿。

许平忧的手指从他的脸侧轻轻滑过，仔仔细细地看，看了一会儿，忽然道：“谢谢你。”

时至今日，如果她仍要浅显地把这些年来的经历，简单归结为宿命论中的奇迹的话，那未免也太没有长进了。旁人或许会对他们的感情有各种各样的看法。但在她这里，永远只有对费行云毫无保留的信任。

“谢我什么？”

“谢谢你一直以来毫无保留地接纳我。”寂静的夜色中，她说得很郑重，却也很亲昵。

许平忧曾经在感情上是个彻头彻尾的悲观主义者，绝对不能算是讨人喜欢的性格。

从严格意义上来说，她的悲观源于她的成长经历。她从来没有见证过令人信服的爱情，更没有体验过来自家庭的温暖。她有很长一段时间都生活在阴影之下。因此，许平忧从小就对长辈口中的和人建立家庭的这回事，怀有十分强烈的抗拒和畏惧心理。她缺乏安全感和自信，总是有些自卑。

现在回头来看，她当年会那么不成熟地提出分手，很大程度上也是因为自卑心理作祟。

之后生活在一起的几年时间里，费行云影响了她太多太多，远远不止在恋爱和两个人相处的事情上。

她能够开始乐观地看待婚姻，甚至能乐观地看待两个人的生活，看待生活中的每一点，也完全是因为对象是他。

譬如很久之前，她出于个人的成长经历和事业需求，表示自己短时间内可能不会考虑婚姻和生孩子的问题。他不仅态度上支持，甚至很快策划起两个人的退休生活，骑着摩托车载着她四海为家……

对于当时许平忧开玩笑质疑的两个人年纪的问题，费行云的态度也很坚决：就算六七十岁了，他也一定还是一个喜欢朋克摇滚，热衷音乐创作，偏爱摩托车和文身的金毛酷老头，载她到处兜风不过是小事一桩！

可事实是，每件事都被他说成再自然不过的小事。

她拍戏遇到不顺的地方时，他从来不会给她压力，也不会干涉她的工作，更不会影响她的表演状态。但他会保持电话通畅，即使暂时不方便接收消息，他也会在空闲时回复。

他会送来各种各样不知道从哪儿淘来的稀奇古怪的小物件，而且一定要强迫症似的附上她喜欢的花。

她有一段时间对表演工作产生了怀疑，他也会用自己的方式表达对她的支持和鼓励。他会跟豆豆打声招呼，带她去她想去的地方，暂时做一个普通人。他有时候带她体验他喜欢的一些运动，有时候带她露营接触大自然，甚至教她玩玩游戏，到处吃吃喝喝，进行所谓的摆烂式解压。

他还是第一个建议她尝试进行歌词创作的人。她受到启发后，后来更尝试着在塑造角色时，通过写词表达角色的内心世界。这让她在演戏这件事上越发游刃有余……

豆豆的评价是：他们俩好像永远处在一个舒服适度的热恋期，根本不会有倦怠的时候。

这些光用一句简单的谢谢根本不足以表达出来。

费行云没答她的谢，却立刻翻了个身，让她靠在他的胸膛上。

"如果只是因为实话实说这一条就要谢我，"他抓了抓头发，叹了口气，看起来挺为难，"那以后的几十年怎么办？"

许平忧轻轻打了他一下，目光认真地看着他说道："那该说的话也必须说。"

"这么说就没办法了，"费行云和她对视，有些无奈，"你既然想说，那我就听着。"

眼下正是春天。

初春时节，他们俩安排的婚礼十分简单。没有媒体，没有过多的宾客，只有最亲近的亲人与朋友。大家聊聊天，说说话，自由自在。新郎带着乐队亲自登台，邀请新娘加入，成为其中的一个。结束之后，新郎载着新娘离开，两个人潇潇洒洒地浪迹天涯，踏上旅程。这个旅程就是实际意义上的旅程。许平忧特意为此空出了好长时间的空窗期，供两个人浪费。

他愿意听，她就继续解释："我不是紧张，只是……只是有点亢奋。"

"亢奋，真的假的？"费行云微微扬眉，故意问她。

许平忧意会到他的意思，趴在他的肩膀处，对着他的嘴角亲了一口，才又剖析起自己失眠的缘由。

"小的时候，我从来不认为婚姻这件事有多值得期待。毕竟我的我的爸爸妈妈，从我有记忆开始就关系不佳，后来离了婚，又有种种理不清的复杂关系。加上以前，我无意间得知自己的身世，更老一辈的传统观念……所以直到高中之前，我都觉得与人长久地确立一段感情，是绝不可能的事情。"

她看见费行云笑了，接着说道："至于为什么是高中之前，也都是因为你。不过那个时候我也十分现实地想，建立感情跟进入婚姻完全是两码事。感情上懵懵懂懂地喜欢你，实际上我不知道要怎么和你相处，更不敢奢求结婚的事。但我哪里会想到，自己会在结婚前亢奋得整夜睡不着觉……"

"所以我想，我可能真的改变了很多，不然不会一切都这么顺顺利利。"她顿了一下，继续轻轻说道，"顺利到好像一切都朝着好的方向发展。我什么都不需要做，只需要老老实实地等着，就什么都能得到。"

费行云亲了亲她的手腕，又去捏她的下巴，恍然大悟道："哦，明白了……

你觉得自己是不劳而获？”

“太谦虚了，小许老师。”他很迅速地做出结论，用起他对她的爱称，“如果你这都叫不劳而获，那世上应该没有努力的人了。”

“去年的时候，我还看着你在琢磨，”费行云懒懒地说着，“虽然之前说好了老老实实等到退休的那一天，我再带着你走人。但如果真这样到五六十岁，我要怎么劝你不用那么执着地忙碌于工作，要放松放松自己……”

当然，他也是后来才知道，她努力将那么多工作一口气做完的缘由，也是为了空出现在的闲暇。

“你很努力，我们都很努力。”他与她十指相扣，说道，“这才是生活顺利的原因。”

小的时候，许平忧看起来性格别扭，不好接触。实际上，她会尽量努力地平衡自己的喜好和家庭要求的关系。她绞尽脑汁地在高压的家庭环境下努力地成长。随着年纪渐长，就算没有人指引，她也会尝试着学习怎样和人和平相处，并渐渐有了能说得上话的同学朋友……这些没有人教她怎么做，全靠她一个人横冲直撞。

他那个时候就知道，他们是少有的，拥有区别于那个年龄段其他同龄人烦恼的同盟者。

他没有见过这样性格的姑娘，却不知不觉地关注到她。后来成为她的朋友，他很难不在长久的注视下，感情渐渐沉淀变质。变了质，他就没有不采取行动的理由。就算她横冲直撞后，两个人不欢而散，他依旧忍不住心软，迅速把话说开。

他不能错过世界上仅有的那么一个人。

许平忧笑起来。

“我发现你真的很擅长开导人。”她晃了晃两个人紧握的手，示意他随着她坐起身，靠住床头。初春的风穿过窗户，吹进室内。他们靠在床头，有月色相伴。

“以前，我从没想过自己会有变老的那一天。”她说，“我也不是害怕变老，而是认为自己不可能坚持到那个时候。我只要努力到能够提前为冉冉她们做好一切准备的那一天，离开这个没什么乐趣的世界也没什么。”

许平忧笑笑：“可我现在觉得，如果能和你走到最后，也就没什么好怕的，因为……"

她没来得及把话说完，费行云已经从背后抱住她，就像刚上大学时的那样，怎么说也不离开。

"跟我在一起还没有乐趣吗？"几乎是她刚刚说话的同时，他就恶狠狠地在她的脖颈上留下印记，作为警告。他逼迫许平忧不得不回身抱住他，以细密的吻表达自己的诚心。唇齿交缠间，她的脸颊和耳根都变得通红，像过去两个人在一起的每一天一样，在他炽热的目光中讲述秘密。

"每天都有。"她断断续续地说着真心话。

如果能和他走到最后，一定不会有什么害怕的地方。因为无论如何，费行云总会出现。

他会带着她逃跑。

就像以前。

就像现在。

而现在，她只有一句话想提前告诉他。

"费行云，"她望着他的眼睛，笑起来，"新婚快乐！"

番外五

长情

大部分人都认为费行云是一个做事高调的人。

当然了，这种刻板印象很大程度上也是因为当年官宣恋爱的时候，太高调。从那个时候起，祝福的有，看热闹的也有，更不缺说风凉话的。看客们隔着屏幕为他们的感情生活做着各种评论。

“费行云是玩乐队出身的。他在圈子里做事基本只看自己想不想。台前玩够了就转幕后，给人写歌，经营公司和工作室，粉丝把他一时兴起做的事情吹得天花乱坠。实际上在我看来，这种人就是很典型的以自我为中心的性格。他不仅喜欢受人关注，还极容易出现三分钟热度。”情感博主头头是道地剖析着他的性格，并试图从星座、人格等各个方面佐证自己的观点，立刻引来了许多人在评论区附和。

“原来不是我一个人这么觉得啊……我感觉许平忧跟他结婚之前，看着还是那种‘高岭之花’，属于感情绝缘体。现在看，她其实也是软妹，从恋爱期就被拿捏得死死的。说实话，哪怕到了现在，我都觉得她真不适合这种一看就像玩咖的男人。这种男人看着就不安稳，出事只是早晚的问题。”

这个世界从不缺居高临下做所谓理性评论的人，也不缺以此维持优越感的自证者。

他们认定了观点，就是选择了立场，坚持一二十年都不在话下。

豆豆无意间刷到视频，蹙着眉头听完全程，又皱着眉翻了下热评。最终，她还是本着职业的态度，忍住评论的冲动，选择直接滑走，先忙手里的正事。

星期五的下午，学校门口的车挤得排成长长一列，人行道上人来人往。这种情况下，她不得不将行程提前了一两个小时，才勉强找到了一个停车位。

九月份正是夏末，烈日炎炎，她开着空调在车里坐着没现身。学校大门处渐渐有学生开始往外走。她才要按下通话键，后座的门已经被人拉开了。

一个背着书包的小身形气喘吁吁地爬上座位。人没坐稳当，额头上的汗珠没擦，先眼睛一眨，咧开嘴笑着冲前面喊："豆豆阿姨。"

许则宁在很多地方都能看出父母的痕迹。

譬如，他的眉眼和鼻梁像母亲，轮廓则遗传了父亲。他喜欢美术和游戏解谜，甚至性格的某些方面也能看得出许费二人的影响……唯独在说话这件事上，他既没有随父亲，也没有随母亲。

小家伙不过刚上小学二年级，嘴甜人贫却是无师自通，哄人开心更是天生就有的技能。

譬如此时此刻，他自己乖乖地系上安全带了，就能以一种诚恳万分的态度，摸出手机，小大人一样地和驾驶座上的人搭话："一会儿晚饭想吃什么？我爸刚刚给我发了零花钱，我请客，尽管说哦。"

豆豆习惯了他的活泼贫嘴，也不免笑着"哎哟"一声："嚯，你爸给了你多少钱，这么大方？"

"这个是秘密。"许则宁很有原则地选择保密。他抱着自己的书包装腔作势，哼哼着保证道，"反正您放心，肯定够咱们两个人吃的。"

豆豆脸上笑得更加明显，嘴上配合："好吧……你都这么说了，那我晚饭就跟你混。"

许则宁并不依赖自己的父母。

最典型的表现之一，大概就是六岁的时候，他已经能用一种不知道从哪儿学来的长辈语气，批判起自家长辈的最新作品。许平忧平日工作繁忙，但只要在家，她都会有一个习惯，那就是早上起来后随便从费行云的歌里翻一首做背景音乐，练一会儿瑜伽。

"我爸这首歌怎么感觉不如之前的歌好听呀……"这种时候，他就会同样起个大早，陪着趴在旁边的地垫上玩乐高，不怎么走心地嘟囔着评价。有时候是好的，有时候是坏的。不过一般他话才说完，就会立刻被人从后包抄，单手提溜着挂在手臂处，似笑非笑地道："再说一次？"

他这个年龄，这个个头，费行云拎他，跟拎个纸袋子没什么区别，轻而易举。

许则宁再有那股自由自在的灵光劲儿，在他这位性格更加自由的父亲面前，那也是毫无用处的。所以他见好就收，把各种各样吹捧亲爹的好话说尽。求饶成功后，他再乖乖巧巧地回房间画画，绝不打扰他们夫妻俩难得的空闲时间。

这会儿，他要请豆豆吃饭的这笔钱的由来，也跟那个时候差不多。

“我不是前段时间感冒，晚上睡不着嘛，偷偷给他们打了很多电话。结果我妈拍戏就没休息好。”

回家的路上偶遇红灯，许则宁才乖巧地坐了一会儿，又有点关不住话匣子，数着指头道：“他觉得我病好后不能继续这样，搞得我妈太累，所以就铁公鸡拔毛，直接用金钱贿赂我，让我有什么事找他就可以，他很快就飞回来。”

豆豆被他小孩子装大人的语气逗得直乐，故意夸张道：“哇，我还以为你会不要呢。”

许则宁眨巴着眼睛，现实地说：“唉，这您就得学学我。我开始也想着说不要，可是……送上门的钱哪有不要的道理！”

他还摆出一副老练的架势，唉声叹气：“我该吃的苦都吃了，又乖乖上学让他们去忙工作，总该得到一点奖励吧。”

他这点倒是没有说错。

出于职业的缘故，费行云和许平忧都不是闲人。

费行云虽然早早转了幕后，但从来不缺各种各样的邀约和工作。他只在许则宁出生的那一年暂时停了工。前几年的时候，他还一时兴起发了张个人创作专辑。好几档音乐综艺都朝他抛来“橄榄枝”，都被他用没时间婉拒了。实际上，他只是觉得麻烦又没有兴趣。许平忧开玩笑问他：“那以前怎么就能上？”他也是坦坦荡荡，用一句“以前那是我想，有目的可图”来搪塞。

许平忧的事业同样如此。她曾经因为一些事情，失去过和国内大导演合作的机会。没想到对方竟然还记得她，在她的职场剧大热后，主动发出新电影的邀约。自那以后，她的事业就维持在了一个较为平稳的状态，观众缘也算得上是女演员中的前列。除去轰轰烈烈的恋爱故事，她整个人也相当低调，非剧播期几乎不进行任何宣传。

不过，他们两个人在家庭上一向是有共识的。无论再忙，只要人在，一天到头，一家人总要在一起待一段时间，随意聊聊一天的见闻。大概也是因为这样，许则宁从小没什么所谓“小孩儿就要听大人的话”的观念。他和父母的相处模式更像是亲密的朋友，做事情也相当有自己的想法。比起同龄人用哭闹达到目的，他更喜欢刨根问底要个“为什么”。

他去年好奇演唱会的后台，费行云二话不说，直接把人带去自己的巡演后台，教着他把工作室的器材认了一遍。不过，许则宁在音乐上没有任何天赋，他更喜欢跟着许平忧写写画画。

“不过，等他们都忙完回来了，国庆假期就能出门玩了。”到底还是小孩子，说到这里，许则宁的眼睛亮了起来。

豆豆对此也不觉得奇怪，问道：“今年去哪儿？”

“不知道，”他明显有了兴致，嘿嘿笑着说道，“去年是我们一家扔飞镖决定的。今年怎么决定，他们还没说呢。”

车穿过城市的主干道，一路开往更加安静的区域。

两个人一路说笑着回到家。许则宁的私房钱终究还是没有派上用场。因为家里的保姆已经把晚饭做好了，他就是再想出去吃，也牢牢记得许平忧平日教导的，要尊重别人的劳动成果。

“没办法了……那我们就下次再出去。”他还跟豆豆强调男子汉说话算话，自己并不是嘴上说说。

豆豆连声应好，实在憋不住了，在玄关处掐了一把许则宁的脸，笑道：“小孩子家家的，装得这么老练干什么？”

许则宁也不气恼，而是挺起胸膛，认认真真地反驳：“我可不是装老练。”

他真没说谎。至少他祖奶奶说过，他的父母从小就早熟，又懂事——虽然他想象不出来费行云的懂事法。但祖奶奶这么说，他也就信了，并以此作为自己懂事的根据之一。

许则宁送走豆豆后，也有自己的事情可做。

他跟保姆阿姨打过招呼，就和往常一样回到自己房间里。

许则宁揭开画布，抓着笔抵着额头，盯着自己这些天来努力的成果，专心致志地思索起之后的思路。

音乐与绘画不相通，但都是尽可享受的造梦过程。这是曾经身为美术老师的祖奶奶教给他的。

费行云一向随心，让他想什么就画什么。但凡想到就可表达，畏首畏尾没什么意思。他深受这个观点的影响，虽然懵懵懂懂，但也从不觉得有什么所谓的题材高低之分。

画板上，三个小人靠在一起睡在一处奇幻的花园中。这是他感冒好了之后心血来潮起的头，现在还差个收尾。

“唉。”许则宁皱眉撇嘴，叹了口气。

他想等父母都回来了，把这画作为礼物送给他们。他画的时候不觉得，这会儿看起来，却又觉得画面有点奇怪。

不过，反正离他们回来还有段时间，应该都来得及……

天色渐沉，他盘坐在地毯上，一面打哈欠，一面抓着画笔慢慢地涂。直到月上窗头，许则宁终于有些坚持不住了，昏昏沉沉地在地毯上睡过去。

保姆推门送牛奶时将人抱到床上，他依旧一点知觉都没有，睡得香甜，陷在沉沉的梦中。

梦里面费行云在，许平忧也在。他追在他们身后往前跑，一点也不觉得夏日的艳阳热烈，脚下沙滩上的沙子烫人。

虽然现在也很好，可要是他们能在他身边……

“嗯。”

周末不用上学，他却莫名醒得很早。

许则宁闭着眼睛在床上翻了好几个来回。他揉着眼睛坐起来，晕晕乎乎中，被画板前的影子吓了一跳。

“爸？”他叫得都有点发蒙。

费行云懒洋洋地侧头看他，“嗯”了一声。

许则宁以为自己在做梦，掐了一把自己的脸，嘟囔着：“你不是说还要几天……”

费行云挑了挑眉，没答他这个，反而继续神情散漫地转头看向画板。

许则宁再是精神不济，这会儿也醒了。他当即就要跳下来挡着，着急忙慌得很。

“哎呀，你不许看，我还没画完！”

小家伙年龄虽小，但在创作这件事上很执着。他几步跳下来，抓着画布去挡。

费行云也不拦着，慢慢悠悠地起身，言简意赅道：“收拾东西。”

许则宁刚醒，还有点睡眼迷蒙，一字一顿道：“收拾……收拾什么？”

“带你见人去。”费行云习惯性地摸了摸耳钉，一把将他提起来揉了揉脸，半眯着眼睛笑起来，“周末刚好一个来回，去了之后都得听我的，走不走？”

一大一小，各自背了一个包。

直到坐上飞机，许则宁才如回过神一样，盯着身侧大人的侧脸看了又看，“唉”了一声。费行云抬眼看他，他就装起老练的样子，自顾自地评价：“果然还得是我爸。”

吹捧的意思，父子尽在不言中。

费行云做事从来如此，想到什么是什么。所以，他知道许则宁想见他们，二话不说就带他去探班。

有这么一个随心所欲的父亲，真的挺麻烦，不过……

许则宁戴着他父亲大发善心分过来的一只耳机，心里甜滋滋的，面上却不显，只有晃来晃去的脚泄露了心情。

不过要是能见到想见的家人，这种麻烦也算不了什么了。